LABYRINTHES

Après des études d'histoire et de littérature médiévales, Candace Robb se lance dans le roman policier après un voyage à York, où elle décide de placer son intrigue. Américaine, elle vit aujourd'hui à Seattle avec son mari et ses deux chats.

CANDACE M. ROBB

LA ROSE DE L'APOTHICAIRE

Traduit de l'anglais (États-Unis) par Laure du Breuil

LIBRAIRIE DES CHAMPS-ÉLYSÉES

Ce roman a paru sous le titre original :

THE APOTHICARY ROSE

A Gen, qui le premier m'a fait connaître l'Angleterre
A Jacqui, l'apothicaire, et à Charlie qui obtient toujours ce qu'il veut.

Ce roman a paru pour la première fois en 1995, dans la collection « Le Masque ».

REMERCIEMENTS

Je remercie Lisa Healy pour son indéfectible foi en moi et pour son annotation critique ; Paul Zibton pour la carte, et sa lecture critique ; Christi Andersen pour m'avoir donné le temps d'écrire ce livre ; Liz Armstrong pour avoir transformé mes cours de littérature médiévale en plaisir ; Paula Moreschi pour m'avoir permis de garder un esprit et un corps sains pendant toute cette période ; Evan Marshall pour avoir transformé les mauvaises nouvelles en bonnes nouvelles ; Michael Denneny et Keith Kahla pour m'avoir si bien accueillie à St. Martin ; le personnel de l'University of York's Berthick Institute et the Morrell Library ; le York Archaeological Trust ; Dr. Tom Lockwood, président de l'English Department à l'Université de Washington et, plus que quiconque, Charles Robb pour m'avoir donné le temps, les ressources de l'ordinateur, la nourriture, la boisson, les critiques, l'enthousiasme et pour avoir réglé les préparatifs et l'organisation d'un voyage qui m'a permis d'explorer les ruines dans le Yorkshire, un mois de décembre glacial, et pour m'avoir convaincue qu'une maison n'est pas tout à fait une maison sans deux chats gâtés.

PROLOGUE

Frère Wulfstan examina la couleur des yeux de son patient et goûta sa sueur. Le remède n'avait fait qu'affaiblir l'homme et le frère soignant craignit de perdre son pèlerin. Désappointé et tremblant, il alla s'asseoir à sa table pour réfléchir.

Le pèlerin était arrivé à l'abbaye St. Mary pâle et les joues creusées. Exempté du service du Prince Noir pour cause de blessures aggravées d'un accès de fièvre des camps, il avait décidé de partir pour York en pèlerinage, son état physique le rendant plus conscient de la précarité de la vie qu'aucun sermon ne l'avait fait jusqu'alors. Il avait enduré une traversée houleuse de la Manche, puis une longue chevauchée vers le nord qui avait rouvert ses blessures. Frère Wulfstan avait arrêté le saignement avec de la pervenche mais la récurrence de la fièvre le prenait au dépourvu. Le frère soignant avait peu d'expérience des maladies des soldats, ayant vécu depuis l'enfance dans l'univers clos et paisible de l'abbaye St. Mary. Il ne s'était que rarement aventuré au-delà de la cathédrale d'York ou de l'échoppe de l'apothicaire Nicolas Wilton qui se trouvaient toutes deux à courte distance du cloître.

Durant deux jours et une nuit, Wulfstan mélangea

les médecines, appliqua des emplâtres et pria. À bout de fatigue et découragé, il se résolut à faire appel à Nicolas Wilton. Le fait de n'y avoir pas songé plus tôt prouvait à quel point il avait perdu ses esprits. Nicolas avait trouvé un remède miracle pour un invité de l'archevêque qu'une fièvre des camps avait failli emporter. Nul doute qu'il saurait quoi faire pour son malade. L'esprit de nouveau gonflé d'espoir, il souffla trois ave en guise d'action de grâces. Dieu, à n'en pas douter, venait de lui montrer la voie.

Le frère soignant chargea son apprenti Henry de veiller à ce que les lèvres du pèlerin restassent toujours humides et de lui préparer une tisane de menthe à lui faire boire dès son réveil. Puis il traversa le cloître en toute hâte pour aller demander au père Abbé l'autorisation de se rendre dans la cité. Il secoua la poudre et les herbes sèches collées à son habit. L'abbé Campian était un homme rigoureux qui soutenait qu'une apparence soignée est signe d'un esprit ordonné. Wulfstan savait que l'abbé ne s'opposerait pas à sa requête, mais l'observance des règles lui procurait autant de satisfaction que l'abbé en éprouvait à contempler la bonne ordonnance des choses. De plus, Wulfstan était convaincu qu'en se montrant obéissant et en faisant toujours de son mieux, il ne pourrait manquer de gagner une place, même modeste, dans le chœur céleste. Et il ne pouvait imaginer plus doux destin que celui de passer l'éternité dans les bras du Seigneur. Les règles à observer lui ouvraient la voie de cette éternelle béatitude.

L'autorisation de l'abbé obtenue, frère Wulfstan sortit dans l'après-midi froid de décembre. La neige venait de se mettre à tomber. Elle s'était fait attendre pendant tout novembre et tout décembre, et voilà qu'elle se décidait à paraître au moment précis où il avait une course urgente à faire en ville. S'il avait eu l'esprit superstitieux du paysan, il en aurait conclu que le Ciel était aujourd'hui contre lui. Mais il se réconforta en se disant que puisque Dieu l'avait jusqu'alors assisté dans les plus petits incidents de sa vie, il n'aurait pas le cœur de l'abandonner sur la fin du parcours.

Le frère soignant franchit d'un pas vif les portes de l'abbaye. Il releva son capuchon pour affronter le vent et, cillant et haletant, il marcha aussi vite qu'il le put sur les pavés ronds, dans le tumulte de la cité d'York. Bien que maintenant une allure obstinément rapide, le frère Wulfstan ne pouvait s'empêcher d'être effrayé par la cacophonie de la cité. Son cœur battait à tout rompre et il se rendit compte qu'il avait un point de côté. Ces signes de faiblesse l'alarmèrent. Il agissait comme un fou. Il était trop vieux pour marcher aussi vite, et sur des pavés ronds rendus glissants par la première neige. Tout en se tenant le côté, il s'arrêta à un croisement pour laisser passer une voiture. À présent, la neige tombait dru, de gros flocons pelucheux qui piquaient ses joues cramoisies avant de se dissoudre. « Atmosphère surchauffée et, sans transition, le froid. Wulfstan, tu n'es qu'un sot. » Il quitta Davygate et essaya de ralentir son allure. Mais l'échoppe de Wilton se trouvait juste après le prochain croisement. Il était si près du but... Il pressa de nouveau le pas, poussé par la crainte de perdre son patient.

Le frère Wulfstan s'était très vite pris de sympathie pour le pèlerin. L'homme était un noble chevalier à la voix douce, qui se présentait comme un simple pèlerin désireux de prier, de méditer et de se mettre en paix avec Dieu. Il portait en lui une vieille blessure :

l'amour d'une femme mariée à un autre. Il parlait d'elle comme de la femme la plus noble et la plus belle que l'on puisse rêver et dont le purgatoire sur terre était d'être unie à un vieil homme qui ne lui apportait aucune joie. « Que penserait-elle de moi, aujourd'hui, hein, mon ami ? » Ses yeux s'embrumaient. « Mais elle s'en est allée. » Le pèlerin venait chaque jour à l'infirmerie pour faire changer ses pansements par Wulfstan. Au cours de ces visites, il avait découvert le jardin de simples, et combien sa beauté réconforte le cœur, même en hiver. « Elle trouvait une grande consolation à la vue d'un jardin semblable à celui-ci. » Le pèlerin s'attardait souvent pendant que frère Wulfstan s'activait devant ses parterres. Il parlait peu, observant la règle du silence qu'il ne rompait qu'en cas d'absolue nécessité. Il était toujours prêt à soulager les vieux os douloureux de Wulfstan en l'aidant dans son travail et le vieux moine goûtait fort la compagnie paisible de cet homme, ainsi que son aide, tout en sachant que l'accepter était une indulgence coupable.

Pour toutes ces raisons, il s'était senti très affecté lorsque l'homme s'était évanoui dans la chapelle. Le pèlerin avait décidé de passer cette nuit-là en prières, en mémoire de son amour perdu. Frère Sebastian l'avait trouvé évanoui, à laudes, sur la pierre froide. Dieu soit loué pour cet office de la nuit car, sans lui, l'homme serait resté là jusqu'à l'aube et serait mort de froid.

Même aussi vite secouru, il était très mal. Frère Wulfstan pressa le pas. Lorsqu'il poussa la porte de l'échoppe de Wilton, le vieux moine était à bout de souffle, plié en deux, une main agrippée à son flanc. L'obscurité de la boutique alliée à sa propre faiblesse le rendirent un instant aveugle, de sorte qu'il ne put voir si quelqu'un se trouvait dans l'échoppe.

— La paix soit sur vous, haleta-t-il.

Aucune réponse.

— Nicolas ? Lucie ?

Le rideau de perles de la porte de la cuisine cliqueta.

— Frère Wulfstan !

Lucie souleva le comptoir rabattable et saisit les mains du moine.

— Vous semblez bien mal en point. (Elle respira l'air du dehors.) Vos mains sont gelées.

Il se redressa avec difficulté.

— Vous étiez dans le jardin, dit-il.

Sa voix tremblante et étouffée le surprit lui-même. Il avait trop forcé.

— Nous voulions recouvrir les rosiers de paille avant la neige.

Lucie Wilton leva une lampe à alcool devant le visage du frère. La lumière le fit ciller.

— Venez vous réchauffer dans la cuisine. Vos joues sont rouge vif. À courir ainsi vous vous ferez éclater le cœur.

Frère Wulfstan la suivit derrière le comptoir, jusque dans la cuisine où, avec une humble gratitude, il accepta de s'asseoir sur un banc près du feu. Son grand âge et la brièveté de son souffle lui interdisaient d'avoir recours aux habituelles protestations de politesse. Dans l'atmosphère réconfortante de la cuisine, il se prit à sourire à maîtresse Wilton dont la beauté, la douceur et la courtoisie lui réchauffaient le cœur. Comme son père aurait été fier d'elle à la cour ! Comment en douter. Mais sir Robert n'était qu'un vieux fou.

Elle lui tendit une coupe de vin chaud.

— À présent, dites-moi ce qui vous a fait sortir par cette neige et en si grande hâte ?

Il lui raconta le but de sa course.

— La fièvre des camps. Vous soignez donc un soldat ?

— Il ne l'est plus. Avec sa barbe grise et ses yeux tristes, je pense que ces jours-là sont révolus pour lui.

Frère Wulfstan détourna les yeux du visage attentif de la femme pour fixer la porte qui ouvrait sur le jardin.

— Je déteste arracher Nicolas à ses roses. Peut-être connaîtriez-vous la composition du remède ?

— Nicolas ne me l'a pas encore donné à préparer.

— Je suis tellement désolé de vous déranger ainsi, mais cet homme est si mal.

Lucie lui tapota doucement l'épaule.

— Reposez-vous pendant que je vais chercher mon mari.

Lucie servait d'apprenti à son mari, situation qui n'avait rien d'extraordinaire, car les femmes apprenaient communément le métier de leurs époux en les assistant dans leur tâche. Mais l'apprentissage de Lucie lui avait été donné en toute rigueur afin qu'elle puisse, plus tard, assurer son avenir. En effet, son mari, de seize ans son aîné et de santé fragile, s'inquiétait de ce qu'il adviendrait d'elle après sa mort.

Un autre homme que lui aurait regardé son beau visage et se serait dit qu'elle se remarierait ; et que ce serait un meilleur mariage, plus en rapport avec ses origines sociales. Car Lucie était la fille de sir Robert d'Arby of Freythorpe Hadden. Elle aurait pu épouser un petit seigneur. Il en aurait été sûrement ainsi si sa mère n'était pas morte lorsque Lucie était encore une enfant. Après le décès de la belle Amélie, sir Robert s'était désintéressé du sort de son unique enfant. Il l'avait envoyée au couvent, où Nicolas l'avait découverte et avait fait le serment de l'en sortir pour lui offrir une existence plus en rapport avec sa personnalité. Frère Wulfstan aimait Nicolas pour le geste qu'il avait eu envers Lucie. Et, au bout du compte, l'apothicaire lui laisserait un meilleur héritage que celui qu'elle aurait obtenu en tant que veuve d'un seigneur car il la rendait indépendante.

Nicolas entra, s'essuya les mains et secoua la tête.

— La neige s'est fait attendre, cette année, mais elle se rattrape.

Son visage émacié était rougi par le froid, ses yeux pâles brillaient. Son jardin de simples était sa passion.

— En avez-vous terminé avec les roses ? demanda frère Wulfstan.

Le jardinage et la science des plantes médicinales avaient tissé un lien solide entre eux.

— Presque.

Nicolas s'assit en poussant le soupir d'un homme que terrasse une saine fatigue.

— Lucie m'a dit que vous aviez un pèlerin qui souffre de la fièvre des camps ?

— C'est exact. Il est en piteux état, Nicolas. Très affaibli et il tremble.

— À quand remonte son dernier accès de fièvre ?

— À cinq mois.

De nombreuses autres questions suivirent, ponctuées par les froncements de sourcils et les mouvements de tête de l'apothicaire.

— Était-il lucide lorsqu'il est arrivé ?

— Tout ce qu'il y a de plus lucide. Il me posait des questions sur les gens d'York pendant que je soignais ses blessures. Il m'a dit s'être battu une fois aux côtés de sir Robert pendant une campagne française.

En entendant cette remarque, Lucie releva la tête, l'expression dure. Elle éprouvait peu d'affection pour son père.

— J'ai noté toutefois un fait étrange, dit frère Wulfstan. Lorsque je lui ai dit que que vous aviez succédé à votre père, il a paru bouleversé. Il prétendait que vous étiez mort.

— Mort ? murmura Nicolas.

Lucie se signa.

Plus tard, Wulfstan devait se rappeler que ce fut juste après cette réflexion que Nicolas changea de comportement. Il se mit à poser des questions qui, selon le frère Wulfstan, étaient sans rapport avec l'établissement d'un diagnostic : quel était le nom du soldat, son aspect, son âge, le but de sa venue à St. Mary, s'il avait eu des visites.

Le frère Wulfstan apportait peu de réponses à ces questions. Le pèlerin avait souhaité demeurer anonyme. Il n'avait jamais fait mention d'une maison ou d'une famille. Grand, les cheveux gris, il conservait le maintien du soldat jusque dans la maladie. Il ne recevait jamais de visites, bien que connaissant quelques personnes à Freythorpe Hadden et, apparemment, Nicolas.

— Mais tout ceci est sûrement sans importance ?

L'apothicaire perdait un temps précieux.

Lucie Wilton toucha le bras de son mari qui sursauta, comme si sa main venait de lui brûler la peau.

— Le frère Wulfstan est pressé de retourner auprès

de son malade, dit-elle en regardant son mari d'un air inquiet.

Nicolas se leva et se mit à arpenter la pièce. Un long silence embarrassant s'ensuivit, qui fit craindre à Wulfstan que Nicolas soit impuissant à lui trouver un remède. Puis l'apothicaire se tourna vers lui avec un étrange soupir.

— Ma préparation habituelle ne suffira pas. Retournez auprès de votre patient, Frère Wulfstan. Je vous y rejoindrai avant la tombée du jour avec mon remède.

Il semblait troublé et fuyait le regard de Wulfstan.

Wulfstan était désappointé. Attendre encore.

— Alors, ce n'est pas un cas ordinaire ? C'est la blessure qui complique ?

— Rien n'est jamais simple avec la fièvre des camps.

Frère Wulfstan se signa.

Lucie posa sa main sur son épaule pour le réconforter.

— C'est si grave, Nicolas ?

— Je ne peux dire, lâcha-t-il d'un ton sec. (Puis, se reprenant, il se pencha pour l'embrasser doucement sur le front.) Il est inutile que tu restes ici, Lucie. (Sa voix s'était faite caressante.) Ne te fais pas de soucis. Si tu te dépêches, tu pourras finir le dernier parterre de roses.

— Je pensais que je pourrais m'instruire en te regardant préparer le remède.

Nicolas lui prit la main.

— Nous verrons cela plus tard, mon amour. La neige n'attend pas.

Son regard plein d'affection et de douceur était voilé de mélancolie.

Sans rien ajouter, Lucie mit son manteau et sortit par la porte du jardin.

Wulfstan soupira.

— C'est un vrai trésor, dit Nicolas.

Wulfstan acquiesça.

— Le bonheur semble vous combler tous les deux.

Nicolas baissa les yeux sans répondre et Wulfstan eut l'impression que son ami évitait son regard. Après tout, les choses n'étaient peut-être pas si simples entre eux.

— Alors, vous allez me préparer un remède particulier ?

Nicolas agita les mains, de nouveau tout à leur affaire.

— Retournez au plus vite auprès de votre patient et donnez-lui beaucoup de menthe à boire pour lui faire venir une bonne sueur.

— J'ai laissé à Henry des instructions dans ce sens, rétorqua Wulfstan, mais devant l'étrange humeur de Nicolas il préféra prendre congé.

Tout au long du chemin du retour, un froid glacial sévit. Nicolas avait raison : la première neige rattrapait son retard.

À la nuit tombée, alors que Wulfstan somnolait au chevet du malade, un petit coup frappé sur son épaule le tira du sommeil. Nicolas Wilton, enfin ! Mais l'apothicaire ne semblait pas dans son état normal. Wulfstan se frotta les yeux et regarda son ami à la dérobée. Les yeux de Nicolas étaient plus grands qu'à l'ordinaire et son visage trop pâle, comme s'il venait de subir un choc violent.

— Vous ne semblez pas bien, Nicolas. Vous auriez dû envoyer quelqu'un m'apporter la médecine.

Le malade poussa un gémissement en clignant des yeux.

Nicolas entraîna Wulfstan un peu à l'écart.

— Son état est pire que je ne pensais, murmura-t-il. (Voilà ce qui expliquait sans doute l'expression de l'apothicaire, pensa Wulfstan.) Il faut lui administrer tout de suite une dose de cette potion. Faites vite. Une goutte dans de l'eau bouillante. Je reste près de lui pendant que vous la préparez.

Wulfstan se précipita vers le feu.

Apparemment, le pèlerin s'éveillait car Wulfstan l'entendit pousser un cri ; puis la voix de Nicolas s'éleva à son tour qui lui murmurait des paroles de réconfort. L'homme cria de nouveau, ce qui n'étonna pas Wulfstan outre mesure. Le doux chevalier était brûlant de fièvre ; il était normal qu'il délire.

Wulfstan fixait l'eau, impatient de la voir bouillir. Le pèlerin sanglotait. Enfin, l'eau se décida à bouillir. Wulfstan mesura la dose avec précaution, dit une prière pendant qu'il mélangeait le liquide, puis s'empressa de retourner auprès du malade.

À sa vive surprise, Nicolas était parti en abandonnant le pèlerin. « Comme c'est étrange de partir sans un mot, grommela-t-il. »

— Assassin, sifflait le pèlerin. Empoisonneur.

Son visage était rouge et luisant de sueur.

— Calmez-vous, mon ami, dit le frère Wulfstan. Il ne faut pas vous agiter.

Le pèlerin haletait et se jetait d'un côté à l'autre du lit, les yeux exorbités.

Wulfstan faisait tout ce qu'il pouvait pour le calmer ; il lui murmurait des paroles rassurantes.

— C'est la fièvre qui vous fait délirer, mon ami. Lucifer vous rend visite pour briser votre volonté. Ne lui prêtez pas attention.

Enfin, les yeux de l'homme s'éclaircirent.

— Je viens de faire un cauchemar ?

— Oui, oui, il n'y a pas d'assassin ici.

C'était on ne peut plus vrai. Wulfstan approcha le gobelet des lèvres pâles de l'homme.

— Buvez ceci. C'est de repos dont vous avez besoin ; un bon sommeil réparateur.

Ses yeux effrayés et mouillés de larmes se posèrent sur le gobelet, puis sur le frère Wulfstan.

— C'est vous qui l'avez préparé ?

— De mes propres mains, mon ami. Buvez, je vous en prie.

L'homme s'éxécuta.

— Alors, il est mort. Je l'ai tué, murmura-t-il.

Et cette terrible pensée sembla l'apaiser. Sous l'effet de la boisson chaude, le pèlerin sombra très vite dans le sommeil. Mais peu de temps après complies, il se mit à gémir. Il s'éveilla en sueur et se plaignit de douleurs dans les bras et dans les jambes. Le vieux moine pensa s'être trompé en diagnostiquant une fièvre des camps. Mais son ami n'avait pas montré ces symptômes auparavant. Il s'empressa de soulager la douleur en frottant ses membres avec des linges imbibés d'une préparation à base de coudrier, mais sans succès.

Il appela alors Henry pour l'aider à préparer des cataplasmes dont il enveloppa les membres du pèlerin. Rien n'y fit ; et frère Wulfstan ne savait plus à quels saints se vouer. Il avait fait tout ce qui était en son pouvoir. Personne ne pourrait le blâmer. Dieu savait combien il prenait à cœur la souffrance du pèlerin. Il songea un instant à faire avertir maître Saurian, le médecin qui soignait les moines de l'abbaye, mais il s'était montré assez inefficace lorsque le pèlerin était tombé malade. De plus, il était tard, et frère Wulfstan craignit que Saurian ne se contente de lui répondre que la volonté de Dieu s'accomplirait, et Wulfstan ne voyait pas l'intérêt de réveiller le médecin au milieu de la nuit pour s'entendre dire cela. Mais la volonté de Dieu n'était pas toujours intelligible à l'homme.

Le pèlerin respirait avec difficulté. Il suffoquait. Henry apporta des oreillers pour lui soutenir la tête et l'aider à respirer.

La nuit fut longue. Le vent s'engouffrait dans la moindre fissure de l'infirmerie et gémissait contre la porte. Le foyer fumait et brûlait les yeux déjà larmoyants du moine soignant. À un moment, lorsque Wulfstan se pencha sur le pèlerin pour lui sécher le front, celui-ci l'empoigna par son vêtement et l'attira contre lui.

— Il m'a empoisonné, murmura-t-il. Je ne l'ai pas tué. Je ne l'ai pas vengée, elle.

Puis il retomba sur son grabat, évanoui.

— C'est la fièvre qui vous consume, mon ami, dit Wulfstan à voix haute, au cas où le pèlerin pourrait l'entendre et se trouver ainsi réconforté par ses paroles. Vous seriez bien plus mal si vous n'aviez pas pris cette médecine.

L'homme ne bougeait plus.

Comme il était regrettable que le pèlerin prenne pour un assassin l'homme qui était venu pour le sauver. Un assassin que le pèlerin pensait avoir tué. Était-ce cela qui lui faisait dire que Nicolas Wilton était mort ? Avait-il tenté de le tuer ? Par la bonne Vierge et par tous les saints, il n'était pas étonnant que Nicolas ait été effrayé. Mais, à contempler son malade, Wulfstan se convainquit que tout ceci n'était qu'un délire causé par la fièvre. Il ne parvenait pas à imaginer ce doux pèlerin agressant Nicolas Wilton.

Wulfstan fixait son malade à travers l'atmosphère sombre et enfumée de la salle et son cœur chavira en constatant qu'il ne reprenait pas conscience. Sa respiration était faible, entrecoupée çà et là d'un violent sursaut, comme s'il cherchait à aspirer d'un seul coup tout l'air qui lui faisait défaut. Wulfstan le redressa sur ses oreillers et pria. Henry le rejoignit après laudes et s'agenouilla à ses côtés.

En dépit de tous leurs soins, la faible respiration du pèlerin cessa à l'aube.

Le cœur brisé, Wulfstan se retira dans la chapelle, prier pour l'âme de son ami.

Henry vint l'y retrouver alors qu'il somnolait sur ses prières. Potter Digby, l'inquisiteur de l'archidiacre Anselm, voulait lui parler.

Wulfstan se demandait ce que Digby pouvait bien lui vouloir. C'était le travail d'un inquisiteur que d'enquêter sur les rumeurs qui accusent certains de n'avoir pas respecté la loi du diocèse, et de convoquer les pécheurs qu'il jugeait coupables devant le tribunal ecclésiastique archiépiscopal pour y être jugés. Ce travail lui valait de toucher une commission. Il lui valait aussi d'être détesté par les gens de la cité qui savaient qu'il attendait de les prendre en délit d'infidélité — le mariage étant un sacrement et le péché d'infidélité, le plus lucratif des délits. Le clergé laïque pouvait rarement payer les sommes demandées pour se faire absoudre de ses péchés. Et beaucoup disaient que c'était grâce au zèle immonde de l'inquisiteur que les maçons et les vitriers qui travaillaient à la cathédrale étaient payés. Wulfstan trouvait pitoyable qu'une si belle cathédrale puisse devoir quoi que ce soit à une telle cupidité. Pour dire le vrai, il détestait Digby, et de toute son âme. Tout en gagnant le cloître, accompagné d'Henry, il se demandait quel nouvel ennui l'homme allait lui apporter.

Il s'avéra que Potter Digby n'était là que pour affaires privées. Il avait découvert Nicolas Wilton évanoui près de la porte de l'abbaye, la nuit dernière, et avait hélé une voiture pour le ramener chez lui. Wilton était dans un tel état, qu'il n'avait pas reconnu sa propre femme. Digby pensait que maîtresse Wilton apprécierait la présence de frère Wulfstan à ses côtés.

— Nicolas ? Comme c'est étrange. (Wulfstan pensa au brusque départ de Nicolas.) Il s'est conduit si bizarrement, la nuit dernière. Mais pardonnez-moi, j'ai veillé toute la nuit. Je viens de perdre un malade qui était aussi un ami. Je ne peux pas venir. Je ne serais d'aucun secours.

— Wilton est mal en point. Sa femme est très inquiète. (Digby haussa les épaules.) Alors, peut-être que maître Saurian...

— Saurian ? Il ne sera d'aucune aide pour maîtresse Wilton, dit Wulfstan d'une voix troublée.

Bien que tremblant de fatigue et affaibli par un long jeûne, il ne pouvait se résoudre à abandonner la douce Lucie au glacial maître Saurian.

— Alors, que suggérez-vous, Frère Wulfstan ?

Le moine soignant haussa les épaules.

— Je vais demander à mon supérieur l'autorisation de me rendre auprès de maître Wilton.

Et, une fois de plus, Wulfstan brava la neige et le froid qui faisait douloureusement souffrir ses vieux os. Mais cela ne comptait pas. Il ne pouvait abandonner Lucie en pareille circonstance.

Il regretta de s'être tant inquiété car ce fut Bess Merchet, la propriétaire de la York Tavern située à l'angle de la rue de l'apothicaire, qui vint l'accueillir à la porte de la cuisine. Wulfstan fut soulagé de voir cette imposante masse de compétence s'encadrer dans la porte. C'était une femme pleine de bon sens, qui se souciait peu d'exhaler en parlant une forte odeur de brandy, et c'était une bonne amie pour Lucie.

— Elle va être heureuse de vous voir, Frère Wulfstan.

Bess le poussa dans la pièce et lui mit dans les mains un gobelet rempli d'un liquide chaud.

— Buvez cela pour vous remonter et reprenez votre souffle. Je vais voir ce qui se passe là-haut.

Elle disparut dans l'escalier.

Wulfstan huma le mélange d'herbes et de brandy et conclut que la boisson lui ferait le plus grand bien. De fait, elle lui remit bien vite le cœur en place, tout en adoucissant la peine que lui causait la perte de son ami.

Arrivé à l'étage, il suffit à Wulfstan d'un seul regard porté au malade pour comprendre qu'il pourrait bientôt souffrir de la disparition d'un autre ami.

— Mère Miséricordieuse, que vous est-il arrivé ?

Wulfstan s'agenouilla près du lit, prit les mains de Nicolas qui gisaient toutes molles sur les couvertures, et essaya de les réchauffer dans les siennes. Nicolas regardait droit devant lui. Il remua les lèvres mais aucun son ne s'en échappa.

— Il a été comme ça toute la nuit.

Lucie s'assit de l'autre côté du lit et essuya, à petits coups légers, les larmes de son mari. Les ombres bleues sous ses yeux laissaient deviner qu'elle avait passé une nuit tout aussi dramatique que celle qu'avait passée Wulfstan.

— Il est parti hier après-midi tel que vous l'aviez vu, l'esprit clair et suffisamment bien pour travailler au jardin en dépit du froid qui sévissait. Et il est revenu dans cet état, incapable de parler, tourmenté par un mal que j'ignore, ce qui fait que je ne peux l'aider.

Elle se mordit les lèvres pour retenir ses larmes. Ce n'était pas le moment de pleurer.

Wulfstan sentit son cœur déborder de pitié pour elle. Il pouvait juger de l'intensité de sa propre douleur à la mort du pèlerin, alors, que pouvait être la sienne au chevet d'un mari tel que Nicolas. Il glissa les mains de Nicolas sous les couvertures et entraîna Lucie à l'écart.

— Dites-moi tout ce que vous savez.

Elle ne put lui dire que peu de chose ; seulement que Digby avait aidé Nicolas à regagner la maison car il était incapable de se tenir sur ses jambes. Son bras droit semblait inerte. Il n'avait pu proférer aucune parole, rien que des sons inarticulés. Elle serrait ses mains l'une contre l'autre et semblait désespérément à la recherche du moindre réconfort.

Mais Wulfstan ne pouvait lui en apporter que fort peu.

— Il semble que ce soit une paralysie. Temporaire ou permanente ? Seul le temps pourra le dire. Son sort est entre les mains de Dieu. Si seulement je savais ce qui en est la cause. (Il repensa à l'attitude qu'avait eue Nicolas pendant qu'il le questionnait sur le pèlerin et, plus tard, lorsque Nicolas avait vaguement examiné le malade.) Il était agité en quittant l'infirmerie. Peut-être est-il tombé dans le noir ? Un coup sur la tête pourrait causer une telle paralysie. Ou sur la colonne vertébrale. Mais il faudrait que ce soit un coup violent.

— Un coup.

Lucie regarda Nicolas, puis se tourna afin que seul Wulfstan puisse l'entendre.

— Se pourrait-il que ce soit le pèlerin ? demanda-t-elle d'une voix basse et étranglée.

Wulfstan se souvint des accusations du mourant. Mais il n'avait aucune preuve. Et, à présent que l'homme était mort, il ne voyait aucune raison d'effrayer Lucie.

— Bien sûr, l'état de mon patient perturba Nicolas. Il m'a dit qu'il n'avait pas pensé que l'homme était si mal. Mais ce choc ne fut pas assez violent pour avoir eu ces conséquences.

Il regarda Lucie qui avait baissé la tête.

— Qu'y a-t-il, mon enfant ? De quoi avez-vous peur ?

— J'ai eu la visite de l'archidiacre Anselm, ce matin.

— Anselm ? Il est venu ici ?

— Nicolas et lui ne s'étaient pas parlé depuis des années. Depuis bien avant notre mariage. Il est étrange qu'il soit venu aujourd'hui. Il se tenait là, sur le pas de la porte, très tôt, avant que les clients n'arrivent. Il savait que Nicolas était souffrant. Il s'est montré aussi affligé que le serait un ami sincère. Après toutes ces années ! Il n'est pas venu lorsque notre Martin est mort.

Leur unique enfant était mort de la peste avant même d'avoir su marcher.

Quelque chose troublait Wulfstan. Il avait, lui aussi, reçu la visite de l'archidiacre, la nuit dernière. À ce moment-là, il ne s'était pas posé de questions car l'archidiacre devait dîner avec l'abbé Campian. Avant de se rendre à son invitation, il s'était arrêté à l'infirmerie, curieux de voir si elle avait changé depuis qu'il y avait subi sa dernière saignée. Anselm avait été écolier à l'école de St. Mary. La nuit dernière, il s'était montré charmant, demandant de ses nouvelles à frère Wulfstan, racontant à Henry combien Wulfstan l'avait effrayé enfant car celui-ci souffrait d'une maladie de poitrine. Anselm s'était inquiété de la santé du pèlerin, l'unique patient de l'infirmerie. Et sa sollicitude était apparue comme une simple marque de politesse.

Wulfstan fit asseoir Lucie sur un coffre près de la petite fenêtre.

— Racontez-moi la visite de l'archidiacre.

— Il avait entendu dire que Nicolas était malade. Il a demandé si c'était grave. Je lui ai répondu que je l'ignorais et que je ne pouvais rien lui dire de plus que ce que son inquisiteur lui avait rapporté car il ne s'était rien produit de nouveau. Il a paru surpris. Il m'a demandé ce qui me faisait dire que son inquisiteur lui avait parlé. Je lui ai alors raconté comment Digby avait trouvé Nicolas. Il n'a pas apprécié. « L'infirmerie de l'abbaye ? Qu'y faisait Nicolas ? » Il a prononcé ce mot comme s'il s'agissait d'un camp ennemi ; d'un lieu où Digby savait qu'il ne devait pas aller.

— Mon infirmerie ?

Wulfstan n'aimait pas cela.

— L'archidiacre m'a inquiétée avec ses questions. Je lui ai dit que Nicolas était allé porter un remède à un malade. « Le soldat ? » m'a-t-il demandé. J'ai répondu que oui ; celui qui se disait pèlerin. L'archidiacre a soudain pâli et il a dû s'appuyer contre le comptoir. Je lui ai demandé ce qu'il avait mais il ne m'a pas répondu. Il a voulu savoir ce qui s'était passé à l'abbaye. Naturellement, je l'ignorais. Je soupçonnais l'archidiacre d'en savoir plus que moi sur le sujet. Je lui ai demandé qui était ce pèlerin. Je suis certaine qu'il le sait. Il a cligné des paupières et son regard s'est perdu dans le vague. « Je n'ai pas vu ce pèlerin, Maîtresse Wilton », m'a-t-il dit. C'est le genre de semi-vérité que les sœurs nous apprenaient à ne jamais proférer. J'ai reposé ma question. Il s'est redressé et m'a dit qu'il reviendrait. J'ai insisté : « Qui est-ce ? » Il m'a dit de nouveau : « Je reviendrai » et il est sorti précipitamment.

Lucie regardait par la fenêtre, les mâchoires serrées.

— Maudit prêtre ! Il sait qui est cet homme. Pourquoi n'a-t-il pas voulu le dire ? Je pense que c'est lié au soldat.

Elle tourna vers Wulfstan un regard noir.

— Qui est ce pèlerin, Wulfstan ?

— Ma chère Lucie, Dieu m'est témoin que je l'ignore.

— Je veux lui parler.

Wulfstan secoua la tête.

— Il est mort.

Elle parut bouleversée.

— Mort ? Quand ?

— La nuit dernière. Qui que ce fût, il ne peut plus nous aider à présent.

Lucie se signa. Ce n'était pas bien de dire du mal de quelqu'un qui venait de mourir.

— Qu'il repose en paix.

Wulfstan murmura un amen, les yeux baissés, brûlants de larmes. Il était si faible qu'il ne parvenait plus à se contrôler.

Lucie s'en rendit compte et lui prit la main.

— Je suis désolée que votre patient soit mort

— C'était plus qu'un patient. C'était un ami.

La voix de Wulfstan se brisa. Il s'essuya les yeux et prit une profonde inspiration.

— Pardonnez-moi. Je crains de ne pas vous être utile à grand-chose.

Elle l'embrassa doucement sur le front. Ses lèvres ne firent que l'effleurer mais son geste était si affectueux qu'il eut raison des dernières défenses du vieux moine. Il cacha son visage dans ses mains et pleura. Lucie l'entoura de son bras et le pressa contre lui.

Plus tard, lorsque Wulfstan eut recouvré ses forces à l'aide d'un gobelet de brandy, il parla de son amitié pour le pèlerin ; et de la douleur cachée de l'homme.

— C'était un noble cœur. Merci d'être venu malgré votre douleur. Mais qui vous a dit de venir ?

— Digby. C'est lui qui m'a fait part de vos ennuis.

— Tout ceci est bien étrange, Frère Wulfstan ; l'empressement de Digby à aider ; la visite de l'archidiacre. Je crois que si je découvrais le lien qui existe entre l'archidiacre Anselm et le pèlerin et celui qui existe entre l'archidiacre et Nicolas, je saurais ce qui s'est réellement passé.

Wulfstan ne répondit rien. Il y avait fort longtemps,

il avait juré à Nicolas de ne jamais parler à Lucie du passé et il tiendrait sa promesse. Mais il était contrarié que Nicolas soit tombé malade juste au moment où lui, Anselm et l'inquisiteur d'Anselm se trouvaient à St. Mary. Il avait du mal à croire à une coïncidence.

Dieu a créé le diable en la personne d'Ève, à partir d'une côte d'Adam. Il a pris la partie diabolique de l'homme pour créer la femme. C'était une telle évidence, une assignation si claire et, cependant, si peu d'hommes tenaient compte de l'avertissement. Et, à cause de leur aveuglement, ils étaient détruits.

Anselm, l'archidiacre d'York, s'agenouilla sur la pierre froide et humide. Il essayait de repousser les pensées amères qui l'assaillaient afin de pouvoir prier pour son si cher ami. Mais ses pensées revenaient sans cesse sur Nicolas. Le gentil Nicolas détruit à cause de l'amour qu'il portait à une femme, et qui endurait une telle souffrance qu'il était peu probable qu'il puisse longtemps y survivre. Peut-être était-ce mieux ainsi ?

Anselm s'agitait, mal à l'aise. Le froid humide s'était installé dans ses genoux et avait fait jaillir une douleur lancinante jusque dans ses reins. Il offrit cette douleur pour le salut de son ami. Il se sentait prêt à endurer tous les maux de la terre pour le salut de son ami. Il avait déjà beaucoup souffert à cause de lui tout au long de sa vie d'adulte. Mais il ne lui en tenait pas rancune. Et ses prières pour Nicolas venaient du plus profond de son cœur.

Nicolas n'était pas responsable de son infortune. Il n'avait pas choisi le chemin du péché. C'était le choix de son père ; son père qui l'avait retiré de l'abbaye pour faire de lui son apprenti dans son échoppe d'apothicaire, une boutique qui jouxtait une taverne, en plein centre de la cité, au cœur de ses perversions. C'était le père de Nicolas qui l'avait pressé de se choisir une femme, une compagne qui porterait l'héritier à qui reviendrait le commerce après lui. En fils obéissant, Nicolas s'était détourné d'Anselm. Il avait trouvé sur sa route une femme assez diabolique pour séduire trois hommes avant de mourir, et les entraîner tous les trois avec elle dans sa chute. Et sa fille allait sceller l'acte, en enfermant Nicolas ici jusqu'à ce que la malédiction soit arrivée à son horrible terme.

Le père de Nicolas était mort comme il le méritait, dans une grande amertume, en voyant que son fils était toujours célibataire et qu'il détenait un terrible secret qui pouvait détruire tout ce qu'il avait bâti, à force de travail, dans sa vie. Tel fut le prix du péché. Mais Nicolas aurait pu être épargné ; le beau, le gentil, l'affectueux Nicolas.

Anselm courba la tête et pria pour obtenir la clémence de Dieu.

Quelques semaines plus tard, juste après le Jour des Rois, le frère Wulfstan était assis près du feu, dans l'infirmerie. Il contemplait sa main. Elle l'avait tout d'abord picoté puis elle s'était très vite engourdie. Pour obtenir ce résultat, il lui avait suffi d'y passer un peu de produit du bout de l'ongle. Appliquée en onguent, la dose d'aconit qu'il contenait était suffisante pour tuer un homme. Rien d'étonnant à ce qu'il ait tué son ami en le lui faisant ingérer ; tout comme il venait de tuer sir Oswald Fitzwilliam. Dieu lui pardonne, il ne s'était pas rendu compte qu'il était devenu vieux et incompétent. Maintenant, il en avait la preuve. Un infirmier ne devrait jamais accepter une médecine préparée par d'autres mains que les siennes sans l'avoir testée au préalable. Mais il ne l'avait pas fait. Et lorsque son patient était mort, il n'avait pas eu, non plus, l'idée d'analyser le produit. Au lieu de cela, il avait posé la fiole sur une étagère, toute prête pour une prochaine victime. Dieu ait pitié de lui, c'était son incompétence qui avait tué son ami, le gentil pèlerin. Et, à présent, c'était le tour de sir Oswald Fitzwilliam, le pupille de l'archevêque. Par la douce Vierge et par tous les saints, qu'allait-il faire ?

Qu'est-ce que cela signifiait ? Nicolas Wilton était respecté dans tout le pays. Comment aurait-il pu commettre une si grossière erreur ?

Wulfstan fixait ses mains comme s'il voyait soudain une explication possible en émerger. Nicolas se sentant déjà malade, cet après-midi-là, avait peut-être mal préparé la mixture. Rien ne ressemble plus à une poudre qu'une autre poudre. Se sentant déjà mal, avait-il pu confondre la poudre d'aconit et la racine d'iris ? Pendant qu'il composait ses préparations, frère Wulfstan priait toujours Dieu de l'assister dans sa tâche. Un remède pouvait si facilement se transformer en poison. Mais non. Nicolas n'avait montré aucun signe de maladie, ce jour-là. Il était sans doute un peu plus pâle qu'à l'ordinaire mais il jouissait d'une faible constitution et il venait de passer plusieurs heures à travailler au jardin, dans le premier vrai froid de la saison. Il y avait eu aussi son étrange comportement. C'est vrai. Mais, mon Dieu, c'était bien maigre pour asseoir une suspicion. Pas après toutes ces années de confiance aveugle en lui.

Une chose était claire, Wulfstan devait rapporter à

Lucie Wilton ce qu'il restait du remède et avoir avec elle une discussion. Elle allait devoir surveiller Nicolas, dès qu'il serait suffisamment rétabli pour reprendre son travail, et lui interdire de préparer quoi que ce soit avant d'avoir prouvé qu'il était de nouveau en pleine possession de ses moyens.

Wulfstan était si fatigué, en arrivant à l'échoppe de l'apothicaire, qu'il crut que Lucie avait deviné ce qu'il apportait rien qu'en posant les yeux sur le paquet qu'il tenait à la main. Mais comment aurait-elle pu savoir ? Ses questions lui prouvèrent qu'il s'était trompé.

— C'est pour Nicolas ? Un nouveau remède qui pourrait le guérir ?

— Ma pauvre Lucie, j'aurais aimé qu'il en fût ainsi.

L'intonation du vieux moine lui fit froncer les sourcils. Elle le conduisit dans la cuisine où elle lui fit signe de s'asseoir devant le feu.

Après le froid glacial du dehors, Wulfstan transpirait maintenant à grosses gouttes. Il s'essuya le front. Lucie lui tendit un gobelet.

— Bess Merchet a apporté de la bière brassée par Tom. Vous paraissez en avoir plus besoin que moi.

— Dieu vous bénisse.

Il accepta avec joie le gobelet et but plusieurs longues rasades.

— Maintenant, mon ami, dites-moi ce qui se passe.

La voix de Lucie était calme mais son regard troublé trahissait l'inquiétude et, en lui prenant le gobelet des mains, il avait remarqué que celles-ci étaient froides. Mais il l'avait sans doute alarmée en arrivant à l'improviste, avec cet air si solennel.

— Pardonnez-moi, je quitte à l'instant le chevet

d'un mort. Sir Oswald Fitzwilliam, le pupille de l'archevêque. Et je crains d'être responsable de sa mort.

— Vous, Frère Wulfstan...

Il posa son gobelet près de lui et montra le paquet.

— Voyez-vous, j'ai administré ce remède au malade. Quand son état s'est soudain aggravé, j'ai examiné la préparation. Mon enfant, une dose infinitésimale de ce remède aurait suffi pour tuer un homme.

Les yeux fixés sur la fiole, Lucie demanda vivement :

Et vous me l'avez apporté pour que je l'analyse à mon tour, avec l'espoir de vous être trompé ?

Wulfstan secoua la tête.

— Je ne me suis pas trompé, Lucie.

Lucie plongea sur lui ses grands yeux clairs.

— Alors, pourquoi l'avoir apporté.

— C'est le remède que Nicolas avait préparé pour soigner la fièvre des camps, le jour où il est tombé malade.

Il crut tout d'abord qu'elle n'avait pas entendu, tant elle était immobile.

— Mère Miséricordieuse, souffla-t-elle en se signant. En êtes-vous certain ?

Ses yeux s'étaient agrandis en entendant les mots prononcés par Wulfstan.

— Je suis aussi méticuleux que vous qui, je le sais, étiquetez toute chose, dit Wulfstan.

— J'ignorais qu'il en restait.

— Le pèlerin est mort la nuit même où je lui ai administré le remède et Nicolas m'en avait préparé pour plusieurs jours. Il m'aurait semblé criminel de ne pas le conserver.

— Mais si vous saviez...

— Je ne l'ai su qu'aujourd'hui. Je n'avais jamais songé à analyser la préparation avant ce jour.

Lucie se mordit les lèvres.

— Je ne connais pas la composition du remède pour la fièvre des camps. Quel est le poison ? demanda-t-elle.

— L'aconit.

— Et vous êtes sûr qu'il s'y trouve en quantité suffisante pour tuer.

— Une seule pincée a suffi pour engourdir ma main.

Lucie serra ses bras autour d'elle.

— Les deux hommes souffrirent-ils de douleurs dans les membres ? (Wulfstan acquiesça.) De troubles respiratoires ?

Il acquiesça de nouveau. Lucie cacha sa tête dans ses mains.

— Pardonnez-moi d'ajouter à votre peine, mon enfant. J'aurais voulu ne pas vous le dire mais j'ai pensé que vous deviez savoir qu'il fallait surveiller Nicolas. Vous devez lui interdire de revenir à l'échoppe avant qu'il soit complètement guéri de corps et d'esprit.

Elle opina sans relever la tête.

Wulfstan se pencha pour prendre son gobelet. Le chat de Lucie qui s'étirait devant le feu vint se frotter contre la main du moine. Melisende était un adorable petit chat rayé gris et blanc, avec des oreilles anormalement longues. Wulfstan lui gratta le front. Melisende ronronna de plaisir.

— Il devait déjà être malade, dit Lucie.

Wulfstan leva son gobelet, Melisende sauta sur son giron et s'y blottit confortablement.

— Je le pense aussi. Il ne s'est pas rendu compte qu'il était diminué ce jour-là et qu'il ne devait pas se faire confiance.

Lucie releva la tête, les yeux brillants de larmes.

— Le froid aurait-il pu être responsable de son état ? Je n'aurais peut-être pas dû le laisser travailler au jardin avec moi ?

Wulfstan trouvait son rôle insupportable. Accuser Lucie de négligence était bien la dernière des choses qu'il ambitionnait. Elle avait déjà tant souffert et tant pris sur elle.

— Lucie, mon enfant, comment auriez-vous pu l'empêcher d'aller au jardin ? Vous ne devez pas vous blâmer.

— C'est difficile. Il dépérit.

— Ne perdez pas espoir. Dieu ne le rappellera à Lui que si son heure est venue.

— Même s'il guérissait...

Lucie toucha ses joues couvertes de larmes comme si elle était surprise de les trouver mouillées, puis elle les sécha avec le chiffon avec lequel elle s'était essuyé les mains après avoir servi la bière.

— Pauvre Nicolas. Même guéri, il ne se relèvera pas s'il apprend que tout ce pourquoi il a travaillé toute sa vie est détruit à jamais.

— Pourquoi détruit ?

Lucie posa ses beaux yeux remplis de larmes sur ceux du vieux moine.

— Deux morts. D'après les règlements municipaux, nous ne pourrons plus exercer. La Guilde ne peut rien contre les règlements et son président Thorpe ne pourra donner une deuxième chance à Nicolas. Nous sommes ruinés, Frère Wulfstan.

Wulfstan caressait le chat et priait en silence pour que Dieu le guide. Il devait empêcher qu'un pareil désastre ne se produise.

Lucie arpentait la pièce, de la cheminée à la porte, puis elle s'arrêta à mi-parcours devant les étagères et, d'un air absent, elle remit quelques bocaux et quelques assiettes en place.

— C'est une terrible affaire, murmura Wulfstan, s'adressant plus au chat qu'à Lucie.

Mais ces mots parurent brusquement la réveiller. Elle vint très vite se rasseoir près du vieux moine et lui prit la main.

— Mon cher ami, pardonnez-moi. Je n'ai pensé qu'à Nicolas et à moi-même. Mais vous aussi vous risquez de perdre le travail de toute votre vie.

— Moi ? Le travail de toute ma vie ?

— Votre infirmerie.

— Mon... Mais comment perdrais-je mon infirmerie ?

— Si l'abbé Campian apprend que vous avez administré un remède sans l'avoir analysé avant...

Doux Jésus ! Son supérieur le relèverait de ses fonctions ? Mais oui, il le ferait. Et à juste titre. L'âge l'avait rendu inconscient.

— À moins que nous nous sauvions nous-mêmes, dit Lucie d'une voix calme.

— Nous sauver nous-mêmes ?

— Oui. En gardant pour nous ce secret.

— Sans rien dire à personne ?

— À personne. (Elle regarda ses mains puis posa de nouveau son regard sur Wulfstan.) En quoi serait-ce un péché ? En ce qui me concerne, je ne laisserai plus Nicolas préparer d'autres médecines à moins que vous et moi ne soyons convaincus qu'il a recouvré toutes ses facultés. Et je ne doute pas, qu'à partir de ce jour, vous n'administrerez plus jamais un remède sans l'avoir analysé auparavant.

À présent, son regard était clair, calme et posé ; ses yeux secs.

Ils redonnaient courage à frère Wulfstan.

— Mes pensées ne s'étaient pas aventurées si loin, je l'avoue. Mais vos conclusions sont pertinentes.

Il vida son gobelet.

— Alors, garderons-nous le secret ?

Dieu lui vienne en aide. Wulfstan n'avait aucune envie d'affliger davantage cette famille ; pas plus qu'il n'avait l'intention de perdre son infirmerie. Il acquiesça.

— Ce sera notre secret.

Lucie lui serra les mains.

— Mais, lorsqu'il sera guéri, commença Wulfstan...

— Je le surveillerai. (Lucie dégagea ses mains et se pencha pour reprendre le paquet.) En accord avec notre pacte, je vais brûler ceci.

Wulfstan acquiesça.

— Oui, faites-le. Je m'en serai volontiers acquitté moi-même mais...

Lucie secoua la tête.

— Non, c'est à moi de le faire.

Elle se pencha pour l'embrasser sur la joue.

— Grand merci, Frère Wulfstan. Vous nous avez sauvés.

Il ne put croire que tant de douceur puisse émaner du diable. Cette fois encore, Dieu lui avait montré la voie.

Après le départ de Wulfstan, Lucie se mit à arpenter la pièce, ses bras serrés autour d'elle. Son regard se posa sur le pichet de bière. Un gobelet lui donnerait un coup de fouet mais c'était le tout début de l'après-midi et les clients n'allaient pas tarder à arriver. Il lui fallait garder l'esprit clair. Dorénavant, tout reposait sur elle.

1

UN ESPION BORGNE

Maître Roglio eut grand mal à replier ses cartes astrologiques et à ranger les instruments dont il s'était servi pour examiner l'œil de son patient. Owen remarqua que les mains du physicien tremblaient, qu'il avait les épaules contractées d'un homme qui retient son souffle et que ses yeux l'évitaient. Maître Roglio exsudait la peur. Owen jeta un regard en direction du duc de Lancastre qui suivait la scène dans un angle de la pièce. C'était un vieillard, mais la deuxième puissance du pays après le roi Edward. Lui déplaire était encourir les plus grands risques.

Un bon chrétien aurait attendu pour poser sa question, mais Owen ne vivait depuis trois mois que pour cet instant ; il ne pouvait patienter plus longtemps.

— Les chairs ont guéri mais l'œil reste noir. Vous ne voyez aucun mieux, hein, physicien ?

Les yeux de Roglio glissèrent jusqu'au vieux duc qui s'était assis au premier rang, intéressé. Le physicien eut un haussement d'épaules qui en disait long.

— Dieu peut encore faire un miracle.

— Mais vous, vous ne pouvez pas, grogna le vieux duc.

Roglio croisa le regard inflexible du duc.

— Non, my lord.

Il réussit à ne pas tressaillir.

Les chairs avaient guéri mais l'œil restait noir. Un œil. Dieu avait pourvu l'homme de deux yeux dans un but précis, à n'en pas douter. Si Owen n'en avait qu'un, c'était aussi dans un but précis, à n'en pas douter.

Owen avait fait bon usage de ses deux yeux. Archer prisé de Lancastre, il avait été élevé au rang de capitaine pour instruire et entraîner les autres soldats. Un exploit pour un Gallois. Pas un animal, pas un homme n'échappait à ses flèches. Mais il prenait soin de ne tuer que pour se nourrir ou sur ordre de son seigneur. Et uniquement pour l'honneur et pour la gloire de Dieu.

La charité chrétienne l'avait dépossédé de tout cela. Un jongleur et sa maîtresse. Des Bretons. Ils sont plus indépendants que les Gallois, avait pensé Owen. Ils n'avaient aucune raison d'espionner pour les Français. La femme s'en tirait en flirtant avec les hommes. Les soldats sauraient en faire bon usage. Mais le jongleur, lui, avait été condamné. Les hommes ne le trouvaient pas amusant. Seul Owen comprenait les chants du Breton et encore, en faisant de gros efforts. Car son langage était un mélange de cornouaillais et de français. Les hommes restaient réfractaires. Ce qui les aurait amusés, ç'aurait été de tuer le jongleur. Owen avait dû argumenter pour le faire relâcher. Et il avait gagné.

Deux nuits plus tard, le jongleur s'était glissé dans le camp et avait coupé la gorge des prisonniers les plus gradés, ceux qui coûteraient à la noblesse française les plus fortes rançons. Owen l'avait rattrapé. *Bâtard ingrat. On t'avait gracié.* Sa maîtresse s'était approchée par-derrière en rampant. D'un réflexe rapide, Owen s'était retourné mais le coup qui visait sa gorge avait dévié et lui avait transpercé l'œil gauche. Avec un rugissement de douleur, il avait plongé son épée dans le ventre de la femme. Mais le temps de reprendre son arme et de se retourner, le jongleur était arrivé sur sa gauche pour lui fracasser l'épaule. Les muscles d'un archer, qui sont assez puissants pour lui permettre de manier une épée large d'une seule main, n'avaient pas abandonné Owen qui, d'un seul coup, avait transpercé l'épaule du jongleur jusqu'en bas de sa gorge. Quand les Bretons eurent baigné dans leur sang, Owen s'était laissé tomber sur le sol, en proie à une douleur infernale. Il venait d'accomplir son dernier acte de soldat.

Et maintenant, il devait tout réapprendre du début. Jusqu'à présent, il n'avait pas entrepris grand-chose car il pensait que sa demi-cécité n'était que provisoire. Un inconfort passager, au même titre que ses blessures. Lorsqu'un obstacle qu'il n'avait pas vu le faisait trébucher, il prenait l'incident comme une leçon d'humilité et l'offrait en réparation de ses nombreux péchés. Le monde lui semblait asymétrique. Et lorsqu'il cillait, il clignait de l'œil.

Owen découvrit ainsi les avantages de posséder deux yeux. Par exemple, lorsqu'on en a deux, une poussière ne vous rend pas aveugle. Ce n'était, certes, qu'un handicap. Mais aujourd'hui, il faisait de lui un homme aussi démuni qu'un enfant au berceau.

La cécité totale pouvait le guetter. La mort aussi pouvait le guetter.

Oui, mais tout son univers avait basculé.

Le vieux duc déclara que l'infirmité d'Owen n'en faisait pas pour autant un invalide — un archer ne visait-il pas avec un œil fermé ? Et, avec un peu d'entraînement, son épaule retrouverait vite toute sa force. Mais pour Owen, la perte de son œil était due à une erreur de jugement de sa part et la blessure de son épaule était la conséquence de sa demi-cécité. Un borgne est un homme vulnérable. Il expose ceux avec qui il combat.

Lancastre le laissa tranquille quelque temps, puis il l'attaqua par surprise.

— Vous êtes un imitateur-né, Archer Owen. Depuis que vous êtes à mon service, vous avez acquis des manières de chevalier. Votre accent est rude mais les seigneurs des frontières conservent les accents de leurs terroirs. Et mieux qu'un seigneur, vous êtes un homme libre. Vous n'appartenez à personne ; pas d'honneur de famille à défendre ; vous ne recherchez pas la puissance dans des alliances secrètes. Je peux vous faire confiance. Avec un peu d'éducation, je pourrais faire de vous mes yeux et mes oreilles. Qu'en pensez-vous ?

Avec un mouvement d'oiseau, Owen tourna la tête pour étudier son seigneur avec le seul œil dont il disposait. Lancastre avait un étrange sens de l'humour et il faisait toujours en sorte de parler d'une voix unie dépourvue de toute émotion. Mais, en cet instant, le regard du vieux duc était franc et sérieux.

— Vous voulez que je devienne votre espion ?

Le vieux duc sourit.

— Plus que cela : une pointe émoussée plantée au cœur des choses.

— Un espion borgne est tout aussi inutile qu'un archer borgne, my lord.

Mieux valait qu'il le dise lui-même ; de toute manière, quelqu'un s'en chargerait.

— Je ne peux nier qu'avec votre bandeau en cuir et votre balafre, vous ne passez pas inaperçu.

Le vieux duc riait sous cape, appréciant fort l'instant.

— Le fait d'être si peu crédible sera votre meilleur atout.

— Raisonnement intéressant, dit Owen.

Le vieux duc éclata de rire en rejetant sa tête en arrière.

— Vous parlez avec la délicatesse d'un seigneur. Excellent.

Il reprit très vite son sérieux.

— Mon gendre me reconnaît un très grand talent en matière de tactique, dit-il en se penchant en avant. Et c'est vrai, Archer Owen. On n'acquiert pas la puissance en veillant aux intérêts du roi, ou en se contentant de livrer quelques batailles. J'ai besoin d'espions de confiance. En tant que capitaine des Archers, vous m'étiez précieux. Vous pouvez l'être encore davantage en devenant mes yeux et mes oreilles. Mais pour cela, il vous faudra connaître les règles du jeu. Vous devrez apprendre à déchiffrer à la fois les hommes et leurs lettres. L'aventure vous tente-t-elle ?

Un espion travaille seul. L'infirmité d'Owen ne mettrait en danger personne d'autre que lui. Le projet lui sourit.

— Beaucoup, my lord.

Dieu était plein de miséricorde dans Ses desseins.

Owen passa la nuit à la chapelle en prières de louange. Il allait pouvoir servir encore.

Deux ans plus tard, Owen se tenait dans le fond de l'église de Westminster, avec la suite du vieux duc, pour assister à ses funérailles. Une fois encore, Dieu l'avait élevé pour mieux le rabaisser. Il n'espérait pas que le vieux duc ait pris des dispositions pour son avenir. Si le duché était revenu au fils légitime de Lancastre, sans doute en aurait-il été autrement. Mais le vieux duc ne laissait que des filles. Le nouveau duc de Lancastre, John of Gaunt, était son gendre, l'époux de Blanche, la fille du vieux duc, et il était le fils du roi Edward, ce qui faisait de lui un seigneur tout-puissant. On ne pouvait s'attendre à ce qu'il prenne à son service un espion gallois et borgne de surcroît. Owen réfléchissait beaucoup à son avenir depuis quelques jours. Il avait gagné un peu d'argent au service du duc et il envisageait sérieusement de passer sur le continent pour gagner l'Italie. Là-bas, les princes étaient en nombre ; les intrigues aussi. Il trouverait bien quelqu'un pour l'employer.

Il s'entraîna à tirer jusqu'à ce que son unique œil pleure de fatigue et que ses bras et ses épaules se nouent de douleur. Son bras restait sûr, presque aussi fort qu'auparavant, mais il était vulnérable sur la gauche. Il travailla à tournoyer sur lui-même, tout en restant accroupi et à s'étirer le cou afin de pouvoir se retourner brusquement.

C'est alors que John Thoresby, Lord Chancelier d'Angleterre et Archevêque d'York, envoya quelqu'un le chercher à Kenilworth. Thoresby était à Londres pour les affaires du roi. Owen devait l'y retrouver.

Owen prit le gobelet qu'on lui tendait et goûta le vin. Il n'en avait jamais bu d'aussi bon, même à la table du vieux duc. Le Lord Chancelier et Archevêque d'York le traitait avec égards. Owen se demandait bien ce qu'il attendait de lui.

John Thoresby s'appuya contre le dossier de son siège. Il dégustait son vin avec un plaisir de connaisseur. Un feu crépitait dans la cheminée et réchauffait l'antichambre privée. Des tapisseries accrochaient la lumière du feu et renvoyaient la chaleur de leurs couleurs vives dans la pièce.

Avec son œil unique, Owen ne parvenait pas à regarder discrètement les tapisseries. Il lui fallait tourner la tête d'un côté, puis de l'autre, en particulier pour voir celles qui se trouvaient sur sa gauche. Il n'y avait pour lui qu'un seul moyen de sortir de cette situation : se montrer ostensiblement indiscret. Flatter l'homme en admirant ses possessions. Il tourna la tête afin d'embrasser la pièce d'un seul coup d'œil. Une chasse au sanglier commençait à la gauche de la porte pour se poursuivre tout autour de la pièce et se terminer dans le grand hall, avec le festin où la tête de l'animal était offerte au vainqueur. Les tapisseries, séparées les unes des autres, formaient un ensemble parfait qui s'harmonisait merveilleusement avec la pièce.

— Ces tapisseries sont splendides. Un travail de Normand, je suppose. Le tissage serré ; les verts profonds. Oui, à n'en pas douter, un travail de Normand.

John Thoresby sourit.

— Je vois que vous n'avez pas passé tout votre temps en Normandie sur les champs de bataille.

— Ni le vôtre en négociations, rétorqua en souriant Owen.

Il ne devait pas paraître intimidé par l'honneur qu'on lui faisait en l'invitant à boire du vin dans les appartements privés du Lord Chancelier.

— Vous êtes un courageux Gallois, Archer Owen. Et plein de ressources. Quand le vieux duc m'a demandé de vous prendre à mon service, j'ai pensé que la douleur lui brouillait l'esprit. Comme vous le savez, il n'a pas eu une mort facile.

Owen opina. Lancastre avait eu une longue agonie. Maître Roglio disait que les chairs du vieux duc se consumaient de l'intérieur, de sorte que sur la fin, il ne pouvait plus rien ingérer que de l'eau et qu'une seule gorgée suffisait pour lui provoquer un coup de sang. Owen était ému en pensant que même pendant son agonie, son seigneur avait pensé à lui.

— Il vous a appris à écouter, à observer et à retenir. (Thoresby observait Owen par-dessus le rebord de son gobelet.) Est-ce exact ?

— Oui, my lord.

— Une telle confiance aurait pu tourner la tête d'un archer ordinaire.

Thoresby continuait de fixer Owen.

L'archevêque ne paraissait pas être un homme bien compliqué et Owen pensa que l'honnêteté était sa meilleure carte à jouer.

— Lorsque j'ai perdu mon œil, j'ai cru que tout était fini pour moi. La confiance de mon seigneur m'a tiré du désespoir où je sombrais. Il m'a rendu un but quand je n'en avais plus. Je lui dois la vie.

— Vous la lui devez, en effet, acquiesça Thoresby.

Et à moi, vous ne devez rien. Je ne fais qu'honorer la requête d'un vieux compagnon.

— Vous auriez pu ne pas le faire. Dieu seul en aurait été témoin.

Thoresby souleva un sourcil. Une grimace déforma ses lèvres.

— L'Archevêque d'York aurait trahi un homme sur son lit de mort ?

— S'il jugeait que c'était mieux pour son âme.

Thoresby reposa son gobelet et se pencha en avant, les mains à plat sur ses genoux. La bague de l'archevêque étincelait à son doigt. La chaîne du chancelier scintillait à la lumière du feu.

— Vous me faites sourire, Archer Owen et j'en conclus que je peux vous faire confiance.

— En tant qu'archevêque ou en tant que lord chancelier ?

— Les deux. Le sujet concerne York. Deux chevaliers du royaume sont morts avant leur heure à l'abbaye de St. Mary. Connaissez-vous l'abbaye ?

Owen hocha la tête en un signe affirmatif.

— Bien. J'ai besoin de quelqu'un pour mener l'enquête avec un esprit objectif ; noter les faits et me les rapporter.

L'archevêque se resservit en vin et fit signe à Owen de l'imiter.

— Nous faisons le service nous-mêmes. Je ne voulais pas avoir d'oreilles indiscrètes, ce soir.

Owen s'exécuta puis retourna s'asseoir pour écouter la suite de l'histoire.

— Je dois vous signaler que le nouveau duc de Lancastre s'intéresse à vous. Vous pourriez réussir avec lui. Votre avenir serait mieux assuré qu'avec moi qui suis élu à mon rang ; lui est fils de roi et duc de Lancastre à vie. Je vous dis ceci parce que vous pouvez être amené à entrer en contact avec lui. Le second chevalier était un homme de Gaunt.

Owen apprécia le renseignement mais Gaunt était un homme dangereux et réputé pour sa traîtrise. Owen imaginait sans peine quel genre de travail Gaunt lui réserverait. Le servir serait un honneur mais ce ne serait pas honorable. Pas pour Owen. Dieu ne l'avait certainement pas fait renaître de ses cendres pour le conduire là.

— Je suis flatté que deux hommes si puissants s'offrent à m'employer et je vous remercie de me donner l'opportunité de choisir. Je préfère servir l'Archevêque et Lord Chancelier. Votre service me convient mieux.

Thoresby pencha la tête de côté.

— Pas d'ambitions ! Vous êtes un cas rare dans les milieux que vous fréquentez. Soyez vigilant.

Son regard était sérieux, presque soucieux.

Une cataracte de douleur déferla dans l'œil aveugle d'Owen sous forme de milliers de petites piqûres d'aiguilles brûlantes et acérées. Il avait fini par considérer ces attaques comme des avertissements, le signe que quelqu'un marchait sur sa tombe.

— Je suis un homme prudent qui sait garder ses distances, my lord.

— Je l'espère, Archer Owen. Je l'espère.

Thoresby se leva pour aller activer le feu, puis il revint s'asseoir.

Owen repoussa son gobelet de vin. Il voulait garder la tête claire.

Thoresby l'imita.

— L'affaire commence ainsi : sir Geoffrey Montaigne, de la suite de feu le Prince Noir, se rendit en pèlerinage à York pour expier quelque péché ancien. Nous ignorons de quel péché il s'agit car, pendant qu'il était au service du prince, sa conduite fut irréprochable. Quelque chose dans son passé, peut-être. Avant de rejoindre l'armée du Prince, il combattit sous les ordres de sir Robert d'Arby of Freythorpe Hadden, non loin d'York. En choisissant St. Mary pour lieu de pèlerinage, Montaigne laisse supposer que son péché est lié à l'époque où il servait d'Arby. Il arriva à York un peu avant Noël et, au bout de quelques semaines, il tomba malade — la fièvre des camps —, sa chevauchée pour gagner le Nord avait rouvert une vieille blessure qui, en l'affaiblissant, aurait amené la récurrence de la fièvre dont il avait souffert en France ; ceci selon les dires du moine soignant de l'abbaye, le frère Wulfstan. Et, en l'espace de trois jours, Montaigne mourut.

Thoresby se tut.

Owen ne voyait rien d'étrange dans cette histoire.

— La fièvre des camps est souvent fatale.

— C'est exact. J'ai cru comprendre qu'après avoir été blessé, vous aviez assisté le médecin du camp. Avez-vous traité beaucoup de cas de fièvre ?

— Oui, beaucoup.

— Maître Worthington a fait l'éloge de votre compassion.

— J'avais contracté moi-même la fièvre un an plus tôt. Je savais ce que les soldats enduraient.

L'archevêque opina.

— La mort de Montaigne serait passée inaperçue s'il n'y avait eu une autre mort à l'abbaye, moins d'un mois plus tard. Sir Oswald Fitzwilliam of Lincoln, un visage familier de l'abbaye.

» Il faisait des retraites pour expier des péchés que tous ceux qui le connaissaient devinaient sans mal. Peu avant le Jour des Rois, il prit froid et le mal empira. Il transpira abondamment et se plaignit de douleurs dans les membres. La fièvre lui causa des évanouissement et des hallucinations. Il mourut en quelques jours. Une mort identique à celle de Montaigne.

— Identique ? Mais cela n'a rien à voir avec la fièvre des camps.

— Vers la fin, Montaigne avait ces mêmes symptômes.

— L'infirmier les a empoisonnés ?

— Je ne le pense pas. Trop visible.

Thoresby prit son gobelet et but.

— Pardonnez ma question, Votre Grâce, mais comment savez-vous tout cela ?

L'archevêque soupira.

— Fitzwilliam a été mon pupille jusqu'à sa majorité. Un échec difficile à accepter pour moi : au fil du temps, il est devenu rusé et cupide. J'ai usé de tout mon pouvoir pour le faire entrer au service de Gaunt et je ne me suis pas fait que des amis en agissant de la sorte. Je suis certain que mon pupille a été empoisonné. Et bien que je ne puisse prétendre beaucoup le pleurer, je veux connaître son meurtrier.

— Et Montaigne ?

— Ah, pour autant que je sache, c'était un homme qui craignait Dieu et qui n'avait pas d'ennemis. Sa mort est peut-être sans rapport avec celle de mon pupille. (L'archevêque s'adossa à son siège et ferma les yeux.) Mais je ne le crois pas. Ces deux morts se ressemblent trop. (Il regarda Owen.) Peut-être ont-ils été empoisonnés par erreur ? (Il haussa les épaules.)

Ou peut-être Montaigne savait-il mieux cacher son jeu que Fitzwilliam ? (Il sourit.) Il y a un fait intéressant : Montaigne n'a pas donné son nom à St. Mary. Il s'est présenté comme un simple pèlerin. Humilité ou ruse ?

L'énigme séduisait Owen.

— Quel genre d'enquête avez-vous déjà menée ?

— J'ai posé quelques questions, suffisamment pour découvrir que l'abbé Campian pense qu'ils sont tous deux morts de mort naturelle. Ou plutôt, veut croire qu'ils sont morts de mort naturelle car il craint que nous n'accusions à tort son infirmier, le frère Wulfstan. L'Archidiacre d'York m'assure que s'il avait eu le moindre soupçon, son inquisiteur l'aurait su. Je vous communique ces renseignements, Archer Owen, mais n'en tenez pas compte. Reprenez tout par le début.

— Sous quel visage me présenterai-je à York ?

— Je pense qu'il faut rester aussi près que possible de la vérité. Présentez-vous comme un soldat qui a perdu le goût de tuer et qui souhaite refaire sa vie. Vous cherchez un travail honnête dans la cité, avec une petite mission de votre dernier maître pour vous aider, dans l'intervalle. Mon secrétaire, Jehannes, vous aura sans doute trouvé quelque chose avant que vous n'arriviez à York. Vous disposerez, bien sûr, de tous les fonds nécessaires à la bonne marche de votre enquête. Dès votre arrivée, vous vous rendrez auprès de Jehannes. Il sera à votre disposition à chaque fois que vous aurez besoin de lui. L'Archidiacre d'York aurait dû normalement s'occuper de tout cela mais je préfère qu'il n'en sache rien.

— Vous le soupçonnez ?

Thoresby sourit.

— À ce point de l'affaire, je soupçonne tout le monde.

— Tout le monde, excepté Jehannes.

Thoresby acquiesça.

— Et lorsque je me serai acquitté de cette tâche, que ferai-je ?

— Nous verrons alors.

Owen quitta l'archevêque avec des sentiments mêlés. Il n'avait plus besoin de s'embarquer pour l'Italie. Il avait une énigme intéressante à résoudre. Mais c'était un défi plus mental que physique. Aller pêcher des indices, prendre les gens en flagrant délit de mensonges, ce n'était pas vraiment sa spécialité et cela le contrariait un peu. Ce qui l'ennuyait le plus, c'était de devoir se présenter comme quelqu'un qui a perdu le goût de tuer. L'archevêque le pensait-il vraiment ? C'était faux. Qu'on lui donne une cause juste à défendre et il tuerait de nouveau. Il n'avait rien perdu de son courage. L'archevêque le prenait-il pour un lâche ? Son visage s'empourpra.

Mais non. L'archevêque ne prendrait pas un lâche à son service. Il devait chasser cette idée car les doutes affaiblissent et il devait réussir à tout prix. Une réussite assurerait son avenir en Angleterre. Dieu veillait toujours sur lui.

2

DANS LE LABYRINTHE

Owen repartit pour Kenilworth le lendemain matin. Gaunt s'était rendu pour Noël au château. Il allait y séjourner avec sa suite aussi longtemps que les routes boueuses empêcheraient les chariots surchargés de rouler. Owen espérait que parmi tous ses vieux compagnons d'armes qui étaient restés au service de Gaunt, quelques-uns d'entre eux, au moins, auraient connu Fitzwilliam. Rien n'était moins sûr car, en voulant tirer un trait sur son passé, il s'était séparé de ses vieux amis pour devenir espion.

Il arriva tard dans la soirée, au moment où ses amis se reposaient d'une longue journée d'entraînement des jeunes recrues. Bertold, qui lui avait succédé comme capitaine des archers, l'accueillit chaleureusement. Il avait auprès de lui Lief, Gaspare et Ned. Tous les cinq avaient combattu en France. C'était Bertold et Lief qui avaient trouvé Owen en sang et délirant de douleur auprès des cadavres du jongleur et de sa maîtresse.

Les quatre archers s'assirent pour fumer autour du brasier, dans la petite pièce privée de Bertold qui constituait le premier des privilèges accordés aux capitaines dans la compagnie de Lancastre, le second étant une barrique de bière.

— Tu n'as pas changé d'un pouce en devenant capitaine, dit Owen en tirant les cheveux noirs et ébouriffés de Bertold qui étaient retenus par une lanière de cuir grasse, et qui s'en échappaient en mèches bouclées autour de son visage balafré.

— Pas la peine de prendre de grands airs pour entraîner des archers, dit Bertold. Ce n'est pas un boulot de seigneur.

— Bien vu, dit Owen.

Ned, dont les yeux évoquaient ceux d'une biche, leva sa chope pour saluer Owen.

— Avec ce bandeau, tu ne ressembleras jamais à un seigneur.

— Oui, mais les dames en raffolent.

En riant, Gaspare lui fit une place sur le banc. Il connaissait le penchant qu'avaient les femmes pour ses propres cicatrices. Grand, beau et large d'épaules, il avait séduit plus d'une jeune femme en lui demandant de poser ses lèvres sur la cicatrice qui courait de son oreille à ses lèvres, là où la lame avait creusé sa marque indélébile, et en lui offrant de lui montrer jusqu'où elle descendait sur sa poitrine.

— Tu n'auras peut-être pas la même chance avec les dames de haut parage. Ces femmes-là courent après un rang.

— Elles épousent un rang mais moi, je ne parle pas mariage.

Tous rirent.

— C'est vrai que tu es fatigué de la vie de soldat ? demanda Gaspare.

La question s'abattit sur lui comme une bourrasque mais Owen choisit de l'ignorer.

— Comment sont les nouvelles recrues ?

— Molles, comme toujours, grogna Bertold.

Lief, un colosse venu du Nord, fronça les sourcils sur le roseau qu'il était en train de tailler. Owen regardait ses doigts longs et épais et, comme toujours, il était fasciné par la délicatesse avec laquelle l'homme s'en servait.

— Ils sont un peu plus lents que lorsque tu les entraînais. Ils n'ont plus de jolis contes gallois pour les stimuler.

Lief ne levait pas les yeux de son travail, mais Owen devinait le sourire caché sous la barbe rousse.

Bertold tendit une chope à Owen.

— Tu parais en avoir besoin.

Owen l'accepta avec d'autant plus de plaisir qu'il mourait de soif. Il la vida d'un trait. Ses amis l'acclamèrent et lui tapèrent dans le dos.

— Tu sais peut-être raconter des histoires, mais tu boiras toujours comme nous. Tu apportes de bonnes nouvelles ? demanda Bertold d'un ton plus sérieux. Je ne serais pas mécontent d'apprendre que tu reprends ton boulot ingrat. Je n'ai jamais demandé à être capitaine des archers.

— Désolé, ami, je pars en mission dans le Nord. Avant de prendre la route, j'ai eu envie de revoir mes vieux camarades.

Lief souffla dans son roseau pour en ôter la poussière, puis il le leva dans la lumière du jour, jeta un bref coup d'œil à l'intérieur, et le posa près d'Owen.

— Et de quel genre de boulot t'a chargé Gaunt dans le Nord ? demanda-t-il, en baissant la voix. Les Highlanders ?

— Je ne travaille pas pour lui, dit Owen mais pour le Lord Chancelier et Archevêque d'York.

— Thoresby ?

— Oui.

Bertold secoua la tête.

— Il est difficile de mettre la main sur les gens d'Église. Comment as-tu fait ?

— Le vieux duc m'a recommandé à Sa Grâce.

— L'œil ne va pas mieux ?

Owen secoua la tête.

— Non, aucun progrès.

— Tu pourrais toujours être capitaine des archers, dit calmement Bertold.

— J'ai tiré un trait là-dessus et je ne reviendrai pas en arrière.

Bertold haussa les épaules.

— J'ai aussi des nouvelles d'Oswald Fitzwilliam à transmettre à ses anciens camarades. Savez-vous où je pourrais le trouver ?

— Des nouvelles de Fitzwilliam ? dit Bertold en fronçant les sourcils.

— Oui.

— Dans quel sale coup s'est-il encore fourré ? grogna Lief.

— Il est mort.

— Vraiment, dit Ned en se penchant en avant, et qui devons-nous remercier ?

— Je n'en sais rien. La fièvre des camps, je suppose. Elle lui est tombée dessus à l'abbaye St. Mary à York.

— Peuh, dit Lief en donnant un coup de pied dans les joncs qui parsemaient le sol. Je serais curieux de savoir quand on l'a vu pour la dernière fois aux abords d'un camp.

— Il n'a jamais participé à aucun combat ?

— Ça dépend de quel genre de combats tu veux parler, dit Ned en riant. Il a connu pas mal de corps à corps pour avoir fourré son nez dans les affaires des autres.

— Un espion ?

Ils se turent.

— Il n'y a pas d'offense. J'avais peu de temps à consacrer aux espions quand j'étais l'un d'entre vous.

Bertold lui tapota le genou.

— Tu resteras toujours l'un d'entre nous.

— Alors, une autre pour moi, dit Owen en levant sa chope.

Au fil du temps, leurs regards se brouillaient.

— Alors, comme ça, Fitzwilliam est mort ? dit Ned en revenant sur les nouvelles apportées par Owen.

— C'est ce qu'on m'a dit.

Lief donna de nouveau un coup de pied dans les joncs.

— Bon débarras.

— Tu as eu des problèmes avec lui ?

— Des problèmes ? Tout ce qu'il approchait virait au problème.

Ned poussa du pied la botte de Lief.

— Tu en pinces toujours pour la belle Alice ?

— Cette putain ! Je suis bien mieux sans elle. Elle aurait fini par me poignarder, une nuit, pendant mon sommeil. C'était le genre.

— Il allait l'épouser, murmura Gaspare en se penchant vers Owen, jusqu'à ce qu'il trouve ce fils de pute dans son lit.

Lief bondit sur ses pieds en poussant un rugissement, comme s'il allait écraser son poing sur le visage de Gaspare. Bertold le fit se rasseoir.

— C'est une idiote. Elle s'en serait mieux tirée avec Lief.

— Fitzwilliam l'a épousée ?

— Épousée ? releva Bertold en souriant. Il est le pupille de ton nouveau seigneur. Tu l'apprendras. Alors, pourquoi aurait-il épousé Alice ? Ce n'est qu'une fille de cuisine.

— Ah.

— J'ai connu pire que lui, dit Gaspare en haussant les épaules. Mais comment l'as-tu connu, Capitaine ? Il est arrivé après ton départ.

— J'ai entendu parler de lui à la table de Thoresby. Comme tu viens de le dire, il est le pupille de Sa Grâce.

— Que venait-il faire dans une abbaye ? demanda Lief.

— On dit qu'il était allé en pèlerinage à York.

— Aye, dit Gaspare. Il est parti avant Noël. Avant que nous ne quittions la Savoie.

— Il y a longtemps ? Parce qu'il est arrivé à York beaucoup plus tard.

Ned secoua la tête.

— Il n'y a qu'un fou de son espèce pour se rendre en hiver dans le Nord.

— La duchesse a traité lord March de fou, dit Bertold ; parce qu'il avait pris cette route pour aller chercher sa femme.

— Attendez, il pourrait y avoir une autre explication, dit Ned. Fitzwilliam, qui connaît bien la femme de lord March, s'est rendu dans le Nord pour la voir et le mari l'a suivi. Êtes-vous sûr que c'est la fièvre des camps qui l'a tué ?

— C'est ce qu'on dit. Mais je ne sais rien de cette femme. Il devait la rencontrer en route ?

— Comment savoir, répondit Ned en haussant les épaules. Lord March possède un domaine au sud de York. À Noël, la duchesse a engagé sa femme, Jocelyn, pour faire partie de sa maison. C'est pourquoi, il s'est empressé d'aller la chercher dans le Nord pour la ramener bien que la duchesse, qui trouvait cruel de la faire voyager dans la boue glacée, lui ait dit qu'elle pouvait n'arriver qu'à Pâques. Mais, cupide comme il est, il n'a rien voulu écouter car le traitement ne prend effet que le jour de l'entrée en fonctions. Il répugnait à perdre les gages pendant qu'elle attendait, dans le Nord, jusqu'à Pâques.

— D'après ce que j'ai entendu dire, elle est plutôt du genre léger, grogna Gaspare.

Owen sentit son cœur se gonfler d'espoir. S'il pouvait prouver que Fitzwilliam avait gagné le Nord, qu'il s'était arrêté pour voir cette lady Jocelyn et qu'il avait été sérieusement blessé par le mari jaloux, alors l'enquête serait bouclée sans qu'il ait besoin de passer le mois de février sur la route du Nord.

— Cette lady Jocelyn est maintenant à Kenilworth ?

— Oui, dit Gaspare. Tu la verras, ce soir, assise en bonne place parmi les dames d'honneur. Et lord March ne sera pas loin.

Lady Jocelyn regardait dans le vague avec un air d'ennui, pendant qu'une de ses dames pérorait sur le temps. Owen aurait choisi, sans hésitation, la dame au joli minois plutôt que la maîtresse de Fitzwilliam. Lady Jocelyn avait un charmant visage poupin, tout rond, avec des fossettes et une bouche semblable à un bouton de rose mais ses yeux étaient durs. Elle le regarda s'approcher et Owen eut le désagréable sentiment qu'elle évaluait ce qu'il pourrait lui rapporter. Un léger sourire se dessina sur sa bouche minuscule.

— Lady Jocelyn, dit-il en s'inclinant devant elle.

Elle posa une main sur sa poitrine, son décolleté la découvrant largement selon la mode du jour puis, un instant, elle détourna le regard, avant de le reposer sur lui avec une attention de prédateur.

— Vous êtes un invité du duc ?

— Un serviteur du vieux duc. Je suis venu prendre mes affaires. J'appartiens aujourd'hui au Lord Chancelier.

Une petite lueur s'alluma dans ses yeux. Un membre de cette toute-puissante maison !

— Vous vous appelez ?

— Archer Owen, my Lady.

— Vous avez quelque chose à me demander ?

— J'ai un message pour vous de... (le regard d'Owen se posa sur sa compagne avant de revenir sur lady Jocelyn) d'une vieille connaissance.

Une légère rougeur.

— Je crains que mes fonctions ne dévorent toutes mes journées. De l'entretien de la garde-robe de ma lady, jusqu'à la promenade matinale de son petit chien, mes matinées sont englouties jusqu'au repas de midi.

— De toutes vos occupations, c'est bien la plus louable car, bien qu'elle vous tienne si longuement occupée, elle met sur vos joues un rose enchanteur. Peut-être aurais-je la bonne fortune de vous rencontrer, un jour, au cours de l'une de ces promenades. Je vais, moi-même, souvent marcher seul pour réfléchir en paix.

Owen s'inclina devant les deux femmes pour les saluer et se retira.

Bertold l'appela alors qu'il se préparait à sortir dans la nuit.

— Tu viens prendre une chope avec nous ?

Owen fit non de la tête. Il craignait que l'évocation du passé ne les rende trop sentimentaux et qu'ils se mettent à boire jusqu'à être incapables de retrouver leurs lits. Il se réveillerait le lendemain matin avec un marteau dans le crâne et une bouche aussi sèche que les sables de l'Enfer. Il ne voulait pas rencontrer lady Jocelyn dans cet état.

— Je ne peux pas rester, mon ami. Il faut que je me prépare pour mon voyage. Je dois dormir, cette nuit.

— Alors, un mot d'un ami. Sois prudent avec lady Jocelyn. Lord March est ambitieux. Il détournera les yeux si sa femme batifole avec le puissant mais pas avec l'employé de maison et le fait que tu parles bien ne fera rien à l'affaire.

Bertold avait lancé le bon appât. Tout en s'asseyant avec son ami, Owen adressa au Ciel une prière silencieuse pour qu'il lui fasse obtenir de Bertold, cette nuit, le renseignement dont il avait besoin, avant que le passé ne déferle sur lui dans des rasades de bière. Sa tête gardait un souvenir cuisant des dernières chopes qu'il avait avalées.

— J'aurais pensé que la lady avait le visage un peu rond et l'esprit un peu lourd pour toi, dit Bertold.

— Et où se trouve ce lord March dont je dois tant me méfier ?

Bertold lui désigna la table disposée à la gauche de celle du duc.

— Le chauve qui fait la grimace.

Toute l'attention de la table était focalisée sur lord March qui, penché au-dessus de la table et le visage congestionné, hurlait à la tête d'un compagnon au sourire affecté. C'était un homme grand et maigre, habillé à la dernière mode, avec des manches si larges qu'elles se perdaient dans les joncs qui parsemaient le sol, et les jambières si serrées qu'il était facile de voir que si sa querelle l'absorbait, elle l'excitait aussi.

— C'est une personnalité, on dirait.

— En ce moment, il a la faveur de qui il faut et pour rien au monde, je ne chercherais à le contrarier.

— Il a les protections de Gaunt ?

— Il est rusé en affaires.

— Je vais regarder où je mets les pieds.

Le soleil du matin réchauffait le visage d'Owen bien que l'air fût pinçant et qu'un vent froid, en s'infiltrant sous ses vêtements, glaçât les endroits que le soleil ne pouvait atteindre. La balafre qui lui traversait le visage était rouge et le tirait sous la pression de l'air froid et sec, et l'envie de regarder en biais pour fuir la luminosité du jour aggravait encore son inconfort. Il n'avait qu'une envie, retrouver la paillasse qu'il s'était improvisée dans la chambre de Bertold et passer toute la journée à dormir. Mais le travail n'attendait pas. Alors qu'il longeait les parterres du potager, Owen sentit un regard se poser sur lui mais la seule personne en vue était une vieille servante qui ratissait le jardin. Owen s'arrêta plusieurs fois pour arracher une brindille et respirer l'odeur familière des herbes. Il aimait particulièrement les herbes épicées, au parfum piquant. En hiver, sa mère leur donnait une bouillie de sauge et de romarin pour les réchauffer. Elle la préparait dans un bol en bois qui conservait l'odeur du mélange tout au long de l'année.

Il y avait bien longtemps qu'il n'avait pas évoqué ces souvenirs. C'était étrange comme l'odeur d'une plante avait le pouvoir de ressusciter le visage de sa mère et de le rendre si vivant qu'il aurait pu le toucher. Sa peau douce et fine. Ses cheveux bouclés et épais, semblables aux siens mais argent et bronze. Il y avait plus de dix ans qu'il ne l'avait pas vue. Ses cheveux devaient être blancs comme la neige ; ses joues et ses yeux creusés. Elle devait être vieille et usée. Mais il était sûr qu'elle était toujours en vie. Il était persuadé qu'il aurait su si l'esprit de sa mère était passé dans l'autre monde. Mais comment en être absolument sûr ? Mieux valait ne pas trop fouiller la question.

Les allées de la roseraie étaient plus larges que celles du potager et elles étaient bordées de galets des rivières. La duchesse devait s'y promener avec ses dames de compagnie et s'y asseoir dans les clairs après-midi de printemps. Les allées s'entrelaçaient pour aboutir à une fontaine qui était vide aujourd'hui, à l'exception de quelques feuilles desséchées qui voletaient en cercles à l'intérieur du bassin. Dans les parterres, les jeunes ramilles qui allaient sortir et bourgeonner en été étaient protégées du froid par de la paille. Une odeur de décomposition flottait dans l'air. Démoralisante. Il pressa le pas.

La haie de houx, qui fermait le potager, était une borne agréable à voir avec ses feuilles vert foncé qui brillaient comme des hommes en armes qui attendaient le signal de la charge. Ou étaient-ce des taches de sang du rouge profond des baies ? Ces soldats attendaient-ils, au garde-à-vous, la fin du massacre en espérant que leur seigneur remarquerait leurs nombreuses blessures et leur accorderait la permission de prendre le bateau pour rentrer chez eux ? Owen repoussa cette pensée. Quelle tristesse ce jardin, en hiver, faisait-il tomber sur son âme ? À moins que ce ne fût sa dernière nuit de beuverie ?

Alors qu'il franchissait l'arceau de houx, Owen sentit de nouveau un regard se poser dans son dos. Et, de nouveau, en regardant autour de lui, il ne vit personne.

À quelque distance devant lui, le long d'un petit chemin planté d'arbres fruitiers, lady Jocelyn promenait un petit chien si gras que son ventre ratissait le sol, au rythme dandinant de sa marche. Il était visible que le chien voulait avancer plus lentement que ne le lui permettait la jeune femme, car elle devait tirer régulièrement, à petits coups, sur la laisse cloutée de bijoux. Lady Jocelyn se dirigeait vers le labyrinthe. Owen pressa le pas, ne voulant pas la perdre de vue. Il n'était allé qu'une seule fois dans un labyrinthe et l'expérience l'avait convaincu qu'il ne faut s'y aventurer qu'accompagné de quelqu'un qui en connaît tous les recoins. Son approche alerta le chien. Il dressa les oreilles et se mit à aboyer en grattant la poussière du chemin. Lady Jocelyn se retourna. Elle fit un petit signe de la main en voyant Owen puis, brusquement, elle ramassa le chien qui continuait d'aboyer et disparut dans le labyrinthe.

Owen s'arrêta, perplexe. Se pouvait-il qu'elle ait changé d'avis et qu'elle lui refuse son entrevue ? Aurait-il mal compris ? Aurait-elle mal compris ? Sa balafre le tirait et le froid rendait la station immobile désagréable. La meilleure chose à faire lui parut d'aller effacer les séquelles de sa cuite en dormant. Mais n'était-ce pas abandonner trop facilement ? Peut-être devrait-il entrer dans le labyrinthe et l'appeler ? Si elle ne répondait pas, il s'en irait alors sans remords.

Tandis qu'il approchait, le chien se remit à aboyer et sa voix se fit de plus en plus lointaine dans le labyrinthe. Lady Jocelyn ne l'attendait pas à l'entrée. Il faillit rebrousser chemin. À quoi cela servirait-il d'appeler ? L'aboiement du chien couvrirait sa voix. Mais il faudrait bien, tôt ou tard, qu'il interroge la femme.

Owen dépassa les sentinelles de houx et se trouva face à face avec lord March qui le fixait d'un regard noir de colère. Avec son manteau et son couvre-chef bordés de fourrure, il paraissait beaucoup plus corpulent qu'à l'ordinaire.

— Vous suivez lady March ? demanda-t-il.

Sa voix avait des accents inquiétants.

— La suivre ? Ce n'était pas mon but, lord March. Mais en la voyant remorquer ainsi son petit chien, j'ai pensé lui prêter main-forte.

Son visage s'était rapproché du sien. Owen n'aima pas son teint : la rougeur de l'impulsif.

— Vous aviez l'intention de suivre une jeune femme non chaperonnée dans l'intimité d'un labyrinthe ?

Owen eut envie de rire. Le chien ne lui aurait guère laissé le loisir de badiner. Mais il préféra chercher une réponse apaisante. C'était dans ces moments-là qu'il se reprochait amèrement de ne pas avoir suivi son plan initial, de ne s'être pas attaché comme mercenaire à un noble Italien. Cette vie-là ne l'aurait pas entraîné dans des duels verbaux. Lord March souhaitait peut-être de l'humilité. Owen s'inclina légèrement.

— Pardonnez-moi, dit-il. Je comprends ce que vous

ressentez. Mais il n'était pas dans mes intentions de mettre en péril la vertu de lady Jocelyn.

Lord March devint encore plus rouge. Ses yeux en vrille étaient maintenant si près du visage d'Owen, qu'il put y voir les stries rouges laissées par sa dernière nuit de brandy.

— Vous lui avez parlé, la nuit dernière, à table.

Bon Dieu, c'était donc cela. Sans la mort de l'amant de lady Jocelyn, il aurait pu lui dire toute la vérité. Owen se mit à réfléchir rapidement.

— La nuit dernière. Eh bien, pour être honnête, c'est justement à cause de la nuit dernière que je dois vous présenter mes excuses. Vous voyez, mes camarades m'ont mis au défi d'échanger un mot avec elle, la ravissante nouvelle dame d'honneur. Ils ont stimulé mon courage en me faisant boire de la bière, puis ils m'ont envoyé à l'assaut en me disant qu'elle était célibataire, ce qui est un mensonge. Elle m'a vite détrompé. Au matin, je me suis senti terriblement ridicule.

— Vous vouliez badiner avec ma femme ?

Son poing s'écrasa sur le visage d'Owen qui n'en croyait pas ses yeux. Lord March était donc venu dans le but de se battre ? Son coup de poing avait entaillé le menton d'Owen. Il semblait, à présent, s'apprêter à viser le bandeau. Owen saisit le bras qui s'était levé pour atteindre son objectif et frappe lord March à la bouche. Le coup le fit suffisamment reculer pour permettre à Owen de tâter sa mâchoire et de vérifier que sa barbe ne cachait aucune contusion. Il détestait l'idée de devoir voyager avec les marques d'une récente bagarre car il est difficile d'obtenir un bon service dans une auberge, en exhibant des contusions et un œil bandé. Lord March se retourna et se prépara à un nouvel assaut. Owen l'agrippa par le bras et fut surpris de voir avec quelle facilité il parvenait à l'immobiliser.

— Je ne souhaite pas continuer cette bagarre, my lord. Je vous assure que vous n'avez aucune raison de vous battre avec moi. Je n'ai offensé votre nom en aucune manière.

Les yeux en vrille brillaient de haine. Quelle maudite poisse ! Owen avait espéré en apprendre assez sur Fitzwilliam pour contenter Thoresby et ne plus avoir besoin d'aller dans le Nord. À présent, il allait devoir partir, et dans des conditions bien pires car, en se montrant plus fort que lui, il avait suffisamment outragé lord March pour que l'homme se croie obligé de le faire tuer ; ou du moins, de le blesser sérieusement.

— J'ai entendu dire que vous étiez un homme de Thoresby, dit lord March. Retournez à Londres et éloignez-vous de ma femme ou je vous arracherai les membres.

Owen libéra doucement les bras de l'homme, recula de quelques pas, s'inclina et tenta, une fois encore, de s'expliquer. Mais il ne réussit qu'à déchaîner une violente poussée de rage chez l'homme qui, de toute évidence, était un fou.

Que pouvait-il faire, à présent ? S'il rebroussait chemin, en lui tournant le dos, cet homme ridicule pouvait l'attaquer avec une arme. Lord March n'avait plus l'esprit assez clair pour se soucier de l'attaquer par-derrière ou de face. Une chose était sûre, il n'était pas bon pour Owen de s'attarder. Et peu sage de lui tourner le dos, tout au long du chemin qui menait au potager.

Owen n'eut pas besoin de se poser d'autres questions. Lord March venait de décider de la suite des opérations en le frappant d'un coup de couteau. Il avait bien visé, aussi, car il avait atteint le point vulnérable : son épaule gauche.

— Le diable vous emporte ! hurla Owen en faisant sauter le couteau de la main de March, et en le frappant sous la ceinture, avec toute la violence qu'il ressentait pour ce bâtard fou qui venait de rouvrir la blessure qu'il avait eu tant de mal à cicatriser. Pendant que lord March se pliait en deux sous la douleur, Owen lui assena un autre coup de poing dans la mâchoire. Lord March tomba à la renverse et resta immobile sur le sol, la lèvre en sang. Il s'était probablement mordu la langue.

Owen jeta le couteau dans la haie de houx et s'éloigna à grands pas, fou de colère, en serrant son épaule avec sa main libre pour arrêter l'hémorragie.

3

L'ESCROC ET LA LADY

Arrivé dans la salle d'armes, Owen ôta avec difficulté son manteau et son gilet de cuir. Il fut soulagé de constater que la blessure n'était que superficielle et qu'elle guérirait vite. Son imagination lui avait fait craindre le pire. Gaspare entra. Il l'aida à laver la plaie et à la panser, puis il lui versa un gobelet de brandy.

— À ton honneur.

— C'est sûr que je lui ai donné plus de coups que je n'en ai reçu. Cet homme a été fou de me sauter dessus. C'est un demeuré.

— Nous t'avions prévenu de rester à distance de la belle Jocelyn. Elle l'a ensorcelé. On dit que Gaunt a fait entrer sa femme dans sa maison pour obliger lord March à rester à son poste. Il se rendait sans arrêt dans le Nord pour la surveiller.

— Pour être honnête, je trouve que sa beauté ne vaut pas une pareille dévotion.

— Heureux de te l'entendre dire, Capitaine. J'avais craint que la perte de ton œil ne t'ait émoussé les sens vis-à-vis des femmes.

Owen lui jeta le reste de son brandy au visage.

Puis, en riant, il se rendit dans la chambre de Bertold

pour y prendre un onguent adoucissant qui rafraîchissait sa cicatrice. Il en appliqua une couche épaisse avant de s'allonger sur sa paillasse. Il dut s'assoupir car il revint à lui en sentant qu'on lui relevait doucement la tête pour la poser sur un giron soyeux.

Les lèvres en bouton de rose de lady Jocelyn, qui étaient plissées par l'inquiétude, s'élargirent en un radieux sourire et les yeux couleur de silex s'adoucirent.

— Capitaine Archer, je suis bien soulagée de voir que vous êtes réveillé. Où vous a-t-il blessé ?

Sa robe était profondément décolletée, selon la mode du jour, et Owen pouvait voir sa poitrine se soulever au rythme de son souffle. Elle était excitée. En un éclair, il comprit alors comment fonctionnait son mariage. Elle se lançait dans des intrigues ; March la secourait ; elle l'embrassait, le bordait dans son lit, puis elle se rendait sur la pointe des pieds au chevet de l'appât blessé. Seigneur Tout-puissant ! Owen aurait voulu se trouver n'importe où plutôt qu'ici, dans la chambre de Bertold — qui ne risquait pas de revenir — en tête à tête avec cette femme qui se vengerait, c'était certain, lorsqu'elle découvrirait qu'il ne voulait pas d'elle. Et tout cela, pour rien s'il ne lui posait pas de questions sur Fitzwilliam.

— Je n'ai rien de grave mais je ne dirai pas de même de votre mari.

— Il aura du mal à manger pendant quelques jours mais il se remettra.

— J'ignore pourquoi il a pris si mal les choses mais cela n'a pas aidé que je ne puisse lui dire pourquoi je voulais une entrevue avec vous.

— Oui. Le vieil ami...

— Sir Oswald Fitzwilliam.

— Ozzie ? (Elle mit une main sur sa gorge blanche.) Vous lui avez parlé ?

— Hélas, non. J'ai parlé *de* lui. Fitzwilliam est mort.

Les yeux s'agrandirent. Owen se redressa sur sa couche et lui prit les mains.

— Pardon de vous infliger un tel choc mais je n'ai pas trouvé de moyens plus nuancés pour vous apprendre la nouvelle.

— Ozzie. (Elle secoua la tête.) Mais je l'ai vu... Qui l'a tué ?

De nouveau, la certitude que Fitzwilliam avait été tué ; que l'un de ses nombreux ennemis l'avait tué. Owen commençait à désespérer de jamais réussir à débrouiller l'écheveau de la vie de cet homme pour découvrir son meurtrier.

— Vous avez dit que vous l'aviez vu. Quand l'avez-vous vu pour la dernière fois ? À Noël ? Peut-être vous a-t-il rendu visite en allant à York ?

— C'était un vieil ami, dit-elle en détournant les yeux.

— Un ami de la famille ? Lord March lui avait peut-être confié un message pour vous ?

— Oui, bien sûr. Que pensiez-vous ?

— Alors, j'aurais pu m'épargner une contusion et une blessure en parlant de Fitzwilliam à votre mari.

Elle le regarda avec effroi.

— Oh non, non. Je vous suis très reconnaissante de ne rien lui avoir dit. C'est...

Elle monta à sa bouche un poing potelé. Ses yeux brillaient dans le rayon de lumière moucheté de grains de poussière qui tombait de la fenêtre haute.

— Je vous suis très reconnaissante.

Elle lui tendit les mains.

— Lady Jocelyn, j'aimerais être récompensé d'une autre manière.

Elle lui retira ses mains, comme s'il était soudain devenu brûlant mais posa sur lui un regard calme.

— J'ai besoin de renseignements. Fitzwilliam est venu vous voir à Noël. De quoi avez-vous parlé ? Pour quelle pénitence venait-il à l'abbaye St. Mary ?

Elle ne répondit pas.

— Je sais que vous étiez amants.

Elle prit une profonde inspiration et fit le geste de se lever, mais il posa ses deux mains sur ses épaules et lui fit comprendre qu'il voulait lui parler sur-le-champ. La poitrine de la jeune femme se souleva. Une part d'Owen s'amusait de laisser échapper l'opportunité d'un après-midi de plaisir. Mais il était surtout fatigué de toute cette affaire et il voulait la conclure aussi vite que possible.

— Je ne vous veux aucun mal, lady Jocelyn. Je veux simplement savoir ce que préparait Fitzwilliam, juste avant sa mort. Qui il a vu à York. Dites-moi ce que vous savez et je vous libère aussitôt.

— Et si je ne le fais pas ?

La voix était railleuse. Elle continuait de flirter avec lui comme s'il s'agissait d'un jeu.

Pour elle, la vie n'est qu'une suite d'aventures, pensait-il. Il détestait ce genre de femme. La pensée confuse, stupide, n'apportant rien à personne.

— Je préférerais ne pas avoir à vous menacer, belle Jocelyn.

Il vit à son visage qui s'empourprait qu'il ne s'était pas trompé : la situation l'excitait et elle allait être déçue lorsqu'il la renverrait sans rien de plus qu'un baiser. Il savait aussi qu'il était dangereux de décevoir une telle femme. Il se pencha vers elle et frôla de ses lèvres la bouche en bouton de rose.

— Vous êtes très séduisante mais je ne veux pas vous compromettre.

Elle baissa la tête avec une fausse modestie.

— Capitaine Archer...

— Les faiblesses que Fitzwilliam avait pour vous étaient tout à fait justifiées.

Son rire le surprit.

— Faiblesses ! Fitzwilliam !... Vous êtes un sacré menteur mais plein de charme. Oui, vous êtes tout à fait charmant.

Pas si bête...

— Je...

— De toute évidence, Ozzie s'est fait assassiner et vous avez été envoyé par son tuteur, cette vieille corneille, pour découvrir qui avait osé verser son sang, bien que ce soit un sang teinté de roture.

Owen se sentit tout à fait stupide. Les yeux d'acier venaient de lui lancer un avertissement.

— Déduction parfaite, my Lady. Votre esprit aiguisé me laisse sans voix.

— Je vous dirai ce que je sais, à une condition.

— Quelle est-elle ?

— Vous partirez demain, sans questionner qui que ce soit.

— Et comment me forcerez-vous à tenir mon engagement ?

— Mon mari fera en sorte que vous soyez, cette fois, sérieusement blessé.

— Ah ah, vous allez crier au viol et il m'enverra ses sbires ?

— Précisément.

Comment avait-il pu se tromper sur elle à ce point ? Une idiote ? Comme il souhaiterait qu'elle le fût vraiment !

— Pourquoi vous sentez-vous si concernée par cette affaire ?

— À présent que j'appartiens à la maison de la duchesse de Lancastre, je ne veux plus de scandale. Si c'est un honneur pour moi d'appartenir à sa maison, c'est tout pour Jamie... Je veux dire lord March.

— Vous causerez un scandale, si vous exécutez votre menace.

— Je serai la victime, capitaine Archer. Pour une femme, c'est un fait banal d'être violée par un soldat. Personne ne doutera de mon accusation.

— Le Lord Chancelier pourrait, lui, en douter.

— Je suis sûre que John Thoresby ne vous a pas choisi pour votre vertu. Pourquoi douterait-il que vous ayez voulu abuser de moi quand je suis venue seule dans votre chambre, pour m'assurer qu'on avait soigné vos blessures ?

— C'était une chose idiote à faire.

Elle haussa les épaules.

— J'ai la réputation d'être une idiote et je m'en moque. Au contraire, cela m'arrange. Je jouis ainsi de l'effet de surprise.

— C'est exact. Eh bien, n'ayant rien à gagner à causer un scandale, vous n'avez plus rien à craindre de moi.

Elle défroissa sa robe.

— J'attendais un enfant et Jamie était furieux.

Après avoir vainement espéré pendant deux longues années, je suis tombée enceinte au moment qui convenait le moins. La duchesse insistait pour que je vienne dans le Nord et mes gages ne prenaient effet que le jour de mon entrée à son service. Jamie est allé voir Ozzie. Il lui a dit que l'enfant que j'attendais était certainement de lui. Ozzie est venu dans le Nord et m'a emmenée chez une sage-femme qui, pour une certaine somme d'argent, a mis un terme à un état qui aurait plus tard réclamé ses soins.

— Était-ce l'enfant de Fitzwilliam ?

— Je n'en suis pas sûre.

— Quel genre de menaces lord March a-t-il proférées ?

Lady Jocelyn parut choquée.

— Il n'avait pas besoin de le menacer. Ozzie m'aimait. Il aurait fait n'importe quoi pour moi. Il pensait que c'était son enfant et il ne souhaitait pas le garder. Il a voulu m'aider à m'en débarrasser sans danger.

— Lord March ne souhaitait pas avoir un héritier ?

— Nous avons le temps pour les héritiers. En ce moment, il veut asseoir sa position auprès du nouveau duc.

— Et vous, la vôtre auprès de la duchesse ?

— Bien entendu. L'un ne va pas sans l'autre.

— Bien entendu. Cette sage-femme, où vivait-elle ?

— À la sortie d'York, sur la rivière. C'est Magda Digby, la Femme de la Rivière. Une affreuse créature ; une cabane puante. Mais elle a été bonne pour moi. Comme vous pouvez le voir, je ne suis pas plus mal après l'intervention.

— Et le pèlerinage à York de Fitzwilliam ?

Elle fronça le nez.

— Il a eu une aventure malheureuse, ici, avec une fille de cuisine. La duchesse l'a su et l'a envoyé se repentir.

— Qu'est-il arrivé à la servante ?

— Elle devra se marier avec un des domestiques.

— Elle s'appelle Alice ?

— Vous êtes au courant ?

— L'un de mes... Un des archers de Bertold avait l'intention de l'épouser avant que Fitzwilliam ne les sépare.

— J'en parlerai à la duchesse, dès que vous serez parti sans bruit. Y a-t-il autre chose que vous voulez savoir ?

— Avait-il des ennemis à York ?

Elle eut un petit rire.

— Un homme comme Ozzie a des ennemis partout.

4

LE NORD

Le voyage de Kenilworth à York fut aussi désagréable que la traversée de la Manche. Owen pensait aux pèlerins morts à l'abbaye et il n'avait aucun mal à rendre ce voyage en hiver vers ce maudit pays responsable de leurs décès. Le jour, un vent mouillé du nord lui hurlait aux oreilles. Il lui meurtrissait le visage et lui glaçait les os sous les vêtements les plus chauds. La nuit, les loups ajoutaient leurs cris d'affamés à la voix démoniaque du vent. Le voyage aurait été moins pénible s'il avait pu se joindre à une troupe de soldats. En fait, il aurait surtout aimé voyager en compagnie de Bertold, Lief, Ned et Gaspare. À chaque fois que cette pensée l'assaillait, Owen la repoussait. Sa vie de soldat était terminée. Il devait l'oublier.

Owen arriva à York épuisé et gelé, et tout disposé à détester cette ville. Il entra par le sud, en passant par Micklegate Bar, après avoir franchi le Ouse Bridge qui empestait le poisson et les latrines, puis il traversa King's Square pour remonter jusqu'à Petergate et gagner, en premier lieu, l'église abbatiale pour se présenter au clerc de Thoresby. La cité était formée d'un enchevêtrement de rues étroites, assombries par des seconds étages en saillie, et qui empestaient les déchets et les immondices de la nuit, comme à Londres et à Calais. Il se demandait comment tous ces fous pouvaient se laisser contraindre à vivre dans cet endroit surpeuplé, tassé contre le vent du nord qui bondissait des landes en hurlant.

Mais l'église abbatiale l'impressionna. Une fois terminée, ce serait une magnifique cathédrale. Il recula et leva la tête, imaginant les flèches qui couronneraient les deux tours carrées de la façade. Au moins, les habitants du Yorkshire savaient remercier le Seigneur de veiller sur eux pendant les longs mois d'hiver.

Un ecclésiastique au visage austère conduisit Owen dans les appartements privés de l'archevêque, après avoir vainement essayé de lui expliquer le chemin à suivre. Aucun d'eux n'était parvenu à comprendre l'accent de l'autre. Pendant qu'Owen pénétrait dans les appartements de l'archevêque, un étrange personnage les dépassa en glissant sans bruit près d'eux. L'homme était petit et sec, avec un teint olivâtre, des cheveux plats. Il avait une expression sournoise et des yeux larmoyants aux lourdes paupières. Quand il eut franchi la porte, une odeur de poisson flotta derrière lui. Pas le genre d'individu que l'on s'attend à rencontrer chez un archevêque.

Il se sentit soulagé quand il vit Jehannes, le clerc de l'archevêque. C'était un jeune homme dont le visage agréable exprimait le calme et l'attention.

— Sa Grâce sera heureuse de voir que vous êtes arrivé sans incident. Les Écossais sont un fléau pour les voyageurs qui viennent ici en hiver.

— J'ai rencontré peu de fous sur la route mais beaucoup de voleurs dans la forêt.

Il eut un petit sourire.

— Votre accent va poser des problèmes à tous ceux qui pensent que les étrangers qui parlent avec des accents bizarres sont tous des brigands écossais. Je comprends pourquoi Canon Guthrum vous surveille de si près.

— Sa Grâce a oublié de m'en avertir. Je vais essayer de faire disparaître ma particularité.

Jehannes posa deux documents sur la table. Le premier portait le sceau de l'archevêque ; le second, un sceau qu'Owen ne reconnut pas. L'ecclésiastique poussa ce dernier vers Owen.

— Maître Roglio vous a fourni une lettre d'introduction pour l'abbaye de St. Mary. L'infirmier admire Roglio. Ceci pourra aider à lui délier la langue.

— Vous connaissez donc le but de ma venue ici ?

Il fit un léger signe d'acquiescement.

— Je ne vous envie pas votre tâche. Vous aurez du mal à arracher des renseignements aux gens du Yorkshire. De même qu'à ceux plus mélangés de la ville.

— Et l'autre document ?

— C'est une lettre d'introduction auprès de Camden Thorpe, le maître de la guilde des marchands. Je le lui ferai parvenir demain. Il pourrait y avoir un travail pour vous chez l'apothicaire Wilton, non loin de St. Helen's Square, près de l'église abbatiale et de l'abbaye.

— Un travail ?

— Votre « couverture ». L'apothicaire est tombé malade pendant Noël. Il est au lit, paralysé. Sa Grâce pense que vous pourriez aider maîtresse Wilton. Votre expérience auprès du médecin du camp vous rend apte à ce travail.

Le projet séduisait Owen.

— Comment connaîtrai-je la réponse du maître de la guilde ?

— Je vous ferai porter un mot à votre logement.

Owen redressa la tête.

— Mon logement. C'est là un sujet sur lequel j'ai longtemps rêvé. Un repas chaud ; un lit chaud. Et où se trouverait ce logement ?

Jehannes parut ennuyé.

— Je suis désolé, je ne le sais pas encore. Sa Grâce pense qu'il n'est pas raisonnable de vous garder ici, même pour une nuit. Voyez-vous, il ne faut pas que l'on vous associe à une quelconque autorité. Je suggérerais que vous voyez Bess Merchet, à la York Tavern qui jouxte la maison de l'apothicaire Wilton. Si elle n'a rien pour vous, faites-lui confiance pour vous trouver un lieu sûr où vous pourrez dormir sans une arme à la main.

— Ce n'est pas une ville très hospitalière, on dirait ?

— Pas pour les étrangers. Et surtout pas pour quelqu'un qui parle avec un accent bizarre.

— Vous ne me rendez pas très impatient de rencontrer les gens d'York.

— Il ne sert à rien d'être trop confiant.

— En venant ici, j'ai remarqué un étrange personnage.

L'ecclésiastique songea à son dernier visiteur.

— Potter Digby. C'est l'inquisiteur de l'archidiacre Anselm.

La partie commençait à amuser Owen. Le métier d'inquisiteur était une besogne de fouine et Potter Digby avait tout de cette sournoise créature.

— On le dirait né pour cette besogne.

Jehannes étouffa son rire dans un accès de toux.

— J'ai cru comprendre que je devrai vous fournir tout l'argent dont vous aurez besoin.

Ayant saisi à demi-mot l'insinuation, Owen laissa s'achever l'entrevue sans pousser plus loin ses tentatives de bavardage mais il s'arrêta brusquement alors qu'il se dirigeait vers la porte. Le nom de Digby. Se pourrait-il que ce fût une coïncidence ?

— Où pourrais-je trouver la sage-femme que l'on appelle la Femme de la Rivière ?

Pour le moment, il préférait garder le nom pour lui.

Jehannes parut surpris.

— Pour quelle raison voulez-vous la voir ? Cherchez-vous à aider une femme en détresse ?

Owen secoua la tête.

— Fitzwilliam a eu affaire à elle peu de temps avant d'arriver à St. Mary.

— Ah, dit Jehannes songeur. Vous trouverez un chemin qui mène à la rivière, à l'autre bout de St. Mary. Je vous y conduirai en plein jour.

— Oh ?

— Ce n'est pas très sûr, au bord de la rivière.

— La marche ou les gens ?

Jehannes se permit un sourire.

— Les deux.

— Comment trouverai-je cette femme si je dois surveiller mes pieds ?

— Sa cabane est située en haut d'un rocher moussu dressé sur un terrain plat et boueux. Quand la rivière monte, elle a son île à elle.

— Elle a un nom ?

— Magda Digby. C'est la mère de l'inquisiteur.

— Intéressant.

— Oui, c'est une famille intéressante.

Alors qu'Owen s'éloignait, un bruit sur sa gauche le fit s'arrêter, le souffle suspendu. Il se retourna, prêt à se défendre. De son bon œil, il eut le temps de voir un homme se glisser à l'angle d'un bâtiment. Une forte odeur de poisson flottait derrière lui. Owen sourit. Il semblerait qu'il ait aiguisé la curiosité de la fouine.

La York Tavern permettait à Bess Merchet et à son mari de bien gagner leur vie. La clientèle n'avait cessé de s'accroître depuis que Bess en avait pris la direction, huit ans plus tôt, après avoir épousé Tom. Elle en avait chassé la vermine humaine et animale, avait récuré et réparé jusqu'à ce que l'auberge fût rutilante et respectable. Quand Tom vit sa femme à l'ouvrage, il lui abandonna définitivement les rennes et la taverne, avec ses modestes salles, se mit à prospérer.

L'étranger arriva lorsque Bess était en train d'ajouter les derniers condiments au ragoût qu'elle préparait pour ses voisins.

Eh bien, se dit-elle, en le voyant hésiter sur le pas de la porte, je parie que ce type-là a un passé et pas des moindres. Grand, large d'épaules. Sûrement un soldat. Jambières en cuir, veste, de bonnes bottes, un lourd manteau jeté sur son épaule : pas le genre à mendier, bien que le bandeau de cuir sur son œil gauche et la balafre qui lui traverse la joue le rendent quasiment inemployable dans l'armée. Elle aima ses mèches noires et sa boucle d'oreille en or. Il y avait quelque chose de diabolique en lui.

— Alors, étranger, allez-vous entrer ou allez-vous laisser s'échapper toute la chaleur ?

Il rit et ferma la porte derrière lui.

— Seriez-vous la bonne dame Merchet ?

Accent de l'Ouest. Un handicap. Mais une forte volonté et une intelligence vive peuvent compenser.

— Je suis Bess Merchet, la propriétaire. Que puis-je pour vous ?

Elle essuya ses mains dodues sur son tablier et ajusta son bonnet à rubans.

— Je cherche une chambre. On m'a dit à l'église abbatiale d'essayer d'abord chez vous ; que je ne trouverai pas mieux dans York.

Bess pencha la tête sur le côté.

— Vous travaillez pour l'église ?

— Mon travail, pour l'instant, consiste à me trouver un emploi avant que mes poches ne soient vides. Mais ne craignez rien, ma bonne femme, je possède une jolie somme que je garde bien au chaud ; assez pour m'offrir votre plus belle chambre. L'archevêque en personne peut en répondre. C'est à son service que j'étais en dernier.

Ma bonne femme, vraiment ! Comme si le fait de pouvoir payer était la seule chose qui comptait dans une auberge. Mais l'archevêque... Bon.

— Quel genre de travail ? Vous ne ressemblez pas à quelqu'un formé pour un commerce ou employé pour un labour.

— Vous avez raison. J'étais soldat avant de perdre l'usage de cet œil. (Il toucha son bandeau.) Alors, avez-vous une chambre pour moi ?

— Pas si vite. Bess Merchet prend ses décisions à son heure.

Il parut surpris. L'habitude des femmes soumises.

Une déformation de son métier de soldat. À tout prendre, il paraissait plutôt sérieux.

— Qui était votre suzerain ?

— Le défunt duc de Lancastre.

— Ah, celui à qui a succédé Gaunt, le parvenu ?

Une source de bonnes histoires. Elle aimait cela. C'était bon pour le commerce.

— Dites-moi, est-ce que la duchesse Blanche est aussi belle que la ballade le dit ?

— Oh oui. Et vous auriez du mal à trouver une femme plus noble et plus courtoise dans tout le royaume du roi Edward.

— Alors, pourquoi est-ce que l'archevêque ne vous trouve pas de travail ?

Il lui fit son sourire le plus éblouissant.

— Je vous promets que je peux payer ma pension.

Il pensait pouvoir lui tourner la tête avec son sourire ? C'était charmant mais elle n'était pas plus bête que lui.

— Vous ne voulez pas répondre à ma question ?

Il laissa son sourire s'éteindre.

— J'ai été la marionnette des grands hommes pendant suffisamment de temps. J'envie les gens comme vous qui peuvent faire des projets d'avenir ; qui savent où ils vont.

Bess renifla. Comme si les gens avaient le contrôle de leur vie.

— Pour autant qu'on le puisse, ajouta-t-il.

Plus fin qu'elle ne l'avait pensé. Un bon point pour lui.

— Quel genre de travail pouvez-vous faire ?

— Je m'y connais assez en plantes. Je pourrais faire un bon jardinier. Je m'y connais aussi en médecines.

J'ai été l'assistant d'un médecin de camp après ma blessure.

Bess se raidit. Elle n'était pas de ceux qui croient aux coïncidences. Ce Gallois n'avait pas frappé par hasard à sa porte. C'était exactement l'homme que recherchaient ses voisins. Qui l'avait mis au courant des ennuis de Lucie ?

— Vous êtes le genre d'aide qui conviendrait parfaitement à un apothicaire ?

— J'ai l'intention de m'adresser aux maîtres de la guilde.

— Vous n'avez encore parlé à personne ?

— J'ai pensé qu'il valait mieux trouver d'abord un logement.

Un homme prudent.

— Comment vous appelez-vous, Gallois ?

L'œil d'Owen s'agrandit sous l'effet de surprise. Un sourire se dessina lentement sur son visage. Un sourire franc.

— Vous avez une bonne oreille.

— Votre accent n'est pas bien difficile à reconnaître.

— On m'avait dit que les gens d'ici me prendraient pour un Highlander.

— Pas Bess Merchet.

Owen ôta le gant de sa main droite et la lui tendit, en signe d'amitié.

— Je m'appelle Owen Archer.

Bess lui serra la main. Chaude, sèche, aucun signe de peur ; une solide poignée de main. Un archer, en somme. Sa force pourrait servir.

— Alors, pour cette chambre ?

Bess prit une grande inspiration. Son bon sens lui

disait que cet homme pouvait être cause de bien des ennuis, mais la poignée de main fit pencher la balance en sa faveur. De plus, il semblait épuisé par son voyage. Elle hocha la tête.

— J'ai une chambre.

Elle le conduisit à l'étage.

Deux paillasses, une fenêtre, un espace pour marcher : une chambre confortable. Même une armoire où ranger son bagage et plusieurs crochets auxquels accrocher ses vêtements de ville. Bess recula de quelques pas pour le laisser regarder tranquillement.

L'œil sombre balaya la pièce avant de s'arrêter sur le pas de la porte.

— De l'autre côté du couloir, c'est une chambre privée ?

Cette idiote de Kit avait dû laisser la porte ouverte après avoir terminé le ménage.

— C'en est une. Mais elle n'est pas disponible.

— Je vous en offre plus que son prix.

Encore l'argent ! Bess secoua la tête.

— Cela ne compensera pas. Elle est réservée à un client régulier et, entre ses séjours, je ne la loue que pour de courtes périodes. Que ferai-je de vous lorsqu'il rentrera lundi prochain ?

— Je double son prix.

Bess fronça les sourcils. Elle n'aimait pas les gens qui jetaient leur argent par les fenêtres. Mais, d'un autre côté, elle n'avait pas envie de perdre un lit.

— Une chambre particulière est un privilège rare, Owen Archer. Pourquoi recherchez-vous cette sorte de luxe ?

Il ne répondit pas.

Elle lut sur son visage qu'il était mal à l'aise. Il l'intriguait.

— Vous ne chercheriez pas un endroit où vous cacher, par hasard ?

— Non.

Elle attendait, les mains sur les hanches. Une voiture, qui passait dans la rue, fit vibrer le sol ; un chat trottina dans le couloir.

Owen sourit.

— Vous feriez un bon inquisiteur.

Bess attendait.

— La raison en est simple. C'est à cause de mon œil et de mes années d'entraînement de soldat. Quelqu'un monte sans bruit sur ma gauche...

Il fit volte-face. Bess recula contre le mur. Il se battait avec une épée invisible.

— Mère miséricordieuse !

Bess se signa.

Il recula et rengaina son épée.

— Je ne vaux rien si je suis réveillé brutalement.

— Je ne veux avoir aucun problème, ici, lui dit-elle.

— Je ne vous causerai volontairement aucun ennui.

Sa voix était calme. Il la fixait de son bon œil.

Bess défroissa son tablier, tapota son bonnet à rubans et réprima un sourire. Oh, avoir dix ans de moins et être d'une plus haute condition !

— Il y a une petite chambre, en haut, à l'arrière. Je la garde pour les visites familiales. Elle est toute simple mais elle a une fenêtre qui donne sur le jardin des Wilton.

Le jardin de l'apothicaire.

— Je ne voudrais pas en priver votre famille.

La voix était plus courtoise que franche. Il voulait

une chambre ; au diable la famille de Bess ! Mais cela sonnait vrai. La perspective d'un revenu supplémentaire la séduisait. Son mari, Tom, avait besoin d'une nouvelle paire de bottes et elle devait trouver un âne pour la voiture ; Flick n'était plus dans sa première jeunesse.

— Ne vous préoccupez pas pour mes enfants. Leurs visites sont rares et espacées. Ils sont élevés dans une ferme. Mon second mari, Peter — Dieu ait son âme — est cultivateur près de Scarborough. Ils ont l'habitude de se contenter de peu. Laissez-moi vous montrer la chambre.

Elle s'excusa pour l'échelle grinçante qui permettait de monter au troisième étage. Tom et elle n'y faisaient plus attention mais l'archer était sans doute habitué à mieux.

— J'ai grandi en partageant mon espace avec des chèvres, lui dit-il pour la rassurer.

— Eh bien, vous n'aurez pas à faire cela ici.

Elle poussa la porte basse. Owen dut se courber pour entrer. Une fois à l'intérieur, il se redressa et leva le bras au-dessus de sa tête. Ses doigts pouvaient effleurer le plafond. Il marcha jusqu'à la fenêtre, l'ouvrit, se pencha au-dehors, puis se retourna en souriant.

— Elle me convient parfaitement, bonne dame Merchet.

Elle aimait l'enroulement que son accent donnait à son nom. Elle lui proposa un prix légèrement supérieur à celui de la chambre pour deux personnes qui était située en dessous.

— Je vais vous payer, aujourd'hui, quinze jours d'avance.

Bess lui débita rapidement le règlement de la maison, puis elle le laissa s'installer. Elle devait terminer le ragoût pour Lucie. Elle décida de ne pas encore parler d'Owen à Lucie. Il valait mieux attendre de voir si la poignée de main se révélait fiable.

Épuisée, Lucie Wilton s'assoupit la tête sur ses livres de comptes. Elle était assise dans un angle de la petite chambre hermétiquement close et les râles de son mari la tirèrent une fois de plus du sommeil. Depuis qu'il était malade, Lucie n'avait jamais plus dormi normalement. Mais c'était bien qu'il l'ait réveillée. Elle n'avait pas eu l'intention de s'endormir. Elle avait fermé l'échoppe pendant le déjeuner et pris enfin le temps de terminer les comptes. Les affaires marchaient bien. La maladie de Nicolas ne lui avait pas fait perdre un seul client. En réalité, les livres de comptes ne traduisaient aucun changement.

Il en allait de même avec l'inventaire. Nicolas tenait un rapport très précis des médecines qu'il dispensait, afin de pouvoir accroître le rendement du jardin. Il devait encore parfois se livrer au troc pour obtenir certaines racines et certaines écorces, et acheter des minerais et des gemmes — les perles et les émeraudes pilées étaient très prisées par ses clients les plus riches — mais la plupart des herbes qu'ils utilisaient venaient de leur propre jardin.

Lucie s'était appliquée à effacer des livres de comptes toute trace de la dose mortelle d'aconit, en rajoutant pendant une semaine une pincée de telle médication et une pincée de telle autre. Les livres ne pourraient éveiller aucun soupçon.

Mais elle se demandait avec inquiétude pendant combien de temps elle pourrait maintenir ce rythme.

Elle se massa le bas du cou et se leva lentement ; tous ses muscles la faisaient souffrir. Le jardin, l'échoppe, la maison, c'était trop. Elle avait demandé au maître de la guilde un apprenti. Étant elle-même apprenti, il était peu probable qu'il accepte. Il était trop courtois pour le lui dire brutalement mais elle savait comment les choses se passeraient. En revanche, l'admiration qu'il lui portait pour le travail qu'elle effectuait était sincère. Elle n'avait pas refusé un seul client depuis que Nicolas s'était alité.

Mais Lucie le payait d'une fatigue qu'elle ne pouvait plus ignorer. Bess, bénie soit sa générosité, n'était que trop heureuse de pouvoir la materner. Elle s'était déjà chargée de tous les repas. Elle avait pris, ce matin, une pleine brassée de linge à raccommoder et elle se chargerait, sans aucun doute, du ménage si Lucie lui en donnait l'occasion. Lucie avait abandonné le combat contre la poussière qui recouvrait d'une fine couche tous les objets, du haut en bas de la maison. Seule l'échoppe était épargnée. La boutique rutilait. Rien n'était trop beau pour elle. Nicolas était fier de Lucie et Lucie était fière d'elle-même. C'était une chose que d'être un apprenti et une autre bien différente que de porter sur ses épaules la responsabilité d'une affaire. Elle aimait ce travail ; il la passionnait, mais il lui faisait peur aussi. À chaque minute de la journée, en calculant ses doses, elle mesurait la confiance que les gens d'York plaçaient en elle. Elle avait sur eux pouvoir de vie et de mort. Une simple erreur d'inattention, une simple erreur de mesure, et elle pouvait tuer. Elle vérifiait deux, trois fois de suite chaque préparation, en concentrant toute son attention sur sa tâche.

Mais il allait lui être impossible de conserver une telle concentration en dormant aussi peu. Il était indispensable qu'elle puisse dormir. Il lui fallait de l'aide. Si on lui refusait un apprenti, au moins qu'on lui donne une servante.

— Lucie. Tu dors sur la table ?

Elle retrouva tout son allant mais grimaça sous la douleur qui la traversa de la tête jusqu'au bras. Mais c'était si bon de voir Nicolas de nouveau vivant ; de l'entendre parler et de voir qu'il la reconnaissait. Sa parole était encore bredouillante, sa bouche n'avait pas retrouvé son fonctionnement parfait mais Lucie parvenait à la comprendre. Et quand ses grands yeux pâles se posaient sur elle, ils la voyaient et non quelque fantôme, comme c'était le cas, ces premières horribles nuits.

Il avait demandé si le pèlerin était sur pied. Elle lui avait répondu que même sa médecine avait été impuissante à le sauver. Nicolas s'était signé et avait baissé la tête. Lucie avait prié pour n'avoir jamais à lui révéler la vérité.

5

LA ROSE DE L'APOTHICAIRE

Une fois dans sa chambre, Owen s'assit sur le tabouret situé sous la fenêtre et ôta son bandeau pour masser les chairs qui entouraient son œil. Il frotta fort. La peau était restée tendue par sa froide randonnée dans le Nord et, de temps à autre, des piqûres d'aiguilles lui transperçaient l'œil. Il avait voyagé pendant cinq jours sous la pluie glacée et dans la neige. Seuls les fous se rendaient dans le Nord à la mi-février. Il chercha dans son bagage l'onguent qui le soulageait. Il ne lui en restait que pour un jour, de quoi lui offrir un prétexte tout trouvé pour se rendre chez l'apothicaire.

En attendant le bon moment pour s'y rendre, il secoua sa chemise de rechange et ses jambières pour en chasser la poussière, et ôta ses bottes pour soulager, un instant, ses pieds. Ils sentaient mauvais. Toute sa personne sentait mauvais. Il allait se renseigner pour savoir où se trouvaient les bains publics.

Après avoir vérifié qu'il n'y avait personne aux fenêtres qui lui faisaient face, il se pencha à la sienne pour regarder le jardin de l'apothicaire. Bien ordonné, il était cependant disposé d'une manière peu ordinaire et possédait plus de variétés d'herbes que la plupart des jardins de simples. Il ressemblait à un jardin de monastère. Derrière la haie de houx se dressait ce qui devait être une serre de bouturages. Il ne pouvait apercevoir que l'arrière de la maison, une porte qui ouvrait sur le jardin, une fenêtre en bas, deux en haut. Une maison modeste mais confortable.

En bas, Bess Merchet criait un ordre. Owen sourit. Elle pouvait lui être utile et il l'aimait bien. L'esprit délié, courageuse et encore belle pour être la mère de grands enfants, les cheveux d'un roux brillant, le corps enveloppé mais ferme et un joli sens de l'humour. Peu de chose devait lui échapper et elle devait être au courant de tous les ragots intéressants.

Il remit ses bottes, puis son bandeau et descendit en emportant son pot d'onguent et sa bourse.

— La faim vous tenaille ? lui demanda Bess, en guise de salutation.

Elle lui fit signe de s'asseoir à la table à tréteaux.

— Kit ! Un tranchoir et le ragoût. Et un peu de la bière nouvelle.

Un homme apparut par la porte de derrière, en portant un baquet. Il fit un signe de tête en direction d'Owen.

— Tom Merchet.

De quelques années plus jeune que Bess, il avait un regard sympathique et paraissait solidement bâti.

— Vous devez être Maître Archer ?

— Oui, mais appelez-moi Owen. Je pense rester quelque temps parmi vous.

Tom déposa le baquet et alla remplir une chope de bière. Il la posa devant Owen et recula d'un pas, les bras croisés.

— Allez, goûtez-moi ça. Et dites-moi s'il en existe une meilleure dans tout Londres.

Owen avala une grande rasade du breuvage, puis reposa la chope avec un bruit sourd.

— J'avais entendu parler de la bière de la York Tavern, mais c'était bien en dessous de la vérité, dit-il en souriant.

Et il le pensait.

Tom hocha la tête et sortit.

Une jeune fille apporta la nourriture, suivie de près par Bess.

— Allez, maintenant, file, Kit. Va prendre ton repas à la cuisine.

La fille sortit en courant.

Owen mangea le ragoût de bon appétit, pendant que Bess s'activait sur les toiles d'araignée et remuait les bancs près de lui. Il termina son assiette, vida sa chope et repoussa le banc.

— Vous vous êtes fait rapidement un ami en louant si haut sa bière, dit Bess.

— J'aime faire des compliments lorsqu'ils sont mérités. Je n'ai jamais aussi bien mangé dans une auberge. Le ragoût était digne de la table d'un seigneur. Les archers, et même les capitaines des archers, ne prennent pas souvent des repas de cette qualité.

— Les herbes, ainsi que quelques-uns des légumes, viennent du jardin des Wilton. Nicolas a toujours été généreux avec moi.

— L'apothicaire ?

— Oui. À l'angle de Davygate.

— C'est un bon apothicaire ?

Bess renifla.

— Le meilleur de tout le Nord.

Owen nota le choix de l'expression. Elle ne parlait pas du royaume, mais du Nord. Elle n'outrait pas ses propos. Elle ne disait pas non plus qu'il n'y en avait pas de meilleur dans tout Londres.

— J'ai besoin d'onguent pour mon œil.

Un sourire malicieux illumina le visage de Bess.

— Ils vous prépareront ça.

— Pourquoi souriez-vous ?

Bess haussa les épaules.

— Pour rien. Je pense à douze choses à la fois.

La lueur malicieuse qui brillait dans ses yeux mit Owen mal à l'aise. Il allait devoir être prudent.

— À présent, laissez-moi vous payer mes quinze jours d'avance avant que je ne me lance à l'exploration de la ville.

Bess enfouit l'argent dans la poche de son tablier avec un sourire intérieur. Ce ne sera pas une mauvaise chose pour Lucie de rencontrer ce charmant escroc, ni d'avoir avec lui une aventure pendant que son vieux mari malade gisait dans son lit. Cela lui réchaufferait le sang et lui donnerait de la force pour affronter l'avenir. Bess savait que Lucie séduirait l'archer Owen. Elle était belle, droite, souple, avec de beaux yeux clairs et un sourire engageant ; un sourire que l'on voyait trop rarement, ces jours-ci.

Owen rappelait à Bess son premier mari, Will, un clerc de Scarborough, qui lorgnait toujours les filles. Bess l'avait pris au piège avec ses boucles cuivrées et son effronterie. C'est Will qui lui avait appris à lire et à écrire. Le brillant Will ; le beau Will.

Bess savait ce que c'était de soigner un mari mourant et de trembler pour l'avenir. Elle avait enterré deux maris, tous les deux tendrement aimés. Les pères de ses enfants. La pauvre Lucie n'avait même pas le réconfort des enfants.

Owen Archer était l'homme qu'il lui fallait pour lui rendre goût à la vie. Mais son arrivée si opportune préoccupait Bess. Elle correspondait trop bien aux besoins des Wilton.

Owen n'avait pas l'intention de bavarder avec l'apothicaire, mais simplement de le rencontrer pour se faire une idée sur l'homme. La porte de l'échoppe était entrouverte.

Une jeune femme se tenait derrière le comptoir, occupée à mesurer de la poudre dans un sac, pour un client qui arpentait l'échoppe en se plaignant du temps. Le client était bien habillé, mais il avait l'accent rugueux des gens du Nord. Probablement, un marchand. Il ne paraissait pas du tout déconcerté d'être servi par une jeune femme qu'Owen prit pour la fille de l'apothicaire.

La jeune femme leva les yeux sur Owen. Elle le regarda de nouveau, en donnant l'impression d'être mal à l'aise. Owen en était désolé car c'était une belle jeune femme avec des traits fins et des yeux clairs. Il imaginait sans peine ce qu'elle voyait : un étranger au visage balafré, vêtu de cuir et couvert de poussière. Elle était troublée et peut-être avec des raisons de l'être. Il attendit que le marchand fût parti pour s'approcher du comptoir. Elle l'observa avec attention, puis ses yeux s'arrêtèrent sur la balafre qui s'étendait de sous le bandeau jusqu'à la pommette.

— Le maître est-il là ?

— Non, pas en ce moment. Que puis-je pour vous ?

Quel idiot ! Il savait que le maître était alité. Et sa question avait immédiatement braqué la jeune femme.

— Auriez-vous un onguent d'eupatoire et de consoude. Ma cicatrice me tire sous ce vent d'hiver.

Elle tendit la main, par-dessus le comptoir, pour toucher sa joue.

Il sourit, ravi.

— Vous avez la main douce.

Elle retira sa main, comme s'il la brûlait.

— Même si cela vous est difficile, je vous demande de vous comporter avec moi comme vous le feriez avec un apothicaire.

Ses yeux brillaient de colère ; son ton était glacial.

Quelle fille insolente ! Se prendre pour un apothicaire !

— Je vous demande pardon, mais votre geste m'a déconcerté.

— Gardez vos flatteries.

— Je vous ai demandé pardon.

Elle inclina la tête.

— Miel et calendula. Ce sont les meilleurs adoucissants. Demandez à n'importe quelle femme de la cour.

— Un adoucissant. Oui, c'est ce qu'il me faut. Mais j'ai besoin aussi de quelque chose qui calme le feu qui revient de temps à autre. Je veux parler de la balafre.

Il sourit.

Elle, non. Ses yeux avaient la couleur du granite.

Il effaça son sourire et toussa.

— Désolé, encore une fois.

— Je peux vous donner quelque chose pour rafraîchir la peau.

Elle pencha la tête légèrement de côté, sans perdre son regard froid.

— Vous avez un accent étrange. Vous n'êtes pas du Nord.

— Je suis né au Pays de Galles. Et j'ai gagné ma balafre au service du roi.

— Soldat ?

À son ton, il devina qu'elle n'appréciait pas. Décidément, il se débrouillait de plus en plus mal.

— Plus maintenant. J'ai pu mesurer l'erreur de mon choix.

Il lui fit son sourire le plus désarmant.

— Vous avez de la chance.

Le ton employé traduisait qu'elle n'était pas du tout sous le charme.

— C'est mon excuse pour être si maladroit avec les femmes.

Avec les femmes d'York, en particulier.

Elle sourit — un sourire de politesse — et s'éloigna pour préparer l'onguent. Owen l'observait.

Ses mouvements étaient fluides, gracieux, précis. Ses cheveux étaient ramassés dans un mouchoir blanc, immaculé, qui découvrait un cou long et souple. Il aurait voulu avoir ses deux yeux pour mieux pouvoir l'admirer.

Elle se retourna et se raidit.

— Me serait-il poussé des cornes, par hasard ?

Il rougit en comprenant de quelle manière il avait dû la regarder. Elle avait sûrement lu l'adoration dans ses yeux. Mais il refusa de s'excuser. Il n'avait rien fait qui puisse l'offenser. Il préféra changer de sujet.

— J'ai remarqué la porte du jardin. (D'un geste, il la lui montra.) Avez-vous des abeilles ?

— Des abeilles ?

— Pour le miel des onguents.

— Non. Nous n'avons pas de ruches. J'aimerais en avoir mais je n'aurais pas le temps de m'en occuper. Mon mari est malade. Nous prenons notre miel à l'abbaye St. Mary. Vous êtes jardinier ?

Son mari ? Ce ne pouvait être maîtresse Wilton ?

— J'ai été jardinier, dans le temps.

Elle parut étonnée. Comme ses yeux étaient clairs. Comme ils plongeaient dans son âme.

— Quand j'étais petit garçon, au Pays de Galles.

— Vous êtes bien loin de chez vous.

— Bien loin.

Il adorait ses yeux.

Elle s'éclaircit la gorge et fit un signe de tête en direction du pot qu'il tenait toujours.

— Oh oui.

Il le lui tendit.

À l'aide d'une cuillère plate, elle prit une mesure de l'onguent ; une mesure très exactement.

— Vous avez l'œil.

— Je travaille avec mon mari depuis cinq ans, dit-elle avec fierté.

Cette fois encore, elle disait mon mari.

— Alors, vous devez être Maîtresse Wilton ?

Elle acquiesça. Quelle déception ! Elle était mariée et, de plus, à l'homme qui, il l'espérait, allait l'employer. Il lui tendit la main.

— Owen Archer. Je suis descendu à la York Tavern. Nous allons donc être voisins pendant quelque temps.

Elle lui serra la main, après avoir marqué une courte hésitation. Une poignée de main ferme et chaude.

— Nous sommes heureux de vous avoir pour client,

Maître Archer. Les Merchet prendront bien soin de vous.

— Vous avez dit que votre mari était malade ?

Son visage se ferma. Elle lui tendit l'onguent.

— N'en prenez pas trop. C'est une médecine forte.

Il regretta d'avoir posé sa question.

— J'y veillerai.

La cloche de l'échoppe tinta. Le regard de la belle maîtresse Wilton passa au-dessus d'Owen, et elle pâlit.

Owen se retourna pour voir quel misérable pouvait la troubler ainsi. C'était Potter Digby, l'inquisiteur. Désormais, Owen possédait deux ombres !

Maîtresse Wilton ne bougea pas. Owen prit le pot d'onguent.

— J'utilisais deux fois par jour mon ancien onguent. Puis-je faire de même avec cette nouvelle mixture ?

Les yeux bleus vinrent se poser sur lui et la couleur reparut sur ses joues.

— Deux fois par jour ? Ce devait être une contrainte pour vous. Depuis combien de temps avez-vous cette blessure ?

— Trois ans.

L'inquisiteur vint rejoindre Owen près du comptoir, sur sa gauche, du côté de son œil aveugle. Ah, le sournois ! Owen se contrôla. D'un geste naturel, il posa son coude droit sur le comptoir et se tourna pour regarder Digby.

L'inquisiteur lui fit un léger signe de tête, avant de s'adresser à maîtresse Wilton.

— Je m'inquiétais de la santé de maître Wilton. Dieu veuille qu'il aille mieux.

— Il fait chaque jour des progrès, Maître Inquisiteur. Merci pour vos bons vœux.

Owen nota qu'elle n'avait pas employé avec lui un ton aussi froid, même lorsqu'il l'avait irritée. Et il souhaita qu'elle ne le fît jamais.

Digby semblait n'avoir rien remarqué.

— Je n'oublie jamais maître Wilton dans mes prières.

— Nous vous en sommes très reconnaissants.

Ils ne l'étaient pas le moins du monde, c'était évident. Du moins, elle ne l'était pas.

— Dieu vous garde, dit l'inquisiteur en s'inclinant légèrement et il sortit sans bruit.

Mystère. Beaucoup accueilleraient avec joie une visite de l'inquisiteur et la réaction de maîtresse Wilton était pire que du dégoût. Ils donnaient l'impression de se connaître depuis longtemps. Owen mit de côté l'incident pour y repenser plus tard.

Maîtresse Wilton s'appuya sur le comptoir. Les jointures de ses doigts étaient blanches. Elle ferma les yeux. Lorsqu'elle les rouvrit, elle parut surprise de voir qu'Owen était encore là. Il s'en voulait d'avoir entraîné, malgré lui, ce compagnon dans l'échoppe.

— Un personnage déplaisant, dit Owen.

— On dit qu'il fait bien son travail.

— Mais pourquoi sent-il le poisson ?

— C'est à cause de sa mère. Elle vit sur la rivière.

— Ah oui. Une sage-femme.

Maîtresse Wilton se contracta. Comment un étranger peut-il savoir cela ?

La peste soit de sa langue !

— J'ai déjà rencontré l'inquisiteur. On m'a dit qu'il était le fils de la Femme de la Rivière.

Maîtresse Wilton acquiesça.

— Mais pour en revenir à cette odeur de poisson. Il ne vit sûrement pas avec elle ? En tant qu'inquisiteur, il doit habiter près de l'église abbatiale.

— Oui, il vit dans la cité. Mais comme il n'est pas marié, c'est sa mère qui se charge de son linge.

Maîtresse Wilton regarda le rideau perlé derrière elle.

— Je dois aller m'occuper de maître Wilton.

— Bien sûr. Merci pour l'onguent, Maîtresse Wilton.

Owen posa un shilling sur le comptoir.

— Est-ce suffisant ?

— Cela paierait six pots de cet onguent, Maître Archer. Deux pennies suffiront.

Il sortit la somme demandée.

— J'espère que la santé de votre mari s'améliore vraiment chaque jour.

Elle eut un pâle sourire. La tristesse qui émanait d'elle l'intriguait.

Une fois dehors, Owen s'arrêta devant la porte qui ouvrait sur le jardin. Si tout allait bien, il allait passer ses journées auprès de la belle maîtresse Wilton. Il se promit d'exercer tout son charme sur le maître de la guilde pour arriver à ses fins.

Owen retourna à l'auberge pour demander comment se rendre aux bains publics. Après sa visite à Magda Digby, il s'attendait plus que jamais à avoir besoin de prendre un bain.

Lorsqu'elle fut à nouveau seule dans l'échoppe, Lucie essaya de lutter contre le tremblement de ses doigts et contre ses craintes qui menaçaient de la détourner de son travail. Elle tenait une vie entre ses mains : le somnifère d'Alice Baker ne devait pas être trop puissant. Lucie devait garder l'esprit clair. Mais pourquoi l'inquisiteur était-il venu ? Savait-il quelque chose ? L'inquisiteur pouvait ruiner leur vie. L'archidiacre Anselm le permettrait-il ? Il aimait sûrement trop Nicolas pour laisser faire. Et Potter Digby était trop flagorneur pour s'opposer à l'archidiacre. Du moins, elle l'espérait. Mais c'était si affreux de se servir de l'amour contre nature que l'archidiacre portait à son mari.

Mais assez ! Le frère Wulfstan n'avait rien à gagner à révéler ce qu'il savait. Et puis, l'inquisiteur pouvait ne rien savoir. De même, en ce qui concernait l'archidiacre. Elle s'obligea à chasser ses angoisses pour terminer sa préparation, puis elle l'étiqueta. En la rangeant, sa main heurta le pot de miel qui était resté sur le comptoir depuis qu'elle avait préparé l'onguent pour l'étranger. Tout en le posant sur l'étagère, Lucie se remémora comme sa peau l'avait picotée au moment où elle avait pris le pot, sous l'œil noir de l'étranger. Elle avait éprouvé la brûlure de son regard au travers du lainage épais de sa robe. Jamais encore elle ne s'était sentie aussi consciente de son propre corps. Dieu soit loué, il n'avait qu'un seul œil !

Ses pensées la firent rougir. Dieu merci, elle était mariée ! Et cet Owen Archer l'avait insultée. Il l'avait traitée en fille demeurée, comme si sa place n'était pas derrière le comptoir. Jamais Nicolas n'avait osé la traiter ainsi.

Jehannes avait raison à propos de la boue. Tout en réfléchissant à la stratégie à suivre, Owen observait plusieurs personnes qui descendaient la rive, en glissant, derrière le château d'eau de St. mary. Il fut récompensé de son attente, car une femme qui portait un bébé dans les bras parvint en bas sans incident, en suivant un sentier qui n'était pas visible à l'œil nu. Il zigzaguait sur toute la longueur de la pente, parmi les pierres et les broussailles, un peu à l'écart de la tour. Il lui faudrait plus de temps que par le chemin glissant, mais Owen n'avait plus le pied aussi assuré que jadis. Et la perspective de rouler en bas de la pente, les quatre fers en l'air, ne le séduisait pas du tout. Aussi repéra-t-il le sentier qu'avait emprunté la femme et le suivit-il aussi fidèlement que possible. Le fait de n'avoir qu'un œil freinait sa marche. Il devait balayer tout le chemin du regard avant de s'y engager. Il finit tout de même par atteindre le bord de la rivière. La boue, qui avait gelé, formait des arêtes en certains endroits et, en d'autres, la terre restait détrempée. Owen comprit pourquoi les gens qui le dépassaient marchaient la tête baissée, les yeux fixés sur leurs pieds. Il faisait déjà assez froid comme cela sans avoir en plus à s'enfoncer dans la boue. Owen sentait l'air humide de la rivière transpercer ses vêtements de cuir et ses bottes neuves.

Pas un individu sensé ne pourrait vivre ici.

Il regarda autour de lui, dans l'espoir d'apercevoir la maison piquée sur son promontoire, au milieu de la boue. Mais il ne vit que de branlants échafaudages de bois flottants, de boue et de brindilles. Près des murs de l'abbaye, les masures étaient serrées les unes contre les autres, puis elles se raréfiaient près de la rivière. Enfin, il la vit ! C'était un étrange bâtiment dont le toit était composé de la coque retournée d'un bateau, de sorte que le serpent de mer qui était sculpté à la proue fixait le sol selon une étrange perspective. Une femme était assise devant la porte, enveloppée de hardes multicolores ourlées de boue. Elle taillait ce qui ressemblait à une racine de mandragore. La Femme de la Rivière, sans nul doute.

Tout au long de son périple pour venir jusqu'à elle, Owen avait cherché un motif pour justifier sa venue mais en la voyant, son couteau à la main, il eut une autre idée. Il songea à rebrousser chemin, pour revenir une autre fois, lorsqu'il aurait préparé une meilleure introduction. Mais, trop tard ! Elle l'avait vu et le fixait d'un regard perçant.

— Bonne femme Digby ? demanda Owen en enlevant son couvre-chef.

— Bonne femme.

Elle acquiesça avec un rire étrange qui ressemblait à un aboiement. Ses poumons étaient sans doute atteints par l'humidité de la rivière.

— Personne ne m'appelle jamais ainsi, à moins d'avoir quelque chose à me demander. As-tu une faveur à demander, Œil-d'oiseau ?

Owen resta un instant interdit par son allusion brutale à son infirmité. Mais pouvait-on s'attendre à de la courtoisie dans un pareil endroit ?

— Oui, je viens demander une faveur.

— Perdu ton œil à la guerre ?

Elle lui fournissait les armes dont il avait besoin.

— Pas perdu. Il y a toujours un œil sous le bandeau.

— Et tu veux savoir si Magda Digby peut le faire voir à nouveau ?

Il opina.

Elle se leva en soufflant et marmonnant, puis elle enfonça le couteau dans la petite bourse attachée à sa taille, avant de lui faire signe d'entrer avec la main qui tenait toujours la racine. La vue d'un feu brûlant dans l'âtre le réconforta, bien qu'il enfumât la pièce. Il dut se pencher pour éviter les racines et les plantes qui pendaient au chevronnage.

— Vous arrivez à faire sécher les plantes si près de la rivière ?

— Le feu s'en charge. C'est bon pour les racines et c'est bon pour les os. Il t'en coûtera trois shillings pour que Magda regarde ton œil, même si elle ne peut rien y faire.

Il déposa une pièce sur la table, près du feu.

— Ça, c'est pour regarder. Pour les soins, je paierai en or.

Son regard le parcourut de pied en cap.

— Tu parais bien pourvu ; bons vêtements ; plein d'argent. Pourquoi venir voir une femme comme Magda ?

— Une amie vous a recommandée à moi. Vous l'avez aidée.

Magda haussa les épaules.

— Une sage-femme ne s'occupe pas des yeux.

— Alors, je vous ai fait perdre votre temps.

— Non.

Elle lui fit signe de s'approcher du feu.

— Laisse Magda regarder.

Il s'assit pour que son visage soit à sa hauteur, retira le bandeau et releva la tête en arrière.

Elle se pencha sur lui. Son corps exhalait les odeurs mêlées de la rivière et de la terre. Ses mains étaient sales mais son toucher doux. Elle examina son œil, puis recula en poussant un soupir.

— La lumière en est partie, bien qu'elle ne soit pas

très loin. Tu as bien fait d'empêcher la cicatrice de tirer trop. Tu as fait tout ce qu'on pouvait faire.

Ses paroles l'abattirent tant, qu'Owen comprit qu'il avait fini par croire qu'elle pourrait lui rendre la vue. Quel idiot il avait fait ! Pourquoi cette vieille sorcière, sale et puante, en aurait-elle su plus que maître Roglio ?

Elle renifla.

— Tu es en colère. C'est toujours comme ça. Et maintenant, tu vas rendre Magda responsable de ton état. Oui, c'est toujours comme ça.

Elle empocha la pièce d'argent.

— Vous ne m'avez pas demandé mon nom. Ni celui de la femme qui m'a parlé de vous.

— C'est mieux de ne pas connaître les noms.

— Elle vous a connue par l'intermédiaire d'un ami à moi.

La sorcière le regarda en louchant à travers la fumée qui envahissait la pièce.

— C'est une information qu'il est venu chercher, pas des soins. Magda sait reconnaître la vérité au son d'une voix. Celle-là est douce, agréable ; un charmant accent gallois. La famille d'Arthur, aucun doute là-dessus. (Elle rit.) Va-t'en, Œil-d'oiseau. Magda n'a pas besoin de gens de ton espèce.

— Je suis vraiment venu pour l'œil. J'ai perdu mon poste de capitaine à cause de mon œil.

Son regard le parcourut de nouveau de haut en bas, puis elle tâta ses épaules.

— Vigoureux Gallois. Tu es archer ?

— J'étais.

— Capitaine des archers. Tu as grimpé haut. Retourne tirer sur ton arc, Capitaine Archer. C'est ton orgueil qui t'a fait abandonner. Parce que tu n'es plus aussi rapide, ni aussi sûr qu'avant. À présent, va-t'en. Magda a des amulettes à préparer pour des gens qui ont besoin d'elle.

En attendant devant les fours du boulanger son pain de la nuit, Bess observait Owen Archer. Cet homme était en mission, cela ne faisait aucun doute. Il avait l'air calme et tranquille du chat qui se tient au bord d'un jardin étrange, flairant le danger, jaugeant l'adversaire, l'œil glissant d'un côté à l'autre, doux et aimable, ne voulant pas effrayer sa proie. Il avait beau n'avoir qu'un œil, elle doutait que beaucoup de choses lui échappent.

Mais qu'était-il venu faire à York ? Il projetait sûrement d'y rester un certain temps pour avoir besoin de se cacher derrière un emploi. Il avait été soldat ; un archer, mais elle en jurerait, un fripon avec sa boucle d'oreille et ses grands airs. C'était un Gallois. Il s'y connaissait en jardins et en plantes médicinales. Et il savait lire. Ce détail cadrait mal avec le reste. Et puis, ses vêtements ! Des vêtements neufs, beaucoup trop chers pour un ancien soldat sans travail. Mais la balafre n'était pas récente. Il devait l'avoir depuis deux ou trois ans, peut-être ? Alors, qu'avait-il fait depuis qu'il avait quitté l'armée ? Appris à lire ? Assisté un chirurgien ? Mais dans tout cela, quelle raison avait pu le conduire jusqu'ici ?

Il était lié à l'archevêque ; elle l'aurait juré.

Un soldat ; un ecclésiastique. Bess laissa les deux images s'agiter dans sa tête pendant qu'elle achetait son pain. Elle ne pouvait pas donner à Kit plus d'un panier léger à porter car la jeune fille était trop occupée à bayer aux corneilles pour regarder où elle mettait les pieds et Bess devait se charger d'en porter deux pleins à ras bord. La lourdeur des paniers et la nécessité de surveiller Kit ralentissaient sa marche. La nuit était déjà tombée quand elles arrivèrent à l'auberge. Tom s'affairait pour préparer la soirée.

— Quelqu'un est venu pendant mon absence ? lui demanda-t-elle devant une chope.

Ils avaient l'habitude de prendre des forces avant d'affronter les longues heures de travail.

— L'inquisiteur Digby. Il a posé des questions sur Owen Archer. Je lui ai répondu qu'il n'avait qu'à lui parler directement ; qu'il serait tôt ou tard, en bas, devant une bière.

Bess regretta de n'avoir pas été là.

— Qu'a-t-il dit exactement ?

Tom haussa les épaules.

— Il voulait savoir si nous avions chez nous un étranger borgne. Je lui ai demandé pourquoi il voulait le savoir et s'il était dans l'exercice de ses fonctions. Il a répondu peut-être ; qu'il n'avait pas le droit de le dire.

Tom cracha dans le feu.

— Il se donnait des airs ! Et il empestait le poisson ! À se demander où il dort !

Bess ferma les yeux. Après le froid de la rue, elle se laissa envahir par les effets conjugués de la chaleur et de la bière. Owen était peut-être en affaire avec l'archidiacre Anselm. L'archidiacre passait la majeure partie de son temps à récolter de l'argent pour la construction de l'église abbatiale.

— Et, c'est tout ?

— Oui, il est parti tout de suite.

— Personne d'autre ?

— Owen Archer. Il est entré, puis reparti. Il a demandé où se trouvaient les bains. À cause de la poussière de la route. Je lui ai dit qu'il attraperait la fièvre s'il prenait trop souvent des bains. Pas comme Digby qui en aurait bien besoin d'un !

— Et il s'est rendu aux bains ? demanda Bess, impatiente d'en savoir plus.

— Je lui ai indiqué le chemin. Il est sorti.

Tom posa sa chope et se pencha vers Bess

— Dis-moi, Femme, que penses-tu de cet Owen Archer ?

Bess vérifia qu'ils étaient bien seuls.

— Je pense qu'il cherche quelqu'un ou quelque chose. Quelque chose qui a trait à l'église abbatiale. Peut-être qu'une partie de l'argent du soldat ne rentre pas dans les coffres de l'église.

Elle haussa les épaules.

— Je n'en sais rien.

Tom sourit.

— Je connais ma Bess. Elle aura vite fait de débrouiller l'énigme.

6

ASSIGNATION

L'archidiacre Anselm sourit à Jehannes pour masquer son dégoût. Ce jeune homme ne savait pas rester à sa place. Il n'était que le secrétaire de l'archevêque, alors qu'Anselm était archidiacre d'York. Mais Jehannes avait une façon bien à lui de lui faire comprendre son peu d'importance. Oh, sans se départir de sa politesse. Anselm n'aurait pu relever un seul mot discourtois mais il lui avait distribué le rôle de l'intrus dans la journée surchargée d'un personnage important.

— Vous avez eu la visite d'un étranger borgne, commença Anselm.

Jehannes rangea la lettre qu'il avait étudiée et croisa les mains, avant de reporter son attention sur Anselm.

— Je vois que votre inquisiteur l'a remarqué en passant.

Quelle arrogance ! Et cette pointe de sarcasme dans sa voix. La suffisance se lisait sur ses lèvres pleines et sans délicatesse.

— Les vêtements de l'étranger étaient ceux d'un petit courtisan. Est-ce un émissaire de mon seigneur Thoresby ? Va-t-il venir bientôt à York ?

Pas un muscle du visage de Jehannes ne bougeait.

Ses yeux restaient posés sur Anselm avec un calme insolent et hostile.

— Avez-vous un travail urgent à voir avec Sa Grâce ?

Comme s'il allait soumettre l'archidiacre à la question ! Anselm se maîtrisa.

— La fenêtre de la chapelle d'Hatfield. Il devait en discuter les détails avec le roi.

C'était donc cela. Il était chargé de financer l'hommage de sympathie que la ville d'York offrait au roi pour la mort de son jeune fils, William of Hatfield. Le roi devait choisir le sujet du vitrail.

Jehannes chercha une feuille de parchemin et une plume.

— Je serais heureux d'écrire une lettre...

Anselm retint son souffle.

— Je suis capable d'écrire moi-même, lâcha-t-il, entre ses dents.

Jehannes eut un léger signe de tête.

— Parfait.

Il reposa la plume.

— Eh bien, pour répondre à votre question, je n'ai nullement entendu parler d'une visite imminente de Sa Grâce.

Maudit soit l'homme ! Il voulait obliger Anselm à demander l'identité de l'étranger. Anselm n'avait pas l'intention de s'abaisser jusque-là. Il avait ses propres moyens pour le savoir.

Propre et l'estomac plein, Owen aurait été heureux de s'asseoir dans un coin de la taverne, une chope de la délicieuse bière de Tom à la main, pour écouter les conversations qui s'animaient autour de lui. Mais la camaraderie lui rappelait trop le bon temps d'autrefois, les soirées passées avec ses hommes à comparer leurs blessures, à chahuter les nouvelles recrues, à se vanter de leurs prouesses au combat et au lit. Ses épaules, ses mains et ses avant-bras auraient été ankylosés pour avoir trop manié l'arc ; sa main aurait tremblé en levant sa chope, mais son âme aurait été en paix après une journée de dur labeur. Les os rompus, apaisé, détendu avec ses compagnons. C'était cela le vrai visage du bonheur.

À l'opposé de son état présent. Owen était assis, tendu, prêt à se jeter sur son côté gauche au moindre signe de danger ; les nerfs à vif à cause de l'énergie inemployée et des coups de poignard qui, par moments, lui transperçaient l'œil gauche et le faisaient terriblement souffrir. Il ne connaissait personne, ici. Il n'était plus ce capitaine des archers, admiré par beaucoup, provoqué par personne. Ici, nul ne se souciait de savoir qu'il pouvait tout aussi facilement soulever un homme, que bloquer un chat dans un coin. Et personne ne le remarquait s'il buvait au point de rouler sous la table.

Il détestait cette vie. Il s'y sentait mal à l'aise. Aujourd'hui, avec la sorcière, il avait commis un impair. Elle savait, à présent, qu'il était venu à York pour y chercher des informations. Il avait failli faire pire encore. Il avait failli mentionner Fitzwilliam. Et c'était grâce à elle s'il ne l'avait pas fait. Il ne pouvait s'offrir le luxe de telles erreurs.

La porte s'ouvrit et les voix se turent. Les clients s'agitèrent sur les bancs de bois quand Digby pénétra dans la taverne. Par Dieu, qu'est-ce qu'un homme pouvait ressentir devant un pareil accueil ? Owen éprouvait presque de la pitié pour Digby. Au moins, il l'arrachait à son apitoiement sur lui-même. Owen se redressa. Il ne fallait pas qu'il s'enivre, cette nuit. Il avait du travail.

L'inquisiteur l'aperçut. Owen lui fit un signe de tête, sans sourire. Il savait que l'inquisiteur avait questionné Tom à son sujet. Il était peu vraisemblable que Digby ait déjà parlé à sa mère. Il ne devait pas encore savoir qu'Owen était allé la voir. Digby demanda à boire à Merchet, puis il s'approcha du coin où se trouvait Owen. Pendant qu'il traversait la salle, personne ne le salua, ni ne l'invita.

— Nos routes se croisent pour la troisième fois, aujourd'hui, dit l'inquisiteur.

— La quatrième fois. Mais vous ne m'avez peut-être pas vu lorsque je quittais l'église abbatiale. Vous étiez dans l'ombre.

Le visage de l'inquisiteur resta impassible. Il lui tendit la main.

— Potter Digby.

Owen s'adossa au mur, et croisa les bras.

— Je sais. L'inquisiteur d'Anselm. Owen Archer, dit-il, sans serrer la main qu'on lui tendait.

Digby s'assit en face d'Owen. Apparemment, il n'était pas offensé par la rebuffade. Le cuir épais.

— Je n'éprouve aucune sympathie pour ceux qui m'abordent du côté de mon œil aveugle.

Digby haussa les épaules.

— Dans mon métier, on acquiert des habitudes déplaisantes. C'est mieux d'énerver le pécheur. Ça le pousse à se confesser.

Digby sourit, d'un étrange sourire uniquement circonscrit à la bouche.

— Ça doit vous rapporter pas mal ?

Le sourire de Digby gagna ses yeux.

— Pas mal. Ça remplit aussi pas mal les coffres de l'abbaye.

La candeur de Digby intrigua Owen. Digby n'était pas l'abject flagorneur qu'il s'était attendu à trouver.

Tom s'approcha avec la bière que Digby avait commandée.

— Alors, je ne vous avais pas dit que vous le trouveriez ici ?

Il se pencha vers Owen.

— Faites attention avec celui-là, Maître Archer. C'est un vent mauvais qui l'envoie dans nos pattes.

Bien qu'il sourît et clignât de l'œil, tout en s'éloignant rapidement, Owen était convaincu que Tom pensait ce qu'il disait.

Owen observa son compagnon. La main qui soulevait la chope était ferme. L'hostilité que lui témoignaient les gens d'York semblait le laisser indifférent.

— Regrettez-vous le temps où vous aviez des amis dans la cité ?

Digby reposa sa chope à moitié vide et s'essuya les lèvres d'un revers de manche.

— Des amis ? renifla-t-il. J'ai l'ami dont j'ai besoin en la personne de l'archidiacre. Il est le seul pour qui j'irais vivre dans les cabanes qui s'entassent derrière les murs de l'abbaye. Ils appellent ça la cité vermine. Combien d'hommes en seraient capables ?

Peu. Owen était dûment impressionné.

— Comment avez-vous attiré l'attention de l'archidiacre ?

Un léger sourire.

— Je lui ai fourni une information qui lui a rapporté

une jolie somme d'argent pour la nouvelle chapelle de l'église.

— Quel genre d'information ?

— Sans importance.

Digby vida sa chope et se leva.

— L'archidiacre Anselm veut vous parler. Puis-je lui dire que vous vous rendrez à ses appartements, demain ?

Bess, qui remplissait une chope à la table voisine, retint son souffle.

— L'archidiacre Anselm ?

C'était donc l'archidiacre qui avait lancé Digby à ses trousses ?

— J'en serai honoré.

Quand la porte se referma derrière l'inquisiteur, les voix retrouvèrent leur plein volume et leur chaleur.

Bess s'approcha en tenant un pichet de bière. Owen posa sa main sur sa chope mais Bess eut le temps de voir qu'il y avait à peine touché.

— Un me suffit, en ce moment.

Il fit un signe de tête en direction de la porte.

— Vous avez entendu ?

— Un peu. J'imagine que vous avez enflammé l'imagination de Digby et il a mis des idées dans la tête de l'archidiacre. Vous allez sûrement le décevoir.

Plus tard, lorsque Tom lui éclaira le chemin pour monter jusqu'à sa chambre mansardée, Owen l'interrogea sur l'archidiacre.

Tom haussa les épaules.

— Certains le prennent pour un saint. Peut-être en est-il un ? La plupart des gens qui se font passer pour des saints n'ont pas de sang dans les veines. C'est encore plus pitoyable.

Tom secoua la tête.

— Mais c'est un homme juste. Vous n'avez rien à redouter de lui si vous n'avez rien à cacher.

Tom alluma une bougie devant la fenêtre d'Owen et s'en alla.

Owen se laissa tomber sur sa paillasse et retira son bandeau. Il fixa la flamme vacillante. Une légère tache apparut à la place de l'image. Son pouls s'accéléra. Son œil gauche était-il en train de recouvrer la vue ? Il fit passer sa main devant. Déception ! Ce n'était que la bière qui brouillait la vue de son bon œil. Pour la deuxième fois, aujourd'hui, il s'était attendu au miracle. Il se comportait comme un idiot. Il ouvrit le pot d'onguent ; le renifla. Calendula et miel. Et quelque chose d'autre... Mais l'odeur du miel était trop forte. Il en prit un peu sur le bout du doigt et se l'appliqua. Chaleur, picotement, puis engourdissement. Aconit. Il allait devoir en user avec précaution. L'aconit pouvait tuer.

7

LES HOMMES D'ÉGLISE

La lettre de Roglio à la main, Owen se rendit, le lendemain, à l'abbaye. Une mince couche de neige fraîchement tombée rendait les pavés glissants. Devant la porte de l'abbaye, la neige cédait la place à la boue. Il ne le regretta pas vraiment car, si la boue est plus sale, les risques de chute sont moins grands. La seule pensée de pouvoir tomber lui faisait horreur. La perte de son œil avait fait de lui un homme vieux et fragile.

La lettre de Roglio permit à Owen de s'introduire auprès de l'abbé qui lui assura que le frère Wulfstan serait heureux d'entendre que le physicien de l'archevêque se souvenait de lui.

Contrairement à ce que l'abbé pensait, Wulfstan ne fut pas du tout ravi d'entendre parler du visiteur. Il ne voulait voir personne. Il voulait qu'on le laisse en paix, afin de pouvoir se bagarrer avec le Diable qui menaçait de lui voler son salut.

Tout avait commencé avec le pèlerin. Depuis que l'homme était tombé malade, Wulfstan n'avait plus connu un seul instant de paix.

Non à cause de sa maladie. Beaucoup de pèlerins

arrivaient dans un état semblable. De plus, l'annonce d'une mort fait presque toujours se tourner vers Dieu même les brigands au cœur le plus endurci. Peut-être en aurait-il été autrement si Wulfstan n'avait pas tenté de le sauver. Peut-être était-ce son erreur de jugement qui le bouleversait à ce point. Il aurait dû laisser son ami s'éteindre paisiblement. Au lieu de cela, dans son orgueil, Wulfstan avait tout fait pour le sauver. L'homme avait ému son cœur. Wulfstan ne pensait pas que le Seigneur voulait que son ami meure. Autrement, pourquoi l'aurait-il conduit ici, auprès d'un infirmier de son talent et de son expérience ?

Quel vieux fou arrogant il avait été ! Wulfstan avait mal rien que d'y penser. Il avait marché avec peine dans la neige, réchauffé par la joie de sauver une créature de Dieu et de gagner en gloire personnelle.

Ce jour-là, il avait peu porté attention à la distraction de Nicolas bien qu'après coup, il s'en soit souvenu et en ait reconnu les signes. Comment Wulfstan aurait-il pu deviner que cet homme était malade et qu'il serait fauché, le soir même, par une paralysie qui le rendrait muet pendant des jours, et le clouerait dans son lit qu'il n'avait toujours pas quitté ? Nicolas lui était apparu robuste et gai. Mais les questions qu'il avait soudain posées, ainsi que sa brusque fièvre, trahissaient un esprit agité.

Quant aux symptômes du pèlerin après qu'il eut avalé la médecine... Dieu miséricordieux, ils étaient si évidents pour lui, aujourd'hui. Mais sur le moment, il n'avait pas compris. Il avait reconnu qu'il avait mal interprété les symptômes et que, depuis le début, son ami souffrait de quelque chose de tout à fait différent de la fièvre des camps. Nicolas l'avait compris lorsqu'il l'avait vu et il en avait été atterré. Il avait peut-être préparé le mauvais remède ?

Oh, mais la vérité était bien pire encore. Bien pire.

Comme un fou, Wulfstan avait veillé le mourant ; il lui avait massé les membres pour soulager sa douleur ; il l'avait aidé à s'asseoir pour lui permettre de mieux respirer. Il avait prié pour lui, affligé de voir qu'un si gentil chevalier puisse quitter la vie dans une telle agonie.

Ensuite, Wulfstan avait récupéré ce qui restait du remède et l'avait administré à Fitzwilliam, le pupille de l'archevêque. Et il avait vu la mort venir après la suffocation et les douleurs aux membres exactement comme pour le pèlerin.

C'est seulement après que Wulfstan avait analysé le remède. Seulement après. Quel vieux fou il avait été ! Ce qu'il avait découvert lui avait brisé le cœur. Une dose mortelle d'aconit. Et c'est lui qui l'avait administrée. Wulfstan avait tué deux hommes en essayant de les sauver.

Aconit. Napel. Pris à petites doses, il soulage la douleur, fait transpirer et réduit l'inflammation. En fortes doses, il donne de terribles douleurs dans les membres, procure des évanouissements, des suffocations et, pour finir, il donne la mort. Il n'était pas inhabituel de trouver de l'aconit dans la composition des remèdes. Mais pas en si grande quantité. C'était pour Nicolas une erreur incompréhensible. Wulfstan n'avait jamais eu la moindre raison de douter de ses préparations ou de celles de son père, avant lui. Il ne lui était pas venu à l'esprit de vérifier le mélange. Mais, par Dieu, c'eût été si facile ! Appliqué sur la peau, il provoque une sensation de chaleur, puis des picotements suivis aussitôt par un engourdissement. Lorsque enfin il l'avait testé, sa main était restée engourdie toute la nuit.

C'était la période la plus sombre de la vie de Wulfstan. Il n'avait encore jamais réfléchi au pouvoir qu'il avait sur la vie des hommes. Il pouvait tuer. Il avait tué. Et par négligence.

Vieux fou. L'apothicaire avait déjà l'esprit troublé lorsqu'il avait préparé la mixture. Après tout, Nicolas s'était évanoui juste devant l'infirmerie, quelques instants après avoir délivré le remède.

Quelques instants après que le pèlerin l'eut traité d'assassin. C'était ce qui troublait Wulfstan. Le remède contenait une telle quantité d'aconit. Et il avait été préparé spécialement pour le pèlerin. Il n'avait jamais vu Nicolas s'égarer ainsi en préparant une médication. Il avait dû faire un faux diagnostic. Aucun dosage n'est jamais parfait. Mais c'était une telle erreur et si facilement détectable par quiconque aurait touché le produit.

C'était là, précisément ce qu'il redoutait le plus : que ce ne soit pas une erreur ; que Nicolas ait consciemment préparé le poison ; qu'il ait décidé de tuer le pèlerin, l'homme qui l'avait traité d'assassin, qui avait cru que Nicolas était mort, qui avait été si sûr de l'avoir tué, dix ans plus tôt.

Cette pensée rendait Wulfstan malade. C'était certainement sa propre culpabilité qu'il essayait d'effacer en accusant les autres. Nicolas Wilton ne pouvait pas avoir décidé de la mort du pèlerin. Il ne connaissait même pas son nom.

Mais Nicolas avait posé beaucoup de questions à propos de l'homme. Des questions qui n'étaient pas nécessaires pour établir un diagnostic. Et Wulfstan lui avait dit tout ce qu'il savait. Assez, peut-être...

Non. Nicolas était un homme bon. C'était impensable. De plus, quel motif aurait-il eu ? Nicolas possédait tout ce qu'un civil pouvait désirer : il était maître apothicaire ; son échoppe était fréquentée par les citoyens les plus riches d'York ; il était marié à une femme belle et noble qui travaillait à ses côtés. Sa seule épreuve était de n'avoir pas d'enfant.

On avait dit à Wulfstan que sa bonté et son innocence étaient à la base de son talent pour préparer les médecines. Dieu lui avait accordé de pratiquer cette profession magnifique parce qu'il s'en était montré digne.

Mais il n'était plus innocent. Par sa négligence, il avait tué deux hommes. Et il avait choisi de taire son crime. Personne ne devait savoir que ces hommes n'étaient pas morts de mort naturelle. Les bavardages pourraient ruiner les Wilton. Et, Dieu lui pardonne, la confiance que l'abbé Campian lui portait. Il ne pouvait pas aller se dénoncer. Il ne le fallait pas. Pour Lucie Wilton ; pour lui-même. Il ne détruirait pas la vie de la jeune femme après qu'on lui eut donné une seconde chance. Et, en ce qui le concernait, il savait qu'il serait encore plus attentif à l'avenir.

Aussi, avait-il résolu de ne parler à personne, excepté à Lucie Wilton. Pour qu'elle surveille Nicolas. Il avait redouté de lui parler mais elle avait reçu la confidence avec un calme remarquable.

Wulfstan avait confiance en Lucie. Mais sa propre culpabilité le tourmentait. Son imprudence avait causé deux morts.

Dans cet état d'esprit, tout contact lui était pénible. Cependant, il ne pouvait pas renvoyer quelqu'un qui apportait un message du physicien de l'archevêque.

Wulfstan leva les yeux de sa table de travail quand Owen entra dans l'infirmerie, mais son regard ne rencontra pas celui de l'homme.

Owen lui tendit la lettre.

Les mains du moine tremblaient en brisant le sceau et en parcourant le parchemin. Il avait un visage avenant, tout rond et doux, avec des joues rouges. Mais l'anxiété transparaissait dans ses yeux clairs. Elle disparut lorsqu'il releva la tête.

— Maître Roglio. Puisse le Seigneur le bénir de se souvenir de moi. J'ai fait si peu pour mériter cet honneur : un simple remède pour l'archevêque.

Wulfstan fronça les sourcils.

— Je ne me souviens pas de sa composition exacte. J'avais de tout, sauf de la mandragore. Nous ne la cultivons pas ici, voyez-vous. C'est l'herbe du Diable.

Il passa rêveusement sa main sur les poils blancs de son menton, l'esprit ailleurs.

— L'archevêque avait besoin d'un calmant ?

Les yeux pâles se relevèrent, anxieux, une fois de plus.

— Vous vous y connaissez, je vois. Oui, la mandragore calme la douleur.

Owen n'était pas surpris par l'irascibilité du moine. Les deux hommes qu'il soignait étaient morts. Mais il avait pensé le mettre à l'aise en parlant de ce qu'il connaissait.

— Je suis surpris que vous insistiez sur la mandragore. Vous cultivez sûrement le napel... l'aconit ?

Le moine pâlit.

— Bien sûr. Mais maître Roglio disait que les humeurs de l'archevêque étaient trop sanguines. L'aconit l'aurait échauffé. Aussi ai-je fait appel à Wilton pour la racine en poudre — il a un beau jardin, plus complet que le nôtre — et j'ai mélangé le remède moi-même. Oui, c'est ainsi que les choses se sont passées. Et pour si peu, maître Roglio se souvient de moi.

— Maître Wilton. (Owen hocha la tête.) J'ai rencontré sa femme. Elle a préparé un onguent pour mon œil.

— Nicolas Wilton a de la chance d'avoir Lucie. Elle est très compétente.

— Sans aucun doute. Sa préparation est bien meilleure que celle que j'ai eue à Warwick.

— Vous êtes entre de bonnes mains.

— Ma chambre à la York Tavern donne sur le jardin de Wilton. Travaillez-vous souvent avec lui ?

— De temps à autre.

Le moine se pencha sur son travail.

Owen jeta un coup d'œil tout autour de la pièce. Claire et chaude, elle était parfumée par les remèdes que le moine préparait à sa table et par ceux qu'il conservait dans des pots et des jarres, sur des étagères. Les joncs qui parsemaient le sol étaient frais et secs. En ce moment, les lits de camp, alignés contre le mur opposé et destinés aux malades, étaient tous vides.

— Je sais que les frères de St. Mary ont de robustes constitutions.

— Pas plus que les autres. La saignée du printemps va arriver. C'est toujours calme avant.

— Personne n'a envie d'avoir affaire aux sangsues trop souvent.

Wulfstan lui adressa en léger sourire.

— Vous êtes un observateur de la nature humaine.

— Comme capitaine des archers, j'avais besoin de l'être.

Owen se décida à plonger.

— Je suis heureux de voir que l'assaut de cette maladie hivernale est passé.

Les joues rouges du moine se marbrèrent. D'un mouvement incontrôlé, il dérangea la pile de poudre de racine d'iris. Un nuage obscurcit son visage. Il éternua dans sa manche, s'essuya les yeux, puis il quitta sa table pour aller s'asseoir près d'Owen.

— Comment êtes-vous au courant de cette maladie ?

— J'ai écouté les conversations, à la taverne, la nuit dernière. C'est pour moi la meilleure façon de connaître une ville. Les gens ont parlé de deux morts, en moins d'un mois, avec des symptômes similaires. Une mort ne signifie rien. C'est l'heure qui sonne. Mais deux morts, cela peut vouloir dire, trois, quatre, une douzaine.

Wulfstan se frotta l'arête du nez, les yeux fermés, avec un geste d'homme fatigué et troublé.

— Assez de temps a passé pour qu'ils n'aient plus rien à craindre. (Il secoua la tête.) De plus, deux morts signifient simplement que l'heure a sonné pour deux individus. Dans sa bonté, les deux hommes que Dieu a rappelés à lui étaient des pèlerins en état de grâce. Un tel acte révèle Sa bonté sans réserve.

Owen haussa les épaules.

— J'ai pensé qu'ils étaient tous les deux morts à la suite de leur voyage dans le Nord, en plein hiver. J'ai trouvé que c'était un périple très difficile et je suis en bonne santé.

La lumière qui se répandait dans la pièce par la fenêtre du jardin révélait un peu de sueur sur le visage du moine.

— Bien sûr, cela a joué aussi. Le premier pèlerin n'était pas en état de voyager. Je pense qu'il savait que la mort pouvait le rattraper ici.

Owen remarqua que la voix du vieux moine trahissait une vive émotion.

— Vous le connaissiez bien ?

Wulfstan baissa la tête et ferma les yeux, un instant, avant de répondre.

— Nous sommes devenus amis pendant que je le soignais.

— C'est ce qui a été pour moi le plus difficile dans les camps : perdre un ami que je soignais.

Wulfstan fixait en silence le mur opposé, les yeux mouillés.

— Est-ce à vous qu'est revenue la tâche d'informer la famille ? demanda doucement Owen.

— Ç'aurait dû être le rôle de l'abbé Campian. Mais, pour autant que je sache, il s'est présenté comme un pèlerin anonyme, un homme ordinaire.

— Il ne vous a pas parlé de chez lui ?

— Il a été si longtemps soldat. Je doute qu'il se soit souvenu de chez lui.

Owen acquiesça.

— C'est quelque chose que je peux très bien comprendre.

— Vous réfléchissez beaucoup pour un soldat.

— Une blessure a changé ma vie.

Wulfstan regarda le bandeau d'Owen avec sympathie.

— Et l'autre pèlerin qui est mort ? Fitzwilliam ? Est-il arrivé, lui aussi, malade ?

Wulfstan secoua la tête.

— C'est sa vie dissolue qui a eu raison de lui. (Il le

regarda fixement.) Comment connaissez-vous son nom ?

— Ils l'ont prononcé, la nuit dernière. C'est ce qui a attiré mon attention. Il était au service de Lancastre. J'étais à Kenilworth quand la nouvelle de sa mort y est parvenue.

Le moine se raidit.

— Qu'en disaient-ils ?

— Que ses ennemis ont perdu leur temps en le tuant. Pardonnez-moi, j'ai abordé un sujet qui vous est pénible.

Wulfstan prit une profonde inspiration.

— Ce n'est pas bon pour l'abbaye, la mort de deux pèlerins.

— Nous avons seulement entendu parler de celle de Fitzwilliam. Et les gens pensent qu'il a été laissé pour mort sur le bord de la route, par un de ses ennemis.

Wulfstan baissa la tête.

— C'était un escroc, dit Owen. Il a toujours défrayé la chronique.

— Il avait une âme rebelle. Il était né sous une mauvaise étoile. C'est ce que les gens d'ici vous diront.

— Le connaissiez-vous bien ?

— J'en connaissais beaucoup *sur* lui. Il a passé pas mal de temps ici. Mais, jusqu'à présent, il avait réussi à échapper à mon infirmerie.

— Vous ne l'aimiez pas.

— Je ne le connaissais pas personnellement.

Une légère intonation dans la voix de Wulfstan fit comprendre à Owen que le vieux moine arrivait au bout de sa patience.

— Pardonnez-moi, je n'avais pas l'intention de vous poser toutes ces questions en entrant.

— Sans importance.

Owen regarda le jardin de simples. La lavande et la santoline bordaient les parterres dont les couvertures de neige se transformeraient, dans un mois, en un ruban sombre parsemé de pousses vertes.

Il sentit le regard de l'infirmier posé sur lui.

— Maître Roglio m'a conseillé d'étudier les deux grands jardins de simples d'York : le vôtre et celui de maître Wilton. J'ai trouvé le jardin de Kenilworth magnifique. Deux fois la taille de celui-ci. Mais Roglio dit qu'il offre beaucoup moins de variétés de plantes.

— Nous avons une longue tradition à St. Mary. Mais le jardin de Wilton est l'œuvre d'un seul homme : Nicolas Wilton. C'est sa fierté et sa joie. Son chef-d'œuvre, pourrait-on dire. C'est moi que le maître de la guilde avait choisi pour juger si Nicolas méritait d'être promu maître apothicaire. Je ne pensais pas qu'un profane pourrait absorber autant de livres. Mais je pense qu'il travaillait déjà à ce projet quand il était un étudiant chez nous.

— Il est allé à l'école de l'abbaye ?

Le moine fut aussitôt sur la défensive.

Owen se demandait quelles questions pouvait bien craindre Wulfstan.

— Excusez-moi, à présent, dit Wulfstan. J'ai beaucoup de travail.

Il se leva.

Owen l'imita.

— Je suis désolé de vous avoir fait perdre votre temps. Il me tarde de voir votre jardin au printemps.

Wulfstan fronça les sourcils.

— Vous avez l'intention de rester tout ce temps ici ?

— Je suis venu chercher du travail. (Owen toucha son bandeau.) Je ne crois pas que les borgnes fassent de bons soldats.

Il le regarda avec sympathie.

— Maître Roglio n'a rien pu y faire ?

Owen secoua la tête.

— Dommage, si quelqu'un avait pu, ç'aurait été lui. Quel genre de travail recherchez-vous ?

Owen regarda tout autour de la pièce.

— Je sais que c'est inhabituel pour quelqu'un de mon âge, mais j'espère devenir l'apprenti d'un apothicaire ou d'un chirurgien.

Wulfstan fronça les sourcils.

— Du soldat au guérisseur, il y a un grand pas. Mais si Dieu vous y appelle, il vous en donnera les moyens.

Le vieux moine s'absorba de nouveau dans son travail.

— J'ai pris assez de votre temps, dit Owen.

Et il s'en alla.

Il n'était pas plus éclairé qu'avant son entrevue. Qu'avait-il appris ? Que frère Wulfstan était affligé par les deux morts de l'abbaye et que quelque chose le rendait nerveux. Qu'il n'aimait pas qu'on l'interroge sur les morts, ni sur Nicolas Wilton. Cela ne signifiait rien sans doute, mais Owen se promit d'y réfléchir. Le moine soignant soutenait, lui aussi, que Fitzwilliam était mort de maladie. Mais si l'homme avait été tué dans l'infirmerie de Wulfstan, cela ne pourrait que nuire au moine ; voilà sans doute la raison pour laquelle il n'était pas pressé d'admettre le fait.

En deux mots : une entrevue stérile. Owen décida de profiter de sa venue dans l'abbaye pour interroger les autres moines sur Fitzwilliam. Un jeune homme passa rapidement près de lui. Owen lui fit signe de s'arrêter.

— J'espérais que quelqu'un se souviendrait d'un de mes cousins, sir Oswald Fitzwilliam.

Le moine au teint frais regarda Owen des pieds à la tête, puis sourit.

— Vous ne ressemblez pas du tout à votre cousin, sir... ?

— Archer. Owen Archer.

Il tendit la main.

Le jeune moine inclina légèrement la tête sans sortir sa main de la manche dans laquelle elle était repliée.

— Je suis frère Jonas. Je me souviens très bien de votre cousin. C'était un... (Jonas détourna les yeux un instant pour réfléchir.) C'était un personnage. Sa mort a dû être un choc pour vous.

— C'est la manière dont il est mort qui m'a surpris. Avec sa tendance à collectionner les ennemis, je m'attendais à ce qu'il ait une mort violente.

Les sourcils se levèrent.

— J'ai entendu dire qu'il avait beaucoup de succès auprès des femmes. Avec ses jambières serrées et ses tuniques courtes, ses intentions devenaient évidentes. Mais c'est ce que j'ai entendu de pire sur lui.

— L'aimait-on bien, ici ?

— On ne le détestait pas.

Le moine jeta un regard alentour et enfouit ses mains plus profondément dans ses manches.

— À présent, je dois aller travailler. Voulez-vous que je vous raccompagne ?

— Non, c'est inutile.

Owen lui fit un léger signe de tête et remonta le

couloir avant de déboucher dans le déambulatoire où il croisa d'autres moines plus âgés.

— Dieu soit avec vous.

— Et avec vous, mon fils, murmura le vieux moine.

— Pardonnez-moi d'interrompre votre méditation, mais je me demandais si vous ne seriez pas l'un des moines qui a aidé mon cousin Oswald Fitzwilliam. Il parlait avec affection et gratitude de la paix qu'il avait trouvée ici.

Le visage maigre du vieux moine exprima une légère surprise. Il secoua la tête en signe de dénégation.

— Je ne me suis pas occupé de votre cousin. Je ne suis pas en contact avec les pèlerins qui se rendent à l'abbaye.

Il se leva avec raideur, fit le signe de la croix pour bénir Owen et s'éloigna en traînant les pieds.

— Je connaissais Fitzwilliam, dit une voix derrière Owen.

Owen se retourna. Un moine grassouillet, avec des yeux brillants et un sourire réjoui, se balançait d'avant en arrière, les mains serrées dans ses manches.

— Je suis frère Celadine, le cellérier.

— Bien sûr. Il a dû vous accompagner.

— Avez-vous la permission de parler avec nous de votre cousin ?

La question surprit Owen. Frère Celadine avait commencé sur un mode amical.

— Je n'ai pas demandé cette permission en particulier. Je suis venu avec une lettre d'introduction pour voir le frère Wulfstan. Mais j'ai pensé que puisque j'étais là...

— Vous étiez proche de votre cousin ?

— Nous avons eu de bons moments.

Celadine hocha la tête.

— La majorité des frères toléraient Fitzwilliam parce qu'il était le pupille de l'archevêque. Moi, je l'aimais bien. Ce n'est pas facile d'être le pupille d'un homme aussi puissant que Sa Grâce. Fitzwilliam était constamment surveillé. Chacune de ses transgressions était rapportée. Il était obligé de se révolter. Mais je ne pense pas que, dans le fond, c'était un mauvais homme. Oh, je n'avais aucune illusion, je n'ai jamais cru qu'il changerait radicalement et cesserait de pécher. Mais il essayait de s'améliorer.

— Comment en êtes-vous arrivé à le connaître si bien ?

Celadine eut un petit rire étouffé.

— Je l'ai attrapé, une fois, dans la cave ; il s'offrait quelques rations supplémentaires.

— Il s'est repenti ?

— Il n'a pas recommencé.

— Comment vous semblait-il, ces derniers temps ?

Le moine réfléchit, le regard fixé sur le jardin du cloître.

— Plus calme qu'à l'ordinaire. Pâle. J'ai pensé qu'il était malade quand il est arrivé.

— Pensez-vous que quelque chose le préoccupait ?

— Il n'est jamais venu ici de son plein gré.

Une porte s'ouvrit à l'extrémité du déambulatoire.

Le cellérier fixa la porte avec une expression anxieuse.

— Je dois retourner à mon travail, dit-il brusquement. Dieu soit avec vous.

Owen se retourna et vit l'abbé Campian qui s'avançait d'un pas résolu. Le froncement de sourcil qu'il arborait fit penser à Owen que tout était perdu.

— Je vous ai accordé la permission de parler avec le frère Wulfstan et j'apprends que vous interrompez les méditations des frères pour leur poser des questions sur Oswald Fitzwilliam. Vous abusez de mon hospitalité, Capitaine Archer.

— Pardonnez-moi. Je pensais que puisque j'étais là...

— St. Mary est un lieu de méditation et de prière.

— Je vous présente toutes mes excuses.

— Je vais demander à frère Sebastian de vous reconduire.

Campian fit un signe à un jeune moine qui se tenait dans la pénombre.

Owen le suivit humblement jusqu'à la porte d'entrée.

— Votre abbé est-il très en colère contre moi ?

Frère Sebastian sourit.

— Non, pas très en colère. Il exige que l'ordre règne. Il veut que nous obéissions tous aux règles.

— Il a de la chance de vivre dans un monde si bien ordonné.

— Nous avons de la chance de l'avoir pour abbé.

Owen prit congé avec un sentiment de frustration. Il n'avait rien appris sur Fitzwilliam qui pût expliquer sa mort. Pour les frères de St. Mary, il était tout simplement mort d'un refroidissement. Pour la première fois, Owen se demanda si Thoresby ne lui avait pas confié une mission impossible.

Sa visite à l'archidiacre lui en apprendrait peut-être plus.

Le type même de l'ascète, pensa Owen en regardant Anselm lui faire signe de s'asseoir. Grand, maigre, gris de la tête aux pieds, les yeux y compris et une voix glaciale qui imposait une distance.

— J'ai cru comprendre que vous aviez rendu visite au secrétaire de l'archevêque, hier.

Ainsi donc, sa visite était une affaire d'État. Owen se détendit. Thoresby lui avait déjà fait répéter la scène.

— Sa Grâce l'Archevêque fit une faveur au défunt duc de Lancastre, Henry, en me fournissant une lettre d'introduction, ainsi que les fonds que mon dernier seigneur souhaitait que je reçoive. Il a chargé Jehannes de mes intérêts, parce que c'est en tant que lord chancelier qu'il a concédé cette faveur au défunt duc.

— Une lettre d'introduction ? Quel est votre travail à York ?

— Je cherche un emploi.

Les yeux froids l'examinaient.

— Que faisiez-vous pour feu le duc ?

— J'étais capitaine d'archers.

— Le duc actuel ne souhaitait pas vous garder à son service ?

— J'ai quitté l'armée. Je veux apprendre un métier, être l'apprenti d'un maître.

Les narines d'Anselm s'évasèrent.

— Un capitaine d'archers se contenterait de devenir un humble apprenti ?

— C'est la volonté de Dieu que je recommence ma vie. Pour moi, la perte de mon œil est le signe par lequel Dieu m'a appris que j'en avais fini avec le métier de tuer et que j'étais appelé à le servir d'une autre manière.

— À quoi pensez-vous ?

— J'aimerais être l'apprenti d'un apothicaire.

— Du métier de tuer à celui de guérir.

La voix était amusée mais le regard toujours aussi froid.

— J'ai assisté un médecin de camp en préparant les médecines...

— Je crains qu'il n'y ait que peu d'apprentissages de ce genre disponibles à York. De plus, un archer n'est pas censé savoir lire et écrire.

— Je sais faire les deux. Le défunt duc pensait que cela pourrait m'être utile.

— Remarquable.

Dans sa bouche, le mot claqua comme une insulte.

— Aujourd'hui, Dieu m'a fait connaître son dessein. J'ai entendu parler de la situation de maître Nicolas Wilton.

L'archidiacre dressa l'oreille en entendant le nom.

— J'ai le dos solide pour le jardinage et l'expérience nécessaire pour préparer les remèdes.

— Apprenti de Nicolas Wilton.

Anselm se leva.

— C'est exactement ce que je cherche.

L'archidiacre secoua la tête.

— Vous vous trompez. Vous seriez instruit par sa femme et il est mauvais d'être formé par une femme. De plus, c'est une femme au passé douteux.

— Je n'ai rien entendu de négatif sur maîtresse Wilton.

L'archidiacre renifla.

— Cela arrivera. De plus, il y aura des bavardages. Vous êtes un célibataire en âge de vous marier. Maîtresse Wilton est jeune et belle ; son mari alité. Vous voyez le problème...

— J'irai loger ailleurs.

L'archidiacre opina.

— Je vois que vous êtes pressé de trouver du travail. J'admire votre empressement. Mais je vous conseille d'oublier cette place. Je vais faire tout ce qui est en mon pouvoir — et mon influence est grande, je vous l'assure — pour vous trouver un emploi. Peut-être pas à York mais je présume que vous êtes prêt à aller n'importe où ?

— C'est très aimable à vous.

L'archidiacre inclina légèrement la tête.

— Pas le moins du monde, Capitaine Archer.

Anselm avait déjà rencontré des hommes comme ce Owen Archer, avec sa langue mielleuse, ses boucles brillantes et son grand œil clair bordé de longs cils. Ces hommes-là gardent en eux une partie de la côte destinée à Ève. Ce sont des démons, des fourbes. Ils attirent les femmes parce que ces sorcières se reconnaissent en eux. Lucie Wilton avait fait appel à cet homme. Anselm en était sûr. Lucie était de la même race que sa mère. Et Bess Marchet lui apportait son aide. Quelle force pouvait sortir de cette association ? Aucune d'elles ne baissait humblement les yeux devant lui. Fières, dénaturées, perverses.

Et Owen Archer s'était ligué avec elles. Il allait falloir qu'il le surveille.

Bess était assise sur un tabouret derrière le comptoir. Elle bavardait avec Lucie, entre deux clients. Son amie lui faisait de la peine. Elle était si fatiguée par la boutique, par Nicolas et par la maison à tenir, qu'elle ne sortait plus jamais en ville pour bavarder.

— Que pensez-vous d'Owen Archer ? demanda Bess.

Il lui avait dit qu'il était allé à l'échoppe et qu'il avait rencontré maîtresse Wilton. Bess nota avec intérêt la rougeur qui colora le joli visage de son amie.

— Je n'ai pas l'habitude de faire des commentaires sur mes clients, dit Lucie en fuyant le regard de Bess.

— Exactement ce que je pensais, grogna Bess.

— Que voulez-vous dire ?

Lucie défia son amie du regard.

— Il vous a séduite.

Les joues de Lucie s'enflammèrent.

— Mais, pas du tout. Il a été grossier, si vous voulez savoir. Il m'a prise pour une servante. Et il a cru qu'il pourrait me tourner la tête avec de belles phrases.

Bess fit une grimace. Elle n'avait pas tenu compte du caractère entêté de Lucie lorsqu'elle s'était imaginé une innocente romance. Après tout, c'était peut-être mieux.

— C'est sans doute un fripon. L'archidiacre Anselm l'a convoqué. Il est allé le voir.

— Comment le savez-vous ?

— J'ai entendu Owen Archer et Potter Digby parler à la taverne, la nuit dernière. (Bess n'aima pas le ton sec de Lucie, ni la façon si soudaine avec laquelle sa rougeur avait disparu.) Mais je vous ennuie à vous parler de lui.

— Le sujet m'indiffère. Je connais à peine cet homme.

Lucie se retourna si brutalement, qu'elle fit tomber du comptoir un pot en argile qui se brisa en deux sur les joncs. Les larmes lui montèrent aux yeux.

— Lucie, chérie, qu'est-ce qui ne va pas ?

Lucie secoua la tête.

— Je suis fatiguée, c'est tout. Oh, je vous en prie, partez, Bess.

— Vous avez besoin d'aide pour tenir cette boutique.

— Dites-le au maître de la guilde, Thorpe.

— Pourquoi ne fermez-vous pas de bonne heure, aujourd'hui ?

— J'ai seulement besoin d'être seule. Je vous en prie, Bess.

Lucie se laissa tomber sur le tabouret que Bess avait libéré. Elle referma ses bras autour d'elle. Elle ne croyait pas aux coïncidences. Déjà, depuis la nuit où Digby avait ramené Nicolas, l'inquisiteur et l'archidiacre n'avaient cessé de les espionner. Jusqu'à présent, elle n'avait jamais eu la clientèle de Digby. Sa mère, qui était sage-femme, le soignait quand il était malade. Et voilà que soudain, il devenait un client assidu. Comme par hasard, hier, il rencontrait Owen Archer dans son échoppe et le soir, l'archidiacre le convoquait. L'archidiacre Anselm interrogeait-il tous ses clients ? Elle avait peur de lui. Nicolas aussi avait peur de lui, bien qu'il refusât de l'admettre.

— Il est venu en ami, Lucie. Ses visites ne doivent pas t'inquiéter.

Mais elle connaissait bien son mari, malade ou non, pour savoir qu'il était agité après les visites de l'archidiacre. Il n'aimait pas plus Anselm qu'elle ne l'aimait.

8

MAGDA DIGBY, LA FEMME DE LA RIVIÈRE

Owen passa la soirée assis dans un coin de la taverne, à guetter l'arrivée de l'inquisiteur Digby. Il était sûr que l'homme allait entrer comme une bourrasque dans l'auberge, pour lui demander ce qu'il voulait à sa mère. Mais, contre toute attente, il ne vint pas.

En fin de soirée, Bess se joignit à lui pour prendre une bière en sa compagnie. Elle s'assit en face de lui, et leva sa chope à sa santé.

— Je crois que je l'ai bien méritée !

Elle but à petites gorgées et sourit de plaisir.

— Il a le coup de main, mon Tom. Ce sont généralement les femmes qui brassent la meilleure bière mais mon Tom fait l'exception à la règle.

Elle avala une autre longue gorgée.

— Alors, comment trouvez-vous les gens d'York ?

— Je n'en ai pas encore rencontré. L'archidiacre semble avoir pris ombrage de mes liens avec l'archevêque. La seule chose qui l'a intéressé après m'avoir vu : me trouver un travail à l'église abbatiale.

— Anselm est un type déplaisant. À sa manière, c'est un brave homme. Il a récolté pas mal d'argent pour la chapelle Hatfield et cela rejaillira sur nous tous.

Je dois lui reconnaître cela. Quand le roi viendra pour la consécration, il amènera avec lui beaucoup de monde. C'est bon pour les affaires.

Owen fut tenté de mentionner l'allusion de l'archidiacre au passé de maîtresse Wilton, mais il ne souhaitait pas que Bess sache tout de suite qu'il briguait le travail chez les Wilton. Il n'était pas sûr de la réaction de Bess.

— En ce qui concerne les autres habitants d'York, j'ai rencontré quelques moines à St. Mary. Ils semblent sympathiques.

— Des moines. (Bess secoua la tête en faisant trembler les rubans de sa coiffe.) Ils vivent à l'écart du monde. Ils se dorlotent comme des petits garçons. Rien d'étonnant, dans ces conditions, à ce qu'ils soient d'un commerce agréable. (Elle but un peu de bière.) Vous êtes allé à l'abbaye ?

— J'avais une lettre d'introduction auprès de frère Wulfstan, le moine soignant. Je pensais qu'il pourrait connaître quelqu'un qui cherche un jardinier ou un assistant chirurgien, ou un assistant pour un apothicaire. Ce genre de travail.

Elle l'observait par-dessus le rebord de sa chope.

— Et vous a-t-il trouvé quelque chose ? demanda-t-elle d'une voix neutre.

Owen fonça droit dans la cible ; il n'avait pas le choix.

— Il m'a parlé des Wilton.

Bess se raidit.

— J'étais sûre qu'il le ferait.

— Le pauvre homme a eu un hiver difficile.

— Wilton ?

— Non, le frère Wulfstan.

Bess fronça les sourcils, sans comprendre.

— Les deux pèlerins qui sont morts dans son infirmerie.

— Oh. (Elle haussa les épaules.) Vous avez raison, c'est un malheur pour frère Wulfstan. Ils ont sûrement alimenté les conversations pendant un moment. Les gens ont peur de la peste. Une épidémie pourrait ressurgir. Aussi brutalement que cela. La vie ordinaire, un jour et le lendemain, tous les voisins malades. (Bess soupira.) Je préfère ne pas y penser.

— Vous connaissez ces hommes ?

— Le second était le fameux Fitzwilliam. Il est descendu chez nous une fois ou deux. J'ai dû le surveiller avec le personnel. Un peu trop empressé à aller planter sa graine, le jeune homme !

— Il avait cette réputation, dans le Sud.

— C'est exact. Vous devez l'avoir connu.

— J'ai entendu parler de lui mais nous ne nous sommes jamais rencontrés.

Bess secoua la tête.

— Un homme comme lui. Il a gâché toutes ses chances. (Mais elle se reprit :) Qu'est-ce que vous me faites dire ? Je suis là à bavarder sur un mort ; un homme que j'ai à peine connu. Qu'allez-vous faire, maintenant ?

Owen ne voyait pas comment ramener la conversation sur Fitzwilliam.

— J'espère pouvoir rencontrer des maîtres de la guilde et voir ce qu'ils me suggèrent. Le secrétaire de l'archevêque a envoyé des lettres.

Bess hocha la tête.

— Vous allez vite trouver quelque chose. Vous êtes un homme entreprenant.

Elle termina sa chope, puis se leva en brossant son tablier.

Owen ne put réprimer un sourire en la regardant emporter les chopes vides et essuyer les tables sur son passage. Elle avait obtenu les renseignements qu'elle voulait, tout en donnant l'impression d'entretenir une conversation anodine. Un interrogatoire de professionnel. Il ferait bien d'étudier sa technique.

Lorsqu'il descendit, le lendemain matin, Bess tendit un message à Owen.

— Un messager de l'église abbatiale l'a apporté à la première heure.

Elle lui fit un clin d'œil de connivence.

— L'archidiacre ne va pas aimer ça, hein ?

Owen lut le message pendant que Kit disposait devant lui du pain et du fromage, ainsi que la bière du matin. Jehannes voulait le voir immédiatement. Owen avala rapidement son repas et partit pour l'église.

Jehannes lui fit ses excuses pour lui avoir envoyé la courte note.

— Je voulais m'assurer que vous viendriez ici en premier. Il fallait que je vous prévienne, Archer. Soyez prudent avec vos questions.

— Quelqu'un s'est plaint ?

— L'abbé Campian. Il veut savoir si Sa Grâce vous a envoyé enquêter sur la mort de Fitzwilliam.

Une douleur fulgurante traversa l'œil gauche d'Owen.

— Je ne suis pas fait pour ce genre de travail.

— Est-on jamais fait pour son travail !

— Je ne veux pas décevoir l'archevêque.

— J'ai dit à l'abbé que vous posiez ces questions

pour rendre service à l'archevêque, en échange de l'aide qu'il vous apporte pour trouver un emploi.

— Intelligent. Merci.

Jehannes hocha la tête.

— Est-il en colère ?

Jehannes réfléchit un instant.

— Je dirais plutôt froissé. Nous aurions dû lui faire confiance. Il dit que pouvez revenir si vous le souhaitez discuter de l'affaire avec lui.

— J'irai.

— Pour vous appâter, il s'offre de vous fournir une information sur Fitzwilliam. Une affaire qu'il avait eue ou pourrait avoir eue avec Magda Digby.

Owen dressa l'oreille.

— Dans ce cas, j'y vais tout de suite.

Il se leva.

— Avez-vous déjà rencontré la mère de l'inquisiteur ?

Owen acquiesça.

— Une fine mouche, cette Magda Digby. Je suis sorti de cet entretien avec le sentiment d'être un parfait idiot.

Jehannes sourit.

— Bonne chance avec elle. Une chose encore. Le maître de la guilde, Thorpe, veut vous voir à midi. Il veut parler avec vous de l'apprentissage chez les Wilton.

Owen partit. Il avait devant lui une matinée bien remplie. Si son entrevue avec l'abbé se révélait positive, il irait rendre visite à Magda Digby avant midi. Il aurait bien aimé avoir réglé cette affaire avant de rencontrer de nouveau maîtresse Wilton.

L'abbé Campian lui offrit un gobelet de bière.

— Pour vous donner des forces. Je pensais que vous seriez allé rendre visite à Magda Digby. Vous auriez dû me faire confiance.

Il chassa un invisible grain de poussière de la table, posa ses mains bien à plat devant lui, puis regarda Owen.

— Je vous fais toutes mes excuses, dit Owen. Je suis assez maladroit pour ce genre de choses.

— Vous avez entrepris une tâche ingrate. Mais je suppose que l'intérêt de John Thoresby vaut bien cela.

Ses longs doigts ponctuaient chacune de ses phrases d'un léger mouvement. C'était les mains les mieux soignées qu'Owen eût jamais vues.

— Je vais tout reprendre du début, expliqua Owen. J'ai besoin de l'aide de l'archevêque. Avez-vous l'intention de dire à d'autres que je travaille pour lui ?

— Seulement si c'est nécessaire.

Les yeux de l'abbé Campian ressemblaient à deux mares d'eau noire et profonde. Owen lui faisait confiance.

— Naturellement, tout ceci n'est qu'une perte de temps. Sir Oswald Fitzwilliam était malade. Il est mort, en dépit de nos prières et des plus grands efforts de mon infirmier. Son heure était venue.

Sa façon d'être rendait toute contradiction difficile, pour ne pas dire grossière. Mais Owen devait mener à bien son travail.

— L'archevêque veut en être certain.

Les doigts voletèrent.

— On ne peut jamais être certain de rien.

— Non.

Un silence s'installa. Owen but sa bière à petites gorgées et laissa le calme de l'abbé le gagner. Au bout d'un temps, l'abbé Campian reprit :

— Fitzwilliam passa ses derniers jours dans l'infirmerie, sous les regards attentifs de frère Wulfstan et du novice Henry. Je ne vois pas comment quelqu'un aurait pu le tuer.

— Il s'est rendu à l'infirmerie parce qu'il était déjà malade ?

Les sourcils se levèrent.

— Ah, vous pensez à un poison qui agirait à retardement ?

— Je ne pense à rien en particulier. Je me contente de rassembler les faits.

— Vous êtes venu pour que je vous parle de Fitzwilliam et de Magda Digby ?

— Oui.

— C'est probablement sans intérêt.

— Je dois savoir. Je vous en prie.

— Je vous dis ceci en confidence. Je suis le seul à connaître le lien qui unissait Fitzwilliam et la Femme de la Rivière, excepté les Digby eux-mêmes.

— Je serai peut-être obligé de rapporter ce fait à l'archevêque.

Les doigts se levèrent et s'abaissèrent.

— Ce serait regrettable. Mais je désire coopérer.

— J'en parlerai à l'archevêque uniquement si j'y suis obligé.

L'abbé acquiesça.

— Je vous fais confiance.

Il regarda le plafond, rassembla ses pensées, puis son regard se posa de nouveau sur Owen.

— Je me fais un devoir de garder pour moi les raisons qui poussent les pèlerins à entreprendre un pèlerinage. Parfois, ils se confient aux autres mais généralement, je suis le seul à connaître les motifs de leur pénitence. Mais il ne s'agit pas, bien entendu, d'une confession. En vous parlant ainsi, je ne romps pas la loi sacrée du silence.

— Je comprends.

— Le Diable inspire les êtres de bien des manières. Vous avez sans doute entendu parler du trafic des corps pour les reliques.

— J'ai entendu des rumeurs à ce sujet.

— Fitzwilliam nous fit une seconde visite après avoir essayé de vendre un bras à la mauvaise personne contre une grosse somme d'argent. Inutile de vous dire que s'il ne s'était pas agi de lui...

— Alors, l'archevêque était au courant ?

— Il ignorait d'où venait le bras.

— Et vous ?

— Fitzwilliam s'est confié à moi à sa dernière visite. Il m'a dit que les gens se trompaient sur Magda Digby ; qu'elle était guérisseuse, que c'était une femme généreuse et qu'elle venait de le tirer d'un mauvais pas.

— Pourquoi vous a-t-il confié cela ?

— Il voulait savoir comment il pouvait la faire absoudre d'un péché qu'il l'avait poussée à commettre.

— Il l'avait poussée à lui vendre le bras ?

L'abbé pencha la tête et ferma les yeux. Owen attendit.

— J'ignore si cet incident peut avoir un quelconque rapport avec sa mort. Je ne vois pas comment elle aurait pu le tuer. Mais elle peut avoir voulu le réduire au silence.

— Ou l'inquisiteur.

— Ou son fils, oui.

— Me dites-vous ceci dans le but de ruiner les Digby ?

L'abbé, horrifié, arrondit les yeux.

— *No. Deus jura me.* Je souhaite que vous n'avez pas besoin de rapporter notre conversation à l'archevêque. Mais si vous découvrez un lien avec la mort de Fitzwilliam...

Son regard se posa sur ses mains impeccables.

— J'espère que vous n'oublierez pas de dire à l'archevêque que j'ai volontiers coopéré, dit-il d'une voix douce.

— Pourquoi ?

— Nous n'avons aucun lien. J'ai été nommé abbé du temps de son prédécesseur. Il ne me connaît pas. Je n'ai aucun devoir envers lui.

— À quand remonte cet incident du bras ?

— Six ans.

— La femme ne doit plus s'en souvenir. Elle devait ignorer qui était Fitzwilliam.

— Mais son fils le savait. C'est à cette époque qu'il est devenu inquisiteur. Je suis sûr qu'il craignait de tout perdre si l'incident s'ébruitait.

— Qu'avez-vous dit à Fitzwilliam ?

— Dit ?

— Il voulait payer sa dette vis-à-vis de la Femme de la Rivière.

— Je lui ai dit de prier pour cette femme.

L'abbé fixait calmement Owen. Sur ce point, il était sûr de son fait : la prière est le seul remède aux maux de la terre. Beaucoup d'heures de prière.

Owen abandonna à regret la paix qui émanait de

l'abbé. Il se sentait plein de gratitude pour l'homme qui lui avait apporté spontanément son concours. Car, il était clair que la démarche lui avait coûté.

Le serpent de mer renversé fut seul à accueillir Owen. Cette fois, la Femme de la Rivière n'était pas dehors. Owen frappa à la porte de la cabane. Un grognement lui répondit qu'il interpréta comme une invitation à entrer. Lorsqu'il pénétra dans la pièce chaude et enfumée, il éprouva le sentiment d'arriver en pleine cérémonie satanique. Un chat était attaché sur une table près du feu. Il respirait rapidement mais il n'était pas agité. Magda était penchée sur lui, un petit couteau pointu à la main. Sans relever la tête vers l'intrus, elle siffla :

— Pas un bruit.

Elle fit quelques entailles superficielles le long de la blessure béante, puis elle posa le couteau, prit une aiguille et recousit la plaie. Owen suivit l'opération avec un étonnement proche de la nausée. Sa couture achevée, elle se tourna vers lui en essuyant ses mains pleines de sang sur ses jupes.

— Encore toi, Œil-d'oiseau ?

— Vous étiez en train de soigner la blessure du chat ?

— C'est le petit chat de Bessy. Il est tout pour elle, ce chat. La coupure pouvait suppurer et tourner à l'abcès. Magda pouvait aider.

Elle se pencha sur l'animal pour écouter sa respiration, puis elle se redressa.

— Quel est le problème, cette fois ?

Owen avait décidé d'aller droit au but.

— Il y a six ans, vous avez vendu un bras à sir Oswald Fitzwilliam, le pupille de l'archevêque.

Les yeux de Magda se rétrécirent.

— Qui t'a dit ça ?

— Fitzwilliam l'a confié à l'abbé avant de mourir.

— Et l'abbé l'a cru ? Ce minable menteur ? Le freluquet de l'archevêque.

Elle attisa le feu.

— Vous savez que Fitzwilliam est mort ?

— Ouais.

— Et qu'il a sans doute été empoisonné ?

Magda partit d'un grand éclat de rire qui ressemblait à un aboiement et se laissa tomber sur un banc, près du feu.

— Et tu penses que Magda a empoisonné le freluquet qui lui a pris le bras ?

Elle s'essuya les yeux avec sa robe.

— Si tu crois avoir mis le doigt sur un crime, c'est que tu es tombé sur la tête.

— Parlez-moi du bras.

Elle le regarda de côté.

— Et pourquoi Magda le ferait ?

— Un scandale pourrait ruiner la position de votre fils auprès de l'archidiacre.

— L'abbé parlera ?

— Seulement s'il pense qu'il le doit.

Elle se frotta le menton.

— Tu appartiens à l'archevêque ?

— Je m'intéresse à la mort de Fitzwilliam.

Elle haussa les épaules.

— Le freluquet était une mouche ; un insecte. Il ne valait pas qu'on le tue.

Elle fit signe à Owen de s'asseoir.

Owen s'assit prudemment sur le bord d'un tabouret.

— Vous ne pensez pas que ses ennemis pouvaient vouloir sa mort ?

Elle rit.

— Le freluquet s'est fait attraper maintes et maintes fois. Personne ne le prenait au sérieux.

— Parlez-moi du bras.

Magda renifla.

— Il est venu avec une de ses conquêtes qu'il avait engrossée. Il a surpris Magda en train de faire de la chirurgie. Elle enlevait un bras putréfié. Il aurait pu tuer l'homme. Le freluquet demanda s'il pouvait avoir le bras. Magda ne lui répondit pas et elle jeta le bras dans sa fosse. Elle donna à la femme une potion pour détruire la graine qui poussait dans son ventre. Le lendemain matin, le bras avait disparu de la fosse.

Elle haussa les épaules.

— Magda devait-elle courir après le freluquet ? Pour une chose pourrie, qui empestait. Magda s'est posé la question. Potter lui avait dit que les hommes d'église payaient pour avoir ces déchets. Ils les mettent dans des coffres ornés de bijoux et les gens prient devant. (Elle rit.) Ils prient devant le bras pourri d'un bohémien. Magda aimait cette idée. Elle laissa faire.

— Si l'archidiacre avait entendu parler de cette histoire et s'il avait mal interprété les faits, votre fils aurait perdu sa situation.

— Potter apprend beaucoup de sa mère. Beaucoup de choses qui lui permettent d'aller frapper à la porte des gens pour leur réclamer un paiement pour leurs péchés. Ce n'est pas un arrangement que l'archidiacre Anselm est prêt à abandonner.

— Votre fils ne se sent donc pas menacé ?

— Non. Pas menacé par le glapissement du freluquet. (Elle secoua la tête.) Il est fou et dangereux de faire l'inquisiteur. Potter est un fou.

Le petit malade ligoté sur la table poussa un cri plaintif. Magda s'approcha de lui.

— Bessy va arriver, ma fille. Calme.

Elle caressa doucement la tête du chat entre les oreilles. Elle le réconforta et le calma. Au bout de quelques instants, le chat était de nouveau tranquille.

Magda prit un pichet pour se servir à boire et revint s'asseoir.

— Magda ne t'a pas offert à boire. Tu n'aurais pas accepté, hein ?

Owen sourit. Elle l'étonnait. Il s'était attendu à trouver une figure de l'Enfer, une renégate, une criminelle, une menteuse. Et il découvrait une guérisseuse de talent en paix, semblait-il, avec elle-même et heureuse de son sort.

— Pourquoi Potter est-il inquisiteur ?

Magda haussa les épaules.

— Il est cupide. Il pense s'acheter ainsi un perchoir confortable dans son Ciel. (Elle haussa de nouveau les épaules.) Un bon gars, mal guidé.

— Fitzwilliam vous a amené une femme, avant Noël ?

— Oui. Une cupide, elle aussi.

— C'était son enfant ?

— Oui. C'était l'enfant du freluquet. Lord March n'était pas ce qu'il paraissait.

Se souvenant des jambières révélatrices, Owen trouva l'information intéressante.

— Comment le savez-vous ?

Magda secoua la tête.

— Tu es un étranger à York. Tu ne connais pas les gens que tu fréquentes. Magda Digby, la Femme de la Rivière, est connue de très loin et par beaucoup de monde. La mère de lord March est venue voir Magda pour lui demander un charme. Elle est revenue avant les fiançailles. Pas bon. Ça voulait dire qu'il n'avait pas pris. Il pouvait engendrer un monstre. Un démon.

— Pouvez-vous me dire quelque chose sur Fitzwilliam qui pourrait m'aider à comprendre pourquoi il est mort ?

Magda se leva en essuyant ses mains sur ses jupes.

— Magda t'a parlé du bras tuméfié. C'est assez pour contenter mon Potter.

Elle ouvrit la porte pour qu'il s'en aille.

9

UN PACTE

Des nuages gris et un vent glacé annonçaient la neige. Debout, derrière la cabane de Magda Digby, Owen regardait la rivière. Le froid le saisissait après la chaleur de la cabane mais il pensait que cela l'aiderait à clarifier ses idées. Il avait besoin de réfléchir. Il avait certainement appris quelque chose en deux jours d'interrogatoire ; quelque chose qui lui permettrait de faire la lumière sur la mort de Fitzwilliam. Parmi tout ce qu'il avait entendu, il y avait forcément un détail qui pouvait être important. Si seulement, il arrivait à mettre le doigt dessus.

Il se sentait dans le même état que ce premier jour où il s'était réveillé au camp avec un bandage sur l'œil. Il n'avait pas cessé de cligner de l'œil gauche, avec l'espoir qu'il allait retrouver sa vision. Il avait cru devenir fou. Et, en ce moment, il recommençait : il était retourné sur la rive boueuse et clignait de l'œil pour ramener dans son champ de vision l'eau tumultueuse à sa droite, et les cabanes tassées contre le mur de l'abbaye à sa gauche. Mais les cabanes n'avaient reparu que lorsqu'il avait tourné la tête.

C'était le seul recours qui lui restait : tourner la tête.

Voilà ce qu'il devait faire pour arriver à élucider le mystère de la mort de Fitzwilliam. Il avait cherché du côté de ses ennemis ; des ennemis d'un escroc. Tout le monde reconnaissait que Fitzwilliam avait des ennemis mais personne ne pouvait en nommer un suffisamment furieux contre lui pour l'avoir tué et l'avoir fait intelligemment. Cette personne pouvait encore surgir. Mais quels autres ennemis Fitzwilliam pouvait avoir eus ? Ned avait laissé entendre que Fitzwilliam était un espion. Peut-être n'était-ce pas à York qu'Owen devait chercher. Peut-être devrait-il se rendre dans la maison de Lancastre. Fitzwilliam avait espionné pour Lancastre, le fils du roi, et il était le pupille de Thoresby, Chancelier du roi. Une nouvelle perspective s'ouvrait à Owen. Fitzwilliam avait peut-être été tué non par ses propres ennemis mais par ceux de son seigneur ou de son tuteur. John of Gaunt, duc de Lancastre, avait de nombreux ennemis. Et le Lord Chancelier d'Angleterre, Archevêque d'York, devait s'en être fait beaucoup, au cours de sa fulgurante ascension.

Owen décida de s'attarder sur cette hypothèse.

Mais, pour le moment, il devait filer chez Camden Thorpe, le maître de la guilde des marchands.

Camden Thorpe fixa l'étranger borgne au travers de ses sourcils broussailleux. Il était surpris par l'apparence de l'homme. Il s'était attendu à trouver quelqu'un de plus jeune, bien que l'archevêque lui eût écrit que l'homme avait été capitaine des archers pour le compte du défunt duc de Lancastre. Néanmoins, il avait espéré quelqu'un de plus malléable.

— L'archevêque vous recommande pour la place

d'apprenti chez l'apothicaire Wilton. Vous êtes au courant.

— Oui. Et cette place m'intéresse beaucoup.

Le ton était en harmonie avec les mots.

Thorpe réfléchit à cette possibilité, en tirant sur sa barbe. Bien que Lucie Wilton n'ait rien demandé, Camden pensait qu'une paire de bras solides lui serait utile. Ce jardin lui prenait beaucoup de son temps. Le printemps approchait et il allait falloir creuser, planter et soulever du poids. Owen connaissait déjà le travail. On pouvait également lui faire confiance pour tenir l'échoppe pendant les brefs moments où Lucie s'occuperait de son mari. Quelle étrange affaire que la maladie de Nicolas Wilton ! Camden n'avait jamais vu un homme survivre à une attaque si soudaine et si brutale. Maîtresse Wilton devait lui prodiguer d'excellents soins. Il avait remarqué combien elle était amaigrie et combien ses traits étaient tirés. Cette femme manquait de repos. Elle passait probablement la nuit auprès de son mari, à somnoler dans un fauteuil, de peur de ne pas l'entendre appeler, et le jour elle travaillait dur pour tenir l'échoppe et soigner le jardin.

— Vous devez absolument garder ça ? dit-il en montrant le bandeau.

Le Gallois toucha le bandeau qui offensait la vue.

— Je sais qu'il ne plaide pas en ma faveur. Mais, comme vous pouvez le constater (il releva le bandeau découvrant une paupière plissée qui ne se fermait qu'à moitié), je n'ai pas le choix.

Camden soupira.

— Pauvre diable. Cette blessure a dû vous faire beaucoup souffrir.

— Elle m'a donné un avant-goût de l'Enfer.

Il avait dû avoir du succès auprès des femmes avant la balafre car il était beau, dans le genre sombre et bravache. Sans le bandeau, Mary dirait que c'est un bel homme. De toute façon, où qu'il aille, il attirerait les regards des femmes. Ici, *a priori*, il n'y aurait personne pour faire des ragots sur ses rapports avec maîtresse Wilton. À tout prendre, ce pouvait être la bonne solution.

— J'avais grand besoin, voyez-vous, d'honorer la requête des Wilton. J'étais très pressé d'y parvenir, mais le problème était qu'un parent ou un tuteur se serait senti insulté que j'envoie son garçon en apprentissage chez un apprenti. Car, pour aussi talentueuse que puisse être maîtresse Wilton, elle n'est pas encore maître. Si elle continue de tenir seule, pendant quelques mois encore, la boutique, comme elle le fait actuellement, elle aura de grandes chances de devenir compagnon. J'ai l'intention d'en faire la proposition aux membres de la guilde. Mais, cependant, il est tout de même préférable, pour un garçon, d'avoir fait son apprentissage auprès d'un maître apothicaire. Vous ne pensez pas ?

Owen haussa les épaules.

— Ma situation est différente.

— Oui, en effet. En effet.

Camden se grattait le nez, tout en observant l'homme. Le seul œil qui lui restait avait, c'était sûr, quelque chose de diabolique dans l'expression. Mais il pouvait l'affronter sans se crisper ou détourner les yeux. Il ne voyait en lui aucune intention de nuire.

— Connaissant mes réserves, êtes-vous toujours intéressé ?

— Oui.

Thorpe tira une dernière fois sur sa barbe, et se claqua les cuisses.

— Je suppose que vous êtes votre propre maître ? Bien. Ceci fait toute la différence. Toute la différence.

— Il y a une question, Maître Thorpe.

— Dites.

— L'archidiacre Anselm a fait référence aux origines douteuses de maîtresse Wilton. Que voulait-il dire ?

L'archidiacre. Le diable l'emporte ! Abandonnera-t-il jamais sa vengeance ?

— Douteuses ? Pah. Des ragots. Rien de vrai dans tout cela. Pour ma part, je pense que maîtresse Wilton a les origines les plus respectables qui soient. Elle est la fille de sir Robert D'Arby of Freythorpe Hadden.

Camden vit qu'il éveillait l'intérêt du Gallois.

Owen se leva.

— Une fille de chevalier ?

Tous les hommes sont arrivistes. Donnez-leur un lien avec l'aristocratie et ils se redressent aussitôt. Ça ne manque jamais.

— Je sais à quoi fait allusion l'archidiacre. Sa mère était française. Jeune. Belle. Quand elle mourut d'une fausse couche, l'enfant n'étant pas de lui, sir Robert mit Lucie dans un couvent et partit en pèlerinage. Bien sûr, les ragots sont allés bon train. Mais Lucie Wilton n'a aucune raison de payer pour les péchés de sa mère.

— Comment la fille en est-elle arrivée à épouser un marchand ?

Thorpe haussa les épaules.

— Wilton rendait visite à Lucie au couvent. Il en est tombé amoureux. C'est la tante qui a donné son consentement. D'Arby était toujours en Terre Sainte.

La jeune fille a vraisemblablement vu dans ce mariage un moyen d'échapper au couvent. En tout cas, ses origines ne doivent pas vous préoccuper.

— Mais comment Wilton en est-il venu à rendre visite à sa future femme au couvent ?

— Vous portez un intérêt bien particulier à maîtresse Wilton.

Camden allait peut-être s'en inquiéter.

— Un apprenti travaille côte à côte avec son maître. Maîtresse Wilton va être tout autant mon maître que Wilton. J'avais envie d'en savoir plus sur elle.

Thorpe resta songeur. L'argument tenait debout.

— Lady D'Arby, la mère de maîtresse Wilton, était une grande amie de la mère de Nicolas. Elle était fascinée par le jardin. Nicolas l'aidait à entretenir le labyrinthe à Freythorpe Hadden.

— Alors, Nicolas est plus âgé que sa femme ?

— Oui, mais pas autant que certains. (Thorpe se leva.) À présent, vous en savez assez, Owen Archer.

Ils se dirigeaient vers l'échoppe de l'apothicaire. Une légère neige tombait ; une neige mouillée qui fondait en touchant le sol. Owen se demandait quelle serait la réaction de Lucie Wilton à la proposition du maître de la guilde. Hier, elle n'avait guère apprécié son aspect extérieur.

Maîtresse Wilton leva les yeux du grand livre qu'elle lisait, vit Thorpe, sourit, et lui tendit la main après l'avoir essuyée sur son tablier.

— Maître Thorpe.

— J'ai de bonnes nouvelles pour vous, Maîtresse Wilton.

Il lui serra la main et fit un pas de côté pour pousser Owen devant lui.

Lucie eut un léger sursaut, mais elle inclina la tête pour le saluer.

— Maître Archer. Comment va l'œil ?

— Mieux, aujourd'hui, Maîtresse Wilton. Je rends grâce à vos talents.

— Pourrions-nous aller dans l'arrière-boutique pour parler un instant ? demanda Camden Thorpe.

Lucie souleva le rideau de perles et les fit entrer dans la cuisine.

— Quelles sont ces bonnes nouvelles ?

Camden se frotta les mains devant le feu, avant de s'asseoir à la table à tréteaux.

— Que diriez-vous de prendre Maître Archer comme apprenti ?

— Pardon ?

Au moins, elle exprime plus d'incrédulité que de dégoût, pensa Owen.

Camden poursuivit rapidement.

— Je sais qu'il n'est pas ce que vous attendiez. Mais réfléchissez. Il a l'expérience du jardinage et de la préparation des médecines, bien qu'il n'ait eu aucune formation théorique. Il possède, de plus, une bonne écriture. Il pourrait vous aider à tenir les livres.

Lucie Wilton rougit. Elle regarda Owen, puis de nouveau Thorpe.

— Maître Thorpe, ne me prenez pas pour une idiote. (Ses yeux lançaient des éclairs.) C'est un homme mûr. Sûrement pas un apprenti. Vous voulez le placer ici pour qu'il me remplace.

— Non, c'est un apprenti. Je vous l'assure.

— J'espérais un jeune garçon.

— Je comprends, mais c'est justement là le problème. Un garçon qui aspire à devenir maître apothicaire ne veut pas commencer son apprentissage avec un apprenti, aussi compétent soit-il ou soit-elle. J'ai exposé cette situation à Owen, mais il reste intéressé par le poste.

— Pourquoi ?

— J'ai perdu le goût de me battre.

— Il a une lettre d'introduction de l'archevêque.

Elle observa Owen de la tête aux pieds.

— C'est un travail ingrat, Maître Archer.

— Ce serait une bonne situation pour moi, Maîtresse Wilton. Il est peu vraisemblable qu'on m'offre beaucoup d'autres apprentissages. Quand les gens me voient avec mon bandeau sur l'œil et qu'ils apprennent que je suis un ancien soldat, ils s'attendent à des ennuis. Ils pensent qu'un jeune garçon est plus malléable. Mais ils se trompent. J'ai vu le monde et il ne m'attire plus. Je veux trouver un endroit tranquille et vaquer à mes affaires. Je n'ai aucune ambition. Et il m'est tout à fait indifférent que ce soit vous ou votre mari qui me donniez mon apprentissage.

Thorpe acquiesça avec enthousiasme.

— Pour rendre mon offre plus attrayante, je vous donne en plus Tildy Tompkins pour vous aider à la cuisine pendant la journée. Un cadeau de la guilde à un membre souffrant. Nous vous devons bien cela, à tous les deux.

— Où Owen résidera-t-il ?

Owen sourit en l'entendant l'appeler par son prénom. Elle le considérait déjà comme un apprenti.

— Il prendra ses repas avec vous mais gardera sa chambre à la York Tavern.

— Il faudra que je le paie.

— J'ai de l'argent, dit Owen. Je peux subvenir à mes besoins.

— Ce ne sera pas nécessaire. (Lucie se leva.) Je vais voir si Nicolas peut vous recevoir.

Cheveux gris, yeux gris, peau grise. Nicolas Wilton ne jouait pas les malades. La petite pièce avait ses volets clos. Elle était éclairée par deux lampes à alcool qui renforçaient l'odeur fétide de sa chambre de malade. Owen espérait que Lucie ne passait pas trop de temps dans cette atmosphère.

Nicolas leur fit un petit signe de tête.

— Je vous suis... (il fronça les sourcils et ferma les yeux) très reconnaissant, Camden...

Camden Thorpe s'approcha vivement du malade et lui prit la main.

— Dieu soit loué, vous avez retrouvé l'usage de la parole, mon ami.

Nicolas lui serra la main. Des larmes ourlaient ses yeux pâles.

Camden fit signe à Owen de s'approcher.

— Voici Maître Archer. Je suis sûr qu'il vous sera, à tous les deux, d'une grande aide.

Owen prit la fragile main dans la sienne. Un pouls accéléré, des paumes moites. D'après son expérience, la paume d'un mourant est sèche, à moins qu'il ne soit brûlant de fièvre. Nicolas Wilton avait peur. Mais de quoi ? De la mort ? Du maître de la guilde ? D'Owen ?

Pendant qu'Owen regardait dans sa chope en réfléchissant aux événements de la journée, Digby se glissa sur le banc qui lui faisait face. Son regard n'avait rien d'amical.

— Dans quel but questionnez-vous ma mère ? demanda Digby.

— Une bonne soirée à vous aussi !

— Je veux savoir ce que vous manigancez.

— La bonne femme Digby éclaircit mes affaires.

— Quelles affaires ?

— Je suis un homme curieux.

— Elle dit que vous travaillez pour l'archevêque. Est-il concerné par la mort de Fitzwilliam ?

— Devrait-il l'être ?

— Elle a dit que l'abbé Campian vous avait parlé du bras. Pourquoi ? Qu'a-t-il contre les Digby ?

— Que pourrait-il avoir contre vous ?

— J'aimerais le savoir.

— Vous devez vous être senti menacé par le vol du bras ?

Digby haussa les épaules.

— Tout le monde sait que les pauvres utilisent ma mère comme chirurgien. Le lien était facile à faire. Comment pouvait-elle prouver qu'elle n'avait pas reçu d'argent en échange ? Mais j'étais nommé inquisiteur depuis peu. J'ai considéré que Fitzwilliam n'avait pas troublé l'ordre public.

— Vous n'avez jamais pensé à vous assurer qu'il ne parlerait pas ?

Digby regarda Owen de travers.

— Que voulez-vous dire ? Que je l'ai tué ? Que je l'ai fait taire pour de bon ? Êtes-vous en train de m'accuser ?

Le ton montait. Des têtes se tournèrent et se retournèrent aussitôt en voyant qui était assis là.

Owen haussa les épaules.

— Devenir inquisiteur signifiait beaucoup pour

vous. Je suis allé chez votre mère. Je peux imaginer combien vous auriez été désespéré de devoir partir.

Digby secoua la tête, comme s'il ne pouvait pas croire ce qu'il entendait.

— Tuer le pupille de l'archevêque est une façon stupide de commencer une carrière d'inquisiteur.

Le problème posé ainsi, les soupçons devenaient ridicules. Owen abandonna sa série de questions. Elles ne conduisaient nulle part.

— L'abbé m'a dit que Fitzwilliam se repentait de ce qu'il avait fait. Il a pris conscience qu'il avait causé beaucoup d'ennuis à votre mère. Et il la respectait.

Digby rougit.

— Il a dit cela ?

— Oui. Aussi, je pense que vous n'avez plus rien à redouter de cette vieille histoire. Voulez-vous boire quelque chose ?

— Non.

Digby s'assit un moment et s'appliqua à faire tourner son bonnet défraîchi dans ses mains.

— Vous êtes sûr que vous ne voulez rien boire ?

Digby secoua la tête, puis il s'éclipsa l'air gêné.

Lucie s'éveilla. Nicolas venait de laisser tomber par terre ses papiers et sa plume. Elle attrapa l'encrier avant qu'il n'ait glissé à son tour. Nicolas se réveilla d'un bond.

— Quel poids je suis pour toi.

— Tu es fatigué. La visite de Camden Thorpe t'a épuisé.

— Je suis heureux que tu reçoives de l'aide, Lucie.

Elle toucha sa main, son visage, et lui sourit.

— J'en suis heureuse, moi aussi. À présent, repose-toi. Ces notes peuvent attendre.

Il lui saisit la main.

— Je dois terminer. J'écris tout. Le jardin. Mes préparations...

— Il y a le temps.

Elle dégagea sa main et releva ses cheveux collés sur son front.

Il soupira.

— Tu es trop bonne pour moi.

— Ne sois pas bête.

Il déposa un baiser sur son front et ferma les yeux. Elle éteignit la lampe et se glissa sous les draps, à côté de lui. Cette nuit, elle allait s'offrir le luxe de dormir dans le lit. Nicolas n'était pas agité.

Mais ce n'était plus comme avant. Nicolas ne se tourna pas vers Lucie pour la prendre dans ses bras. Et même s'il l'avait fait, cela n'aurait pas été pareil. Lucie n'éprouvait plus ce réconfort qu'elle y trouvait auparavant. Dans ce lit, elle s'était sentie à l'abri du monde. Elle n'y était plus. Sa sécurité future tenait à un secret. Au début, cela lui avait paru bien peu de chose. Mais depuis quelque temps, elle se posait des questions. Était-ce si simple ? Elle voulait juste savoir ce qui était arrivé à Nicolas, à l'abbaye, cette nuit-là. Qui avait-il vu ? Par quel hasard l'inquisiteur s'était-il trouvé là ? L'intérêt que lui portait l'archidiacre était-il seulement celui d'un ami ? Si oui, pourquoi Nicolas avait-il peur ?

Elle sentait partout le danger. Même avec l'apprenti. Elle n'arrivait pas à se réjouir que le maître de la guilde, Thorpe, ait accédé à sa requête.

Pire, elle se demandait ce que cherchait le Gallois.

Oh, elle ne doutait pas qu'il se révèle une aide appréciable. Mais pour lui, où était l'intérêt ? Il avait dit vouloir commencer une nouvelle vie. Peut-être. Tout d'abord, elle avait soupçonné le maître de la guilde de comploter avec lui pour lui enlever l'échoppe. En le plaçant chez elle, l'homme avait le temps d'apprendre son métier : les livres, la clientèle, le rythme des ventes. Puis à la mort de Nicolas, il lui suffirait de prétexter qu'elle n'était pas assez expérimentée — ce n'était qu'une femme, après tout, et la fille d'une pécheresse française — pour lui voler l'échoppe. Les religieuses du couvent l'avaient assez tourmentée à cause de sa mère. Quand elle se comportait bien, les autres filles disaient qu'elle posait à la vertu. Parce que les nonnes savaient que sa mère avait eu un amant et que son péché l'avait tuée, on avait sans cesse cherché en elle des signes de péché. Pendant des jours et des nuits, elles l'avaient suivie, surveillée ; elles avaient épié chacune de ses phrases et disséqué ses paroles et ses actes pour y trouver des traces de son hérédité.

Un jour, trop révoltée par cette inquisition, elle avait décidé de s'enfuir. Son unique amie était sœur Doltrice qui était herboriste et infirmière. La mère de Lucie avait transmis à sa fille son amour du jardin et beaucoup de ses connaissances pour soigner les plantes. Sœur Doltrice, elle, ne la traitait pas en coupable ; elle ne la surveillait pas. Un jour, après le déjeuner, les mains serrées sur son estomac et les yeux pleins de larmes, Lucie s'était plainte de violentes crampes d'estomac. Sœur Winifrith l'avait aussitôt envoyée à l'infirmerie.

Lucie avait projeté de s'enfuir dès que sœur Doltrice l'aurait bordée dans son lit pour la nuit. Elle avait l'intention de se glisser dehors par la porte du jardin et de traverser les remises et les dépendances, en direction de la partie du mur qui s'était effondrée sous le poids d'un arbre.

En attendant la tombée de la nuit, Lucie sirotait la tisane à la menthe que son amie lui avait préparée et somnolait dans la pièce chaude, pendant que sœur Doltrice vaquait à ses occupations. En début de soirée, la sœur avait déclaré que Lucie avait meilleure mine. Elle lui permit donc de s'asseoir un peu et, pour la divertir, elle lui raconta des histoires de sa famille ; en quoi consistait le travail dans la ferme près de Helmsley, une ferme nichée au milieu des collines couvertes de bruyère, près de l'eau claire et fraîche de Trilicum Beck. Ses histoires étaient si drôles, si remplies d'humour et de tendresse, que Lucie se laissa emporter. Elle inclina progressivement la tête et glissa dans le lit douillet où de doux rêves la bercèrent jusqu'à l'aube.

Avant de se rendre à ses cours du matin, elle s'était tournée vers sœur Doltrice et lui avait demandé pourquoi les autres sœurs étaient si dures avec elle.

— À cause de ta mère, mon enfant. Parce qu'elles ne comprennent pas que ta mère était jeune, que la sauvagerie du Nord l'effrayait et qu'elle trouvait son réconfort auprès d'un homme doux qui l'aimait et qui la faisait sourire.

— Ne pouvez-vous leur dire de cesser de me tourmenter ?

Elle grogna.

— Et les amener à se demander comment je peux comprendre de telles choses ?

Lucie regarda le visage de la sœur soignante. Elle fut frappée par la beauté que les années avaient épargnée et elle prit conscience de ce qu'elle était en train de lui demander.

Sœur Doltrice lui prit la main.

— Et maintenant que nous avons partagé nos secrets, tu dois me jurer de ne jamais les révéler à qui que ce soit.

— Quel secret m'avez-vous arraché ?

— Que ton ventre te fait mal lorsque tu as envie de passer une journée à boire de la tisane de menthe et à écouter des histoires sans fin. C'est mieux que de s'enfuir, tu ne crois pas ?

— Alors, vous saviez ?

La sœur soignante s'agenouilla devant Lucie et la prit dans ses bras. Son corps était chaud et embaumait le parfum des fleurs et des herbes mêlées.

— Pour être un bon guérisseur, on doit savoir aussi bien lire dans le cœur des gens que dans les déchets du corps.

— C'est notre secret ?

— C'est notre secret, mon petit. Et tu seras toujours la bienvenue, ici.

Lucie avait confiance en sœur Doltrice, comme elle n'avait eu confiance en personne depuis la mort de sa mère. Seul Nicolas allait, plus tard, lui inspirer un tel sentiment.

Et l'apprenti ? Elle répondit : non. Un jour, elle avait demandé à sœur Doltrice comment savoir si l'on pouvait accorder sa confiance à un étranger.

— Regarde dans ses yeux et demande-le-lui, avait répondu la sœur.

Lucie avait été désappointée par cette réponse qui n'en était pas une.

Aujourd'hui encore, elle la trouvait idiote et peu

judicieuse. Car, en posant cette question, la personne révélait qu'elle avait besoin de discrétion. Lucie n'avait aucune envie que le Gallois devienne curieux. Surtout, depuis qu'elle connaissait ses liens avec l'archevêque et l'archidiacre. Elle aurait voulu trouver le moyen de le refuser comme apprenti. Mais elle avait besoin d'aide. Qui sait combien de temps le maître de la guilde mettrait pour le remplacer. Et refuser l'offre du maître de la guilde après avoir fait tant d'histoires pour être aidée, soulèverait des soupçons.

10

ÉPINE

Nicolas Wilton perturbait le sommeil d'Owen. La condition de l'homme le frappait encore plus que sa paralysie. Non pas qu'Owen eût matière à étayer ses doutes et expliquer que c'était tel ou tel détail qui ne cadrait pas avec l'état de Wilton : qu'une paralysie ne fait pas grisonner les cheveux, ni se plisser la peau ou transpirer les paumes. Une paralysie peut entraîner ces conséquences. Non. Ses doutes étaient de l'ordre de l'intuition et trop flous pour être utiles.

À l'aube, il s'habilla et se dirigea vers le jardin des Wilton. Son souffle envoyait des bouffées de fumée dans l'air glacé. Ses bottes faisaient crisser la neige. Il longea les chemins et franchit la haie de houx pour atteindre le tas de bois. Dans la remise, qui se trouvait à côté, il trouva une hache. Il ôta sa tunique. En dépit du froid, il avait l'intention de se donner une bonne suée en travaillant. Il ne voulait pas que sa tunique soit mouillée quand il s'arrêterait. Une vieille habitude de sa vie de soldat en campagne. Il attaqua la pile de bois avec la résolution qu'il mettait dans le tir à l'arc et il s'imagina qu'il avait devant lui le jongleur breton, *Misérable ingrat*. Il entailla la bûche d'un coup de hache. *Je me battais pour te sauver la vie.* Un autre coup. *J'ai risqué d'être ridicule auprès de mes camarades.* Une nouvelle entaille. *Toi et ta bohémienne.* Un autre coup. *Elle m'a émasculé.* Crac. *Bâtard breton.*

Au début, son épaule blessée restait douloureusement raide mais, au fur et à mesure que ses muscles se réchauffaient, ils se dénouaient, et Owen redécouvrait la joie de l'effort physique. Son esprit s'apaisait et se clarifiait. Ses mouvements devenaient souples et rythmés.

Une toux l'interrompit.

— Vous commencez la journée avec une remarquable énergie.

Lucie Wilton lui tendit un vêtement.

— Voulez-vous vous sécher et vous habiller. Un petit déjeuner chaud vous attend dans la cuisine.

Elle avait dû l'entendre et elle s'était empressée de venir voir ce qu'il faisait. Elle le considérait toujours comme un intrus. Elle avait jeté un châle sur ses cheveux défaits. Le pâle soleil du matin jouait dans ses tresses cuivrées et les faisait chatoyer. Dieu, comme il aurait aimé toucher ses cheveux ! Mais, même en cet instant où elle se tenait rayonnante et fragile dans la lumière du matin, il était conscient de la prudence avec laquelle elle restait à bonne distance.

Il se souvint du vêtement qu'il tenait à la main et, soudain, le froid vif le pénétra jusqu'aux os. Il se sentait terriblement mal à l'aise debout, devant elle, nu jusqu'à la taille. Il se sécha rapidement et remit sa tunique.

— Vous avez coupé assez de bois pour quinze jours, dit-elle. Et l'estomac vide. Vous allez me convaincre de vous garder, Maître Archer.

Ses sœurs auraient prononcé les mêmes mots pour le taquiner.

Mais elle se trompait. Il n'avait pas coupé le bois pour l'impressionner.

— J'ai besoin de remuer, dit-il.

Sa réplique lui parut ridicule.

Lucie Wilton eut un hochement de tête mais le sujet ne l'intéressait pas assez pour qu'elle remarque la maladresse du commentaire. Elle s'éloigna à travers le jardin enneigé pour regagner la maison.

Pendant qu'ils mangeaient, elle l'interrogea sur son expérience, sur ses connaissances en médecines et en jardinage. Ses réponses parurent la satisfaire. Ses questions l'impressionnèrent. S'il avait été juge, il l'aurait sans hésitation fait passer du statut d'apprenti à celui de compagnon. Elle était rapide, comme Gaspare. Elle enregistrait l'information et la réutilisait aussitôt, en posant des questions d'après ses réponses. Il était évident qu'elle en connaissait beaucoup plus qu'Owen sur les médecines et sur les jardins. Beaucoup plus.

Les questions se raréfièrent, puis Lucie se tut, le regard fixé sur ses mains posées à plat sur la table. Soudain, ses yeux froids se relevèrent pour plonger dans ceux d'Owen.

— Je veux bien admettre que vous en ayez assez de la vie de soldat et que vous vouliez apprendre un métier. Mais pourquoi à York ? Pourquoi pas au Pays de Galles, auprès de votre famille ? Vous parlez de votre mère et de votre pays avec affection.

En effet, pourquoi ? Il lui expliqua que le vieux duc avait demandé à Thoresby de l'aider à lui trouver un emploi. Mais sa réponse sonna faux à ses oreilles. À celles de Lucie, aussi, sans aucun doute.

Lucie Wilton se leva, en soupirant, et alla activer le feu. Tout son maintien respirait la fierté et la noblesse, bien que sa robe fût très simple et parsemée de nombreux points de reprise qui, pour la plupart, s'effilochaient. Une couturière impatiente. Il se demandait pourquoi elle n'avait pas réclamé plus tôt de l'aide. L'affaire de Wilton pouvait certainement en supporter les frais. Pour une cuisine de commerçants, la pièce était joliment meublée : poutres, étagères, table à tréteaux, chaises en chêne. Sur les étagères, la poterie était simple mais bien cuite. Peu de pièces semblaient utilisées ; la plupart étaient couvertes de poussière. On pouvait facilement deviner où allait la priorité dans cette maison. Des herbes accrochées aux poutres pour sécher s'émiettaient, et mêlaient leurs débris à la poussière des étagères, avant de finir écrasées sous les pieds, au milieu des pétales de fleurs desséchées qui parsemaient le sol recouvert de toutes sortes de saletés. Spectacle déconcertant à côté de l'échoppe où pas un grain de poussière ne brillait.

Lucie se rassit. Sa bouche était déformée par un rictus de colère.

— Les soldats sont tous froids et sans cœur.

Ce n'était pas du tout ce qu'il s'attendait à entendre. Il dut faire un effort pour retrouver ce dont ils parlaient au moment où la conversation s'était interrompue.

— Suis-je condamné parce que je ne retourne pas au Pays de Galles ?

— Vous êtes un homme libre. Vous êtes assez riche pour vous offrir une chambre individuelle dans une auberge ; assez riche pour aller montrer à sa famille que ses prières ont été exaucées et que vous êtes vivant. N'avez-vous pas envie de voir vos parents avant de commencer votre nouvelle vie ?

Des larmes de colère brillaient dans ses yeux. L'émotion colorait ses joues.

Consciente qu'elle offrait, en ce moment, un visage qui se lisait à livre ouvert, Lucie baissa les yeux et s'appliqua à ramasser d'invisibles miettes sur la table.

Owen ne voyait pas comment répondre à son explosion. Pour être honnête, il n'avait jamais pris sa famille en considération. Elle avait tenu une place importante pendant sa jeunesse. Aujourd'hui, le Pays de Galles appartenait à son passé. Mais il ne le disait pas. Il se tut pendant un moment, cherchant par où attaquer. Une possibilité lui apparut.

— J'ai entendu dire que votre père était un soldat.

Elle se raidit ; ses yeux étaient froids comme l'acier.

Il avait trouvé l'angle d'attaque mais il était évident que ce n'était pas le bon choix.

— Je n'avais pas l'intention d'être indiscret.

Il semblait qu'il ne faisait rien d'autre, ces jours-ci, que d'être indiscret.

Son excuse ne la fit pas se radoucir.

— Vous commencerez la journée en balayant le seuil de l'échoppe et en allumant les lampes. Puis vous pourrez couper du bois pour le feu, devant la porte de la cuisine. Plus tard, je vous montrerai le reste.

Un souffle de vent froid chassa la chaleur de la cuisine quand Bess Merchet ouvrit la porte.

— Je pensais bien vous trouver ici.

Ses joues étaient roses. Elle s'arrêta pour reprendre son souffle, tout en balayant du regard les restes du petit déjeuner.

— Vous êtes bien matinaux, tous les deux. L'inquisiteur l'était aussi. Il vient de se rendre à l'auberge pour dire que l'archidiacre veut vous voir, Owen Archer. J'ai fait partir Digby avec la promesse que je vous transmettrai tout de suite le message.

Owen regarda Lucie.

Elle était pâle mais calme.

— Préparez l'échoppe, avant de partir, dit-elle sans élever la voix.

L'archidiacre souriait. Un spectacle rare et assez désagréable sur son visage, mais néanmoins un sourire.

— Je soupçonne que vous avez pris ma promesse d'hier pour une simple courtoisie, Archer. Mais Dieu m'a accordé la grâce de tenir ma promesse en l'espace d'une journée. J'ai entendu parler, ce matin, d'un apothicaire de Durham qui cherche un apprenti.

Anselm se laissa aller contre son dossier, les coudes posés sur les bras de son siège semblable à un trône, le bout des doigts joints en un geste de contentement.

Owen n'avait pas prévu ce coup du sort. Il ne répondit pas tout de suite. Il réfléchissait au meilleur moyen de transmettre une mauvaise nouvelle.

L'archidiacre eut un petit rire étouffé.

— Je vois que je vous surprends.

Owen opta pour la simplicité.

— Oui, en effet, Archidiacre. Mais comme vous m'aviez dit que les places de ce genre étaient rares, j'ai pris votre réflexion au pied de la lettre et, hier, j'ai signé un contrat avec maître Nicolas Wilton.

Le dôme que dessinaient les mains jointes de l'archidiacre s'effondra, quand les mains se plaquèrent sur les bras du siège qu'elles agrippèrent, au point d'en faire blanchir les jointures.

— Vous avez fait ça ?

— J'ai pensé qu'il serait plus sage de m'en tenir à ce que je pouvais avoir, même si ce n'était qu'un apprentissage chez un apprenti, ou j'aurais le temps de mourir de faim avant d'avoir entendu parler d'un autre emploi.

— Vous... (L'archidiacre se domina.) C'est tout à fait regrettable.

La colère lui serrait la gorge.

Owen se leva.

— Je vous suis très reconnaissant.

Les yeux d'Anselm enflammèrent ceux d'Owen avant de se détourner. Il hocha la tête.

— C'est un contrat qui me lie... dit Owen.

— Allez-vous-en.

Anselm jeta son ordre comme on crache un venin.

Owen s'empressa d'obéir avant que les choses n'empirent. Il s'arrêta dans la cour de l'église pour se remémorer les réactions de l'archidiacre. Il fallait s'attendre à ce qu'Anselm fasse cher payer son temps perdu avec Owen. Mais pourquoi avait-il agi si vite ? Dans le but de plaire à Thoresby ? Peut-être. Mais Owen n'arrivait pas à comprendre comment Anselm avait pu mener son enquête à Durham et recevoir une réponse, en l'espace des quelques heures qui avaient séparé leurs conversations. Cela sentait le coup monté. Mais dans quel but ? Dans l'espoir qu'Owen se ferait attaquer par des Higlanders sur la route ? Et éliminer ? La colère d'Anselm semblait avoir été provoquée par le fait qu'Owen travaillait pour Nicolas Wilton, plus qu'à cause du temps perdu. Et sa colère l'avait rendu imprudent. Owen n'aimait pas cela.

Owen était assis en face de Lucie et mangeait en silence. À un moment, elle le surprit en train de la regarder et, très vite, il baissa les yeux sur le ragoût qui remplissait son bol. Elle avait sur lui un effet mystérieux. Devant elle, il endossait le rôle du petit frère. Il en était irrité et cependant, quand il rencontrait son regard grave, au lieu de le soutenir, il se détournait, gêné, comme en ce moment.

Ils avaient réussi à passer une journée dans une collaboration sans nuages. Il avait appris l'organisation de la maison, de l'échoppe et du jardin. Il était aussi très impressionné.

Il termina son repas avant Lucie et se leva pour raviver le feu.

— Ne le rechargez pas si tard, dit-elle.

— Alors, il s'éteindra pendant la nuit.

— C'est ce que je veux. Le nettoyage de l'âtre est le premier acte de la journée.

— Dans ce cas, vous devrez refaire un feu.

— C'est obligé, si je nettoie l'âtre.

Elle le regardait somme si elle parlait à un demeuré.

— Quand trouverez-vous le temps de le faire ?

— Avant l'aube.

— Comment saurez-vous quand vous lever ?

— Je dormirai à côté. Le froid me réveillera quand le feu mourra.

— Laissez-moi le faire à votre place.

— Non, c'est mon travail.

— Alors, demandez à la servante de le faire.

Elle devait arriver le lendemain.

— Non.

— Pourquoi est-ce si important pour vous de nettoyer le foyer ?

— Parce que je veux qu'il soit propre.

— Je voudrais vous aider.

— Vous aurez assez à faire. De plus, que connaissez-vous au nettoyage des cheminées ?

— Un homme apprend beaucoup de choses durant ses campagnes.

— Il n'y a pas d'âtres pendant les campagnes.

Elle l'épuisait.

— Vous avez raison sur ce point.

Il la surprit en train de le dévisager avec un froncement de sourcils qui marquait l'étonnement.

Et ce fut elle, cette fois, qui détourna les yeux.

— C'est étrange pour un soldat de se proposer pour ce genre de service, dit-elle.

— Je n'ai pas toujours été soldat. J'aidais ma mère.

— C'est votre mère qui vous a appris à nettoyer les âtres ?

— Oui, entre autres choses. La vôtre ne vous l'a pas appris ?

— Ma mère est morte lorsque j'étais très jeune, dit Lucie.

— Alors, les sœurs ?

— Oui. (Elle se raidit.) Qui vous a dit cela ?

— Camden Thorpe. J'ai posé quelques questions. Curiosité naturelle. Il m'a dit que votre mère aimait beaucoup le jardin de Nicolas.

— Il lui rappelait chez elle.

Il y avait une tension fiévreuse dans la voix de la jeune femme.

Il marchait sur un terrain dangereux.

Il essaya de la détendre.

— Ma mère pensait que l'entretien d'un jardin était la plus haute forme de dévotion au Seigneur. Elle a mis tous ses enfants à travailler au jardin.

Il réussit. Elle soutint son regard.

— Et cela vous rapproche de Dieu ? demanda-t-elle.

Il essaya sur elle un sourire.

— Cela m'a montré tout ce qu'Il avait créé pour nous.

Une légère contraction au coin de ses lèvres révéla qu'elle n'était pas dépourvue d'humour.

— Bien, alors, vous pouvez juger du travail qui vous attend.

Elle retourna s'asseoir près du feu et resta un moment silencieuse.

— Est-ce que votre métier de soldat vous a appris quelque chose ?

— Que j'aimais faire siffler une flèche dans l'air et la planter en plein cœur de la cible mais que la guerre ne se limite pas aux armées qui s'affrontent.

Il avait remarqué un luth dans un coin. Il alla le prendre. Lucie tressaillit quand les cordes se mirent à vibrer sous ses doigts. Elle fut sur le point de le réprimander, mais son toucher sûr et doux lui imposa le silence. Il rendit vie au luth sur un air triste, puis se mit à chanter. Bien des femmes lui avaient dit qu'il avait une belle voix. Lucie ne voulait pas qu'il voie combien elle l'émeuvait. Bien que fatiguée et mourant d'envie de rester assise, elle se leva et alla mettre de l'ordre dans la cuisine pendant qu'il chantait. Elle s'obligea à ne pas le regarder. Il était tout à sa chanson, ému par l'histoire qu'elle racontait.

La musique s'éleva en un cri frémissant, puis cessa.

Ils restèrent tous deux silencieux, perdus dans l'écho

de la mélodie. Le feu craquait et sifflait. Une branche vint se cogner contre la maison.

Lucie frissonna.

— Quelle belle langue.

— C'est du breton. C'est un jongleur qui me l'a apprise, dit Owen. Elle est très proche de la langue de mon pays. Au début, je n'en comprenais pas un mot, mais je saisissais son essence.

Lucie s'assit, après un court instant d'hésitation, consciente subitement de tout ignorer de cet homme avec qui elle partageait ses journées.

— De quoi parle la chanson ?

— En Bretagne, il y a dans tout le pays de grands tumulus de pierre qu'on appelle des dolmens. Ils sont si hauts que seuls des géants peuvent les avoir bougés. On dit que ce sont les tombeaux de nos ancêtres, ces gens qui sont venus avant nous. Dans l'un d'eux vit une dame qui a fait le vœu de sauver son peuple des routiers du roi Edward.

— Routiers, murmura Lucie.

Owen pensa qu'elle demandait le sens du mot.

— Ce sont des soldats de notre noble roi qui ont été abandonnés de l'autre côté de la Manche, sans paie. Les gens disent qu'ils sont des centaines qui errent ainsi à travers le pays, en violant et pillant. Mais peut-être exagère-t-on ?

— Ma mère m'en a parlé.

— Votre mère était française ?

Il avait vu qu'elle esquivait ses questions sur sa mère.

Lucie acquiesça.

— Ils se comptent par centaines.

— Ils sont le fléau des Français.

— Ma mère disait que c'était la guerre qui était le vrai fléau.

— Il est normal qu'elle pense cela. Mais c'est différent pour vous qui habitez sur une île. Nos guerres se livrent sur le sol étranger. Quand notre roi est victorieux, ceux qui rentrent s'en retournent avec leur butin. Quand notre roi est vaincu, les rares soldats qui rentrent au pays reviennent les mains vides. Mais en France, que le roi gagne ou perde, le peuple en souffre pareillement. Des deux côtés, les soldats brûlent les villages et les villes pour affamer l'ennemi. Pour un enfant sans maison et qui meurt de faim, cela ne fait aucune différence d'être affamé par son propre roi ou par un autre.

Lucie le regardait comme si elle le voyait pour la première fois.

— Vous ne parlez pas comme un soldat.

Il haussa les épaules.

— Comment cette femme a-t-elle sauvé son peuple ?

— Elle les a bernés en jouant le rôle de la noble dame sans défense perdue dans la forêt. Elle les fit tomber, par surprise, dans les embuscades qu'elle avait tendues et, fort habile au couteau, elle les tua. Elle leur a dit qu'elle avait tout perdu et qu'elle voulait se joindre à eux. Pour prouver sa bonne foi, elle devait les conduire dans une maison noble, à l'orée d'un bois, où ils devaient trouver du vin et des richesses. Elle avait préparé une embuscade. C'est la partie de l'histoire que tous les Bretons connaissent. Mais ce qui suit change avec chaque chanson. Les uns racontent qu'elle se prit de compassion pour un routier différent de ses camarades, qui souffrait de voir ce qu'il était devenu.

Lorsque la compagnie s'approcha des hommes embusqués, la noble dame l'épargna. Elle l'appela et l'entraîna loin du groupe, au centre d'un cercle de pierres dressées sur une colline. Quand il entendit les cris de ses camarades, il se retourna contre elle. « Vous êtes libre de choisir la mort, lui dit-elle. Si c'est votre choix, je lance mes hommes à vos trousses. Sinon, regardez dans votre cœur et admettez que vous n'avez pas le goût des massacres. »

— Qu'a-t-il choisi ?

— La chanson ne le dit pas.

Lucie sembla déçue.

— C'est une histoire vraie ?

— Je l'ignore.

— Elle ne peut l'être, sinon le jongleur aurait trahi le sauveur de son peuple en chantant la chanson.

— Peut-être est-ce pour cela qu'il la chantait dans sa propre langue.

— Vous l'avez comprise. Beaucoup de vos archers étaient des Gallois.

— Et comme moi, ils veillaient à l'ordre public.

— Et les autres ? Est-ce que personne ne vous demandait le sens de la chanson ?

— Je leur ai dit que c'était Aucassin et Nicolette en breton.

— Vous le protégiez ?

Owen soupira.

— Et pour me remercier de ma protection, il m'a rendu à demi aveugle. Ou plutôt, c'est à sa maîtresse que je le dois.

Lucie tendit la main à travers la table pour toucher sa balafre.

— Pourquoi sa maîtresse vous a-t-elle crevé l'œil ?

— Elle le protégeait.

— De vous ? Je ne comprends pas.

Il lui raconta l'histoire.

— Je me suis conduit comme un idiot. Et, pour ma peine, je dois tout recommencer de zéro. Je dois trouver un nouveau sens à ma vie. Mais j'étais déjà fatigué de la vie de soldat.

Il le lui avait dit si souvent, qu'elle finissait par le croire.

— Mais je n'arrive pas à leur pardonner ce qu'ils m'ont fait. Ils m'ont trahi alors que je faisais tout pour les aider.

Lucie le regarda quelques minutes encore.

— Vous vous sentez infirme sans votre œil. Mais les autres ne vous voient pas ainsi. Je suppose que cela n'aide en rien de le savoir.

— Vos paroles me touchent et je vous en remercie. Mais vous ne pouvez pas imaginer ce que c'est de perdre la moitié de sa vision.

— Non, je ne peux pas. (Elle se leva.) Je dois aller donner à Nicolas son souper, puis dormir un peu.

— Vous ne voulez pas que je vous aide ?

— Pas pour cela.

Owen n'ajouta rien et retourna à l'auberge d'une humeur rêveuse.

Bess l'interpella lorsqu'il entra dans la taverne.

— Vous avez un visiteur. (Elle lui fit un mouvement de tête en direction du fond de la salle.) Il y avait bien longtemps que nous n'avions pas eu la clientèle du maître de la guilde, Thorpe. Vous êtes bénéfique pour les affaires, Owen Archer.

Quelques têtes se tournèrent mais les conversations ne s'arrêtèrent pas quand Owen passa près des tables.

C'était bon signe. Cela prouvait qu'il était accepté et il en fut heureux.

Mais sa joie s'évanouit devant l'expression du maître de la guilde. Le visage rond et sympathique était crispé.

— L'archidiacre Anselm fait toute une histoire pour votre emploi chez les Wilton. Il voulait voir la lettre que Jehannes a envoyée. Il a posé toutes sortes de questions. Il a laissé entendre que vous n'êtes pas ce que vous prétendez être. C'est plus que préoccupant.

Owen lui parla de l'apprentissage à Durham.

Camden Thorpe tirait rêveusement sur sa barbe.

— C'est vraiment très étrange. Il ne m'en a pas parlé. Au contraire, il donnait l'impression de vous soupçonner d'être une sorte de hors-la-loi qui devait se faire oublier pendant quelque temps.

— Je me demande comment l'archevêque Thoresby va réagir à tout ceci.

Thorpe fronça les sourcils, incertain du sens des paroles d'Owen.

— La lettre d'introduction ?

— Oh oui. (Le maître de la guilde sourit.) L'archidiacre est confus, n'est-ce pas ?

Owen essaya de rassurer Camden Thorpe en lui disant que tout allait bien, mais il n'était pas tout à fait sûr que c'était vrai. L'archidiacre faisait preuve d'un étrange intérêt pour son apprentissage. Et, de toute évidence, il avait su voir au-delà des apparences. Mais jusqu'à quel point le démasquerait-il ? Et pourquoi était-il aussi perturbé à l'idée de passer pour un fou auprès du maître de la guilde ? Dans l'esprit d'Owen, c'était l'attitude d'un homme désespéré. Et de tels hommes étaient dangereux.

Mais pourquoi l'archidiacre ?

Lucie rêva qu'elle courait à travers le labyrinthe de Freyhopre Hadden en trébuchant, le souffle coupé par le rire. Elle avait peur qu'il la rattrape et, en même temps, elle redoutait qu'il ne le fasse pas. Tout son corps vibrait en imaginant qu'il mettait ses mains autour de sa taille pour l'attirer contre lui et l'embrasser dans le cou.

Elle se réveilla en tremblant. Le feu s'était éteint. Cependant, son visage était chaud. Elle avait rêvé d'Owen Archer. Elle devait être folle.

Anselm pressa le pas. Il avait sous-estimé Archer. Il avait agi plus vite qu'il ne l'aurait cru possible. Archer devait être l'homme de l'archevêque Thoresby. Thoresby avait envoyé Archer et avait tout arrangé pour qu'il puisse entrer dans la maison des Wilton. Et ce, pour enquêter sur la mort du pupille de l'archevêque. Mais oui, c'était l'évidence. Comme Anselm avait été stupide de ne pas l'avoir compris. En tenant compte de la personnalité de Fitzwilliam, il devenait très clair que l'archevêque soupçonnait un crime. Maudit soit Fitzwilliam ! Maudit soit le frère Wulfstan, ce moine maladroit ! Si Fitzwilliam n'était pas mort, personne ne se serait soucié de l'autre. Mais à présent, John Thoresby, l'homme le plus puissant d'York, venait mettre son nez dans cette affaire.

Il était cependant étrange que l'archevêque s'intéresse à ce point à son pupille qui lui avait causé tant d'ennuis. Si Anselm avait trouvé la mort dans des conditions mystérieuses, le père d'Anselm s'en serait soucié comme d'une guigne. Il n'aurait fait aucune enquête. Il aurait oublié sa mort en un rien de temps. Lui dont le fils s'était élevé dans l'Église jusqu'au rang d'archidiacre d'York. Il n'était pas juste qu'Anselm ait été le second fils, celui qui est consacré à l'Église. Son père l'avait rejeté parce qu'il n'avait aucun goût pour la violence. Et dès que son père avait deviné son caractère, Anselm avait été impuissant à gagner son respect et encore plus son amour. Et l'archevêque, un simple tuteur, voulait savoir comment l'odieux Fitzwilliam était mort, un jeune homme qui n'avait aspiré qu'à violer les commandements aussi souvent que possible.

Quel heureux homme, cet Oswald Fitzwilliam. Il avait dû être trop protégé dans sa jeunesse, de là sans doute son appétit pour le péché. Les hommes ont soif de l'inconnu et du mystère. Anselm avait découvert très tôt les péchés de la chair. Toute sa curiosité avait été étouffée par ce limon : les soldats de son père, ces chiens parmi lesquels sa putain de mère l'avait traîné. La vertu silencieuse que l'on attendait de lui à l'abbaye avait été un refuge bienvenu.

11

LE COMMERCE DE DIGBY

Un long moment après que le maître de la guilde fut rentré chez lui se coucher, Owen s'assit dans un coin de la taverne, à peine conscient du brouhaha des voix, des odeurs âcres de la bière, du vin, et des corps sales et du courant d'air qui tourbillonnait autour de ses jambes à chaque fois qu'un client ouvrait la porte. Il grattait sa balafre et fixait le sol de la taverne en réfléchissant. Pas sur Fitzwilliam, mais sur son pays. Il lui était difficile de s'en souvenir. C'était comme vouloir percer un brouillard du regard. Tant de temps était passé ; tant de choses étaient arrivées aux siens, comme à lui. La vie était difficile au village. Chaque voyage de début et de fin de saison — à l'exception de l'été — obligeait à grimper des montagnes et à traverser des forêts. Le travail brisait les reins et l'esprit. On ne trouvait pas chez lui de physiciens tels que Roglio ou même d'apothicaires comme Wilton. Les gens avaient leurs remèdes — sa mère en connaissait beaucoup — mais la plupart atténuaient le mal plus qu'ils ne le guérissaient. La maladie et les blessures signifiaient bien souvent la mort. Lucie le croirait-il s'il lui confiait que la vraie raison pour laquelle il ne voulait pas retourner chez lui était qu'il ne pourrait pas supporter de découvrir qu'ils étaient tous morts ? Sa mère, son sourire, sa voix, son esprit pourrissant sous terre, nourrissant les racines du chêne et du frêne, nourrissant les vers. Et ses sœurs : Angie, avec ses yeux vifs ; Gwen, avec ses gestes lents et rêveurs. Tant de jeunes femmes mouraient en accouchant. Il se signa.

La colère de Lucie Wilton avait fait lever en lui des pensées sombres. Travailler pour elle était une rude épreuve pour son cœur.

Mieux valait penser à la mort de Fitzwilliam. C'était pour cela qu'il était venu enquêter à York. Plus vite il répondrait aux questions de l'archevêque et, plus vite, il pourrait partir. Et il devait partir. Il perdait son temps à aimer une femme qui ne s'intéresserait jamais à lui, même si Nicolas mourait. Elle avait rejeté Owen avant même de l'avoir connu. C'était injuste mais il ne pouvait s'en plaindre à personne ; il devait accepter le fait.

L'accepter, Owen releva les yeux. Son regard vint buter dans celui de Tom. Il leva sa chope. Tom s'approcha lentement.

— Vous semblez bien sombre, Maître Archer, dit-il. Mauvaises nouvelles du maître de la guilde ?

— Non. Cela n'a rien à voir avec lui. Les anciens jours me manquent, c'est tout.

Tom fronça les sourcils avec sympathie.

— Capitaine d'archers. Peu montent si haut.

— Le sort a été bon de vous donner un métier que vous pourrez garder dans votre vieillesse. Et une gentille femme.

Le visage de Tom s'éclaira.

— Eh bien, le Seigneur a été généreux.

Il hocha la tête et rejoignit les autres clients, son pichet de bière à la main.

Owen avala une grande rasade de bière et en apprécia l'onctuosité. Tom Merchet était un artisan de grand talent. Son art apportait le réconfort à ses compagnons, alors que celui d'Owen n'avait servi qu'à tuer et estropier. Cet apprentissage serait peut-être sa rédemption.

Il s'imagina travaillant aux côtés de Lucie, comme Tom et Bess. Tenant une taverne. Lucie aurait créé une autre atmosphère, bien sûr. Bess était pleine d'impertinence. Les hommes lui lançaient des regards effrontés et plaisantaient avec elle. Et elle leur répondait sur le même ton. En face de Lucie, les hommes baisseraient les yeux, comme des petits garçons qui s'adressent à la mère de leur meilleur ami. Les voix s'adouciraient et il...

Pah ! Owen n'arrivait pas à imaginer Lucie mariée avec lui. Un lourdaud qui tue, borgne, gauche...

Il reposa brutalement sa chope sur la table. Ses voisins le regardèrent, intrigués. Quand ils virent qu'il rougissait de confusion, ils secouèrent la tête et retournèrent à leurs conversations.

Mais très vite, leur attention fut attirée par l'arrivée de l'inquisiteur. Il s'arrêta au comptoir, puis se fraya un chemin au milieu des clients, sa chope à la main, pour aller s'asseoir à la table d'Owen.

Son intrusion ne fit rien pour améliorer l'humeur d'Owen. Espérant que son impolitesse découragerait l'inquisiteur, Owen garda les yeux ostensiblement baissés sur sa bière.

— Ne me dites pas que l'archidiacre veut de nouveau me voir.

— Non, rien de tel.

Owen hocha la tête sans relever les yeux.

Digby s'énervait. Il avait pensé intriguer Owen avec sa réponse. Il se pencha un peu plus vers Owen.

— Il veut que je vous file pour découvrir qui vous envoie et pourquoi.

Owen releva les yeux.

— L'archidiacre est toujours aussi méfiant avec les étrangers ?

— Non.

— Pourquoi avec moi ?

Digby sourit.

— Il ne l'a pas dit. Mais, moi, je le sais. Il pense que l'archevêque vous a envoyé pour enquêter sur la mort de Fitzwilliam.

— Et comment savez-vous que c'est ce que pense l'archidiacre ?

— Parce que je le pense aussi.

Digby but une longue gorgée. Il faisait preuve de plus d'assurance depuis la nuit dernière.

— L'archidiacre ne souhaitait sûrement pas que vous me le disiez.

Digby rit.

— Bien sûr que non.

— Alors, pourquoi le dites-vous ?

— Parce que je veux savoir ce que vous voulez savoir.

— Vous voulez dire : dans le cas où je serais envoyé à York par l'archevêque pour enquêter sur la mort de Fitzwilliam.

— Oui.

— Puis-je vous demander sur quoi je devrais enquêter ? On dit que l'homme est mort d'un refroidissement.

Digby renifla. Un bruit désagréable.

— Pas Fitzwilliam. Il n'était pas malade.

— Vous le connaissiez ?

— Oui. Très bien. Une source de revenus faciles pour l'église abbatiale. La fange était accrochée à lui comme des moules sur un rocher.

— Le vol du bras dans la fosse de votre mère n'était pas son acte le plus noir ?

— Peuh ! Ce n'était rien.

— Vous pensez qu'il a été tué ?

— Oui. C'est toujours ce qui arrive aux gens de son espèce.

— Dans l'infirmerie de l'abbaye ?

— C'est là qu'il est mort.

— Un des frères ?

— Je ne le pense pas, mais pourquoi pas ? Ce ne sont pas tous des saints.

— Comme l'archidiacre, par exemple.

Digby renifla à nouveau.

— *Lui, moins que les autres*. Ils sont tous nés avec le péché originel, tout comme vous et moi.

Lui, moins que les autres : un commentaire provocant.

— Vous êtes en train de me dire que vous et l'archidiacre pensez que Fitzwilliam a été tué et que je suis ici pour découvrir le meurtrier. Vous espérez que je le découvrirai, mais pas l'archidiacre. Est-ce exact ?

Digby sourit.

— Étrange que vous vouliez jouer double jeu avec votre employeur.

Digby baissa les yeux sur sa chope.

— Je n'en suis pas particulièrement fier.

— Pourquoi cette affaire vous intéresse-t-elle tant ?

Digby regarda Owen, les sourcils froncés, comme s'il doutait d'avoir bien entendu.

— Je suis un inquisiteur. C'est mon devoir de conduire les pécheurs devant la justice. Quelqu'un a commis un crime en terre consacrée. Je dois découvrir qui.

— Mais l'archidiacre s'en moque.

— Il protège quelqu'un.

— Qui ?

Le regard de Digby se fit lointain.

— Je n'en sais pas assez pour lancer une accusation. Il me manque un lien.

Il fixa Owen avec une détermination grave.

— Mais laissez-moi vous offrir un sujet de réflexion. Ils parlent de deux morts. Non. Deux meurtres.

Il insista sur ce dernier mot.

Owen réfléchit.

— Le premier ? Vous voulez parler de l'homme sans nom ?

Digby cilla.

— Réfléchissez. Les hommes honnêtes ne refusent pas de décliner leur identité. Je le suspecte d'avoir été impliqué dans les affaires louches de Fitzwilliam.

— C'est très intéressant. Mais qu'est-ce qui vous fait croire qu'il s'agit d'un meurtre ? Qu'en savez-vous ?

Digby vida le fond de sa chope.

— Parler donne soif.

Owen attira l'attention de Bess. Elle remplit une autre chope pour l'inquisiteur.

— Mettez-la sur mon compte, Bess.

— Il faut plus d'une chope pour soudoyer l'inquisiteur, Maître Archer, dit-elle en souriant.

Digby se hérissa.

— C'est seulement pour me permettre de profiter de sa compagnie un peu plus longtemps, répondit Owen.

Bess haussa les épaules et s'éloigna au milieu des tables.

Owen remarqua à quel point Digby était irrité.

— Je pensais que vous aviez le cuir plus épais.

— Je me fiche qu'on me traite de fouineur. C'est justice. Mais je ne suis pas corrompu. L'archidiacre ne me garderait pas si je l'étais.

— D'un côté vous dites du bien de lui et de l'autre, vous pensez qu'il sert de couverture à un assassin. Choisissez votre parti.

— Tout le monde a un point faible. Quelque chose pour qui ou pour quoi on risquerait tout.

— Et le sien est ?

Digby jeta un coup d'œil alentour et se rapprocha.

— Nicolas Wilton.

Owen n'aima pas cette réponse.

— Que voulez-vous dire ?

— Vieux amis. Ils sont allés à l'école ensemble.

— À l'école de l'abbaye ?

— Oui. Vous connaissez le genre : inséparables. Chacun prêt à prendre la défense de l'autre. Mais, il y a dix ans, ils se sont querellés à propos de quelque chose. Depuis, ils ne se parlent plus. Et, le lendemain du jour où Wilton a eu son malaise, l'archidiacre s'est rendu à la boutique. C'est à présent un visiteur assidu. Vous le verrez puisque vous êtes en apprentissage là-bas.

Une lueur amusée brillait dans les yeux de Digby.

Owen ne s'y arrêta pas.

— Et l'archidiacre vous envoie enquêter sur son ami parce qu'il n'est pas capable de le faire ?

Digby secoua la tête.

— Il ne sait rien de mes visites. Et il n'en saura rien. Je veux être honnête avec vous.

Leurs yeux se rencontrèrent. Owen opina.

— Je vous crois. Ce que je me demande, c'est à quel jeu vous jouez. Pourquoi allez-vous chez l'apothicaire ?

Digby sourit.

— Pour voir si maîtresse Wilton est nerveuse en me voyant.

— Tout le monde l'est.

— Je veux dire, plus nerveuse que la normale.

— Et, elle l'est ?

— J'ai rendu l'adorable maîtresse Wilton vraiment très mal à l'aise.

Owen eut envie d'effacer d'un coup de poing le sourire sournois qui éclairait le visage de Digby, mais il se contrôla.

— Vous dites que l'archidiacre sert de couverture à quelqu'un et vous impliquez Nicolas Wilton. Vous dites aussi que maîtresse Wilton sait quelque chose. Vous pensez donc que Nicolas Wilton a tué les deux hommes ?

Digby haussa les épaules.

— Tout converge pour aboutir à cette conclusion, pour aussi difficile à croire qu'elle puisse être. Car, voyez-vous, j'étais présent la nuit où Nicolas Wilton a apporté le remède à l'abbaye.

Owen se redressa.

— Il a apporté le remède ?

Digby prit l'air satisfait en voyant l'attention que lui portait Owen.

— Oui, pour le premier pèlerin. Il avait la fièvre des camps. Tout le monde sait que Nicolas Wilton possède une concoction secrète qui est particulièrement efficace contre cette maladie. Frère Wulfstan est allé la chercher. Je l'ai rencontré alors qu'il se dirigeait vers l'échoppe. Mais il est reparti sans. Il m'a dit que c'était Wilton qui l'avait apportée plus tard. Il avait dû en préparer une spéciale.

— Vous croyez qu'il a empoisonné le pèlerin ?

— C'est ce que je prétends.

— Pourquoi ?

Digby soupira.

— Je l'ignore. Wilton n'est pas du genre à faire des histoires. Mais je pense qu'il existe quelque chose que nous ignorons ; quelque chose que l'étranger lui a fait. Ne sachant pas qui est cet homme, je ne peux pas savoir de quoi il s'agit. (Il se pencha plus près.) Mais je vais vous confier ceci : j'ai vu Wilton revenir de l'abbaye, cette nuit-là. Il donnait l'impression qu'il allait s'effondrer. Il a commencé à avoir des contractions nerveuses, puis son corps a été pris de convulsions et il s'est évanoui.

— Qu'avez-vous fait ?

— Je me suis précipité à l'infirmerie pour appeler frère Wulfstan mais il était en train de s'occuper du pèlerin. L'homme avait une crise : il se débattait avec les mains et les pieds, en criant. Alors, je suis ressorti pour m'occuper moi-même de Wilton. Je n'ai pas pu le faire revenir à lui, même en lui mettant de la neige sur le cou. J'ai donc hélé un fermier qui passait sur une charrette tirée par un âne et j'ai reconduit Wilton chez lui.

Owen fixa longuement l'homme.

— Et vous, quel est votre point faible ?

Digby sourit.

— Je ne suis pas assez fou pour vous le dire, Maître Archer.

Il but une gorgée et se cala contre son siège.

— Vous ne pensiez pas que j'en savais autant, hein ? En échange de mes confidences, je crois que vous me devez quelque chose.

On y était.

— Et que voulez-vous ?

— Comme je l'ai dit, je ferai en sorte que le pécheur confesse son crime et fasse pénitence.

Owen se demandait pourquoi il était si difficile de croire que l'homme prenait son travail au sérieux ; qu'il tirait sa fierté de débusquer le pécheur. Son physique jouait contre lui. Mais il en était de même pour Owen. Le plus étrange était qu'Owen ait eu envie de faire confiance à Potter Digby, après avoir rencontré sa mère. Peut-être était-il temps qu'il se fie à son intuition. Jusqu'à présent, la réflexion ne l'avait pas conduit très loin.

— Combien pour le nom du pèlerin ? Si je vous le dis, me confierez-vous ce que l'information vous aura permis de découvrir ?

Le visage de Digby s'éclaira.

— Je le jure.

Les deux hommes se penchèrent en avant.

— Son nom était sir Geoffrey Montaigne.

— Montaigne, murmura Digby. Geoffrey Montaigne... Cela me dit quelque chose.

— Je l'espère bien.

Owen s'était attendu à ce que Digby s'en aille avec le renseignement mais, au lieu de cela, il restait assis là, les sourcils baissés, à fixer sa chope.

Owen se cala contre le dossier de son siège pour réfléchir à ce que Digby venait de lui apprendre. Nicolas Wilton avait préparé un remède pour Montaigne, puis il était tombé malade à son tour. Digby en avait été témoin. Owen se redressa.

— Que faisiez-vous à l'abbaye, cette nuit-là ?

Les yeux de Digby glissèrent sur ceux d'Owen pour aller se fixer au loin.

— Je suis inquisiteur. J'enquête partout. Je travaille partout.

Owen était sûr que Digby mentait. C'était encourageant qu'il puisse s'en rendre compte. Alors, pour le reste, il ne mentait peut-être pas ?

— Une réponse intelligente. Que me cachez-vous ?

— Je vous ai offert mon aide.

— Alors, vous devriez me dire tout ce que vous savez.

— Je ne veux pas que vous vous fassiez de fausses idées.

— Vous étiez là pour des raisons suspectes ?

— J'attendais l'archidiacre. Je devais lui parler.

— Il était à l'abbaye ?

— Je dînais avec l'abbé, cette nuit-là.

— La nuit où Nicolas Wilton, le vieil ami de l'archidiacre, s'évanouissait en quittant l'abbaye ? La veille de la nuit où il renouait son amitié avec Nicolas Wilton ?

Digby semblait ennuyé.

— Ce n'est pas ainsi que je vois les choses. Et je

suis sûr de mon fait. (Il secoua la tête.) Montaigne. Geoffrey Montaigne.

Il se tut de nouveau.

Si Owen croyait Digby, il se pourrait qu'il comprenne pourquoi il n'avait pas plus avancé dans son enquête. Il avait fait fausse route, dès le départ, en se focalisant sur Fitzwilliam et en cherchant à savoir ce qu'il manigançait avant sa mort. Mais si l'affaire commençait avec la mort de Montaigne et non avec celle de Fitzwilliam... Peut-être allait-il découvrir un mystère beaucoup plus passionnant que la mort du pupille de l'archevêque. Le pèlerin Montaigne en était la clef, pas Fitzwilliam. Cette fois, il voyait peut-être juste.

Que savait-il de l'homme ? Montaigne, qui était considéré par tous ceux qui le connaissaient comme un chevalier noble et vertueux, était venu à York pour expier un vieux péché. Le voyage qu'il avait entrepris avait réveillé la fièvre des camps. Cette maladie peut tuer. De plus, sa longue chevauchée avait rouvert une récente blessure qui l'avait affaibli et laissait penser que la fièvre l'achèverait. Le moine-soignant était persuadé que Montaigne savait qu'il mourrait à l'abbaye.

Mais frère Wulfstan était mal à l'aise. Il pouvait se tenir pour responsable de ce décès car Montaigne était mort dans son infirmerie, mais Owen en doutait. Le moine n'aurait pu continuer d'exercer son métier s'il avait dû se reprocher chaque mort survenue dans l'abbaye ; de même qu'un capitaine ne pourrait continuer de mener ses troupes au combat s'il se tenait pour responsable de la mort de ses hommes. On leur apprend ce que l'on sait, ensuite c'est leur affaire et celle de Dieu. Wulfstan avait dû faire tout ce qui était en son pouvoir pour le sauver.

Et pourtant, Wulfstan était mal à l'aise. Selon Digby, après que Wulfstan eut épuisé toutes les ressources de sa science, il était allé demander de l'aide à Nicolas Wilton. Et Nicolas Wilton s'était évanoui en sortant de l'infirmerie après avoir délivré le remède qu'il avait spécialement préparé pour Montaigne. Et tout ceci, pendant que l'archidiacre dînait avec l'abbé, et que Digby se cachait au-dehors. Épineux.

Les symptômes de l'empoisonnement ressemblent à ceux de la fièvre. Mais pourquoi se donner tant de mal, si l'homme était proche de la mort ?

Parce que c'est l'attente qui est difficile à supporter. Particulièrement quand sa propre vie est en jeu. *Soyez patients*. Owen tambourinait cet ordre dans la tête de ses nouveaux archers. Pas de précipitation. *Attendez le meilleur moment pour tirer la flèche. Ne laissez pas la peur ou le désespoir desserrer trop vite votre prise. Votre panique ne changera rien, si ce n'est votre faculté de raisonnement*. Mais certains oubliaient la leçon dès qu'ils étaient jetés dans la bataille.

Si Montaigne avait été empoisonné, c'était parce que quelqu'un avait paniqué. De toute manière, il serait mort, quoique, sans doute plus lentement. Owen parvenait à discerner le « comment ». Si le frère Wulfstan ne s'était pas posé de questions, il n'aurait pas analysé le remède. Et c'est ce qui rendait plausible l'hypothèse de Digby. Frère Wulfstan ne serait pas allé chercher Nicolas Wilton pour lui demander son aide, s'il l'avait soupçonné de vouloir empoisonner le malade. Ainsi, quand le remède n'avait pas eu l'effet escompté, Wulfstan y avait vu le signe que Dieu voulait rappeler le pèlerin à lui. Le moine pouvait accepter cette version. C'était la doctrine de l'Église.

Peut-être était-ce le « comment » de l'affaire.

Mais le « pourquoi » ? Owen regardait Digby qui opinait du chef, avec un air satisfait.

— Alors ?

— J'ai situé Montaigne. C'était l'amant de lady D'Arby. On dit que c'est son enfant qui l'a tuée.

Lady D'Arby. Le nom lui était familier mais sans plus.

— La mère de votre maîtresse Wilton. Vous pourriez parler avec eux à Freythorpe Hadden. Avec dame Phillippa et sir Robert.

— Il était l'amant de la mère de maîtresse Wilton ?

Digby opina.

— La belle Amélie. La prise de guerre de sir Robert.

— Et l'enfant de Montaigne l'a tuée ? Il y a eu un scandale ?

— Beaucoup de ragots mais pas d'actes. Elle est morte. Montaigne a disparu. Lord D'Arby est parti en pèlerinage en Terre Sainte.

— Qui est dame Phillippa ?

— La sœur de sir Robert. C'est elle qui veille sur lui.

— Où est Freythorpe Hadden ?

— Au sud. Demandez à votre nouvelle maîtresse.

Digby vida sa chope, se leva et tendit la main à Owen.

Owen garda ses mains en coupe autour de sa chope.

— Il ne serait pas prudent de paraître trop familiers, Inquisiteur.

Digby haussa les épaules et s'en alla, laissant Owen encore de plus méchante humeur. Montaigne était l'amant de la mère de Lucie. Owen n'aimait pas cela du tout.

12

NŒUDS

Owen n'arrivait pas à dormir. Les révélations de Digby l'en empêchaient.

Montaigne et Amélie, lady D'Arby. Il y avait eu un scandale. En tant que mari de Lucie, Nicolas Wilton pouvait avoir voulu venger l'honneur de la famille de son épouse. Mais c'était sûrement une vieille histoire. D'un autre côté, le retour de Montaigne à York pouvait réveiller les vieilles blessures.

Owen pensa au vieil homme parcheminé qui gisait dans son lit de malade. Nicolas semblait assez fort pour manigancer une telle vengeance et la mener à son terme.

C'est alors qu'une horrible pensée traversa Owen. Il essaya de la chasser mais sans succès. Lucie Wilton pouvait avoir préparé le remède. Elle avait suffisamment de connaissances pour cela. Elle pouvait tout autant que son mari concocter un poison. Digby avait dit que Wilton avait apporté le remède à l'abbaye mais l'inquisiteur ne pouvait pas savoir qui l'avait préparé.

C'était peut-être Lucie Wilton. Elle avait des raisons de haïr Montaigne. D'ailleurs, elle éprouvait une antipathie prononcée pour les soldats. Owen avait pensé que c'était son père qui l'avait envoyée au couvent, avant de partir en pèlerinage, à la mort de sa mère. Mais c'était peut-être Montaigne. Et le fait que Montaigne n'ait pas décliné son identité importait peu. Les enfants remarquent beaucoup de choses. Lucie pouvait l'avoir vu, jadis, et l'avoir reconnu. Owen devait découvrir si elle était allée à l'abbaye pendant que Montaigne y était. Cette possibilité envoya une décharge douloureuse dans son œil gauche. Il gratta sous le bandeau.

Il ne pouvait pas rejeter cette hypothèse : Lucie Wilton pouvait être coupable. Le fait qu'elle soit belle ne devait pas obscurcir son jugement. Il savait qu'une femme peut être aussi impitoyable qu'un homme. Ce n'était pas le jongleur qui l'avait rendu à moitié aveugle, mais sa maîtresse.

Mais quelle horrible supposition. Et quel monde effroyable, sans le moindre espoir de rédemption, que celui où une Lucie Wilton pouvait trahir sa vocation de guérisseuse et employer ce talent donné par Dieu pour tuer.

Le fait de soupçonner Nicolas Wilton du même crime n'avait pas rendu Owen malade. Ses sentiments le révoltaient. Il était épris de Lucie Wilton mais il n'allait pas permettre à son cœur d'influencer son jugement. Il n'était pas impossible que Lucie ait eu envie de venger la mort ignoble de sa mère. En raison de sa formation d'apothicaire, le poison était l'arme toute trouvée pour tuer.

Cet échafaudage ne tenait debout que si Digby avait raison et si Montaigne avait bien été empoisonné. Mais en quoi cela concernait-il Fitzwilliam ?

Il était néanmoins possible que Digby se trompe. La

preuve dormait dans la tombe de Montaigne. La preuve reposait tout entière dans la tombe d'un pèlerin anonyme. Mais ces tombes-là portent-elles des inscriptions ? Quels mots les moines de St. Mary auraient-ils pu prononcer sur la tombe d'un pèlerin anonyme ? Et qu'y auraient-ils inscrit ? Qu'un noble pèlerin avait vu venir sa fin, tel jour, à tel endroit, dans la trente-sixième année du règne du roi Edward III d'Angleterre ?

Les preuves qu'il recherchait se trouvaient dans la tombe. Owen se retourna brutalement sur le côté gauche, ce qui eut pour effet de faire jaillir une douleur fulgurante dans son épaule. Il roula aussitôt sur le côté droit, en poussant un juron.

Quelles besognes désagréables imposait ce travail de limier : lutter avec lord March ; ouvrir une tombe. Violer un sol consacré était un sacrilège. Dieu le blâmerait-il pour cela ? Pour le moment, cette inquiétude était prématurée car il se pourrait qu'il n'ait pas besoin d'en arriver là. L'abbé Campian allait sans doute refuser de coopérer. Thoresby pourrait rejeter une preuve obtenue de cette manière. Owen détestait fouiller ainsi dans la vie des gens. Il ne faisait aucune différence entre l'inquisiteur et lui.

Le lendemain, Owen se mit à la recherche de Digby. Il le découvrit tapi dans l'ombre, à proximité du marché, en train d'épier une jeune fille et un soldat qui parlaient à voix basse, leurs têtes penchées l'une contre l'autre, près des étals.

— Vous traquez le pécheur ? lui demanda Owen.

Le soldat leur jeta un rapide coup d'œil, puis il murmura quelque chose à la jeune fille.

Digby recula d'un pas et posa un doigt sur ses lèvres.

Le couple se sépara. La jeune fille se dirigea vers un étal, tandis que le soldat hélait un camarade.

— J'ai une mission pour vous, mon ami, dit Owen en souriant.

Digby lui jeta un regard indigné.

— Serions-nous amis ?

— C'est ce que vous m'aviez laissé entendre, l'autre jour, à la taverne.

— Je vous ai causé des ennuis ?

— J'espère que non. L'avenir le dira.

— Eh bien, vous, vous m'avez gâché ma matinée. Que voulez-vous ?

Wulfstan souriait devant les tentatives d'Henry pour attacher le linge autour de la tête du moine. Michaelo souffrait d'une de ses habituelles migraines, ce matin, et Wulfstan profita de cette occasion pour apprendre à Henry le traitement qui convenait le mieux au moine. De la matricaire trempée dans une coupe de vin chaud pour ôter l'amertume de la plante, puis un linge imbibé d'eau mentholée noué autour de la tête. Wulfstan soupçonnait Michaelo de profiter de ses migraines pour se faire offrir un supplément de vin et rester un moment à rêver pendant que le remède opérait. Mais ce n'était pas un péché bien méchant. S'il était venu chaque semaine se plaindre de sa migraine, c'eût été différent. Mais deux fois par mois, et à intervalles irréguliers, ce pouvait être une revendication légitime. Au pire, un « petit » vice.

Henry avait réussi la décoction de matricaire et de

vin, ainsi que le trempage du tissu. Mais ses doigts étaient si noués qu'ils en devenaient gourds.

— Je vois qu'il n'y a pas de pêcheurs dans votre famille, dit Wulfstan.

— Je ne suis jamais allé sur l'eau, Frère Wulfstan. Pas plus que je ne sais faire les nœuds. Suis-je tout à fait stupide ?

— Je ne pense pas que le fait de savoir faire des nœuds soit une preuve d'intelligence, Henry. Vous apprendrez. (Wulfstan lui fit une nouvelle démonstration. Henry essaya à son tour.) Mieux, beaucoup mieux. Dieu en soit loué.

Wulfstan dénoua le nœud à moitié réussi et tendit le linge à Henry.

— Trempez-le encore une fois, et recommencez.

Frère Michaelo supportait l'attente avec une patience admirable. Il sirotait tranquillement son vin en fredonnant. Et la magie de l'alcool opérait. Wulfstan se dit que c'était sans doute là le secret de Michaelo : il aimait le vin. Et il remercia Dieu qu'il n'ait pas été son apprenti dans l'infirmerie.

La nouvelle tentative d'Henry fut interrompue par l'irruption de frère Sebastian.

— L'inquisiteur Digby veut vous voir, Frère Wulfstan, dit frère Sebastian à bout de souffle.

Le nom de Digby réveilla les brûlures d'estomac du moine-soignant.

— L'abbé a dit de le conduire jusqu'ici. Mais estce sage ?

Sebastian, qui était un homme en bonne santé, associait l'infirmerie aux saignées et à la mort.

— Tout à fait, le rassura Wulfstan, tout en regrettant de n'avoir pu dire autre chose pour empêcher la venue de l'inquisiteur. « Mère miséricordieuse, cette fois, ne laissez pas Digby apporter de mauvaises nouvelles. »

— Faites-le entrer.

Wulfstan vérifia le travail d'Henry.

— Eh bien, Henry, ça tient bien, cette fois.

— Attachez ainsi un bateau et à la première vague, il filera dans le courant.

Frère Wulfstan reconnut la voix de Digby.

— La tête de frère Michaelo ne risque rien, dit frère Wulfstan, furieux que l'homme le contredise.

Frère Michaelo renifla et ouvrit les yeux.

— Je sens une odeur de rivière. Cela pourrait-il venir du linge ?

Wulfstan entraîna Digby, pendant qu'Henry rassurait Michaelo en lui expliquant qu'il avait trempé le linge dans l'eau du puits. L'inquisiteur suivit Wulfstan à l'autre bout de la pièce, près de la petite cheminée.

— Pardonnez-moi d'interrompre votre travail.

Wulfstan ferma les yeux et se prépara à encaisser le choc.

— Quelles sont vos nouvelles, Inquisiteur ?

— Pas de nouvelles. Une question, si ce n'est pas trop vous ennuyer. C'est pour les registres du diocèse.

— Dans ce cas, mon abbé serait mieux placé pour vous répondre.

— Pardonnez-moi, je pensais que vous étiez la personne à interroger. Voyez-vous, c'est au sujet du pèlerin qui est mort dans votre infirmerie, ici même, la nuit où il a neigé pour la première fois.

Deus juva me. Les vieilles jambes de Wulfstan le soutenaient à peine.

— J'oublie tous mes devoirs. Asseyez-vous près du feu et reposez-vous.

Il fit de même avec soulagement et plaqua ses mains sur ses genoux pour les empêcher de se cogner.

— Le pèlerin. Oui. Quelle est votre question ?

— L'avez-vous enterré sur le domaine de l'abbaye ?

Wulfstan considéra la question. Ou plutôt ce qu'elle impliquait. Pourquoi l'archidiacre s'inquiétait-il de savoir où un individu avait été enterré ? Pour s'assurer qu'il avait bien été enterré ? Wulfstan avait entendu parler du trafic des cadavres pour les reliques. L'archidiacre n'avait certainement aucune raison de soupçonner les moines de St. Mary de faire du trafic de fausses reliques. Non, il s'intéressait, plus vraisemblablement, aux causes du décès du pèlerin. Ils espéraient pouvoir exhumer le corps, ici à York, afin que maître Saurian l'examine. Wulfstan avait entendu dire que l'on pouvait exhumer un mort. Mère miséricordieuse, l'archevêque n'allait pas accepter que soit ainsi profané un sol consacré ! Wulfstan doutait qu'un cadavre puisse révéler quoi que ce soit, trois mois après la mort. Mais si des traces de poison étaient repérables ?... Ils l'accuseraient. Dieu Tout-puissant ! Il n'aurait pas le choix : il devrait montrer Nicolas du doigt. Et Lucy perdrait sa sécurité. Et lui, l'infirmerie car, ainsi que l'avait intelligemment fait remarquer Lucy, comment l'abbé Campian pourrait-il être sûr qu'il ne commettrait pas à nouveau une telle erreur ? Ils le déclareraient trop vieux pour être compétent.

— Frère Wulfstan ? (Digby se pencha vers lui, les sourcils froncés.) Ma question n'appelle qu'un oui ou un non.

Exact. Et il ne trouvait aucune raison valable de ne pas répondre.

— Ce matin, frère Michaelo accapare toutes mes pensées, Inquisiteur. Oui, nous avons inhumé le noble chevalier sur les terres de l'abbaye, comme il avait demandé à l'être.

— Ah. Alors, il a fait une donation à l'abbaye ?

Wulfstan acquiesça.

— L'abbé pourra vous indiquer le montant de la somme.

— Et quel nom avez-vous inscrit sur la tombe ?

La question surprit Wulfstan.

— Aucun. Nous avons simplement écrit : « un pèlerin », comme il l'avait souhaité.

— Mais la donation ? À qui demanderez-vous la somme ?

— Il avait apporté l'argent avec lui. Butin de guerre, a-t-il dit. Vraiment, ce ne sont pas des questions pour un infirmier.

L'inquisiteur se leva.

— Vous m'avez été d'une grande aide.

Wulfstan lui montra la porte où Sebastian attendait pour le reconduire.

L'inquisiteur rouvrit la porte au moment où elle allait se refermer sur lui.

— Mais il vous a sûrement dit son nom. Ou il y a bien parmi ses affaires personnelles quelque chose qui permettrait de l'identifier ?

Wulfstan secoua la tête.

— Je m'en porte garant. Il ne m'a jamais révélé son nom et rien de ce qui lui appartient ne permet de savoir qui il était.

— Recevait-il des visites lorsqu'il était ici ?

— Aucune.

— Personne de la ville ?

— Personne du tout, Inquisiteur Digby.

L'inquisiteur haussa les épaules et sortit.

Wulfstan retourna à son travail d'instructeur mais il avait l'esprit tout en émoi.

L'archidiacre avait dû envoyer Digby, mais pourquoi ? Que cherchait-il ? L'église abbatiale percevait-elle une partie de la donation ? Ces affaires-là ne le regardaient pas. Et cependant, il en avait parlé avec l'inquisiteur. Mais Digby n'était sûrement pas venu le voir pour obtenir ce genre d'informations. À moins que l'abbé n'ait démenti que l'abbaye recevrait un don, afin de garder la totalité de la somme pour St. Mary où les dépenses étaient toujours plus importantes que les rentrées. Le mur du verger avait besoin d'être consolidé, une chasuble de tissu fin demandait à être ravaudée, et la pourriture sèche du bois avait endommagé plusieurs tables du réfectoire. Mais son abbé mentirait-il ? Wulfstan ne pouvait pas le croire. Il n'avait jamais vu l'abbé se cacher derrière un mensonge. Wulfstan espérait avec dévotion ne pas se tromper au sujet de son supérieur. Il en avait toujours fait un modèle à suivre.

Le pèlerin avait-il été inhumé à l'abbaye et quel était son nom ? C'étaient là les vraies questions posées par l'inquisiteur et, à présent, Wulfstan y réfléchissait. Son nom. Une personne volontairement disparue, peut-être ? Oui, sans doute. Mais si quelqu'un voyage sous un déguisement, il ne se présente pas sous son vrai nom. Et Digby n'avait pas demandé de descriptions de l'homme. En tout cas, le pèlerin avait semblé un parfait honnête homme.

— Frère Wulfstan, vous vous êtes coupé ?

Henry prit le couteau de la main de Wulfstan et tapota, avec un linge, le sang qui coulait de la coupure. Wulfstan fixait son propre sang depuis un instant, avant de le voir réellement.

— Oh, mon Dieu !

Il avait dû se couper, ce matin, en allant chercher du persil pour préparer un fortifiant. Il n'avait pas prêté plus d'attention à sa blessure qu'à ses autres maux. Il se signa et dit une prière d'action de grâces. Cela aurait pu être bien pire.

— Eh bien, j'espère que vous voyez, à présent, les dangers qu'il y a à rêvasser pendant que l'on travaille avec des instruments aiguisés. Dieu en soit loué.

Il prit la chose avec légèreté pour dissiper l'anxiété d'Henry.

— Laissez-moi laver la coupure, offrit le novice.

Wulfstan accepta ses soins, puis alla demander à l'abbé l'autorisation de se rendre en ville.

— Cette sortie est-elle liée à la visite de l'inquisiteur ? demanda l'abbé Campian.

Wulfstan pouvait taire des faits, mais il ne pouvait pas mentir.

— Oui. Je veux savoir pourquoi l'archidiacre Anselm me l'a envoyé. Avait-il demandé à me voir ?

L'abbé hocha la tête.

— Moi aussi, je me pose des questions. Que voulait-il ?

Wulfstan le lui dit.

L'abbé soupira.

— Pas de chance. S'il avait demandé à me voir, je lui aurais appris le nom du pèlerin. Montaigne. Sir Geoffrey Montaigne. Je soupçonne l'archidiacre de vouloir le rayer de sa liste des infidélités, maintenant que les deux coupables sont morts.

Wulfstan secoua la tête.

— Je ne comprends pas.

— Donnez simplement le nom à l'archidiacre, Wulfstan, et cela mettra un terme à cette affaire.

Wulfstan était sur le point de sortir quand l'abbé l'interpella.

— Vous n'avez sûrement pas l'intention d'y aller en sandales, Frère Wulfstan ?

L'infirmier baissa les yeux sur ses doigts de pieds couverts de poussière. Il avait mis son manteau mais il avait oublié ses bottes.

— Oh, bien sûr. J'ai fait si vite...

L'abbé Campian posa sa main sur l'épaule de Wulfstan et le regarda droit dans les yeux.

— Vous sentez-vous suffisamment bien pour cette course, mon vieil ami ?

— Oh oui, tout à fait bien. Je me suis trop précipité, c'est tout.

Wulfstan s'empressa de regagner sa cellule. Le trouble qui l'agitait était peut-être un signe que Dieu lui envoyait pour lui faire comprendre qu'il était à présent trop vieux pour avoir en charge la santé des moines de St. Mary.

Mais sa mémoire était intacte. Sir Geoffrey Montaigne. Il n'oublierait pas ce nom.

Un soleil chaud avait déjà transformé en boue la neige qui recouvrait les rues et il n'était pas encore midi. L'humidité glacée pénétrait le cuir des vieilles bottes de Wulfstan. Il avait les pieds gelés en attendant, dans le hall, pour voir l'archidiacre.

— Frère Wulfstan... (L'archidiacre souriait en

regardant l'infirmier entrer dans son cabinet privé.) Que puis-je pour vous ?

Par où commencer ? Wulfstan se sentait mal préparé. Il avait passé tout le temps du trajet à s'irriter contre ses pieds froids, et à psalmodier le nom du pèlerin pour ne pas l'oublier.

— Je... (« Quand tu ne sais pas quoi faire, dis la vérité. ») C'est au sujet de la visite que l'inquisiteur m'a faite, aujourd'hui. Je... Eh bien, vous pouvez imaginer, sans peine, combien une visite de l'inquisiteur peut troubler une âme. Avec ses questions. Elles sont si bizarres. Je me demandais — et mon abbé se demandait aussi — dans quel but elles m'avaient été posées, à moi.

Voilà. Il avait lâché le morceau.

L'archidiacre Anselm prit un parchemin qu'il posa sur la table, puis il repoussa un peu sur sa gauche un petit encrier, lissa son sourcil, et se décida enfin à parler.

— C'est la première fois que j'entends dire que mon inquisiteur vous a rendu visite, Frère Wulfstan. Mais peut-être est-ce simplement parce que je ne vous relie à aucune de ses enquêtes. Si vous me disiez ce qu'il vous a demandé.

— C'est au sujet du pèlerin qui est mort à l'abbaye, peu de temps avant Noël. Il m'a demandé si le pèlerin avait été inhumé à l'abbaye, et quel était son nom.

Anselm se pencha vers lui, beaucoup plus intéressé, tout à coup. Wulfstan ne savait pas s'il devait s'en réjouir ou non.

— Et quelles furent vos réponses ?

— Il ne vous l'a pas dit ?

— Pas encore. Comme je viens de vous le dire, j'ignorais qu'il vous avait rendu visite.

— Oh oui.

— Vos réponses, Frère Wulfstan ?

— À sa demande, le pèlerin a été inhumé à l'abbaye. Mais je ne peux pas vous communiquer son nom.

— Et il vous a dit pourquoi il vous posait ces questions ?

Wulfstan secoua la tête. Il remarqua que l'archidiacre partageait avec le frère Michaelo l'habitude d'évaser les narines quand il réfléchissait. Comme un cheval. Une étrange manie pour des humains.

— Alors, ce n'est pas vous qui l'avez envoyé m'interroger ?

— Je peux vous assurer que ce n'est pas moi, Frère Wulfstan, et je vous présente mes excuses pour le dérangement que sa visite a pu vous occasionner.

— Étrange.

À présent, Wulfstan se demandait s'il devait dire à l'archidiacre le nom du pèlerin. Après tout, il affirmait ne pas avoir envoyé Digby. C'était l'inquisiteur qui voulait savoir, pas l'archidiacre. Cette affaire procurait à Wulfstan une étrange sensation au creux de l'estomac ; un sentiment de protection envers son ami mort. Geoffrey. Son ami n'avait pas voulu que son nom soit connu. Mais l'abbé Campian lui avait dit de communiquer le nom à l'archidiacre.

L'archidiacre se leva et Wulfstan l'imita.

— Vous avez dit que vous ne pouviez pas lui donner le nom du pèlerin, dit l'archidiacre en reconduisant Wulfstan à la porte. Vouliez-vous dire que vous l'ignoriez ?

Oh Dieu, pouvait-il désobéir ?

— Non, Archidiacre, je ne connaissais pas le nom du pèlerin.

Ce qui était vrai. Il l'ignorait, à ce moment-là.

— Anonyme jusque dans la tombe.

Wulfstan opina, le cœur au bord des lèvres.

Arrivé dans la rue, il se sentit faible, la tête vide, et transi de froid. Ses doigts et ses articulations lui faisaient mal. Il pensa au coin du feu si agréable de Lucie Wilton. D'où il se trouvait, l'échoppe de l'apothicaire était moins loin que l'abbaye. Il était si gelé et la tête lui tournait. Il décida de faire une visite à Lucie pour prendre des nouvelles de Nicolas. Il n'avait pas prévu que l'apprenti tiendrait la boutique.

— Je... Je venais voir maîtresse Wilton. Pour avoir des nouvelles de Nicolas. J'étais à deux pas et...

Owen lui fit un signe de tête.

— Maîtresse Wilton est dans la cuisine. Je suis sûr qu'elle sera heureuse de votre visite.

Frère Wulfstan gagna l'arrière-boutique.

Lucie était assise près du feu, occupée à des travaux de reprisage.

— Quelle agréable surprise !

Mais son sourire se changea vite en un froncement de sourcils qui traduisait l'inquiétude.

— Qu'est-ce qui ne va pas, Frère Wulfstan ? Vous donnez l'impression d'avoir peur.

Il n'avait pas l'intention de lui parler de ses problèmes mais sa sollicitude le poussa à se confier à elle. Après tout, d'une certaine manière, ils étaient tous les deux embarqués sur la même galère.

— L'inquisiteur Digby est venu me voir, aujourd'hui. Il m'a posé des questions sur le pèlerin qui est mort la nuit où Nicolas est tombé malade.

Lucie le fit asseoir et lui versa un gobelet de vin, auquel elle ajouta des épices et qu'elle chauffa à l'aide d'un tisonnier brûlant.

— À présent, dit-elle en lui tendant le gobelet avant de retourner s'asseoir, dites-moi ce qu'il voulait.

— Il voulait savoir si je connaissais le nom du pèlerin, s'il avait eu des visites, et où il avait été inhumé. J'en ai déduit qu'il soupçonnait qu'un crime avait été commis. C'est le travail de l'inquisiteur.

Lucie resta songeuse.

— Mais de telles questions ne vous concernaient pas.

— J'ignore pourquoi il les a posées et pourquoi il me les a posées, à moi. L'archidiacre n'a pas pu me le dire.

— L'archidiacre ? Vous lui avez parlé.

— Je suis allé le voir. Mon abbé pensait que c'était le mieux à faire. C'est pourquoi je suis venu dans la cité. Mais l'archidiacre semblait tout ignorer de la visite.

— Avez-vous pu communiquer à Digby le nom du pèlerin.

Il était de nouveau contraint à frôler le mensonge.

— Je... Je n'ai pas pu.

Lucie le regarda avec attention.

— Si vous l'aviez su, le lui auriez-vous dit ?

— Il est difficile pour moi de me montrer charitable avec un homme tel que l'inquisiteur Digby.

— Vous iriez jusqu'au mensonge ?

Wulfstan sourit.

— Non, pas jusque-là. J'essaierais d'éviter de le lui dire.

— Et c'est ce que vous avez fait ? Vous avez évité ? Vous savez qui était le pèlerin ?

S'il répondait par l'affirmative, la question suivante serait naturellement : « Et quel est-il ? » De nouveau, le vieux moine répugnait à révéler l'identité de son ami. Qu'est-ce que cela pouvait apporter à Lucie de savoir pour qui Nicolas avait préparé le remède fatal ?

— Je ne pouvais pas le dire à Digby, c'est la vérité.

Une demi-vérité, mais une vérité tout de même.

Lucie parut se satisfaire de la réponse. Elle se replongea dans son ouvrage.

— Une affaire en cours, sans doute. Nous n'avons pas à nous inquiéter, mon ami. Il n'aura aucun moyen de découvrir notre secret. Buvez votre vin. Il vous réchauffera.

Wulfstan but une longue gorgée. La chaleur qui se répandait dans son corps lui fut des plus agréables. Il but de nouveau, s'appuya contre son dossier et se détendit. Lucie avait raison. Ils n'avaient partagé leur secret avec personne.

Assis près du feu, il regardait le joli visage de Lucie penché sur sa couture, et il se disait qu'elle ressemblait de plus en plus à sa mère. Ses cheveux n'étaient pas noirs comme ceux d'Amélie, sa bouche était plus ferme, son menton plus carré, mais... Geoffrey Montaigne. Il se rappelait à présent. L'amant de lady D'Arby. Cette histoire avait fait un tel scandale que même Wulfstan en avait entendu parler. La belle Amélie, lady D'Arby et le beau et jeune chevalier qui avait été chargé de veiller sur elle pendant la traversée de la Manche. Elle attendait un enfant de lui lorsqu'elle est morte. Sir Robert était resté trop longtemps à Calais pour que cet enfant soit de lui. Geoffrey Montaigne.

— *« Mon Dieu »*, murmura-t-il.

Lady D'Arby avait été le seul amour de Geoffrey.

Lucie releva la tête, les sourcils froncés.

— Qu'y a-t-il ?

Wulfstan rougit. Il secoua la tête. Dieu merci, il ne lui avait pas confié le nom. Il ne devait pas réveiller ce qui était pour elle de mauvais souvenirs. Qui sait ce qu'on avait pu dire à une enfant de huit ans ? Il ne connaissait pas grand-chose à la manière dont on élève un enfant.

— Ce n'est rien.

— Votre visage dément vos paroles.

— C'était simplement... Je songeais à quel point vous ressemblez à votre mère. La manière dont vous teniez votre tête penchée.

Ce fut au tour de Lucie de rougir.

— Je ne possède pas la moitié de sa beauté.

Saint Paul a dit qu'il était peu sage de flatter une femme. Qu'elles se préoccupent beaucoup trop de leur apparence physique. Mais la pauvre Lucie avait si peu de joies, ces jours-ci.

— Je pense, pour ma part, que vous êtes plus belle que votre mère.

Lucie esquissa un sourire sceptique.

— Frère Wulfstan, vous me flattez.

— Ma chère Lucie, je ne suis qu'un vieil homme un peu sot, mais je sais reconnaître la beauté quand je la vois.

Il se leva en fouillant maladroitement dans ses manches pour masquer son rougissement.

— À présent, je dois m'en retourner si je ne veux pas manquer les vêpres.

Elle lui prit la main.

— Merci de votre visite.

— Je suis heureux que vous ayez pu me consacrer un peu de votre temps.

En traversant l'échoppe, il adressa un signe de tête à Owen et, pendant toute la distance qui le séparait de la porte, il sentit le regard d'Owen fixé sur lui. L'homme ne se comportait pas comme un apprenti dans l'échoppe de Lucie Wilton. Wulfstan n'aimait pas penser à cette présence constante auprès d'elle, ni à cet œil de prédateur fixé sur son innocente beauté. Un apprenti devrait être un adolescent ; un jeune garçon. Un innocent.

Retranché dans l'ombre, au deuxième étage de la maison voisine, Digby regardait Wulfstan quitter l'échoppe. Il y entra à son tour.

Owen leva la main pour lui faire signe de rester silencieux pendant qu'il écoutait les mouvements de Lucie dans la cuisine. Elle parlait avec Tildy, la nouvelle servante. Elle ne pouvait pas les entendre.

— Alors, qu'avez-vous appris ?

— Je pourrais vous poser la même question. Je viens de le voir quitter la boutique.

— Il a parlé à Lucie de votre visite.

— Pourquoi est-il venu ?

— Dites-le-moi.

Owen fixa son unique œil sur Digby, jusqu'à ce que celui-ci en rougisse.

— Il semblait troublé, dit Digby, très troublé par mes questions au sujet de la tombe de Montaigne. Mais il ignorait qui était Montaigne. Selon lui, l'homme n'a pas reçu de visite.

— Alors, nous ignorons toujours ce qui rend si nerveux votre bon infirmier. L'avez-vous cru ?

— Oui. En dépit de son grand âge, c'est un pur. Il respecte scrupuleusement ses vœux.

— La tombe de Montaigne se trouve-t-elle à l'abbaye ?

Digby lui jeta un regard ennuyé.

— Je ne touche pas à une tombe consacrée.

— Je ne le vous demanderai pas. Merci, Digby. Vous êtes un brave homme.

Dès que Digby s'en fut allé, Owen arpenta l'échoppe. *Il ne pourra pas découvrir notre secret.* Sainte Mère de Dieu ! Et pourtant, elle ne semblait pas connaître l'identité du pèlerin. Se pouvait-il que ce soit un code entre eux ? Au cas où ils se feraient surprendre ? Ou avaient-ils un autre secret ? Doux Jésus, faites qu'elle soit innocente.

Mais elle avait un secret et Wulfstan craignait que l'inquisiteur ne le découvre. Et ce secret avait un rapport avec la mort de Montaigne. Tout cela n'avait rien d'innocent.

13

LA FAIBLESSE DE DIGBY

Frère Michaelo se glissa dans la pièce.

— Votre inquisiteur a rendu visite à vieille tête crépue pendant que je me faisais soigner.

— Je sais.

Les yeux du jeune homme s'agrandirent, ce qui lui donna un air éveillé assez inhabituel.

— Vous avez un autre ami à St. Mary ?

— Comme c'est charmant à vous d'être jaloux de Michaelo. Mais c'est l'infirmier lui-même qui me l'a dit. Ce vieux fou s'inquiétait de savoir pourquoi on était venu le trouver, lui. Il va perdre pied, Michaelo, et je ne peux pas courir ce risque.

Michaelo haussa les épaules et bâilla.

— Je n'arrive pas à comprendre pourquoi vous êtes aux petits soins pour Nicolas Wilton. C'est un homme usé. Un apothicaire. En deux mots, un marchand.

Il soupira et se laissa tomber dans un fauteuil.

— Il était aussi beau que vous, dans le temps, mon jeune ami.

— Mais, maintenant, il est paralysé.

— La jeunesse vous rend cruel.

— Je doute que vous vous préoccupiez de moi quand je serai vieux et paralysé.

— Je serai mort depuis longtemps.

— Mais vous le feriez ? Vous vous inquiéteriez pour moi ?

Le regard d'Anselm se perdit au loin. Bien sûr que non. Michaelo entra dans sa vie par intérêt, sans amour. Anselm représentait pour lui l'unique chance de quitter l'abbaye. C'était différent pour Nicolas. Il avait aimé Anselm. Jusqu'à ce que l'abbé lui fasse peur. Et même après, il était resté de la tendresse entre eux. Personne, jamais, ne pourrait remplacer Nicolas. Personne. Jamais. Mais Anselm avait besoin de la loyauté de Michaelo.

— Bien sûr que je m'inquiéterai pour vous. Vous comptez beaucoup pour moi.

Michaelo s'étira, l'air satisfait, et se leva.

— Dois-je faire quelque chose pour la vieille tête crépue ?

— Il me fait faire du souci.

— Et qu'aurais-je, en retour ?

— Un mot à l'oreille de l'archevêque pour lui dire combien vous pourriez lui être utile comme secrétaire du Lord Chancelier. C'est bien ce que vous voulez, non ? Voir la cour ?

Michaelo était fait pour cette vie. Il se sentait devenir fou, enfermé à l'abbaye où son seul délassement était le vin de l'infirmier.

Il rayonnait.

— Et pour celui qui pue le poisson ?

— Je m'en occuperai moi-même.

— Il a été vu avec le Gallois borgne, à la York Tavern. Et ailleurs.

Anselm fit celui qui n'était pas surpris.

— Digby est une canaille.

— Il est très beau, le Gallois.

Anselm ne releva pas. Michaelo était trop paresseux pour agir fortuitement. Mais pas assez, pour ne pas prendre soin de Wulfstan. Il se gardait bien de décevoir Anselm. Il ne pouvait pas se permettre qu'Anselm aille rapporter à l'abbé Campian ou à l'archevêque Thoresby les petits larcins qu'il commettait et les pots-de-vin qu'il payait pour échapper au travail. Une telle conduite ne plaiderait guère en sa faveur pour le poste qu'il convoitait.

— L'abbaye est un endroit malsain, cet hiver, mon jeune ami. Veillez à ne pas prendre, vous-même, un refroidissement.

Michaelo fit la moue.

— Vous êtes fatigué de moi.

— Pas du tout, Michaelo. Je m'inquiète pour votre santé, c'est tout.

Michaelo partit.

Anselm arpenta la pièce. Digby l'avait trahi. Potter Digby qui avait été repêché de la boue par Anselm et mis sur le chemin de la Grâce. Rencontrer Owen Archer dans cette chienne de taverne ! Comploter avec lui contre l'homme qui l'avait sorti de la vermine et d'une damnation certaine, ainsi que sa sorcière de mère ! Chien ! Monstre d'ingratitude !

Frère Wulfstan rentra de chez les Wilton hébété.

Le doux Geoffrey avait été l'amant de lady D'Arby ! Cet homme qui paraissait si pur ! Lorsque Wulfstan avait entendu parler de cette affaire d'adultère, il s'était imaginé un chevalier libertin. Un Fitzwilliam. Un

Owen Archer. La langue bien pendue, intelligent, et indifférent aux sentiments de ses camarades. Mais Geoffrey n'était en rien semblable. Il craignait Dieu, était aimable ; il parlait bien et était plein de considération pour autrui. Comment Geoffrey avait-il pu trahir ainsi sir Robert D'Arby, l'homme qu'il avait servi ? Wulfstan comprendait-il mieux s'il était fermier, au lieu d'être moine ? Il n'aurait jamais cru que Geoffrey ait pu coucher avec la femme dont il se souvenait avec tant de tendresse. Une femme mariée ! C'était sans doute ce péché qui avait conduit Geoffrey jusqu'ici, pour se mettre en paix avec le Seigneur.

Mais il avait parlé, aussi, d'avoir tué quelqu'un. Wulfstan n'y avait pas prêté attention. L'homme avait été soldat. Il avait dû confondre Nicolas avec quelqu'un d'autre. Ou avait-il réellement commis ce crime ?

Nicolas Wilton est maître ? Le fils du vieux Paul ? Non, c'est impossible. Vous vous trompez. Nicolas est mort, il y a quinze ans.

Geoffrey avait dit ces mots presque avec colère ; en les martelant.

Wulfstan avait rapporté ces paroles à Nicolas.

Dieu du Ciel ! Douce Vierge et tous les saints du Paradis !

Mais pourquoi Geoffrey aurait-il essayé de tuer Nicolas ? Jalousie ? Nicolas et lady D'Arby étaient amis.

Wulfstan se rendit à la chapelle.

— *Très Cher Seigneur*, pria-t-il, agenouillé sur les pierres froides, *aidez-moi à comprendre. Dites-moi ce que je dois faire.*

Il regardait la statue de Marie, la Mère de Dieu, la

Mère Vierge. Il resta agenouillé, un long moment, perdant conscience du temps, les pensées en émoi. Tout cela n'avait aucun sens. Et que venait faire l'archidiacre dans cette histoire ? Il avait été l'ami de Nicolas à l'école de l'abbaye. Plus qu'un ami. Si Geoffrey avait tenté de tuer Nicolas et si Anselm l'avait su... C'était trop pour Wulfstan !

Il quitta la pierre humide, brossa son habit et se mit à la recherche de l'abbé Campian.

Owen demanda à Lucie la permission de sortir après les vêpres. Il était temps pour lui d'avoir une autre conversation avec Wulfstan. S'il laissait le vieux moine réfléchir trop à la visite de Digby, il pourrait aller faire ses confidences au mauvais interlocuteur. Et il devait découvrir le secret que Wulfstan partageait avec Lucie.

Owen ne prenait aucun plaisir à interroger le vieux moine. Ses questions le déstabilisaient et il n'aimait pas traquer Wulfstan. Mais il valait encore mieux le déstabiliser que de le laisser se fourvoyer dans un piège.

L'abbé Campian parut étonné.

— Vous êtes le deuxième, aujourd'hui, à demander frère Wulfstan. Votre visite a-t-elle un rapport avec celle que l'inquisiteur Digby vient de lui faire ?

— Je suis au courant de sa visite.

— C'est étrange. L'archidiacre n'était pas au courant, lui. (Les yeux ordinairement calmes de Campian reflétaient le trouble.) Les questions de l'inquisiteur portaient sur sir Geoffrey Montaigne. Je suppose que vous savez qui est cet homme ?

— Oui, je le sais.

— Votre enquête sur la mort de Fitzwilliam vous a conduit à poser des questions sur celle de Montaigne ?

Avec peu d'indices, Campian avait réussi à cerner la vérité. Owen comprenait pourquoi l'homme avait été nommé abbé.

— Il est primordial que vous gardiez mon secret.

— Et pour frère Wulfstan ? Que dois-je faire ? Les visites de l'inquisiteur l'inquiètent. Maintenant, c'est vous qui venez le harceler. C'est un vieil homme. Les morts à l'infirmerie l'abattent profondément. En particulier, celle de Montaigne.

— Dès qu'il m'aura dit ce que je veux savoir, je lui expliquerai le but de mon enquête.

L'abbé pencha la tête pour prendre quelques inspirations, puis il releva les yeux. Owen lut une calme résolution dans son regard.

— Demain, l'archevêque sera là. J'ai l'intention de lui parler de toute cette affaire.

— Puis-je parler à frère Wulfstan...

— Pas avant que j'aie eu une conversation avec Sa Grâce.

— Venez avec moi voir Jehannes, le secrétaire de l'archevêque. Il vous dira de sa propre bouche que l'archevêque souhaiterait que j'agisse ainsi.

L'abbé n'eut pas un battement de cils.

— Je parlerai avec Sa Grâce, demain.

Digby s'habilla avec soin et fit en sorte de prévenir sa logeuse, la veuve Cartwright, qu'il dînait, ce soir, avec l'archidiacre.

— Il doit être satisfait de vos services pour vous faire un tel honneur.

La veuve réfléchissait à qui elle allait parler en premier. Les nouvelles de l'inquisiteur étaient toujours avidement écoutées. Tout le monde s'intéressait à l'évolution de sa carrière. Du bon temps pour Digby signifiait des ennuis pour quelqu'un. Il était prudent de savoir à quel moment surveiller son dos.

Digby traversa, en toute hâte, les pavés rendus glissants par la boue glacée pour gagner la cour de l'abbaye. Avec le jour qui baissait, les rues, qui avaient dégelé au soleil, gelaient de nouveau et un brouillard, qui se levait au-dessus des mares glacées, se mélangeait à l'air humide de la rivière. Lorsqu'il pénétra dans les appartements de l'archidiacre, Digby était glacé jusqu'aux os, en dépit de son manteau de laine.

Tout en se réchauffant devant le feu, il vida un gobelet de vin chaud, puis s'en resservit un autre. Au moment de passer à table, il se sentit envahi par une douce chaleur et se prépara à passer une soirée agréable. L'archidiacre semblait d'humeur expansive ; il parlait des fenêtres de l'église et du rôle prépondérant que Digby avait joué dans la récolte des fonds. Ils burent à leur collaboration fructueuse, avant de s'attaquer à un succulent rôti. Peut-être était-ce à cause du vin que l'archidiacre l'encourageait à consommer sans compter, ou peut-être à cause des compliments qu'il avait reçus, mais la langue de Digby se délia. Il parla de tout et de rien, se laissant aller de plus en plus à la confidence et, pour finir, il aborda le seul sujet qui jetait une ombre sur ce paysage idyllique : il lui avoua qu'il soupçonnait Wilton d'avoir empoisonné le pèlerin à l'abbaye et qu'il n'osait pas le faire comparaître en justice à cause de l'amitié qui unissait l'archidiacre et l'apothicaire. Naturellement, Digby n'alla pas jusqu'à accuser l'archidiacre de protéger son ami. Au contraire, il lui fit ses excuses pour oser soulever une telle hypothèse. Mais les gens changent avec le temps, et se laissent souvent entraîner dans des situations qui tordent leurs pensées et les détournent de la bonne voie.

Anselm parut étonné.

— Vous lancez une grave accusation, Digby. Mon ami s'est détourné de son chemin, c'est vrai. Il est vrai aussi que ce que vous dites pourrait se produire. Mais je n'ai jamais décelé la moindre trace du démon chez Nicolas.

L'archidiacre ne cessait de faire tourner son gobelet dans ses mains.

— En tant qu'inquisiteur, vous avez toujours porté des jugements exacts. Peut-être pourriez-vous m'éclairer ?

Le compliment, plus encore que le vin, stimula son esprit. Digby révéla les indices qu'il avait rassemblés. Sans dire, cette fois encore, qu'il soupçonnait Anselm de vouloir protéger Nicolas. Car, maintenant qu'il était assis devant lui et qu'il pouvait l'observer si calme et hypocrite, Digby était convaincu qu'Anselm pourrait agir ainsi.

Lorsque Digby eut achevé son récit, Anselm posa son gobelet et hocha la tête.

— Je vous remercie de m'avoir parlé. Et avec cette sincérité. Je vais réfléchir, cette nuit, à tout ceci, Digby, et je vous communiquerai ma décision demain.

Pendant tout le reste du repas, Digby sentit que l'archidiacre avait l'esprit ailleurs, ce qui ne le surprit pas. Il aurait fallu qu'il soit un bien piètre ami pour recevoir une telle accusation avec sérénité. Digby prit congé de l'archidiacre avec le sentiment réconfortant d'avoir accompli son devoir.

Mais sur le chemin du retour, l'air froid et humide entreprit de le dégriser. Et, plus il retrouvait ses esprits, et plus la peur le gagnait en pensant à ce qu'il venait de faire. Il revoyait avec quel calme l'archidiacre avait reçu l'accusation portée contre son ami. Il s'était contenté de froncer les sourcils, sans traduire le moindre étonnement.

Et soudain, Digby comprit qu'il avait été fou de parler. Il se mit à trembler de tous ses membres. Il savait que le vin était pour bonne part responsable de ses nerfs ébranlés, mais il avait peur, et il se sentait trop bouleversé pour rentrer tout de suite se coucher. Aussi, en dépit du froid et de la neige qui commençait à tomber, il descendit Lop Lane, puis Footless Lane ; il passa devant l'hôpital St. Leonard et gagna Lendal Tower. Le bruit et l'odeur de la rivière réussissaient souvent à lui calmer les nerfs.

Il s'arrêta en haut du sentier, près de la tour, pour regarder couler l'eau à ses pieds. La rivière, gonflée par le début du dégel, roulait des flots tumultueux. Digby laissa le bruit familier le calmer. Mais le fracas des flots lui fit tourner la tête et malmenait son estomac. Il ferma les yeux. L'eau continua de tournoyer et se changea en gouffre. Il sentit un goût de bile envahir sa bouche ; un bruit de marteau lui fracassait la tête. Trop de vin. Oh, Doux Jésus et tous les saints du Paradis, il était soûl comme un seigneur !

Une main se posa sur son épaule.

— Un malaise, mon ami ?

Digby reconnut la voix avec un tremblement de honte et de peur. Il prit une grande inspiration et s'arrima aux pierres rugueuses de la tour, avant d'ouvrir les yeux.

— J'ai peur que mon hospitalité n'ait été trop généreuse, dit Anselm. Le vin vous a rendu malade.

Il faisait trop sombre pour qu'il pût voir le visage de l'archidiacre, mais quelque chose dans le ton de sa voix effraya Digby. Oh, il faisait tout ce qu'il fallait pour paraître sympathique et compatissant, mais l'intonation restait glaciale. Peut-être était-ce de la désapprobation ?

— Pardonnez-moi. Je n'aurais pas dû...

Sa langue était épaisse et pâteuse. Il avait terriblement soif.

L'archidiacre l'entoura d'un bras protecteur.

— Venez, je vais vous aider à rentrer.

— J'y parviendrai seul.

L'archidiacre lui donna une petite tape.

— Je vous en prie, laissez-moi accomplir mon devoir de chrétien.

Il fit avancer Digby, un bras lui maintenant le dos, une main lui soutenant le coude. Le sentier était vraiment très glissant et Digby apprécia l'aide de l'archidiacre. Il en oublia la raison de sa peur. Ils arrivèrent au bout du chemin et l'archidiacre s'arrêta pour regarder la berge enneigée qui descendait en pente jusqu'à la rivière. Elle était éclairée en haut par le manteau neigeux, puis se prolongeait par un trou noir avant de s'achever dans le miroitement de la rivière Ouse.

— Belle manifestation de la grandeur de Dieu, n'est-ce pas, Digby ?

La vue de la pente et le bruit de l'eau étourdirent de nouveau Digby qui tourna aussitôt le dos à la rivière.

— Je dois rentrer.

— À la maison. Oui. Comment appelle-t-on votre

mère, déjà ? La Femme de la Rivière. Oui. La rivière. C'est vraiment votre maison, n'est-ce pas, mon ami ?

Digby se demandait où l'archidiacre voulait en venir. C'était sans doute une façon de parler. Il fallait qu'il rentre. Mais l'archidiacre poursuivit :

— Même en une nuit comme celle-là, il vous faut vous arrêter ici pour l'écouter chanter. Que dit-elle, Digby ? Que vous murmure la rivière ?

Digby secoua la tête et s'appuya contre l'archidiacre en enfouissant sa tête dans son manteau de grosse laine.

— Vous lui tournez le dos, Digby ? Fou que vous êtes.

La voix se durcissait.

— Il ne faut jamais tourner le dos à une femme. Il faut regarder ses yeux ; plonger dans leur profondeur ; voir en face la trahison. Oui, vous regardez au loin. Alors, elle vous semble réconfortante ; elle vous parle. Mais tournez-vous, Digby et regardez-la ; regardez-la bien. Regardez sa trahison.

Des mains de fer obligèrent Digby à se retourner. Il essaya de s'accrocher au manteau mais il n'étreignit que l'air. La rivière Ouse, argentée et furieuse, l'étourdit. Il se mit à crier.

Une main se plaqua sur sa bouche, tandis qu'un coup dans les pieds lui faisait quitter le sol ; il se sentit soulevé et basculé. Oh Dieu, non, non ! Digby se vit dévaler la pente, la tête la première. La sensation de l'air glacé, puis le contact de la neige et des pierres qui déchiraient ses vêtements et ses mains. Il avait froid, horriblement froid. La neige brûlait ses mains en sang alors qu'il essayait de s'agripper à une pierre, à un arbuste, à quoi que ce soit qui aurait pu arrêter sa chute. Le vacarme de la rivière lui fit comprendre qu'il en était tout près. Les flots sautaient pour l'attraper ; pour l'étreindre. Il essaya de lutter, mais l'eau qu'il avalait et la douleur que lui causait le froid eurent raison de ses dernières forces. Il se laissa couler dans les profondeurs plus chaudes ; il se sentait presque apaisé, consolé. Non. C'était de la folie. Il devait reprendre son souffle ; il ne fallait pas qu'il meure ici. Il lutta pour remonter, remonter. Sa tête heurta quelque chose. Avait-il plongé, sans s'en rendre compte ? Il changea de direction mais il se sentit mal. La panique l'envahit. Où était le haut, où était le bas ?

Il ne savait plus. Il ne sentait plus que sa poitrine sur le point d'éclater. *Je suis mort*, pensa-t-il. *Il m'a tué*. Un grand sanglot s'échappa de son âme. Il s'abandonna à la rivière.

14

PURGATOIRE

La période intermédiaire entre l'hiver et le printemps, quand la terre commence à se recharger, a toujours apporté des maladies de toutes sortes. L'échoppe ne désemplissait pas et Lucie était heureuse d'avoir l'aide d'Owen. Elle pouvait le laisser seul pour aller s'asseoir un moment auprès de Nicolas, sachant qu'il saurait faire appel à elle en cas de problème.

Ce matin-là, elle avait profité de sa nouvelle liberté pour suivre, à quelque distance, l'archidiacre qui était monté voir Nicolas et surprendre leur conversation. Écouter aux portes était un acte vil, mais elle devait découvrir ce qu'il y avait entre eux et pourquoi l'archidiacre venait rendre visite à Nicolas. Ce dernier ne voulait pas aborder ce sujet et elle craignait, en insistant de trop, qu'il se ferme définitivement.

Elle n'entendit pas le début de la conversation. Et ce qu'elle en surprit ne l'éclaira pas beaucoup. Mais elle en fut effrayée.

— ... Mais qu'avait-il à voir dans cette affaire ? demandait Nicolas d'une voix agressive. Vous disiez que personne ne savait. Vous me l'aviez promis.

— C'était une créature retorse, Nicolas.

— Il ne doit pas...

— Chut, Nicolas, chut.

Un moment de silence. Lucie retint son souffle, craignant de trahir sa présence. Sa tête était appuyée contre la porte et sa guimpe relevée, de manière à pouvoir entendre.

— Vous n'avez rien à craindre, reprit Anselm. Il n'apprendra rien et ne dira rien à personne. Je vous le promets.

— Comment ? Vous dites qu'il est rusé.

Lucie n'aima pas le ton de Nicolas. Sa santé avait commencé à s'améliorer. Il allait perdre tout ce bénéfice. Elle mourait d'envie de les interrompre, mais elle ne le pouvait pas.

— Je l'ai... (l'archidiacre marqua un temps) envoyé sur une autre affaire qui devrait lui prendre tout son temps.

Un long silence.

— Je ne peux pas vivre avec ça, cria soudain Nicolas.

— Vous auriez mieux fait de venir me voir. (La voix de l'archidiacre était froide.) Mais c'est fait. (Sa voix s'adoucit.) Reposez-vous, à présent, Nicolas. Je vous laisse. Il ne faut pas vous fatiguer.

En entendant ces mots, Lucie se releva pour quitter son poste. Elle venait à peine de descendre les premières marches, qu'elle vit Owen dans la pénombre, en bas de l'escalier, qui la regardait en silence. Dieu du Ciel ! Elle entendait, derrière elle, les pas se rapprocher. Son cœur s'accéléra. Elle redoutait beaucoup plus Anselm qu'Owen Archer. Elle se jeta dans l'escalier. Dans sa panique, elle oublia de relever ses jupes et se prit le pied dans son ourlet. Elle se sentit perdre l'équilibre. *Folle. Stupide.* Des bras solides la rattrapèrent. Owen la souleva et l'emporta dans la cuisine. Tildy était en train de nettoyer la table. Elle ouvrit des yeux ronds en voyant sa maîtresse faire son entrée dans les bras de l'apprenti. Owen reposa rapidement Lucie.

— Maîtresse Wilton est tombée d'une échelle dans l'échoppe, Tildy. Veille à ce qu'elle se repose un moment et apporte-lui quelque chose à boire.

— Oh Dieu. Oh oui, Messire, Dame.

Elle se pencha vers Lucie qui était assise sur un banc, près du feu, et l'aida à réajuster sa guimpe.

Owen retourna dans l'échoppe. L'archidiacre se tenait sur le pas de la porte. Il se tapotait rêveusement le visage. Quand il s'aperçut de la présence d'Owen, il fit un bref signe de tête et s'en alla.

Lucie accueillit avec joie le châle que Tildy lui posa sur les épaules, ainsi que la boisson chaude qu'elle lui servit. Ses mains tremblaient en portant le gobelet à ses lèvres. Tildy poussa une exclamation à la vue de l'ourlet décousu. Elle s'assit immédiatement pour le recoudre. Pendant que la jeune fille s'affairait, Lucie s'appliquait à oublier la sensation qui l'avait envahie quand Owen l'avait prise dans ses bras pour l'emporter. Son odeur. Sa chaleur.

Pourquoi se trouvait-il là ? Depuis combien de temps y était-il ? C'était là les vraies questions. Et non se demander quelle sorte de sentiment elle avait éprouvé dans ses bras.

Et puis il y avait cette conversation entre l'archidiacre et Nicolas. Qui était rusé ? Avec quoi Nicolas ne pouvait-il vivre ? Son espionnage ne lui avait rien rapporté, si ce n'est une belle frayeur et un trouble embarrassant dans les bras d'Owen.

— Voilà, dit Tildy en se levant et en montrant l'ourlet recousu. Ce n'est pas joli, mais il ne vous fera plus tomber.

Elle rougit aux remerciements de Lucie et partit nettoyer la table en traînant les pieds.

Lucie prit une grande inspiration et retourna dans l'échoppe. Owen était occupé avec un client. En l'attendant, elle s'occupa à ranger des jarres et des cuillères, tout en s'appliquant à ne pas le regarder. Quand enfin, ils furent seuls, elle lui demanda :

— Vous vouliez me voir, tout à l'heure ? Vous aviez un problème ?

— Oui. Une question à propos de l'onguent d'Alice de Wytte.

— J'ai entendu Nicolas élever la voix. Je ne voulais pas que l'archidiacre le fatigue.

— Je suis désolé de vous avoir fait peur.

— Je vous dois des remerciements pour m'avoir empêchée de tomber.

Son visage s'embrasait sous son regard. Son unique œil semblait lire en elle à livre ouvert.

— Quelle était la question ?

Il sursauta, puis sourit.

— Un sujet plus sûr, sans aucun doute.

Elle aurait voulu le gifler pour son insolence, mais il effaça très vite son sourire et retourna à son travail sans rien ajouter.

L'incident ne fut cependant pas oublié. Tout au long de la journée, elle le surprit qui la regardait avec une intensité qui la mettait mal à l'aise. Ce n'était pas le regard timide qui trahit une attirance, mais une attention circonspecte. Il n'avait pas été dupe de l'explication qu'elle lui avait donnée pour justifier sa présence devant la chambre de Nicolas, l'oreille collée à la porte. À moins que sa propre peur n'ait influencé son jugement. Mais il se posait des questions. Oh oui, il devait se demander pourquoi elle espionnait son mari et un visiteur. À l'avenir, elle devrait se montrer plus prudente.

Elle ne fut pas la seule à distraire l'attention d'Owen, ce jour-là. Quand il la quittait des yeux, c'était pour fixer la porte, comme s'il guettait l'arrivée de quelqu'un.

Elle finit par l'interroger :

— Quelqu'un vous aurait-il promis une visite, aujourd'hui ? Vous fixez la porte, comme si votre œil anxieux allait faire apparaître la personne.

— Je... Non, je n'attends personne.

Le soir venu, Owen se mit à arpenter sa chambre pour essayer d'oublier ce qu'il avait ressenti en tenant Lucie dans ses bras, son cœur battant contre le sien, ses bras autour de son cou. Toute la soirée, dans la taverne, il s'était surpris à penser à elle, au parfum de ses cheveux, à sa taille souple. « Au lieu de rêvasser, je ferais mieux d'essayer de découvrir ce qu'elle faisait là, de toute évidence occupée à épier son mari en conversation avec l'archidiacre ! » Soupçonnait-elle quelque chose ? Craignait-elle qu'ils sachent quelque chose ?

Aujourd'hui, ses nerfs avaient été mis à rude épreuve, entre l'attente pour obtenir l'autorisation d'interroger Wulfstan et l'effort pour chasser Lucie de ses pensées. Owen était ennuyé pour le moine. Il aurait dû dire à l'abbé le rôle qu'il jouait dans cette affaire. Peut-être cela lui aurait-il gagné une audience ?

Et ce soir, à la taverne, Owen avait attendu Digby, en vain. Il était contrarié qu'il ne soit pas venu. Owen devait lui dire que le frère Wulfstan avait parlé avec l'archidiacre de sa visite. Et il devait aussi s'assurer qu'il savait tout ce que Digby et Wulfstan s'étaient confié, avant de parler avec le moine soignant.

Il essaya de s'arrêter d'arpenter, mais l'immobilité le mettait à l'agonie. Il n'était pas très tard. Digby pouvait encore faire son apparition. Owen se demanda s'il n'avait pas quitté trop tôt la taverne. Mais l'attente lui était devenue insupportable. Bess avait été trop occupée pour lui faire la conversation et Tom n'était pas bavard.

De plus, le fait d'être resté assis pendant des heures sur des bancs inconfortables avait mis les nerfs d'Owen au supplice et lui avait réveillé une douleur dans le bas du dos. Même une selle aurait été moins pire pour ses muscles. Il décida d'aller se dégourdir les jambes et il eut l'idée de marcher en direction de chez Digby. Si les fenêtres n'étaient pas éclairées, il rentrerait. Si non, il demanderait à parler un instant à l'inquisiteur. Après quoi, il pourrait trouver plus facilement le sommeil.

Dans les rues, la neige avait gelé de nouveau. De la neige fraîche tombait en flocons drus qui lui piquaient le visage et l'aveuglaient, en fondant sur ses cils et en coulant dans son œil. Owen jura et cilla pour chasser la buée, tout en sachant qu'il aurait le même problème avec deux yeux.

Ce qui l'ennuyait, c'était de ne pas disposer d'une seconde ligne de défense quand son œil lui faisait problème. En ce moment, par exemple, où il ne voyait rien, il pouvait tomber et se briser les os sur le sol gelé.

Mais savoir ce qui l'ennuyait ne servait pas à grand-chose. Il était devenu un vieil homme, tenaillé par la peur.

Il y avait peu de monde dehors. Il était peut-être plus tard qu'il le pensait. Il douta de trouver la logeuse de Digby encore debout. Mais qu'importe, il avait besoin de marcher.

Il arriva à la maison. Le rez-de-chaussée était éclairé et la porte grande ouverte. Un attroupement s'était formé devant la maison. Quelques enfants dépenaillés se cachaient près de la porte.

Avant d'être engloutie par l'ombre, la lumière renvoyée par la maison se reflétait dans les yeux des badauds qui regardaient Owen. Les enfants s'écartèrent de la porte quand il s'avança pour y frapper.

— Elle ne vous entendra pas, murmura un enfant qui avait les pieds enveloppés dans des haillons et la tignasse saupoudrée de neige.

— Elle pleure sur le corps.

— Le corps de qui ? demanda Owen.

Les enfants s'enfuirent en courant.

Owen entra dans la petite échoppe où la veuve Cartwright offrait ses talents de couturière. Deux hommes se tenaient sur le seuil de la porte du fond. Derrière eux, une femme se lamentait en suivant le chant rythmé des pleureuses.

Lorsque Owen pénétra dans la pièce, les hommes imposèrent le silence et s'effacèrent pour le laisser passer.

La femme en noir, penchée en avant, la tête dans les mains, était visible du seuil. Owen s'approcha. Un corps reposait sur une table à tréteaux, livide, gonflé. Digby. La puanteur de la mort recouvrait déjà l'odeur de poisson caractéristique de l'homme. Quelqu'un avait posé deux pièces sur ses yeux.

La veuve Cartwright était assise dans un coin de la pièce et pleurait bruyamment. La femme en noir était Magda Digby. Owen l'appela par son nom. Elle ne l'entendit pas. Il lui toucha l'épaule. Sa mélopée s'éteignit. Lentement, comme quelqu'un qui se réveille d'un long sommeil, elle se redressa et tourna les yeux vers lui ; des yeux si rouges et si gonflés qu'il douta qu'elle puisse le voir. Mais il se trompait.

— Œil-d'oiseau. Regarde mon fils. La rivière l'a pris. La rivière.

Elle jeta à Owen un regard interrogateur, comme si elle s'attendait à ce qu'il lui donne une explication. Ses yeux parcoururent son visage pour venir se poser sur la main qui lui tenait l'épaule. Elle la recouvrit de la sienne.

— Tu es bon d'être venu.

— Je suis affligé comme vous, bonne femme Digby. Il était mon ami.

— Magda se souviendra de ton geste.

— Pourquoi l'ont-ils amené ici ?

— Potter voulait un enterrement chrétien et non à la manière de sa mère. Aussi Magda l'a amené ici. Anselm l'inhumera comme Potter le souhaitait. C'est son devoir. Mais il ne l'aurait pas fait dans la maison de la Femme de la Rivière. Non. Anselm croit qu'elle est maudite. Il ne serait pas venu. Alors, c'est Magda qui s'est déplacée. Elle fait sa part. Personne ne niera la douleur d'une mère.

Elle hocha la tête, puis se replia sur elle-même et reprit ses incantations.

Owen quitta la pièce. Les deux hommes le regardaient.

— Comment est-il mort ? Il s'est noyé ?

Un des deux hommes se redressa, la poitrine gonflée.

— Et qui êtes-vous pour poser des questions ? demanda-t-il.

— J'étais un ami.

L'autre renifla.

— Ami de l'inquisiteur ? (Il cracha dans un coin.) Et moi, je suis roi de France.

— Qui détient l'autorité, ici ?

— L'archidiacre Anselm, dit le premier. Nous l'attendons.

Le deuxième se rapprocha d'Owen et le dévisagea de près.

— Vous êtes l'apprenti des Wilton ? Ils disent que vous vous asseyiez avec l'inquisiteur à la taverne.

Ses yeux butèrent sur quelque chose qui se tenait derrière Owen, à hauteur de la porte d'entrée.

— Que faites-vous ici ?

Owen reconnut la voix glacée de l'archidiacre. Il se retourna. Anselm n'était pas le genre d'homme qu'on aimait avoir dans le dos.

— Où est-ce arrivé, et quand ?

— Il a été repêché dans la rivière, ce soir.

La voix d'Anselm était calme pour quelqu'un qui vient rendre visite à un mort.

— Mais la rivière n'avait pas de secret pour lui ?

— Oui. Trop sûr de lui, peut-être ? Qu'en pensez-vous, Owen Archer ? Et comment se fait-il que vous soyez là ?

— Il prétend qu'il était un ami de l'inquisiteur, dit l'homme qui avait craché par terre.

— Vraiment ? (La voix de l'archidiacre s'adoucit jusqu'à devenir mielleuse.) Étrange d'avoir un inquisiteur pour ami. La garantie de rendre un étranger suspect.

— Je n'en connaissais pas de meilleur. Rome n'est qu'une présence silencieuse dans mon pays. Nous n'avons pas d'inquisiteur.

Il n'avait aucune raison de s'attarder.

— Je vous laisse à votre travail.

Il se dirigea vers la porte.

L'archidiacre fit un pas de côté.

Owen avait les jambes lourdes et fatiguées. Il sentait qu'il devait dire quelque chose ; quelques mots gentils sur Digby qui lui avait donné son amitié. Car, pour odieux que l'homme ait été, il croyait sincèrement servir Dieu par son travail de fouineur. Owen s'arrêta près d'Anselm.

— Je voudrais être l'un des porteurs.

Les narines de l'archidiacre se dilatèrent ; ses sourcils se levèrent.

— Nous l'enterrerons sans aucune cérémonie. Il était d'origine modeste.

— Quand aura lieu l'enterrement ?

— Demain matin.

— Où ?

— À la Sainte-Trinité, près de Goodramgate.

Owen partit, bien résolu à se lever tôt pour assister aux funérailles.

De retour dans la chambre de l'auberge, Owen ôta ses bottes et s'allongea sur le lit. La douleur roulait dans sa tête en vagues vertigineuses. Il massa ses tempes, fort, plus fort, trop fort. Il enfouit sa tête dans ses mains. Lorsqu'il ferma les yeux, il vit Digby étendu sur la table, alourdi par l'eau de la rivière. Un sac charnu d'eau de la rivière, avec une pièce qui brillait sur chaque œil.

Owen se sentait coupable. Digby avait cru exécuter le travail du Seigneur. Tout comme Owen l'avait pensé pour sa propre mission auprès de l'archevêque. Ils n'étaient pas si différents. Il avait envoyé Digby jouer les détectives pour lui et Digby était mort. Était-ce une coïncidence ? Où est-ce que sa nouvelle activité lui déformait à ce point l'esprit qu'il croyait voir partout des complots et des indices ? Il était trop fatigué pour répondre.

Mais jusqu'à quel point avait-il eu raison d'accorder à Digby sa confiance ? Il s'était trompé en croyant que Montaigne était d'intelligence avec Fitzwilliam. Dans ce cas, l'archevêque aurait mentionné un lien entre eux. Et Owen pouvait-il croire Digby, quand celui-ci laissait entendre que Wilton était la faiblesse de l'archidiacre ? Pour un soldat, le sous-entendu était clair. Mais pour un archidiacre ? Et entre Montaigne et lady D'Arby ? Était-ce crédible ?

Les douleurs fulgurantes qui traversaient l'œil aveugle d'Owen lui donnaient de douloureux maux de tête. C'était peut-être la cause de son cerveau ramolli. Il avait besoin de dormir. Souvent, un bon repos arrivait à calmer son œil. Il lui restait un peu de brandy des caves londoniennes de Thoresby. Mais il en avait assez de boire à la bouteille. Il était fatigué de vivre comme un soldat en campagne, avec un bagage réduit au minimum ; toujours prêt à lever le camp. Il n'était plus soldat. Il voulait boire son vin dans un gobelet. Il descendit, la bouteille à la main, pour s'en procurer un.

La lumière brillait dans la cuisine. Bess Merchet était assise à une petite table, près du feu. Sur la table reposaient une cruche, un gobelet et une petite lampe. Une main sur le gobelet, Bess regardait les braises mourir dans l'âtre.

Owen s'arrêta sur le pas de la porte. Une petite ride entre les sourcils de Bess laissait deviner qu'elle aussi ruminait des pensées qui l'empêchaient de dormir. Elle porta le gobelet à ses lèvres, but, le reposa et tourna la tête de côté, comme si elle venait seulement à cet instant d'entendre Owen. Elle se retourna et lui fit un signe.

— C'est gentil à vous d'apparaître maintenant, Owen Archer.

Il trouva l'accueil étrange.

— Je suis venu chercher un gobelet. (Il leva la bouteille.) La fin de ce merveilleux brandy du Lord Chancelier. Je pensais qu'il m'aiderait à m'endormir.

Bess sourit et leva la cruche qui se trouvait devant elle.

— Je me demande s'il est aussi bon que celui de l'archidiacre.

Elle lui fit signe de s'asseoir sur le banc, en face d'elle.

— Prenez un gobelet sur l'étagère à votre droite.

Après avoir établi que Thoresby archevêque possédait une cave légèrement supérieure à celle de Thoresby Lord Chancelier, Owen se laissa aller contre son dossier, tout à fait détendu.

— Vous pensiez à moi ? demanda-t-il.

Bess fronça les sourcils et but quelques gorgées.

— Je suis restée plusieurs heures chez les Wilton, ce soir. Je suis inquiète pour Lucie. Si inquiète, que je n'ai pas réussi à m'endormir. Je suis descendue ici pour réfléchir. C'est devant un pichet de brandy que je réfléchis le mieux. Il faut que j'arrête un plan d'action, voyez-vous, parce que je ne peux pas rester tranquillement dans mon lit, en attendant d'avoir la preuve que vous ne lui ferez aucun mal.

— Lucie Wilton ?

— Oui ?

— Vous voulez la mettre en garde contre moi ?

— Je sais qu'elle vous a accepté. C'est un fait. Mais je veux des réponses, Owen Archer. Vous êtes arrivé bien informé. Dans quel but ?

— Je vous l'ai dit.

— Comment avez-vous su que Lucie cherchait un apprenti ?

— Jehannes me l'a dit. C'est le secrétaire de l'archevêque. Il n'y a ni mystère, ni secret dans tout cela. Lorsque je suis arrivé, il m'a dit que l'archevêque avait écrit une lettre d'introduction auprès de Camden Thorpe. Mon dernier maître avait demandé à l'archevêque de m'aider à trouver un emploi.

— Moi, je pense que vous cherchez quelque chose. Vous posez trop de questions. Quelque chose qui est en rapport avec l'église abbatiale.

Owen sourit.

— Vous me suivez ?

— Non. Jamais de la vie. Mais l'archidiacre vous envoie chercher ; l'archevêque pourvoit à vos besoins. Je ne suis pas idiote.

— J'ai reçu une petite somme de mon dernier seigneur. C'est l'archevêque qui la gère. Si je suis allé voir, dès mon arrivée, le secrétaire de l'archevêque, c'était pour discuter avec lui du moyen de paiement. Ça n'a pas plu à Anselm.

Bess renifla.

— C'est vrai, sans aucun doute. Mais ce n'est pas l'entière vérité. Ce n'est même pas la moitié de la vérité.

Bess était un redoutable adversaire. Avec des flèches et un arc, Owen l'aurait battue même avec un seul œil. Mais avec des mots... Bess flairait, déterrait chaque mot, chaque geste, chaque acte. Il allait devoir se surveiller.

— Je ne vois pas comment je peux vous prouver que je ne veux aucun mal à votre amie.

— Vous ne le pouvez pas. (Elle se pencha en avant.) Mais je vous préviens, Owen Archer, votre charme n'aveugle pas Bess Merchet. Faites des ennuis aux Wilton et je vous jette dehors. Avant de faire pire.

Elle s'appuya contre le mur, un sourire sardonique aux lèvres, satisfaite d'avoir proféré sa menace.

Owen n'avait aucun mal à la croire. Et il était plus que probable qu'elle trouve l'opportunité de mettre sa menace à exécution. Tout accusait les Wilton.

À moins que la mort de Digby n'ait pas été un accident. Empoisonner quelqu'un est une chose, mais pousser un individu dans une rivière en est une autre. Et Owen ne parvenait pas à imaginer aucun des Wilton se livrant à cet acte.

— Vous êtes très proche de Lucie Wilton.

— Pauvre gosse. Elle n'a pas eu une enfance facile, même si elle est fille de chevalier. Ma propre Mary a reçu plus d'amour et de protection. Quand son père est mort, j'ai veillé à ce que mon futur mari l'aime comme sa propre fille.

— Tom est un brave homme.

— Pas Tom. Peter. Tom est mon troisième mari.

Owen ne put s'empêcher de sourire. Il n'avait aucune peine à croire que Bess ait pu enterrer deux maris. Elle enterrerait probablement Tom aussi. Bess buvait son brandy à petites gorgées.

— J'ai essayé d'être à la fois une mère et une amie pour Lucie.

Elle soupira, puis regarda Owen.

— Mais vous, qu'est-ce qui vous tient éveillé ? Vous êtes monté tôt, cette nuit.

— Je suis ressorti et j'ai marché. J'étais habitué à une vie plus active.

Bess renifla.

— Vous m'avez paru très actif. Je vous ai vu devant le tas de bois.

— Je suis passé, par hasard, devant chez Digby. Il se passait quelque chose. Trop de lumières ; la foule tout autour...

Bess se redressa.

— Des ennuis chez la veuve Cartwright ? Je l'avais avertie de ne pas loger cet homme. C'est une créature gluante. Il n'amènera rien de bon.

— Cette possibilité appartient au passé. Il est mort. Noyé. Ils l'ont sorti de la rivière cette nuit.

Bess se signa.

— Pourquoi ne pas l'avoir dit tout de suite ? Vous m'avez laissé proférer des choses désagréables sur le mort.

Elle trembla et se signa de nouveau.

— Vous auriez pu m'éviter ça.

— Pardonnez-moi.

Bess but une gorgée de brandy, soupira, puis regarda longuement Owen, avant de demander :

— Cette mort vous contrarie ?

— Oui.

— C'est pourquoi vous avez besoin de brandy ?

— Oui.

Elle secoua la tête.

— Troublé par la mort d'un inquisiteur. Étrange pour un soldat.

— Oui. Vous pensez qu'un soldat a vu la mort de trop près pour se laisser émouvoir. Mais Digby était un brave homme. Il croyait qu'il accomplissait le travail de Dieu. Et je...

Soudain, Bess se pencha en avant, l'oreille aux aguets, humant l'air.

— Le feu ! cria une voix.

Bess se leva d'un bond, renversant le gobelet dans sa hâte.

— C'est Tom.

Owen la suivit dans la taverne obscure. L'odeur de fumée se répandait partout.

Ils se cognèrent dans Tom qui descendait l'escalier en chancelant, visiblement en état de choc.

— Que se passe-t-il, Tom ? Où est-ce ?

Il fit un signe de tête en direction d'Owen.

— Sa chambre. Bénie soit Marie pleine de grâce, je vous croyais mort, Maître Archer.

Owen se précipita. La fumée sortait en vagues épaisses de sa chambre. Sa paillasse se consumait lentement alors que, plus haut, des flammes léchaient le mur. Owen parvint à s'emparer de la paillasse pour la jeter par la fenêtre. Il valait mieux carboniser quelque chose à l'extérieur, plutôt qu'à l'intérieur où les gens dormaient. Il jeta ensuite la torche huileuse qui avait servi à allumer l'incendie. Il l'examinerait plus tard, à la lumière du jour.

Tom apporta un baquet d'eau en haletant, tandis que Bess se précipitait avec des couvertures.

Au bout de quelques minutes, le feu fut éteint.

— J'ai eu peur qu'il te soit arrivé quelque chose, grommela Bess.

Tom grattait sa joue couverte de poils, tout en contemplant l'étendue des dégâts.

Bess soupira.

— Il faudra une bonne journée pour tout remettre en état et chasser les odeurs. Owen dormira dans une autre chambre, pour cette nuit.

— Je doute de dormir beaucoup.

Tom opina du chef.

— Je doute que vous y parveniez.

Bess se retourna et fixa Owen.

— Vous savez qui a fait ça ?

Il secoua la tête.

— Qui savait où se trouvait ma chambre ?

— C'est toute la question. (Tom se gratta la tête.) Moi et ma femme. Kit. Le palefrenier ; il met son nez partout. (Il haussa les épaules.) Quelques clients, peut-être. Difficile à dire. Les gens ont des yeux.

Les autres clients s'étaient rassemblés en bas et demandaient des nouvelles.

— Mieux vaut garder tout ça pour nous, dit Owen. Dites que j'ai trébuché avec une chandelle. C'est crédible, avec un seul œil.

Tom fronça les sourcils et regarda Bess.

— Allez, vas-y, Tom. Dis ce qu'il vient de te dire.

Tom réfléchit un instant, puis opina et descendit donner son explication.

Owen rassembla ses affaires qui s'étaient trouvées à l'autre bout de la petite pièce.

Revenu sur le seuil de la porte, il regarda le plancher détrempé et noici, le mur roussi.

— Ça n'a pas brûlé longtemps.

Bess était silencieuse. Owen se tourna pour pouvoir la voir avec son bon œil. Les bras pliés sur sa poitrine, elle le fixait.

— Je meurs d'envie de vous demander de faire votre paquetage, mais ce serait mauvais pour le commerce. Je pense que vous serez d'accord pour reconnaître que vous nous devez la vérité. Qu'êtes-vous venu faire à York ? Que cherchez-vous ?

Un peu de fumée flottait encore dans la pièce. L'œil unique d'Owen le brûlait, ce qui le mettait mal à l'aise.

— Dans votre chambre. Nous ne pouvons pas parler ici.

Bess l'y conduisit. Tom, qui avait réussi à calmer les clients, les y suivit.

La pièce était grande et claire, avec un lit de plume, à un bout, une table couverte de livres de comptes, à un autre. Owen déposa ses affaires dans un coin et s'approcha de la table. Tom et Bess l'y rejoignirent. Il regardait leurs visages ; des visages d'honnêtes gens. Ils étaient bons de lui permettre de rester. Et, pas un instant, il ne pensa que la raison qui les y poussait était les intérêts du commerce. Il décida de tout leur avouer.

Bess grogna de satisfaction quand il leur eut confié le but de sa mission.

— Je le savais. Je te l'avais dit, Tom, qu'il était plus important qu'il n'y paraissait.

— Oh oui, dit Tom en cillant pour lutter contre le sommeil.

— Et maintenant, Potter Digby a été retrouvé le ventre en l'air dans la rivière et quelqu'un a jeté une torche dans votre lit, dit Bess dont les yeux brillaient d'excitation.

Tom se réveilla d'un coup.

— Digby ? Cette canaille puante s'est noyée ?

— Ils l'ont retrouvé, cette nuit.

— Il enquêtait pour vous ?

Owen acquiesça.

Tom secoua la tête.

— J'ai dans l'idée que vous avez fait bien du dégât.

Après que Tildy eut regagné sa petite soupente pour la nuit et que Bess s'en fut retournée à l'auberge, Lucie s'assit près de Nicolas. Elle écoutait sa respiration difficile et cherchait dans ses souvenirs quelle concoction lui préparer pour le soulager. Elle était convaincue que c'était le fait de devoir lutter pour respirer qui l'affaiblissait. Il ne pouvait pas se reposer. Comment l'aurait-il pu alors que chaque inspiration lui demandait un terrible effort ? Et comment pourrait-il guérir s'il ne se reposait pas ? *Je ne peux pas vivre avec ça.* Savait-il ce qu'il avait fait ? L'avait-il fait délibérément... ? Non. Elle ne voulait même pas soulever cette hypothèse.

Bess pensait que Nicolas était mourant. C'est pourquoi elle avait beaucoup parlé cette nuit de Will et de Peter, ses derniers maris. Elle voulait que Lucie se prépare. Qu'elle sache que la vie continuerait ; qu'elle commence à chercher autour d'elle à remplacer Nicolas. Et qui était mieux placé qu'Owen Archer pour tenir ce rôle ? Chère Bess. Si seulement la vie était aussi simple...

Owen Archer. L'énigme. Lucie reconnaissait que c'était un bon travailleur. Il ne se plaignait jamais. Aucune tâche n'était trop modeste pour lui. Et elle n'avait dû lui apporter qu'une seule fois son concours, depuis qu'il était là. Il se souvenait de tout. Et sa voix... Sa façon de jouer du luth. Il n'avait pas la mentalité du soldat. Peut-être avait-il vu dans la perte de son œil le signe qu'il devait se tourner vers une vie plus pieuse ? Il ne lui avait donné aucune raison de ne pas lui faire confiance. Sa seule faute était d'avoir éveillé en elle certains sentiments. Mais il n'en était pas responsable. C'était sa faute à elle. Et c'était parce que Nicolas était malade depuis trop longtemps.

Eh bien, non, Nicolas n'était pas en train de mourir. Lucie ne le permettrait pas. Aussi, elle allait devoir lutter contre les sentiments que lui inspirait Owen. Ce qui ne voulait pas dire qu'elle devrait se montrer discourtoise avec lui.

Elle essaierait même, à l'avenir, d'être plus aimable.

Lucie dut finir par s'assoupir, car un bruit au-dehors recouvrit la respiration haletante de Nicolas et la tira brutalement de sa torpeur. Elle alla à la fenêtre. Là, un spectacle terrifiant pour un habitant des villes s'offrit à elle : le feu. De la fumée sortait par vagues de l'étage supérieur de l'auberge. Doux Jésus ! Bess et Tom le savaient-ils ? Étaient-ils réveillés ? Un objet d'assez grande taille tomba de la fenêtre et atterrit dans la neige avec un bruit sourd. Elle crut discerner que l'objet brûlait. Une torche fut lancée à son tour, qui s'écrasa dans la neige avec un sifflement suivi d'une volute de fumée. Puis des visages apparurent à la fenêtre. Un garçon sortit en courant dans la cour. Lucie se précipita au-dehors, le cœur battant à tout rompre.

Elle appela le garçon.

— Qu'est-ce qui brûle ?

— La chambre du haut. Celle du capitaine Archer.

Le garçon indiqua d'un signe de tête le tas fumant qui reposait sur le sol, derrière lui.

— C'est sa paillasse.

Lucie s'agrippa à la clôture. *Non. Pas Owen. Je vous en prie, Seigneur.*

— Et Maître Archer ?

Sa gorge était si serrée que le garçon ne put l'entendre. Elle reposa sa question.

— Par chance, il n'était pas dans sa chambre.

— Quelqu'un a-t-il été blessé ?

— Non, pour autant que je sache.

Lucie le remercia et s'éloigna pendant que ses jambes pouvaient encore la porter.

Arrivée chez elle, elle se laissa tomber sur un siège, dans la cuisine, ne souhaitant pas retourner tout de suite auprès de Nicolas.

Sa réaction — lorsqu'elle avait appris que c'était la chambre d'Owen qui était en feu — la bouleversa. Douce Vierge, c'était comme si... Non. Pas comme si. Elle ne voulait plus se mentir. Elle était amoureuse d'Owen. Elle s'était crue forte. Vraiment forte. Tomber amoureuse d'un soldat borgne. Une belle canaille. C'était l'impression qu'il avait donnée à Bess, lorsqu'elle l'avait vu pour la première fois. Un homme à femmes. Lucie ne pouvait pas le croire. Un soldat. Entraîné à tuer. Et qui avait entraîné les autres à tuer. Les soldats appartiennent à la confrérie de la mort. Cela les rend inaptes à la vie. Son propre père était un homme froid, incapable de sentiments. Il s'était séparé d'elle à l'instant où sa mère avait été emportée par la mort. Seule une enfant naïve peut tomber amoureuse d'un soldat.

Mais Owen ne ressemblait pas à son père. Il ressemblait plus à Geoffrey, le chevalier aux cheveux blonds de sa mère.

Owen avait dit qu'il en avait terminé avec le métier de soldat.

Une ruse, une attitude pour la séduire. Elle ne devait pas oublier qu'il avait été soldat.

Mais son corps se souvenait de la manière dont il l'avait prise dans ses bras. Il lui avait peut-être sauvé la vie.

Et cela parce qu'il épiait dans le noir, au pied de l'escalier. Pourquoi ? Dans quel but ? Pour lui voler l'échoppe, à la mort de son mari ? Il lui suffirait de faire éclater un scandale. Il était peut-être ici pour trouver le motif ? Le règlement ne prévoyait pas de seconde chance. Il ne faisait pas d'exceptions pour cause de maladie. Owen pouvait les ruiner avec un simple ragot.

Elle avait sûrement perdu l'esprit pour lui porter de tels desseins et l'aimer en même temps.

Lucie posa la tête dans ses bras et essaya de se calmer. Elle tenta de se convaincre qu'il n'était qu'un apprenti, et qu'elle s'était inquiétée pour lui comme elle se serait inquiétée pour n'importe qui avec qui elle aurait travaillé aussi étroitement ; qu'elle ne pouvait l'aimer ; qu'elle ne devait pas l'aimer. Sa vie était déjà suffisamment compliquée comme cela.

Anselm était prosterné devant l'autel, tremblant de peur. Si la mort le surprenait en ce moment, il brûlerait dans les flammes de l'Enfer, pour l'éternité. Il avait tué, et par deux fois. Lui qui avait rejeté la vie des armes, il avait pris deux vies. Pour le second meurtre — le feu chez le démon borgne —, il avait l'esprit en paix. Il était persuadé qu'en envoyant Owen Archer dans les flammes de l'Enfer, il exécutait la volonté de Dieu. Et bien qu'Archer soit un homme de Thoresby, Anselm n'avait pas peur. L'archevêque n'aurait aucune raison d'établir un lien entre Anselm et la mort d'Archer.

En conclusion, Anselm était satisfait d'avoir expédié Archer dans l'autre monde. Mais, pour la mort de Digby, c'était différent.

— Doux Sauveur, murmura Anselm, je suis votre... Il hésita, ne sachant comment s'y prendre. Il ne savait pas comment prier, ni pour quoi prier. Il avait tué Potter Digby. Aucune prière, même la plus sincère, ne pourrait racheter cet acte. Anselm avait assassiné son inquisiteur, l'homme qui avait travaillé pour lui, sans compter sa peine, qui l'avait aidé à s'approcher de son but qui était d'achever la chapelle Hartfield ; l'homme qui ne l'avait jamais trahi. Anselm avait tué Digby à cause d'une rumeur. Parce qu'il avait soupçonné Digby d'avoir changé de camp ; parce qu'il avait eu peur que l'homme accuse publiquement Nicolas Wilton, en sorte qu'il n'aurait pu l'ignorer et aurait été obligé de condamner son ami, son très cher ami.

Mais tuer Digby avait été une erreur. Anselm l'avait su en revenant de la rivière. Digby ne l'avait pas trahi. Il avait confié à Anselm ses soupçons. Il avait exposé les faits à Anselm et il aurait accepté la décision d'Anselm. Comme toujours. Alors, pourquoi Anselm l'avait-il tué ? Quel démon s'était emparé de lui pour tordre sa raison et le pousser à un tel acte ?

— *Doux Sauveur, Pardonne-moi. Mea culpa, Mea culpa, Mea maxima culpa.*

Peut-être était-ce la volonté de Dieu ? Peut-être Digby aurait-il fini par parler ? Peut-être aurait-il trahi Nicolas ? Et Dieu voulait qu'Anselm protège Nicolas. C'était dans ce but que Dieu avait réuni Anselm et Nicolas à l'école de l'abbaye.

Dès le premier contact, Anselm avait compris que son rôle était de protéger Nicolas. Nicolas. Brillant, modeste, beau et fragile comme un ange. Il était évident que Nicolas était un fils élu de Dieu ; un de ceux destinés à passer l'éternité assis auprès de Lui.

Et Anselm avait été appelé pour le protéger.

Anselm savait ce que c'était que de manquer de protection. Son père avait transformé le manoir en camp d'entraînement pour les jeunes soldats. Anselm avait déçu son père ; c'était un enfant calme et studieux ; aussi faible qu'une fille, avait dit son père avec mépris. Sa mère, en revanche, s'était intéressée à lui. Elle avait été la seule. Ses frères aînés étaient comme son père. Sa sœur : une cavalière. Anselm était l'unique réconfort de sa mère.

Et soudain, elle l'avait repoussé pour pouvoir folâtrer tranquille avec un jeune soldat. Elle l'avait jeté dehors. Fou qu'il était ! Il était allé bouder près des écuries et avait ainsi attiré l'attention de son père. Son père l'avait mis à l'entraînement. Lutte, escrime, arc. Les résultats furent déplorables. Les jeunes recrues riaient. Son père se sentit humilié. Une nuit, après avoir trop bu, il avait tiré le garçon de son lit douillet et l'avait jeté en pâture à ses hommes.

— C'est ce qui arrive aux garçons qui se cachent dans les robes des femmes.

Le lendemain matin, couvert de honte et le corps douloureux, Anselm s'était caché. Sa mère avait fini par le faire chercher. Bien que terriblement honteux, il lui avait alors raconté ce qu'il avait subi, certain qu'elle compatirait et qu'elle intercéderait pour lui. Mais elle avait balayé son drame d'un simple commentaire.

— Les hommes sont comme ça, mon chétif. Et je ne peux te protéger du monde.

Il avait essayé de lui expliquer ce qu'il éprouvait ; sa souffrance, l'horreur.

Elle avait ri.

— Penses-tu qu'il en soit autrement pour moi, petit fou ? Regarde, la prochaine fois que ton père viendra dans mon lit. Regarde.

Il l'avait fait. Son père l'avait battue, puis il avait usé avec elle d'une telle violence, qu'elle avait crié de douleur. Ensuite, elle avait pleuré, roulée en boule dans le lit.

Anselm s'était approché d'elle et avait tenté de la consoler. L'odeur de son père imprégnait fortement la pièce.

Il avait juré de tuer son père, la prochaine fois qu'il viendrait la retrouver. Anselm avait fait le guet. Mais la fois suivante, ce fut le jeune soldat pour lequel sa mère avait ressenti de l'attirance qui était entré. Et, sans la moindre honte, elle s'était montrée à lui, elle l'avait attiré contre elle, l'avait pressé contre elle. Ils avaient poussé des cris d'animaux en rut.

Quand l'homme était parti, Anselm avait grimpé dans le lit, près d'elle. Une odeur de sexe flottait autour d'elle. Anselm s'était jeté contre sa poitrine. Elle l'avait repoussé.

— J'ai tout vu.

— Petit mouchard, sors d'ici !

— Tu m'avais dit de regarder.

— La première fois, seulement la première fois.

— Laisse-moi t'aimer comme il l'a fait.

— Dieu Tout-puissant !

Elle s'était redressée d'un bond et s'était enveloppée dans les couvertures.

— Ton père a raison, tu es un anormal.

Il avait vu de la haine dans ses yeux. Elle qui l'avait aimé. Le seul être qui l'ait jamais aimé. C'était un malentendu. Il avait avancé la main vers elle.

Elle avait crié pour appeler sa servante. Cette chienne sans cœur ! Elle l'avait dorloté et caressé aussi longtemps qu'il l'avait amusée et, quand elle avait réussi à le rendre tout à fait dépendant de son amour, elle l'avait rejeté. Il s'était jeté sur elle pour lui arracher les yeux. On l'avait séparé d'elle et renvoyé aux soldats qui avaient abusé de lui jusqu'à ce qu'il trouve un protecteur.

Oh oui, il pouvait comprendre le besoin d'être protégé.

Puis il avait été envoyé à St. Mary. Son heure était venue de jouer à son tour les protecteurs. Et il joua bien son rôle. Le Seigneur savait qu'il avait fait de son mieux. Même son père pourrait être fier de lui. Et cette chienne. Elle aurait appris à le craindre.

Mais était-il allé trop loin ? Pouvait-il avoir mal interprété les desseins de Dieu ? Il n'arrivait plus à se rappeler le signe par lequel Dieu lui avait indiqué le chemin à suivre. Et cela l'effrayait.

Pauvre Digby. Anselm regrettait terriblement son crime. Il aurait voulu ne jamais avoir eu à le commettre.

15

UN ÉLÉMENT DE L'ÉNIGME

Le lendemain matin, les mots de Tom continuaient de hanter Owen. *Vous avez fait bien du dégât.* Oui, il avait fait des dégâts. Owen traversa la cité qui s'éveillait pour se rendre à la Holly Trinity Church. Le vent avait changé de direction pendant la nuit, apportant un air plus chaud qui avait transformé les rues glacées en rues boueuses. Il avançait avec peine dans cette bouillie glacée qui s'infiltrait dans ses bottes et rendait ses pieds douloureux de froid. Un brouillard piquant lui collait au visage et au cou. Maudit pays du Nord ! Digby avait dû avoir bien plus froid en plongeant dans les eaux tumultueuses de la rivière Ouse. Owen trembla et entra dans l'église éclairée par des bougies. L'air sentait la cire d'abeille, la fumée et la pierre humide. Les flammes tremblantes des bougies agressaient son œil. Il gagna le bas-côté où régnait l'obscurité.

Le prêtre ne mettait rien de son cœur dans les mots qu'il prononçait devant le cercueil. Il reconnut la nécessité qu'il y ait des inquisiteurs ; il parla de la grâce de Dieu qui avait porté Digby si loin de ses débuts, au-delà de la cité-vermine, jusque dans l'église abbatiale. En disant ces paroles, le prêtre jetait des regards gênés vers Magda Digby qui se tenait de l'autre côté, et fixait le petit groupe du cortège funèbre. Dans l'église se trouvaient le clerc de l'archidiacre Anselm qui le représentait, Jehannes qui se tenait près d'Owen et représentait l'archevêque, la veuve Cartwright, toute vêtue de noir, qui avait pris place devant la chaire et une dizaine de personnes peut-être, pour la plupart des femmes à cheveux blancs qui suivent tous les services de la paroisse. Leurs réponses faisaient un écho sourd contre les pierres.

Dehors, au milieu des tombes, le brouillard de la rivière jetait un drap sans tache sur le cortège funèbre. Le prêtre dit quelques mots avant de jeter une poignée de terre boueuse sur le cercueil et il partit sans doute prendre un petit déjeuner chaud. Les autres firent de même, à l'exception de Magda Digby qui s'agenouilla près du trou béant et, tout en murmurant des paroles incompréhensibles, jetait des feuilles séchées, des brindilles et des fleurs.

Owen suivait la scène, écrasé par un poids qu'il ne pouvait expliquer. Il avait causé beaucoup de dégâts. C'était sans doute cela qui le tourmentait. Il s'était montré maladroit et peu discret. C'était un sentiment désagréable, mais il pouvait faire avec. Ce qu'il ne pouvait se pardonner, en revanche, c'était que sa maladresse avait coûté la vie d'un homme. Même pendant une guerre, on méprise la manœuvre qui coûte plus de vies que nécessaire. Mais Digby n'était pas un soldat. Et ce n'était pas la guerre. Personne n'aurait dû mourir ici à cause d'Owen. Il avait eu tort d'utiliser Digby. Mauvais. Paresseux. Arrogant. Il s'était servi de l'homme comme d'un objet. Un inquisiteur. Déjà corrompu. Déjà coupable.

Une main noueuse sur le bas de son dos, une autre sur le sol boueux, Magda essayait de se relever. Owen lui tendit la main. Ses yeux sombres, ombragés, le scrutèrent.

— Merci. Magda sait pour toi. Potter lui a expliqué. Tu n'es pas simplement l'homme de Thoresby, comme Magda le disait.

Owen jeta un coup d'œil autour de lui, contrarié à l'idée que quelqu'un puisse entendre. Il ne vit personne mais le brouillard pouvait le tromper.

— Je suis l'apprenti des Wilton, dit-il d'une voix forte au cas où des oreilles seraient à l'affût.

— Oh oui. (Elle mâchonnait ses gencives, tout en le fixant.) Le garçon de Magda t'a aidé. Potter jugeait que tu étais un homme bien.

Elle hocha la tête, tapota l'épaule d'Owen et s'en alla en traînant les pieds.

— Je suis désolé pour sa mort, lança Owen alors qu'elle s'éloignait.

Elle lui jeta un regard par-dessus son épaule.

— Toi et moi, le sommes. Les autres s'en soucient comme d'une guigne. (Elle mâchonna l'air, haussa les épaules.) Potter aurait dû rester avec moi sur la rivière. Je lui avais donné le nom du métier que je voulais qu'il exerce. Les inquisiteurs sont des hommes morts.

Elle remonta son manteau et s'enfonça à pas lents dans le brouillard.

Tout en le regardant s'éloigner, Owen réfléchissait à ce qu'elle venait de dire. Elle pensait que c'était l'intérêt que portait l'archidiacre à son fils qui était responsable de sa mort. L'archidiacre. Il avait essayé de se débarrasser d'Owen. Avait-il fait de même avec son inquisiteur quand il avait découvert que l'homme posait des questions sur Montaigne ? Owen aurait-il pu empêcher sa mort s'il lui avait dit que Wulfstan était allé chez l'archidiacre ? Owen pria pour que cela n'eût rien changé.

L'archevêque Thoresby, Lord Chancelier d'Angleterre, s'appuya contre le dossier de son siège et ferma les yeux.

— Vous avez bien fait de venir me parler de cela, Campian. Il aurait été regrettable que vous partagiez les inquiétudes de votre infirmier avec les autres. Ou les vôtres.

— Je sais l'intérêt que vous portez à la mort de Fitzwilliam. Mais quand l'inquisiteur a interrogé frère Wulfstan, j'ai été intrigué.

— Vous dites qu'Archer était au courant de la visite de l'inquisiteur.

— Oui, il l'était.

— Je me pose des questions sur le choix de son assistant.

— Il n'a jamais dit qu'il avait envoyé Digby.

Thoresby réfléchit un moment, la tête baissée. Soit il faisait confiance à Archer, soit il ne lui faisait pas confiance. Il ne pouvait plus l'appuyer à moitié.

— Vous devez encourager frère Wulfstan à lui parler.

— Il ne fait pas confiance au Gallois.

Thoresby leva un sourcil.

— L'infirmier fait peut-être preuve d'un meilleur jugement que l'archevêque.

Ils sourirent à cette demi-plaisanterie.

— Je vais encourager frère Wulfstan.

— Il est intéressant que l'inquisiteur d'Anselm ait

montré un tel intérêt pour Montaigne. Et aucune question sur mon pupille ?

— Rien au sujet de Fitzwilliam.

L'archevêque ferma de nouveau les yeux. Il était ennuyé d'avoir oublié le lien qui unissait le chevalier et lady D'Arby. Il était en train de délier un nœud compliqué. Et tout cela à cause de cette fripouille de Fitzwilliam. Il avait du mal à s'imaginer son pupille en victime innocente. Dans cette affaire, tant de choses étaient étranges. L'inquisiteur s'y était intéressé. Pourquoi ? À présent, lui aussi était mort. Il avait interrogé l'infirmier, dîné avec l'archidiacre, puis il s'était noyé. Un homme élevé au bord de la rivière, noyé ! Thoresby n'aimait pas cela. C'était des ennuis en perspective pour l'église abbatiale.

— Pourquoi frère Wulfstan n'a-t-il pas confiance en Archer ?

L'abbé fit une grimace d'excuse.

— J'avoue que je l'ignore. Il garde ses réflexions pour lui. Nous sommes des hommes du silence. C'est la règle.

— Éclairez-moi sur ce point : Archer a-t-il rendu visite à l'infirmier ?

— Oui. Il apportait une lettre de maître Roglio, le physicien du vieux duc.

— Roglio est aussi mon physicien.

Campian rougit, découvrant l'implication qui lui avait échappé jusqu'à maintenant.

— Et le vôtre. Je suis tout à fait ignorant de ces choses, Votre Grâce. Mais, bien sûr, votre pupille est mort en recevant les soins de Wulfstan.

— Je ne prends pas votre infirmier pour un assassin,

Campian. Son esprit n'est peut-être plus aussi pénétrant que jadis, mais ce n'est pas un assassin.

Campian passa un doigt sur son sourcil.

— Dieu soit loué ! C'est mon plus vieil ami. (Il but son vin ; sa main tremblait.) Mais alors, vous saviez qu'Archer lui avait rendu visite...

— Il ne m'a rien dit de cette visite, c'est pourquoi je me pose des questions. La défiance de Wulfstan pourrait s'expliquer par son propre sentiment de culpabilité et sa peur qu'Archer enquête sur les morts.

Campian acquiesça. Puis, d'une voix hésitante et sans le regarder, il ajouta :

— Il y a autre chose, Votre Grâce.

Mon Dieu, un autre scandale ?

— Ces questions autour de la tombe de Montaigne... Vous n'allez pas autoriser qu'on l'exhume ?

— Pourquoi le ferais-je ?

— Pour chercher des signes d'empoisonnement sur le corps.

Que fallait-il comprendre ? Avait-il vendu le corps pour les reliques ? Thoresby ne connaissait pas Campian aussi bien qu'il le pensait. L'abbé était déjà en place quand Thoresby avait été nommé archevêque. Campian ne faisait pas partie des hommes de l'archevêque. L'homme paraissait franc, mais Thoresby connaissait bon nombre d'acteurs accomplis. Il ne voulait pas prendre le moindre risque de faire éclater un scandale.

— Je ne pense pas que même Roglio en sache assez en matière de cadavres pour affirmer la cause d'une mort sans émettre des réserves à chaque étape de sa recherche. C'est l'âme qui révèle l'homme. L'action.

Campian lissa de nouveau son sourcil.

— Je suis très soulagé. La paix de St. Mary n'a déjà été que trop compromise. Les deux morts ne sont pas passées inaperçues. Certains de mes garçons ont reçu l'ordre de rentrer chez eux. D'autres, parmi les plus âgés, ont refusé d'utiliser les baumes de Wulfstan pour soigner leurs articulations douloureuses. Beaucoup redoutent la saignée du printemps plus que d'ordinaire. Le pauvre Wulfstan sait tout cela et il en est bouleversé. Il semble que seul frère Michaelo continue de se rendre à l'infirmerie.

— Michaelo ? Je ne le connais pas.

— Un beau jeune homme. Paresseux. Qui passe son temps à imaginer toutes sortes de moyens pour échapper au travail. Ceci me rappelle que Michaelo était à l'infirmerie lorsque l'inquisiteur est venu parler à Wulfstan. Plus tard, ce jour-là, il a demandé l'autorisation de rendre visite à l'archidiacre pour des affaires de famille. Sa famille a donné des sommes considérables pour la chapelle Hatfield. Elle recherche la faveur du roi.

Michaelo. Un lien.

— Un beau jeune homme, dites-vous ?

Campian soupira.

— Je crains qu'Anselm n'ait failli dans sa résolution d'abandonner ses penchants.

— Je n'ai jamais cru qu'il y parviendrait, Campian. Je ne l'ai pas choisi pour sa vertu. (Thoresby se leva.) Tout ceci ne me plaît guère. Je dois réfléchir à ce que je vais faire.

Campian se leva à son tour.

— Je vous laisse à votre réflexion, Votre Grâce. Si je puis vous être utile en quoi que ce soit, faites-le-moi savoir, je vous en prie.

— En attendant, donnez à Archer l'autorisation de questionner frère Wulfstan.

L'abbé Campian s'inclina.

— Votre Grâce.

Il s'en alla.

Thoresby resta quelque temps devant sa fenêtre à échafauder plusieurs hypothèses possibles. Puis il appela Jehannes.

— Il est temps d'inviter Archer à venir boire un gobelet de vin. Ce soir, Jehannes. Avant que je ne dîne.

À mi-chemin de chez l'apothicaire, Owen fut rattrapé par un messager de St. Mary.

— Dieu soit avec vous.

Le garçon pressa ses deux mains, paume contre paume, en inclinant la tête, puis regarda Owen.

— Capitaine Archer ?

— Bravo pour la déduction ! Combien y a-t-il de borgnes à York ?

Le garçon fit une grimace et compta.

— J'en connais sept. Non. Cowley est aveugle. Mais...

— C'est sans importance. Quel est ton message ?

— L'abbé dit que vous pouvez aller parler avec frère Wulfstan, ce matin, Capitaine.

L'abbé Campian accueillit Owen avec solennité.

— Sa Grâce me dit de vous faire confiance. J'ai donc encouragé frère Wulfstan à se confier à vous. Vous pouvez aller le voir.

Owen le remercia.

— Une question : frère Wulfstan connaît-il l'identité du premier pèlerin ?

Campian acquiesça.

— Je la lui ai révélée après le départ de l'inquisiteur. J'ai pensé que c'était peut-être ce que l'archidiacre Anselm avait demandé à Digby de découvrir. J'ai dit à frère Wulfstan de communiquer le nom à l'archidiacre.

— Et il l'a fait ? grogna Owen.

— Non. (L'abbé paraissait stupéfait.) Frère Wulfstan m'a désobéi. Ce n'est pas qu'il ait menti à l'archidiacre. Wulfstan est incapable de mentir. Il a toujours été comme ça. L'archidiacre ne lui a pas demandé directement le nom.

— Dieu en soit remercié, dit Owen.

Et il se dirigea vers l'infirmerie, en gardant précieusement cette information. Wulfstan était incapable de mentir mais il pouvait donner un renseignement erroné. Un autre fait intéressant : Wulfstan connaissait le nom du pèlerin lorsqu'il a parlé avec Lucie Wilton mais, là aussi, il a éludé la question. Même avec Lucie Wilton ! Ils partageaient peut-être un secret, mais pas tous les secrets.

Assis à une table, le novice Henry était occupé à l'étude d'un manuscrit. Frère Wulfstan dormait près du feu.

— Il est fatigué, murmura Henry quand Owen entra. Pouvez-vous revenir un autre jour ?

— Non, c'est impossible.

Henry alla réveiller Wulfstan avec une gentillesse qu'Owen trouva touchante.

Les yeux ensommeillés de Wulfstan se posèrent sur Owen.

— Oh oui. L'abbé Campian m'a annoncé votre visite.

— Puis-je vous parler en privé ?

Henry regarda Wulfstan qui acquiesça.

— Allez méditer sur ce que nous avons lu, ce matin. Nous en discuterons cet après-midi.

Le jeune homme roula le manuscrit, le rangea, puis sortit.

— C'est un brave garçon.

Owen s'assit en face du vieux moine.

— Pardonnez-moi d'aller droit au but, mais il faut que vous sachiez pourquoi je suis ici. Il est donc tout à fait inutile que vous jouiez avec moi.

Wulfstan prit une expression glaciale, à la limite de l'hostilité.

— C'est vous qui avez joué avec moi. Vous êtes l'homme de l'archevêque. Vous auriez dû me le dire.

— J'espérais n'avoir pas besoin de vous le dire. Votre abbé vous a-t-il averti qu'il fallait garder le silence sur toute cette affaire ?

— Je n'ai pas besoin qu'on m'avertisse.

L'hostilité du vieux moine désappointait Owen mais il ne pouvait pas l'en blâmer. À sa place, il aurait éprouvé la même chose. Le mieux était d'entrer tout de suite dans le vif du sujet.

— Le problème est le suivant : je pense que Geoffrey Montaigne a été empoisonné. Et peut-être aussi sir Oswald Fitzwilliam.

Wulfstan baissa les yeux sur ses sandales, mais Owen pouvait voir la sueur perler à son front.

— Je ne vous accuse pas, Frère Wulfstan. Je pense que quelqu'un s'est servi de vous. Je soupçonne que vous avez découvert la trahison et que vous craignez que l'on vous blâme.

Wulfstan ne répondit pas.

— Si vous me disiez ce que vous savez, je pourrais éviter de futurs désagréments à St. Mary.

L'infirmier releva des yeux apeurés.

— Quelle sorte de désagrément ?

— L'exhumation du corps de Montaigne, par exemple.

— Non. Doux Jésus. Non. S'il vous plaît. Ne dérangez pas Geoffrey.

— Je préférerais ne pas avoir à le faire. Me direz-vous ce que vous savez ?

— Je pensais que l'archevêque voulait tout savoir sur la mort de Fitzwilliam.

— Je crois que ces deux morts sont liées.

Wulfstan soupira et regarda ses mains.

— Qui essayez-vous de protéger ?

Le vieux moine se leva et alla attiser le feu.

— Mon abbé veut que je coopère. Mais cela m'est difficile. (Il s'affaira auprès du feu.) À qui rapporterez-vous ce que je vous dirai ?

— Cela dépendra de ce que j'apprendrai. Peut-être n'aurai-je pas besoin de parler à qui que ce soit d'autre qu'à Sa Grâce ?

— Et vous ne dérangerez pas Geoffrey ?

— Non.

Wulfstan retourna s'asseoir. Il joignit ses mains et baissa la tête.

— Je suis sûr que c'était un accident.

— Qu'est-ce qui était un accident ?

— Je ne l'ai découvert qu'après la mort de Fitzwilliam. J'ignorais que le remède était mortel. (Il leva des yeux effrayés sur Owen.) Vous savez, il était déjà malade. C'était obligé.

— Nicolas Wilton ?

Wulfstan ferma les yeux et fit un signe de tête affirmatif.

— Dites-moi exactement ce qui est arrivé.

En se tordant beaucoup les mains, Wulfstan lui raconta toute l'histoire. Presque toute l'histoire. Il omit de rapporter les étranges questions qu'avait posées Nicolas lorsque Wulfstan était venu chercher le remède. Il omit également de dire qu'il avait parlé à Lucie Wilton de sa découverte.

Ce qu'Owen entendit fut une révélation pour lui.

— Lorsque Montaigne l'a traité d'« assassin », cela n'a rien fait lever en vous ?

— Il délirait de fièvre. Je suis habitué aux propos incohérents que l'on dit dans cet état.

Owen se leva. Il arpenta quelques instants la pièce en réfléchissant. Wulfstan était assis, les mains repliées dans ses manches. Il regardait le feu. Son visage rouge et couvert de sueur trahissait un malaise intérieur. Il n'avait pas dit tout ce qu'il savait. Owen en était certain. Il ne s'était pas attendu à ce que l'entrevue se déroule dans la facilité.

— Qu'avez-vous fait lorsque vous avez découvert la dose d'aconit que contenait le remède ?

— Je m'en suis débarrassé.

— Où ?

— Je... (Wulfstan ferma les yeux. Il cherchait visiblement une réponse.) Je l'ai fait brûler.

— Vous l'avez fait brûler par votre novice ?

— Je... Non.

Le vieux moine ne pouvait pas mentir. Owen misait là-dessus. Il lui suffisait d'être patient.

— Alors qui ?

— Un ami.

— Alors, quelqu'un d'autre est au courant ?

— Ils ne parleront pas.

— Vous continuez de jouer avec moi.

La rougeur des joues s'accentua.

— Vous savez que vous n'avez pas besoin d'exhumer Geoffrey. Vous savez ce qui l'a tué. N'est-ce pas suffisant ?

— Êtes-vous certain que cette dose d'aconit se soit trouvée par accident dans le remède ?

— Comment pourrait-il en être autrement ? J'ignorais alors le nom du pèlerin. Je n'ai donc pas pu le dire à Nicolas Wilton.

Mais Nicolas avait posé ces questions. Il savait pour qui il préparait le remède.

— Il ne s'est pas rendu à l'abbaye pendant que Geoffrey y séjournait, alors, comment pouvait-il savoir ? Et pourquoi aurait-il empoisonné un étranger ?

La sueur coulait dans le dos de Wulfstan, ce qui le mettait au supplice. Et s'il protégeait un assassin ? Comment accepter cela ? Lucie Wilton était innocente. Il devait la protéger. Mais comment interpréter les questions de Nicolas ? Et la paralysie ? Pouvait-elle avoir été causée par le choc éprouvé en voyant sa victime ? Par le poids de son crime prémédité lui pesant sur le cœur ?

— Je vous ai demandé si vous étiez sûr qu'il s'agissait d'un accident, Frère Wulfstan ?

Wulfstan se tamponna le front. Il n'arrêtait pas de s'agiter sur son banc. Il ferma les yeux et se couvrit le visage de ses mains. Owen l'entendait se murmurer quelque chose. La flèche avait atteint la cible, il en était sûr.

Wulfstan finit par se redresser. Il fixa Owen droit

dans les yeux. Owen lut la peur sur son visage congestionné.

— On ne peut pas lire dans le cœur des autres. J'ai toujours considéré Nicolas comme un brave homme et comme un bon apothicaire. Mais j'avoue que je ne sais plus que penser à propos de ce jour-là. Il m'a questionné sur le malade ; des questions que je ne trouvais pas... (il fronça les sourcils, cherchant le mot juste) qui étaient sans intérêt pour établir un diagnostic.

Owen avait amené doucement Wulfstan à lui fournir la preuve que Nicolas Wilton en savait assez pour pouvoir deviner qui était le pèlerin.

— Pardonnez-moi de vous avoir forcé la main. Je n'éprouve aucun plaisir à vous harceler.

Wulfstan hocha la tête ; des larmes brillaient dans ses yeux.

— Dites-moi encore ceci : êtes-vous certain que le remède que vous avez analysé était celui que Nicolas avait préparé ?

Wulfstan soupira.

— J'en suis sûr.

— Personne ne pourrait l'avoir échangé, à votre insu ?

— Je l'avais étiqueté avec soin.

— L'auriez-vous remarqué s'il avait été trafiqué ?

Wulfstan se tassait, vaincu.

— Je le pense, mais comment en être absolument sûr ?

— C'est dommage que vous ne l'ayez pas conservé.

— Je voulais en être débarrassé. J'avais peur que quelqu'un puisse l'utiliser par inadvertance.

— Ainsi, d'autres que vous ont accès aux remèdes ?

— Personne n'en a le droit. Mais quelque chose pouvait m'arriver...

— Qui l'a brûlé ?

— Je vous l'ai déjà dit : un ami.

— Ici, à l'abbaye ?

Les yeux papillotèrent de droite et de gauche.

— Non.

— Quelque part dans la cité ?

Wulfstan releva résolument le menton. Il ne trahirait pas un innocent.

— Je n'ai pas vu où il a été brûlé. Et je ne peux savoir avec certitude où cela s'est passé.

Il prit une profonde inspiration.

Owen se demanda qui le vieux moine pouvait protéger avec une telle opiniâtreté. Qui pouvait lui inspirer un silence aussi héroïque. En qui le vieux moine pouvait avoir suffisamment confiance pour se sentir soulagé de confier sa découverte.

Et soudain, la lumière jaillit. La seule à qui Wulfstan avait confié son plus récent malaise ; celle avec qui il partageait son secret.

— Vous avez parlé à maîtresse Wilton de votre découverte ?

Wulfstan baissa la tête et se signa. Il luttait contre l'envie de maudire le monstre borgne.

— Vous pensiez qu'elle devait savoir, afin que l'erreur ne puisse se répéter.

Cette fois encore, le vieux moine ne lâcha pas un mot.

— Je dois savoir qui est au courant, dit doucement Owen. Vous voyez, si Nicolas n'est pas l'assassin et si l'assassin est en liberté, n'importe qui pouvant apporter une preuve se trouve en danger. Je vous préviens. Et je dois prévenir votre ami.

Wulfstan leva sur Owen un regard mal assuré.

— En danger ?

— Dans une situation telle que celle-ci, savoir est dangereux.

— *Deus juva me*, je n'avais pas songé à cela.

— Était-ce maîtresse Wilton ?

— Maintenant que vous m'avez expliqué, je vais pouvoir prévenir mon ami.

— Réfléchissez. Je travaille dans l'échoppe des Wilton. Si je sais que maîtresse Wilton est en danger, je pourrai la protéger.

Il le pourrait, en effet, pensa Wulfstan. Cet homme aux épaules larges pourrait servir de protecteur à Lucie. Et que pouvait faire Wulfstan ? Comment allait-il, lui, la protéger ?

— Oui, je l'ai dit à Lucie afin qu'elle puisse surveiller Nicolas. Et je lui ai donné le remède à brûler.

— Vous avez dû avoir du mal à le lui dire ?

— Je n'ai pas aimé le faire.

— Elle a dû éprouver un choc ?

— Lucie est une femme courageuse. Elle a pris la chose avec calme. Elle a tout de suite compris ce que je lui confiais.

— Elle n'a pas pleuré, ni ne s'est tordu les mains ?

— Ce n'est pas son genre.

— Vous avez dû être soulagé. Vous ne devez pas avoir une grande expérience des évanouissements féminins.

— Je ne lui aurais rien dit si j'avais pensé qu'elle aurait un comportement incohérent.

— Elle n'était donc pas du tout bouleversée ?

Wulfstan fronça les sourcils. La question l'entraînait sur un terrain dangereux.

— Je ne pense pas qu'elle m'aurait laissé voir le moindre trouble.

— Maîtresse Wilton connaissait l'identité du pèlerin ?

— Non.

— En êtes-vous certain ?

Wulfstan haussa les épaules.

— Aussi certain qu'on puisse l'être.

— C'était l'amant de sa mère. Vous le saviez.

Frère Wulfstan rougit.

— Je l'ai compris.

— Et personne, dans la famille de maîtresse Wilton, son mari ou son père, ne connaissait la présence de Montaigne à l'abbaye ?

Wulfstan secoua la tête.

— Je ne vois pas comment ils l'auraient appris.

Assez.

— Je suis désolé de vous avoir imposé cet interrogatoire, Frère Wulfstan. Maîtresse Wilton a beaucoup de chance de vous avoir pour ami. Je ne vais pas vous ennuyer plus longtemps. (Owen se leva.) Merci pour l'information. Je ne m'en servirai que pour découvrir la vérité.

Frère Wulfstan l'en remercia et le raccompagna à la porte.

— Et rappelez-vous. Soyez vigilant. Ne faites confiance à personne.

— Pas même à l'abbé Campian ?

— Non.

— Ni à Lucie Wilton ?

Surtout pas à elle.

— Contentez-vous de vous rappeler que vous ne devez faire confiance à personne. Dès que je connaîtrai la vérité, je vous dirai quand vous pourrez baisser votre garde.

— Vous veillerez sur Lucie Wilton ?

— Je vous le promets.

Wulfstan croyait Owen. Et cela chassa les derniers soupçons qu'il avait eus à son endroit. Il s'agenouilla devant le petit autel dédié à la Sainte Mère et il pria.

16

LA RACINE DE MANDRAGORE

Le vent apportait avec lui l'odeur de la rivière. Le cœur lourd, Owen se frayait difficilement un chemin dans la neige et la glace. Wulfstan avait voulu protéger Lucie Wilton. Owen voulait protéger Lucie Wilton. Nicolas souhaitait aussi, vraisemblablement, la protéger ; elle était sa femme. Tout le monde désirait protéger la douce et charmante Lucie. Et si derrière cette façade séduisante, elle se moquait d'eux et se servait du pouvoir qu'elle exerçait sur eux pour se protéger ? Se pouvait-il que Lucie ait surpris des détails sur le pèlerin et qu'elle ait décidé de prendre sa revanche ? C'était la question qui lui perçait le cœur. Avait-elle préparé elle-même le remède pour le donner ensuite à Nicolas ?

Lorsque Owen entra dans l'échoppe, Lucie était occupée avec un client. Il lui adressa un petit signe de tête et gagna la cuisine. La servante nettoyait les dalles devant la cheminée, sous l'œil critique de Bess Merchet.

— Dis bonjour à Owen, Tildy.

Des yeux anormalement grands, dans un petit visage pâle qui aurait été joli s'il n'avait été défiguré par une tache de naissance sur la joue gauche. Elle alla pour se relever.

— Non, pas besoin de se lever, dit Bess. Dis simplement bonjour.

— 'Jour, Maître Owen, murmura-t-elle d'une voix tremblante, les yeux baissés sur ses pieds.

— Pas « maître », Tildy. C'est un apprenti.

Owen sourit.

— Bonjour, Tildy. Je vois que tu es très occupée. Je vais essayer de ne pas rester dans tes pieds.

Tildy lui fit un sourire reconnaissant.

Bess renifla.

Tildy fit le gros dos, s'attendant à une explosion. En voyant qu'elle ne se produisait pas, elle se remit à son travail et frotta la pierre avec tant d'énergie, qu'on aurait dit qu'elle voulait l'user.

— Peut-être pourrais-je monter voir si le maître n'a besoin de rien, suggéra Owen.

Bess fit claquer sa langue devant l'eau qui se répandait sur le sol. Elle soupira, puis regarda Owen en secouant la tête.

— Non, inutile. L'archidiacre est avec lui.

Lucie apparut dans l'encadrement de la porte et appela Owen.

— Gardez un instant l'échoppe, Owen. Il faut que je monte voir Nicolas.

Il se rendit aussitôt dans l'échoppe, soulagé d'échapper au regard scrutateur de Bess. Depuis qu'il s'était confié aux Merchet, il se sentait nerveux lorsqu'il se trouvait en leur présence en public. Il avait peur que l'un d'eux commette une bévue et révèle le but véritable de son travail. De plus, Bess avait une façon embarrassante de le regarder. On aurait dit qu'elle connaissait ses péchés et qu'elle le prenait pour un scélérat. Il plaignit Tildy.

Effrayée mais déterminée, Lucie monta l'escalier. Elle repoussa sa guimpe derrière son oreille et s'appuya contre la porte.

— C'était un mourant, Nicolas.

— Montaigne et maintenant Digby. Oh, Anselm, cela aura-il une fin ?

— Vous vous fatiguez trop, Nicolas. Oubliez-les.

— Vous êtes si froid.

— Avez-vous la mémoire si courte ? Jadis, Geoffrey Montaigne vous a agressé et vous a laissé pour mort.

— Quand il m'a vu, cette nuit-là. Oh, Anselm, son visage !...

Lucie étouffa un cri. Geoffrey Montaigne. Le chevalier de sa mère. Elle se laissa tomber sur la plus haute marche. Geoffrey Montaigne et Nicolas ? Au nom du Ciel, qu'y avait-il entre eux ? Et pourquoi reparler aujourd'hui de Geoffrey ? Il avait disparu à la mort de sa mère.

Elle retourna à son poste, l'oreille appuyée contre la porte. Quelqu'un pleurait. Ce devait être Nicolas. Il était difficile d'imaginer Anselm en train de pleurer. Ce monstre allait anéantir tout le bienfait de ses soins. Anselm murmurait quelque chose.

— Je... N'en faites rien. Je vais bien, dit Nicolas. C'est simplement... Je dois... Il faut que je dise certaines choses.

Montaigne et maintenant Digby. Quel était le lien entre eux ? Lucie s'assit dans le noir pour réfléchir. *Jadis, Geoffrey Montaigne vous a agressé et vous a laissé pour mort.* Wulfstan avait dit à Nicolas que le pèlerin ne pouvait pas croire qu'il puisse être maître apothicaire, parce qu'il pensait que Nicolas était mort. Et le pèlerin avait combattu en France avec son père. C'était cela : le pèlerin était Geoffrey Montaigne. Dieu du Ciel ! Qu'est-ce que cela signifiait ? Pourquoi Nicolas et lui s'étaient-ils battus ? Pourquoi ne lui en avait-on jamais parlé ?

— Vous ne devez pas lui faire de mal, Anselm.

— Nous ne parlons pas d'elle.

— Anselm, promettez-moi...

— Elles vous ont détruit, Nicolas. D'abord la mère ; elle, ensuite. Ces démons femelles.

Lucie fut effrayée par la haine qui tremblait dans la voix de l'archidiacre.

— Lucie est une bonne épouse.

— Elle vous a rendu aveugle. Et maintenant, elle est en bas avec son amant borgne, et elle attend votre mort.

Le monstre ! Lucie eut du mal à s'empêcher d'entrer dans la chambre pour lui arracher les yeux. *Non, Nicolas. Ne l'écoute pas.*

— C'est vous qui êtes aveugle, Anselm.

La voix de Nicolas n'était plus qu'un souffle. Il fallait qu'elle aille auprès de lui. Mais si Anselm soupçonnait qu'elle avait écouté aux portes... Dieu Tout-puissant, il parlait avec une telle haine. Elle avait l'impression qu'il voyait au travers de la porte et que ses yeux froids et inhumains ne la lâchaient pas. Elle s'enfuit dans la cuisine.

Tildy releva la tête en entendant Lucie haleter, le dos appuyé contre le chambranle de la porte.

— Maîtresse Wilton !

— Qu'y a-t-il, Lucie ?

Bess s'était précipitée vers elle.

Elle secoua la tête.

— Rien. J'étais... (Elle secoua de nouveau la tête.) Je dois retourner à mon travail.

— C'est ridicule. Regardez-vous.

— Ce n'est rien, Bess. Je vous en prie...

Elle s'empressa de pousser la porte de l'échoppe.

Owen s'interrogea, lui aussi, en la voyant. Sa guimpe était de travers ; ses cheveux tombaient sur ses tempes ; la sueur les faisait boucler sur ses joues.

— Il ne fallait pas vous presser comme ça.

— Je veux retirer certains bocaux des étagères. Ce sera plus facile si je peux vous les passer.

Elle avait du mal à respirer.

— Peut-être devriez-vous vous asseoir, un instant.

Il fut étonné de la voir se laisser tomber sur le banc, derrière le comptoir. Des ombres bleuissaient sa peau si pâle, sous ses yeux. Culpabilité ou inquiétude pour la santé de Nicolas ? Owen voulut croire que c'était le souci et le surmenage. Elle se massa fébrilement le coude.

— Puis-je vous donner quelque chose à boire ?

Elle secoua la tête.

— Aidez-moi simplement à descendre les bocaux.

— Laissez-moi grimper, offrit Owen.

Lucie soupira.

— Si nous devons travailler ensemble, vous devez cesser de discuter sans arrêt mes ordres et vous contenter de les exécuter. Est-ce dans vos possibilités ?

Elle réajusta sa guimpe et fit disparaître dessous ses cheveux.

— Je crois que oui...

Elle se leva.

— Je sais ce que vous pensez. Une femme ne devrait pas grimper sur des échelles, ni porter des jarres lourdes. Si vous voyiez une femme nettoyer une maison, vous comprendriez à quel point ces inquiétudes sont ridicules.

Elle était en colère. Bess ne lui avait peut-être pas dit où il était allé.

— J'ai assisté à l'enterrement de Digby.

Lucie hocha la tête.

— Vous avez bien fait. Bess m'a raconté votre mésaventure de l'autre nuit, lorsque vous avez renversé la bougie.

— Vous comprenez maintenant pourquoi j'ai quitté mon métier de soldat.

Elle secoua la tête.

— Je vous ai regardé travailler. Votre œil n'est pas un handicap. Était-ce à cause de Digby ? Sa mort vous a bouleversé ?

Ses yeux étaient si clairs. Honnêtes. Il n'eut pas le cœur de lui mentir.

— La mort en temps de paix est très différente de la mort en temps de guerre. À force de voir mourir tous les jours, le cœur finit par s'endurcir et l'on s'apitoie moins sur les morts à venir. Mais Digby ne s'attendait pas à mourir.

Elle le regarda, essayant d'interpréter la réponse. *Montaigne et maintenant Digby.* Elle secoua la tête. Elle ne devait plus y penser.

— Une fois de plus, vous m'étonnez, Owen Archer. Après tout, un homme peut sans doute changer sa nature. En tout cas, j'aimerais le croire.

— Et quelle était mon ancienne nature ?

— Celle d'un soldat.

— Et quelle est la nature d'un soldat, pouvez-vous me le dire ? Pensez-vous que j'avais choisi délibérément cette voie ? Que j'avais le goût de tuer ? Que je voulais tuer et être tué pour mon roi ? Je ne l'avais pas choisi. J'ai été choisi par les hommes du roi à cause de mes qualités de tireur à l'arc.

— Lorsque vous avez développé ce don, vous ne saviez pas où il vous conduirait ?

— Non. Pour un enfant, c'était un jeu comme un autre. J'étais bon au tir, alors c'est devenu mon jeu favori. Et c'est ainsi que je n'ai plus cessé de progresser.

Elle se détourna de lui.

— Il y a du travail à faire.

— Pourquoi êtes-vous ainsi avec moi ? Pourquoi rien de ce que je fais ne trouve-t-il jamais grâce à vos yeux ?

— Vous n'êtes pas ici pour trouver grâce à mes yeux.

— Bien sûr. Je suis votre apprenti. Mais votre opinion est tout pour moi.

Tout pour moi. L'écho de ces trois mots résonnait encore entre eux. Lucie le regarda, moins en colère qu'effrayée. Il mourait d'envie de la saisir par ses épaules butées et de la secouer. *Vous êtes tout pour moi.*

Elle détourna les yeux et brossa une poussière invisible sur son tablier.

— Mon approbation pour votre travail doit être votre seul souci. Il est grand temps de vous remettre au travail, à présent.

Owen abandonna le comptoir et la suivit jusqu'à

l'échelle. Il resta à ses pieds et ne fit pas un commentaire en recevant la jarre d'argile qu'elle lui tendait, bien qu'il se demandât comment elle allait faire pour conserver son équilibre avec une telle charge. Et, en effet, elle trébucha. Il la soutint alors par la taille. Une taille si souple. Il sentit qu'elle retenait son souffle. Et, l'espace d'une seconde, elle lui jeta un regard étrange et effrayé, puis elle reprit sa descente.

Arrivée sur le sol ferme, elle se tourna vers lui.

— Je dois une nouvelle fois vous remercier pour m'avoir rattrapée. Sans vous, je serais tombée.

Il se contenta d'opiner, de peur de dire encore ce qu'il ne fallait pas.

— Nicolas veut vous voir après le déjeuner. Il a des livres à vous donner à étudier.

— Je m'en réjouis. J'ai cru comprendre que l'archidiacre était, en ce moment, avec lui.

Lucie était calme en déposant une dose de camomille sur un morceau de parchemin. Mais Owen remarqua que ses mains tremblaient légèrement.

— Ses visites vous contrarient ? demanda Owen.

— Elles rendent Nicolas nerveux, et ce n'est pas bon pour lui. (Elle lui tendit le bocal de camomille.) Vous pouvez le remettre à sa place.

Pendant qu'Owen grimpait sur l'échelle, un garçon entra dans l'échoppe. C'était le palefrenier de l'auberge près de Macklegate. Un cheval boitait et ils ne pouvaient pas s'en séparer en ce moment.

Lucie posa des questions auxquelles le garçon répondit avec précision. Owen connaissait bien les chevaux. Et le traitement que prescrivit Lucie était exactement ce qu'il aurait choisi.

Il la regarda préparer la mixture, expérimentée et

sûre d'elle. Il la soupçonna d'être tout aussi capable que son mari de concocter un poison efficace. Mais aurait-elle le cran de le faire ?

— Ne t'inquiète pas, Jenkins, dit-elle en regardant du coin de l'œil le garçon qui faisait nerveusement les cent pas. Cet onguent va le remettre d'aplomb.

Elle referma le bocal qu'elle posa sur le comptoir et tendit la main pour se faire payer. Le garçon compta les pièces et se sentit bien soulagé lorsqu'elle rectifia l'erreur qu'il faisait à ses dépens.

— Très obligé, Maîtresse Wilton.

Il rougit, ébloui par son sourire. Owen le comprenait.

— Et ne te tracasse pas pour lui, dit Lucie en lui tendant le bocal, avec ce que je lui donne, il va guérir.

Le garçon eut l'air sceptique.

— Tous les chevaux qui boitent ne sont pas bons pour l'abattoir. Laisse-lui le temps de guérir.

Lucie se pencha et tapota le couvercle du bocal qu'il tenait serré contre sa tunique maculée de graisse.

— C'est le mélange spécial de mon mari.

— On dit qu'il est souffrant.

— Il l'est, Jenkins. Mais sa médecine est aussi bonne qu'avant.

Le garçon fit un signe de tête et quitta très vite l'échoppe.

— Vous remarquerez, dit Lucie, que j'ai insisté pour être payée avant de lui remettre le remède. Jack Cobb fait partie de ceux qui doivent payer sur-le-champ ce qu'ils achètent. Beaucoup de gens ici sont dignes de confiance ou méritent qu'on leur fasse la charité. Mais Jack Cobb repousse toujours le moment de payer, en espérant que les marchands finiront par oublier ses notes. C'est un homme riche et égoïste. Il ne s'en tirera pas comme ça chez nous.

Une femme résolue, sûre de son jugement. Si elle pensait qu'un homme méritait d'être puni pour la mort de sa mère, irait-elle froidement appliquer la sentence ?

— Je me souviendrai pour Jack Cobb. Quels sont les autres qui...

Lucie s'était retournée vers la porte de la cuisine, au moment précis où l'archidiacre la franchissait. Owen, qui n'avait pas entendu Anselm descendre l'escalier, comprit que la jeune femme avait dû le guetter. Ce qui voulait dire qu'elle était plus inquiète qu'il ne l'avait supposé.

— Comment est-il ? demanda Lucie.

— Il est fatigué. C'est pourquoi je pense qu'il est préférable que je m'en aille.

Anselm vit alors Owen.

— Bonne journée à tous les deux.

Lucie s'essuya les mains sur son tablier.

— Owen va vous reconduire, Archidiacre.

Elle sortit en toute hâte de la pièce. Owen entendit son pas léger dans l'escalier.

— Je connais le chemin, dit Anselm.

Et il le prouva.

Après un déjeuner servi timidement par Tildy, qui vint s'asseoir avec eux, Lucie conduisit Owen dans la chambre du malade. Nicolas était appuyé contre ses oreillers. Plusieurs petits tas de livres reposaient sur les couvertures, près de lui.

— Lucie est satisfaite de vous. (Nicolas luttait pour trouver les mots. Après avoir prononcé une phrase, il était à bout de souffle et couvert de sueur.) Mais je crains qu'Anselm n'ait raison. Nous avons tort de vous garder avec nous.

— Que dis-tu ?

Lucie s'agenouilla près de lui pour essuyer son visage couvert de sueur avec un linge parfumé.

— Être l'apprenti d'un apprenti... (Nicolas secoua la tête.) Ce n'est pas bon pour lui.

Le visage de Lucie s'empourpra.

— C'est ridicule. Où pourrait-il avoir accès à des livres aussi savants que les tiens ? Sans parler du jardin. Il est apprenti chez l'apothicaire le plus prisé de tout le Nord.

Ses yeux brillaient d'indignation.

— Lucie, mon amour. (Nicolas chercha sa main.) Un maître à Durham a besoin de lui.

Owen avait l'impression d'écouter aux portes. Il leur rappela sa présence.

— J'ai fait mon choix. Tout est parfait pour moi.

Nicolas secoua la tête.

— Ce n'est pas une bonne place pour lui. Anselm a raison.

Devant le regard suppliant de Nicolas, Lucie ferma les yeux.

— Tu voulais donner quelque chose à étudier à Owen.

— Lucie.

Elle se pencha vers lui.

— Dois-je te rappeler notre arrangement, Nicolas ? C'est à moi que revient la responsabilité de l'échoppe quand tu es souffrant. C'est moi qui prends les décisions.

L'apothicaire regarda ses mains et secoua la tête.

Comme un enfant, pensa Owen. Un enfant qui a fait une bêtise et qui se repent.

— Bien.

Lucie s'éloigna et fit signe à Owen de s'approcher de Nicolas.

D'une main tremblante, l'apothicaire indiqua à Owen les passages importants à lire. Il exhalait une mauvaise odeur. Pas seulement l'odeur de la maladie, mais celle de la peur aussi. Une odeur qu'un soldat connaît bien.

— Vous devriez vous méfier de l'archidiacre, murmura Nicolas à Owen, lorsque Lucie eut quitté la chambre.

— Il est clair qu'il ne veut pas que je reste ici.

Owen regarda les yeux du malade. Des yeux chassieux bordés de rouge. La peur y ajoutait une intensité inquiétante.

— Pourquoi, Maître Nicolas ? Pourquoi l'archidiacre veut-il que je m'en aille ?

— Anselm veille sur mon âme.

— J'ai du mal à croire que je puisse mettre votre âme en péril.

Nicolas ne répondit pas. Ses yeux humides papillotaient ici et là, se posant sur tout ce qu'ils rencontraient, à l'exception du visage attentif d'Owen.

— Je suis exactement l'homme qu'il vous faut ici. Vous le savez.

— Anselm... voit les choses différemment.

— Pourquoi ?

— Je suis égoïste de me servir de vous de cette manière.

— C'est ridicule. Je suis venu de mon plein gré.

Je suis heureux ici. C'est exactement la place que je cherchais.

Nicolas prit une profonde et vibrante inspiration et ferma les yeux.

— Potter Digby. Vous le connaissez ?

— Un peu. Pourquoi ?

— Il n'aurait pas dû mourir. Aucun d'eux n'aurait dû mourir.

— Aucun d'eux ?

Enfin une confession. Owen s'approcha plus près.

— Que voulez-vous dire ?

Nicolas ouvrit grand les yeux.

— Je... (Il secoua la tête. Des larmes débordèrent de ses paupières et roulèrent sur ses joues fiévreuses.) Protégez-la.

Sa tête retomba sur l'oreiller. Il lutta pour respirer, ses mains décharnées agrippées à sa gorge. Owen appela Lucie.

Elle monta l'escalier en courant.

— Mère miséricordieuse !

Nicolas se débattait sur son lit pour arriver à respirer. Une odeur de sueur et d'urine emplissait la pièce. Lucie s'agenouilla et serra sa main que la maigreur faisait ressembler à une serre.

— Nicolas, mon amour. Qu'est-ce que je peux faire ?

Il marmonna quelque chose d'inintelligible et pressa sa main contre sa poitrine.

— Ta poitrine ? Elle te fait mal ?

Les yeux humides cillèrent.

— Pour respirer. La mandragore.

Lucie recula, épouvantée.

— Tu veux quelque chose d'aussi fort ?

Nicolas reprit son souffle en frissonnant.

— Une pincée. Dans le lait. Tu sais bien...

Lucie hésita. Mais quand il se plia en deux, elle se tourna vers Owen.

— Surveillez-le. Si ses yeux se mettent à rouler ou s'il recommence à étouffer, appelez-moi tout de suite.

Nicolas était calme. Mais à l'instant même où Owen se disait qu'il semblait aller mieux, Nicolas rejeta sa tête en arrière et son corps se cambra dans un paroxysme de douleur.

De retour avec le remède, Lucie tira près d'Owen la petite table sur laquelle reposait la lampe à alcool.

— Suivez mes gestes, dit-elle d'une voix nouée.

Ses yeux reflétaient la douleur de son mari.

— Suivez mes gestes pendant que je vous explique.

Lucie s'empara d'un petit godet en argent, plus petit qu'un dé à coudre.

— La poudre de mandragore ; juste cette mesure ; pas plus.

Ses mains tremblaient en enfonçant le godet dans un pot en terre sur lequel était peinte une racine de forme humaine. Owen le lui maintint. Elle versa le contenu du dé dans un godet plus large.

— Lait de pavot en poudre ; cette quantité.

Elle prit une mesure plus grande et Owen inclina pour elle le second pot sur lequel était peinte une fleur aux pétales délicats.

— L'eau bouillante à deux doigts sous le rebord. (Sa voix était plus calme. Elle versa l'eau.) Mélanger bien au-dessus de la lampe pour laisser refroidir, et mélanger de nouveau jusqu'à ce que je puisse garder la main contre le godet pendant trois respirations. Il ne faut pas ébouillanter la gorge du malade.

— Laissez-moi mélanger à votre place. Je suis sûr que maître Nicolas préférerait que vous lui teniez la main.

Lucie opina et changea de place avec Owen. Elle essuya la sueur qui perlait sur le visage de Nicolas avec son tablier.

— Apaise-toi, Nicolas. Tu vas bientôt dormir sans souffrir.

Owen remuait le liquide en suivant les instructions, sous le regard attentif de Lucie. Quand il eut tenu le gobelet dans sa main pendant l'intervalle de trois respirations, elle lui fit un signe de tête pour qu'il le lui donne, puis il souleva la tête de Nicolas. Mais il dut le soutenir pendant qu'un accès de toux grasse le secoua et l'obligea à lutter pour reprendre son souffle. Quand il fut de nouveau calme, Lucie l'aida à boire la potion. Quelques minutes plus tard, les gémissements cessèrent.

— Dieu te bénisse, dit Nicolas.

Ces trois mots provoquèrent une nouvelle quinte de toux. Il eut une grimace de douleur.

— Ne parle plus, Nicolas, mon amour. Dors, à présent.

Owen l'étendit dans le lit.

— Voulez-vous une prière ? demanda l'archidiacre sur le pas de la porte.

— Anselm !

Nicolas eut un sursaut et porta la main à son cœur.

En deux enjambées, Owen avait gagné la porte.

Lucie se laissa tomber à genoux, à côté de Nicolas dont les yeux étaient dilatés par la peur.

— Je ne lui ai pas dit de revenir, Nicolas.

Elle le tenait serré contre elle et essayait de le calmer.

— Mon maître a besoin de repos, Archidiacre, dit Owen en entraînant Anselm hors de la pièce. Vos prières sont très appréciées mais, cette fois, il vaut mieux les dire ailleurs.

Et il referma fermement la porte derrière lui.

— Anselm est fou, Lucie, murmura Nicolas, en lui agrippant la main. Ne le laisse pas s'approcher de toi.

— J'y veillerai, mon amour. À présent, repose-toi. Tu dois te reposer.

Elle lissa son sourcil et constata avec soulagement que le lait de pavot agissait.

— Et je vais l'éloigner de toi. Il te tue.

Du haut de l'escalier, l'archidiacre demanda :

— Que s'est-il passé ?

Comme s'il avait le droit de savoir.

Sans lui répondre, Owen le fit descendre et l'entraîna dans l'échoppe. Une fois arrivés là, il dit d'une voix qu'il espérait contrôlée et atone :

— Nicolas Wilton souffre beaucoup. Vos visites le perturbent. Il faut que vous le laissiez se reposer.

Anselm fixa Owen.

— Vous outrepassez vos droits, Owen Archer. Vous n'êtes pas le maître de cette maison.

— Si vous êtes vraiment son ami, laissez-le tranquille. Il a pris un remède à base de mandragore pour soulager la douleur. Il faut qu'il dorme, à présent.

L'expression de l'archidiacre changea. Ses yeux reflétaient une inquiétude sincère. Il se préoccupait donc vraiment de la santé de Nicolas.

— De la mandragore ? Alors, le mal a empiré.

— Je le pense aussi.

— Je l'ignorais, naturellement. Je vais m'en aller pour le laisser se reposer. Il faut qu'il aille bien. Vous devez faire tout ce qui est en votre pouvoir pour qu'il guérisse.

La main sur la porte, Anselm s'arrêta.

— L'idée de le confier à vos soins ne me plaît guère, Archer. Un inquisiteur reste à l'écart des autres. C'est une nécessité pour lui, afin de garder un jugement impartial. Se lier avec un inquisiteur est l'acte de quelqu'un qui cherche à acheter des faveurs.

— Vous me suspectez ?

— Je vous avertis simplement.

— Je n'obtiendrai aucune faveur de sa part.

— Dieu ait son âme.

— Vous montrez un intérêt inhabituel pour mon bien-être.

— Vous êtes apprenti chez mon ami. Je ne veux pas que vous apportiez le déshonneur dans sa maison.

— Loin de moi cette idée.

— Veillez-y.

L'archidiacre quitta l'échoppe.

Owen était certain d'une chose, c'est qu'Anselm n'avait pas dit ce qu'il avait en tête. Mais il était clair qu'il s'inquiétait pour Nicolas. Il s'inquiétait et il était en colère.

Après le dîner, Owen étudia les livres de Nicolas. Lucie cousait et Tildy épluchait les haricots. D'une voix douce, Lucie exposa à Tildy quel serait le travail du lendemain.

De temps à autre, Lucie relevait les yeux avec une expression angoissée, comme si son regard pouvait percer le plafond et parvenir dans la chambre du malade. Owen ne pouvait rien faire pour elle mais il se demandait ce que ce vieil homme mourant avait encore à lui offrir. Il ne pouvait même pas lui donner un enfant. Quel lien secret rendait l'adorable Lucie si fidèle à Nicolas Wilton ? Était-ce qu'il avait tué pour elle ?

Ou avait-il apporté le poison pour elle ? S'il n'avait été que le messager accidentel ; quelle était la cause de son évanouissement ? Un poison à effet retardé ?

Un empoisonnement. Deux empoisonnements. L'un avait pour but de tuer ; l'autre de réduire au silence. Avait-elle empoisonné Nicolas pour le faire taire ?

Owen releva la tête du livre qu'il était en train de lire. Lucie écoutait Tildy répéter la liste des ingrédients de la soupe du lendemain.

— « ... Quand l'orge bout, mettre le morceau de porc qui reste d'hier, la sariette d'hiver, le sel, un pied de fenouil... »

— Pas de fenouil, Tildy. De l'ache.

La voix était douce, les manières nobles. Elle repoussa une mèche rebelle sous le mouchoir de tête de Tildy. La jeune fille sourit. Lucie lui tapota la main.

— Tu es une bonne fille, Tildy. Tu m'aides bien.

Une telle femme n'empoisonne pas son mari, ni ne tue l'amant de sa mère. Comment avait-il pu avoir de telles pensées ? Il l'observait pendant qu'elle montrait à Tildy quel pot utiliser, où se trouvaient les épices, comment lire les étiquettes. Elle était aussi patiente avec la jeune fille qu'elle l'était avec lui.

Il essaya de l'imaginer, avec ces mêmes gestes patients et précis, en train de concevoir le poison et la manière de l'administrer ; il l'imagina en train de penser à sa charmante mère, au bébé qui l'avait tuée, puis à la manière dont elle, Lucie, avait été envoyée au couvent quand, soudain, elle avait entendu dire que l'homme était de retour ; qu'il était en train de mourir à l'abbaye et que l'on avait demandé à Nicolas de concocter le remède qui devait le sauver. Elle avait proposé de préparer la médecine. Ou de l'envelopper pendant que Nicolas s'habillait chaudement pour sortir. Quelques pincées d'aconit en plus, et le tour était joué. Qui aurait pu le remarquer ?

Un empoisonnement pour tuer ; l'autre pour réduire au silence. La mort de Fitzwilliam : un accident. Ensuite, quand le frère Wulfstan découvre ce qui s'est passé, elle accepte de brûler ce qui reste du poison et de garder le silence. Ni vu ni connu !

Aurait-elle pu agir ainsi envers Nicolas ? Était-ce pour cette raison qu'elle se montrait si pleine de sollicitude ? de culpabilité ?

— Alors, je vais vous dire bonne nuit, Owen, dit Tildy debout devant lui, une chandelle à la main.

Il fut surpris de la voir si près de lui et espéra avoir gardé la tête baissée sur ses livres.

— Bonne nuit, Tildy.

— Quelque chose ne va pas ? lui demanda Lucie après le départ de Tildy.

Trop de choses qui étaient trop subtiles pour lui.

— Il y a tant à apprendre. J'espère que je ne me leurre pas en pensant que je peux encore apprendre à mon âge. Je ne suis plus un enfant. Je n'ai plus l'âge d'être un apprenti.

— Vous avez fait le bon choix. Ne vous tourmentez pas.

Il aurait voulu qu'elle ne soit pas soudain si gentille avec lui. Il devait cependant profiter de l'occasion qui lui était donnée d'être seul avec elle pour découvrir ce qu'elle savait. Ce qu'elle voudrait bien reconnaître. Il devait avancer avec prudence pour qu'elle ne soupçonne pas ses desseins.

— La vie ici est très différente de celle des camps. Des maladies infantiles, des femmes enceintes, des vieillards... Je ne connaissais rien de tout cela. Là où j'étais, on soignait surtout les blessures et la fièvre des camps.

Elle ne réagit pas comme il l'avait prévu. Il avait pensé qu'elle parlerait du métier sur un ton léger.

Son visage s'empourpra.

— J'espère que vous ne trouvez pas le travail trop ennuyeux.

Seigneur, il ne pouvait même pas avoir avec elle une conversation sans histoires.

— Pas du tout. J'ai déjà beaucoup appris. Maître Nicolas est unique dans sa profession. On dit qu'il a un excellent remède pour la fièvre des camps. Nous la soignons avec différentes mixtures. Qu'utilise-t-il ?

Elle tira d'un coup sec sur un fil emmêlé et jura quand il cassa.

— Nous ne sommes pas dans un camp.

— Mais il y a sûrement des hommes à York qui ont contracté la fièvre lorsqu'ils étaient soldats. La maladie est récurrente. C'est là le drame.

— Nicolas ne m'en a pas parlé, dit-elle sur un ton qui mettait un terme à la discussion.

Owen n'insista pas. Il lui était suffisant, pour le moment, de savoir que le sujet la mettait mal à l'aise. Il retourna à sa lecture.

Après un temps, il remarqua que Lucie fixait le feu, son ouvrage abandonné sur son giron. La lumière des flammes faisait briller les larmes qui coulaient sur ses joues.

Il ferma son livre et s'approcha d'elle.

— Qu'avez-vous ? Puis-je vous aider ?

Elle secoua la tête. Ses épaules tremblaient malgré ses efforts pour se maîtriser.

Lorsqu'elle fut plus calme, Owen demanda :

— Était-il inhabituel pour Nicolas de demander de la mandragore ?

— Il prescrit la racine de mandragore seulement dans les cas où la douleur est si forte que l'on risque la surdose pour la calmer. Il souffre beaucoup. (Elle s'essuya les yeux.) Merci pour votre aide, cet après-midi.

— J'ai été heureux de pouvoir faire quelque chose pour vous.

— Son état m'effraie. J'étais obsédée par l'idée qu'il pourrait mourir. Avec la poudre de mandragore, il suffit d'une erreur de dosage. (Elle fixa ses mains.) C'est le métier. Nous avons le pouvoir de vie et de mort.

— Mieux qu'un soldat qui ne possède que le pouvoir de mort.

— Non. (Elle toucha sa main.) Non. Écoutez-moi. Vous ne devez jamais oublier cela à propos de notre métier. Nous pouvons tout aussi facilement tuer que nous pouvons soigner.

Ses yeux ne lâchaient pas les siens.

Qu'essayait-elle de lui dire ?

— Mais la dose de mandragore que vous avez donnée au maître était la bonne ?

— Oui, bien sûr.

Elle lui serra la main avant de retirer les siennes en rougissant de confusion.

— Je ne suis plus moi-même.

— Cette situation ne doit pas être facile pour vous.

— Peut-être devriez-vous partir.

— Je ferai comme vous voulez.

— Je voudrais que rien de tout cela ne soit arrivé. Je voudrais...

Sa voix se brisa. Elle baissa la tête et s'essuya les yeux avec un coin de son tablier.

Owen prit ses mains froides dans les siennes et les embrassa.

— Owen.

Ses yeux étaient pleins de douceur, pas de colère.

Il posa ses mains sur ses épaules, l'attira contre lui et l'embrassa. Ses lèvres étaient chaudes. Elle lui rendit son baiser. Un baiser brûlant, pressant. Puis elle le repoussa en gardant les yeux baissés sur ses mains, le visage en feu.

— Sachez ceci, Lucie Wilton, n'oubliez jamais ceci. (Owen murmurait, la voix mal assurée.) Je ferai tout ce qui est en mon pouvoir pour vous aider. Je ne peux pas faire autrement. Je ne vous imposerai pas ma présence. Mais si vous avez besoin de moi, je ferai tout ce que vous me demanderez.

— Vous ne devez pas dire de telles choses. (Elle n'osait toujours pas le regarder.) Vous ne me connaissez pas.

— Je ne peux pas lutter contre mes sentiments.

— Il faut que vous partiez, maintenant.

Owen lui embrassa de nouveau les mains, puis sortit très vite dans le brouillard. Il était furieux contre lui-même et se traitait de fou mais, finalement, il se sentait soulagé. Elle ne lui avait pas retiré ses mains. Elle ne s'était pas mise en colère. Elle l'avait embrassé avec la même passion que lui. Lucie Wilton ne l'avait pas trouvé repoussant, lui, le borgne ; lui qui recommençait sa vie de zéro, comme un gamin. Il l'avait tenue dans ses bras, il l'avait embrassée et il lui avait dit les mots qu'il brûlait de prononcer depuis le premier jour où il l'avait vue. Et elle ne l'avait pas repoussé. Il se sentait tout étourdi. Triomphant.

Et indigné contre lui-même car, au-delà de toute raison, il était tombé amoureux d'une femme qui pouvait être un assassin ; qui avait peut-être commis un crime que son honneur l'obligerait à dénoncer. Elle possédait assez de connaissances pour avoir pu empoisonner Montaigne. Ne le lui avait-elle pas, pour ainsi dire, avoué, cette nuit ? *Nous pouvons tout aussi facilement tuer que guérir*. Elle avait peut-être un mobile. Ou une raison de persuader son mari de commettre le crime à sa place, ce qui était pire encore que de le commettre soi-même. Elle pouvait condamner Nicolas à l'Enfer éternel avec elle.

Quant à l'autre crime qu'il suspectait, la maladie de Nicolas, avait-elle pu la provoquer ? Il pensa à eux deux, là-haut, dans cette chambre qui sentait le renfermé. Il la revoyait en train de lui prodiguer de tendres soins. Non. Ce genre de crime demande un esprit beaucoup plus retors que le sien. Il ne pouvait imaginer qu'elle puisse en être capable. Il s'y refusait.

Et Anselm. Quel rôle jouait-il dans cette affaire ? Pourquoi se sentait-il si menacé par la présence d'Owen dans l'échoppe de son ami ?

Owen essaya de se concentrer sur la question. Mais son esprit revenait sans cesse sur Lucie. Par deux fois, aujourd'hui, il l'avait tenue dans ses bras. Elle était belle, sensible ; Dieu Tout-puissant, faites qu'elle ne soit pas un assassin.

Anselm ferma les yeux et abattit sa discipline de cuir contre son dos nu, mortifiant sa chair et offrant sa souffrance au Sauveur pour que Nicolas soit délivré du démon qui l'assiégeait. Il fallait que Nicolas vive. Il devait vivre assez longtemps pour reconnaître l'erreur de sa vie et revenir à Anselm, son protecteur. Il fallait qu'il comprenne que Dieu avait confié cette tâche à Anselm. Pourquoi Nicolas ne comprenait-il pas ? Que lui avait-il fait ? Anselm s'était lacéré jusqu'à ce que son corps soit embrasé par la lumière divine. Il réussirait. Le Seigneur lui souriait.

17

UNE COMPTABILITÉ

Un enterrement, un point d'interrogation, un lit de malade, une déclaration d'amour et pas de réponse. Owen savait qu'il avait échoué dans cette vie nouvelle. Et qu'il avait choisi la facilité. S'il s'était fait mercenaire en Italie, il aurait été obligé de faire davantage appel à son intelligence, ainsi qu'à sa formation de soldat, et qu'à son corps. La vie d'espion l'avait peut-être rendu paresseux. Il était tellement dégoûté de lui, qu'il décida de monter un pot de bière dans sa chambre et d'y engloutir suffisamment ses pensées pour sombrer dans le sommeil. Il avait perdu tout honneur. S'il avait vraiment été l'apprenti des Wilton, il aurait pu se jeter dans le travail. Se dévouer corps et âme à son nouveau métier. Mais savoir que ce n'était qu'une activité temporaire lui ôtait tout allant. Par ailleurs, il ne voulait pas que Lucie Wilton prenne trop l'habitude de se reposer sur lui, puisqu'il allait devoir la quitter sous peu. Dès que l'archevêque aurait compris qu'il n'obtiendrait rien de lui, il l'enverrait ailleurs ; probablement dans une mission dont il ne reviendrait pas. Écrasé sous le poids de ses sombres pensées, Owen retourna à la York Tavern.

Bess l'attendait, les mains sur les hanches, à bout de patience.

— Vous voilà enfin !

— J'espère que personne ne veut me voir, cette nuit, Bess. Je n'ai pas la force de me lancer dans une conversation.

Elle le regarda de haut en bas.

— En effet, je vois que vous avez perdu de votre brillant. Mais le secrétaire de l'archevêque est venu. On vous demande à l'église abbatiale.

— Il est tard.

— Il a dit à n'importe quelle heure ; dès que vous rentrerez.

C'était peut-être bon signe. L'archevêque voulait peut-être lui retirer l'enquête. Et lui rendre sa liberté. Owen pourrait alors s'établir comme apprenti chez Lucie Wilton. Et à la mort de Nicolas...

Jehannes vint ouvrir la porte. L'archevêque trônait, assis près du feu. Owen ne parvenait pas à s'imaginer Thoresby en proie au doute. Sa vie était organisée ; ses objectifs clairement définis. Les hommes haut placés, tels que lui, ne voient jamais leur vie se réduire, morceau par morceau : un membre, un œil, une blessure à l'estomac qui empêche de manger normalement. S'ils se trouvent dans des situations difficiles, c'est uniquement par quelque imprudence de leur part. Ils peuvent être tués, mais leurs assassins font toujours en sorte de ne pas rater leur coup. La mort est pour eux une fin nette et sans bavure. Il était évident que Thoresby avait l'esprit en paix. Il n'était pas du genre à se demander si son destin était joué et ce qui l'attendait.

— Eh bien, Owen Archer, j'ai pensé que le temps était venu de voir où en était votre enquête.

Sans avertissement, bien entendu ! On le laisse s'enferrer et, soudain, sans prévenir, on lui demande un rapport. Sur une lubie, sans doute. Si encore, cela pouvait l'amener à reprendre sa liberté.

— Votre Grâce, je dois vous avouer que je n'ai toujours aucune réponse précise pour expliquer la mort de Fitzwilliam. Je n'ai que de nouvelles questions.

Thoresby fit signe à Owen de s'asseoir en face de lui, de telle sorte que son bon œil ne soit pas dans le prolongement du feu. Au moins, il avait eu cette délicatesse. À moins que ce ne soit Jehannes qui ait disposé les sièges.

Jehannes tendit à Owen un gobelet de vin. Owen le leva en direction de Thoresby, avant de boire.

— Ce gobelet tombe à pic, Votre Grâce. J'ai eu une journée très déplaisante. Elle a commencé avec un enterrement et s'est achevée au chevet de mon employeur qui se meurt.

Owen vida le gobelet avec un plaisir non feint.

Thoresby sourit et son sourire était aussi amical qu'Owen aurait pu le souhaiter. Thoresby devait le soupçonner de quelque chose ou avait entendu quelque chose à son sujet qu'il n'avait pas aimé. Ce n'était pas le moment de se montrer évasif.

— Vous dites que vous avez de nouvelles questions ?

La voix de Thoresby était mielleuse. Dangereux.

Owen posa le gobelet près de lui et se pencha vers Thoresby.

— Pour être bref, j'ai perdu l'homme qui m'aidait dans mes investigations. Digby, l'inquisiteur. Il s'est noyé. Sans doute, pas par accident.

Les sourcils se soulevèrent mais Thoresby ne se

moquait pas d'Owen. Ses yeux n'exprimaient aucun étonnement.

— Pourquoi l'inquisiteur ? demanda Thoresby. Pourquoi faisiez-vous confiance à l'homme le moins digne de confiance de tout York ?

— Il m'offrait ses services en échange d'informations. Je n'avais aucune raison de ne pas lui faire confiance.

— Le fait d'être inquisiteur suffit pour beaucoup.

Owen haussa les épaules.

— Je suis gallois. Par nature, je vais à contre-courant.

Il sourit.

Thoresby lui renvoya une esquisse de sourire.

— L'information que vous avez donnée à Digby, lui a-t-elle été utile ?

Mauvais.

— C'est peu dire, hélas, Votre Grâce. Il s'intéressait, lui aussi, aux morts de l'abbaye. Il voulait aider à l'enquête. Je lui ai donné l'identité du premier homme. Et il a pu me dire pourquoi l'homme était venu à York.

— Et le renseignement vous a servi.

— Je pense qu'il me servira.

Owen prit son gobelet, que Jehannes avait discrètement rempli, et but à petites gorgées afin de gagner du temps et trouver un moyen de modifier l'histoire pour protéger Lucie Wilton. Mais l'expression de Thoresby lui intimait l'ordre de poursuivre son récit.

— Digby, voyez-vous, se trouvait à l'abbaye la nuit où Montaigne est mort.

À cet instant, le regard de l'archevêque trahit la surprise.

— Il trouva Nicolas Wilton évanoui à l'extérieur de

l'infirmerie. Wilton venait d'apporter un remède pour Montaigne. (Il s'arrêta.) Cela m'aurait aidé si vous m'aviez parlé du lien qui unissait Montaigne et la dernière lady D'Arby.

Thoresby gratifia Owen d'un regard glacial.

— Je n'ai pas jugé ce détail important pour l'enquête sur la mort de Fitzwilliam.

— Digby le pensait, lui. Il pensait que tout était lié. Mais il ignorait de quelle manière.

— Il est curieux que Digby s'y soit intéressé.

— Digby était un homme curieux.

— S'il vous en a confié autant, il vous a sans doute dit pourquoi, dit Thoresby. Il semble qu'il vous ait fait confiance.

Les yeux de l'archevêque décryptaient le visage d'Owen comme si la vérité qu'il essayait de lui cacher y était écrite.

Comme il est calme, pensait Owen. Comme il se sent en sécurité dans son monde.

— Je ne suis pas certain que vous serez convaincu, dit Owen.

— Essayez toujours.

Owen prit une profonde inspiration.

— Digby soupçonnait l'archidiacre Anselm de protéger Nicolas Wilton. Mais l'idée que l'archidiacre puisse être impliqué dans un meurtre le troublait.

Thoresby ferma les yeux. Lorsqu'il les rouvrit, ce ne fut pas pour regarder Owen, mais pour fixer le feu, les sourcils froncés.

De nouveau, ce lien. Mais qu'aurait bien pu faire Wilton qui nécessite la protection d'Anselm ?

Owen aurait voulu se lever et arpenter la pièce. Il se sentait suffoquer. L'archevêque connaissait visiblement l'intimité qui unissait Anselm et Nicolas. Mais Owen ignorait ce que l'archevêque connaissait d'autre. Peut-être savait-il tout ? Owen aurait préféré croiser réellement le fer avec lui. Mieux, il aurait voulu se battre dans un corps à corps sanglant. Il ne savait plus où il en était.

— Qu'a fait Wilton, Archer ? demanda calmement Thoresby.

— Digby pensait qu'il avait empoisonné Geoffrey Montaigne, l'amant de la mère de sa femme.

L'archevêque fixa le feu un instant, puis soupira et reposa son gobelet.

— Je supposais, comme vous, je présume, que Wilton avait empoisonné Montaigne pour l'amour de sa femme qui voulait venger l'honneur de sa famille. Et aujourd'hui, le remords le tue.

— Je ne crois pas que maîtresse Wilton connaisse l'identité du pèlerin.

Thoresby observa attentivement Owen.

— Êtes-vous attiré par maîtresse Wilton ?

L'estomac d'Owen se retourna. Il se sentait comme un chat que l'on vient d'acculer dans un coin. Il était incapable de lire dans cet homme qui appartenait à un univers totalement différent du sien et qui semblait avoir le parfait contrôle de sa destinée.

— Elle est mon employeur, Votre Grâce.

— Bien sûr. Mais elle est très belle et elle sera bientôt veuve.

— Vous doutez de mon jugement. Mais écoutez la suite. Il y a un autre nœud dans l'écheveau : votre archidiacre. Bien qu'ils aient jadis été très proches, Anselm et Nicolas ne se sont pas parlé pendant des années. Le lendemain du jour où Nicolas s'est alité, l'archidiacre a fait son apparition pour témoigner de sa sollicitude. Depuis, il rend régulièrement visite à Nicolas, en dépit du fait que sa présence agite tant le malade qu'aujourd'hui il a failli en mourir.

Thoresby écouta en silence, puis il se leva.

— Tout ceci est bien mystérieux, Owen Archer, mais je vous ai engagé pour enquêter sur la mort de mon pupille Fitzwilliam.

— Les deux morts sont liées, Votre Grâce, j'en suis convaincu. Je pense que la mort de Fitzwilliam a été accidentelle mais pas celle de Montaigne.

— Un poison préparé pour Montaigne et donné à Fitzwilliam ?

Owen acquiesça.

— Digby avait soulevé cette hypothèse ?

— Et maintenant, il est mort.

— Nicolas Wilton ne peut pas avoir tué Digby.

— Mais l'archidiacre, si.

Thoresby fixa Owen avec une expression grave.

— C'est votre conviction ? demanda-t-il enfin.

— Cela rejoint les soupçons qu'avait Digby et cela explique la tentative maladroite de l'archidiacre pour se débarrasser de moi.

— Oh ?

Il lui raconta comment, en l'espace d'une journée, Anselm avait réussi à lui trouver un apprentissage à Durham.

— Je pense que son but était que je ne revienne pas.

— Intéressant. Que connaissez-vous d'Anselm ?

— Très peu de choses. Que devrais-je savoir ?

La question fit sourire Thoresby.

— Vous êtes un Gallois téméraire. Le vieux duc savait choisir ses hommes.

Il fit un signe à Jehannes qui vint lui remplir son gobelet et resservir Owen.

Thoresby jouait avec sa chaîne de Lord Chancelier qui miroitait dans la lumière du feu. Il hocha pensivement la tête, puis il prit son gobelet, goûta le vin et opina de nouveau.

— Connaissez-vous les devoirs d'un archidiacre, Owen ?

— Ils sont principalement fiscaux, je crois ?

Thoresby acquiesça.

— En tant qu'archidiacre d'York, Anselm doit trouver de l'argent pour construire la cathédrale. Vous pouvez constater qu'elle n'est pas achevée. Ce témoignage de la dévotion de York au Seigneur est un travail long et onéreux. Et il doit rendre compte au roi, à qui la chapelle Hatfield tient à cœur. (Il avala plusieurs petites gorgées.) C'est là le paradoxe de sa condition. L'archidiacre doit être à la fois un ecclésiastique et un homme du monde — ce qui n'est généralement pas une vertu chez un homme d'Église.

Owen opina en se demandant où Thoresby voulait en venir.

Thoresby eut un petit rire.

— Votre œil unique est très expressif. Vous pensez que je m'égare. Trop de vin, peut-être ? (Il reposa son gobelet.) Vous avez tort de le penser, mon ami. John Thoresby ne s'égare jamais.

— Je n'aurais pas commis l'erreur de le penser, Votre Grâce.

— J'ai choisi Anselm — et la suite m'a prouvé que c'était un bon choix — parce qu'il ne montrait pas une grande piété. C'est un érudit, un interlocuteur persuasif, avec quelque chose de solennel en lui — le visage hâve, la maigreur — mais convenant mal à une abbaye. Il a un faible pour les jeunes hommes, vous savez.

— J'ai entendu dire que lui et Nicolas avaient été de très bons amis à l'école de l'abbaye.

Thoresby sourit.

— Vous rencontrez Nicolas à la fin de sa vie et sur son lit de mort. Mais il a été très beau, vous savez. Dans le genre délicat. Des yeux bleus, magnifiques. Et il savait écouter. (Thoresby secoua la tête.) Anselm était très épris de lui. Il y eut un scandale. Non parce que deux garçons furent découverts au lit ensemble. C'est une chose courante dans les écoles de l'abbaye, ainsi que dans l'armée, je présume. Mais Anselm était le novice préféré de l'abbé Gerard. Gerard le formait en vue d'un haut poste dans l'Église. Il a été furieux. La colère lui a dessillé les yeux. Il a compris, à certains signes, la nature profonde d'Anselm et il a compris que c'était son protégé qui était épris ; que le jeune Nicolas avait simplement été flatté — et, sans aucun doute, troublé — par l'attention de l'aîné. Peut-être aussi heureux de partager son lit avec un autre. Anselm fut durement réprimandé. Il sombra dans l'ascétisme. Mais Gerard savait que ce n'était qu'une façade.

— Il vous a proposé Anselm comme archidiacre pour l'éloigner des novices ?

— Non. C'est Anselm qui l'a demandé. Pour être éloigné de la tentation.

— Admirable.

— Vous souriez en disant cela. Mais Anselm est un homme bien. Je n'ai eu aucune raison de me plaindre de lui. Du moins, aucune, jusqu'à ce jour. Son malheur a été d'être le deuxième fils, celui qui est destiné à l'Église. S'il avait été un homme de loi, sa nature n'aurait pas été une gêne. Oh, il aurait sans doute trouvé assez déplaisant de procréer mais le devoir accompli, il aurait été libre de poursuivre ses plaisirs ailleurs. Il faut avoir pitié d'Anselm. Il n'avait pas choisi l'Église.

— Il m'est difficile d'avoir pitié d'un homme qui m'a entraîné dans un voyage qui aurait pu m'être fatal.

— J'ai du mal à croire qu'il ait pu être aussi maladroit.

Non qu'il en soit incapable. Owen resta muet pendant quelques minutes, absorbé par ses pensées.

— J'ai cru comprendre que la passion de l'archidiacre pour Nicolas ne s'est jamais démentie.

— Ils furent jadis de grands amis. Je pense qu'il n'y avait rien de plus que de l'amitié de la part de Wilton. Mais elle a pris fin à la mort de lady D'Arby.

Owen se redressa. C'était plus qu'il n'avait souhaité entendre.

— Pourquoi ?

Thoresby haussa les épaules.

— Il n'appréciait pas l'amitié qui unissait Nicolas et lady D'Arby. Mais la raison pour laquelle ils se sont affrontés après sa mort, cela, je l'ignore.

— J'aurais aimé connaître ces détails avant de commencer mon enquête.

— Je n'ai jamais imaginé que mon pupille ait pu être empoisonné par accident. Il avait tant d'ennemis.

Les deux hommes se regardèrent un moment.

— Avez-vous des preuves de ce que vous avancez ? demanda Thoresby.

— Pas à proprement parler. J'ai la confidence de frère Wulfstan, à savoir qu'il a donné à votre pupille le remède préparé pour Montaigne. Après la seconde mort, et seulement après, Wulfstan a eu l'idée d'analyser la médecine et il a découvert qu'elle contenait une trop grande quantité d'aconit. Suffisante pour tuer. Avec le recul, il a compris que les deux morts étaient semblables ; qu'elles présentaient toutes les deux les symptômes de l'empoisonnement par aconit.

— Est-il certain de ce qu'il avance ?

— Oui.

— Pourquoi n'a-t-il parlé à personne de sa découverte.

— Il était trop tard pour sauver les deux hommes.

— Où se trouve le remède, aujourd'hui ?

— Brûlé. Afin qu'il ne puisse plus causer d'autres dommages.

— Précaution tardive, soupira Thoresby. Frère Wulfstan a-t-il mis Nicolas Wilton au courant de sa découverte ?

— Cet homme est mourant, Votre Grâce.

— Il ne l'était pas, alors. (Thoresby paraissait soudain irrité.) Avez-vous dit quelque chose à Wilton ?

— Non. Souhaitez-vous que je poursuive plus loin mes investigations ?

Thoresby se laissa aller contre le dossier de son siège, le regard fixé au plafond, les mains jointes et les lèvres pincées.

— Il est difficile pour moi d'accepter cette version. Je m'attendais à une banale affaire de vengeance dont mon pupille aurait été la victime. C'est le motif qui m'échappe. Trop faible. Il ne me satisfait pas, Owen Archer. Poussons l'affaire jusqu'au bout, voulez-vous ?

Owen opina, se leva pour partir, puis, les sourcils froncés, hésita.

— J'aurais souhaité exhumer le corps de Montaigne.

— Dans quel but ?

— Pour vérifier s'il y a bien des traces d'empoisonnement, puisque Wulfstan a détruit le remède.

— Je ne suis pas pour, Archer. Il n'y a eu déjà que trop de bouleversement dans l'abbaye.

En lui refusant cette preuve et en lui liant les mains, qu'est-ce que l'homme attendait de lui ?

— Que suggérez-vous, Votre Grâce ?

— Cherchez les réponses auprès des vivants, Archer. Vous avez mis à nu un nœud très compliqué. Maintenant, à vous de le dénouer.

Assise auprès de Nicolas, Lucie passait et repassait dans sa tête les quelques faits qu'elle possédait. Si Nicolas n'avait pas été si mal, elle lui aurait parlé de Geoffrey pour voir sa réaction. Mais sa dernière attaque l'avait beaucoup affaibli. Et si ses soupçons étaient fondés, si l'empoisonnement de Geoffrey n'était pas un accident, le fait qu'elle soit au courant pourrait le tuer. Mais quelle raison avait pu pousser Nicolas à tuer ?

Elle était effrayée.

Les démons femelles. Elle et qui ? Sa mère ? Que pouvait lui reprocher l'archidiacre ? De quelle vilenie les accusait-il ?

Bien sûr. Sa mère et Geoffrey et... Il l'avait accusée du même crime, aujourd'hui. Elle et Owen. Mais c'était faux.

Et pourquoi Geoffrey aurait-il attaqué Nicolas ?

Elle devait en savoir plus. Geoffrey Montaigne, sa mère, Nicolas, l'archidiacre Anselm, Potter Digby.

Quel lien les unissait ? Qui pouvait savoir ? La source du drame remontait à l'époque de sa mère.

Sa tante Phillippa. Bien sûr. Elle allait la faire chercher, ce matin même. Elle lui dirait que Nicolas était mourant et qu'elle avait besoin de soutien. Ce qui était vrai. Elle se sentirait plus en sécurité si sa tante Phillippa était là.

18

LUCIE ENTRE DANS LA DANSE

Nicolas dormait. Sa respiration était saccadée mais tout de même assez régulière pour convaincre Lucie que la douleur avait reculé. Elle s'était étendue près de lui. La minuscule flamme de la lampe à pétrole perçait seule l'obscurité de la chambre. Le chat était venu se lover contre sa poitrine, pour profiter de sa douce chaleur. Lucie le caressa d'un air absent, le regard fixé au plafond. Elle réfléchissait à la manière dont elle pourrait aborder sa tante Phillippa. Lui parler brutalement de sa mère paraîtrait suspect. Mais si elle abordait le sujet Geoffrey et Nicolas, toutes les barrières de sa tante se dresseraient d'un coup. Phillippa était toujours circonspecte lorsqu'elle évoquait cette époque et Lucie savait que sa tante gardait beaucoup de choses pour elle. Elle voudrait que Lucie lui dise ce qu'elle avait entendu et ce qu'elle voulait savoir. Lucie pourrait peut-être jouer la carte de la légèreté ; elle pourrait dire qu'elle avait surpris une discussion entre Geoffrey et Nicolas. Mais si elle traitait le sujet avec trop de légèreté, sa tante risquerait de faire de même. Elle devait trouver le juste milieu entre la vérité et la rumeur. Peut-être pourrait-elle dire qu'elle avait remarqué une étrange entrée dans les livres de l'échoppe.

Les livres de la boutique. Lucie n'y avait pas pensé. L'archidiacre avait dit que Geoffrey avait agressé Nicolas, le laissant pour mort. Mais Nicolas n'avait été que blessé. Peut-être y faisait-on allusion dans les registres ? Son beau-père s'était montré aussi méticuleux que Nicolas. Il avait reporté dans les livres toutes les opérations de la boutique. Peut-être pourrait-elle y trouver une inscription pour le pansement d'une blessure ou pour un onguent destiné à accélérer la guérison ?

Elle se redressa dans le lit, réveillant brutalement Melisende qui miaula d'indignation. D'une démarche lente et digne, le chat se déplaça jusqu'aux pieds de Lucie où il se mit en quête d'un nouveau nid douillet pour s'y lover. Lucie le dérangea une fois de plus en soulevant les pieds pour les poser sur le sol glacé. Les dossiers étaient conservés dans un lourd coffre en chêne qui se trouvait ici même, dans sa chambre, installé sous la fenêtre. Elle alluma la lampe à huile à l'aide de la lampe à alcool, s'enroula dans son châle et s'approcha du coffre.

C'était son coffre de mariage. Il avait été celui de sa mère avant elle. Il avait contenu beaucoup de souvenirs de son enfance et, plus tard, de l'époque où elle attendait Martin. Comme elle avait été heureuse ! Dieu l'avait comblée en lui offrant ce bonheur. Au cours de sa trop brève existence, Martin lui avait apporté tant de joies. À travers lui, elle avait revécu sa propre enfance ; elle avait revu sa mère avec ses cheveux noirs et ses yeux pâles, penchée sur le coffre pour en extraire toutes sortes de trésors, pour la plupart des cadeaux de Geoffrey, son beau chevalier. Il avait aussi offert des cadeaux à Lucie : une poupée aux cheveux de soie et une petite voiture dans laquelle il la promenait dans le labyrinthe. Il avait le sourire le plus rayonnant qui soit et la voix la plus douce... Et Nicolas l'avait empoisonné ? Cette pensée incendia l'estomac de Lucie. Elle se reprit en se disant qu'elle n'avait pas le temps de s'appesantir sur le sujet.

Elle sortit du coffre un paquet de livres cousus, chacun illustré avec soin par une herbe rare sur le tissu qui le recouvrait. Elle les posa sur le côté. C'était les livres de Nicolas. En dessous, se trouvaient les livres plus anciens, des livres reliés en cuir dont les couvertures étaient toutes craquelées. Lucie les feuilleta. Elle s'arrêta sur des croquis de signes astrologiques méticuleusement dessinés, ainsi que des prodiges célestes. Paul Wilton, son beau-père, avait été plus intéressé par cette partie de son travail que par les travaux de botanique qui passionnaient Nicolas. Elle eut du mal à suivre la chronologie de son beau-père. Il remplissait plusieurs livres à la fois, pour revenir ensuite en arrière et remplir les espaces vides, avant de poursuivre sur un autre volume. Parfois aussi, il interrompait un livre pour revenir à un autre. Lucie ne connaissait pas précisément la date qu'elle recherchait. Tout ce qu'elle savait, c'était que les faits s'étaient déroulés entre le mariage de sa mère et l'époque où Geoffrey était à York. Elle savait aussi que Geoffrey était arrivé après sa naissance. Elle en avait parlé avec sa tante Phillippa, il y a longtemps, lorsqu'elle s'imaginait avec romantisme qu'elle était la fille de Geoffrey.

— Oh non, mon petit amour, tu es bien ma nièce. Tu es l'enfant de Robert. Il n'y a aucun doute là-dessus.

Sa tante Phillippa ne pouvait comprendre ce qu'il y

avait de merveilleux pour une petite fille à s'imaginer qu'elle était l'enfant du bonheur et que son père était le chevalier blond qui faisait rire sa mère. Elle ne voulait pas être la fille d'un homme sinistre qui criait et l'appelait « petite femme ». Mais plus encore que les criailleries de son père, ce qui la blessait le plus était que sir Robert ne l'appelait jamais par son nom, comme s'il ne voulait pas s'ennuyer à faire l'effort de s'en souvenir. Elle en avait été effrayée car si son père pouvait l'oublier, alors Dieu aussi le pouvait. Geoffrey, lui, se souvenait de son nom. Et de sa couleur préférée. Et des secrets qu'elle lui confiait.

Lucie secoua la tête. Elle s'était assise et rêvait depuis si longtemps sur le même livre que des aiguilles lui piquaient la main posée en équilibre pour tourner les pages, et l'un de ses pieds était engourdi. Elle prit les livres qu'elle supposait couvrir les années de mariage de sa mère et gagna la table située près de la fenêtre qui ouvrait sur le jardin.

Elle parcourut lentement les registres, s'arrêta à chaque fois qu'elle trouvait inscrit : « N », le code de Paul Wilton pour Nicolas. Les noms n'étaient pas écrits en entier ; il n'y avait qu'une ou deux initiales, mais assez pour différencier un client ou un approvisionneur d'un autre. La plupart des entrées qui mentionnaient Nicolas se référaient à des achats de boutures ou de graines pour le jardin. Parfois, et de plus en plus souvent au fil du temps, Nicolas aidait son père à la boutique. Et ses responsabilités grandissaient.

Enfin, elle trouva ce qu'elle cherchait. Une entrée datant de l'époque de la mort de sa mère. Elle était sur le point d'abandonner ses recherches quand, soudain, elle lut : « MD blessure cautérisée et bandée. Resté la nuit pour voir comment sont les yeux de N à son réveil. Laissé onguent et tisane. AA, D'Arby et DP sont d'accord pour reconnaître que N a fait sa pénitence. » Et dans les comptes, figuraient un paiement généreux à MD pour service rendu et un don pour l'abbaye dont l'importance étonna Lucie. « AA » était sûrement l'archidiacre, D'Arby, son père et « DP », dame Phillippa. Tous étaient d'accord pour reconnaître que Nicolas avait fait sa pénitence. Mais pour quelle faute ? Quel péché pouvait valoir une telle somme à l'église abbatiale ? Était-ce lié à la mort de sa mère ? Et qui était « MD » ?

Owen s'éveilla à l'aube d'un léger assoupissement, après avoir passé presque toute sa nuit à essayer de trouver le sommeil. Il avait l'estomac en feu et la tête pleine de démons qui n'arrêtaient pas de parler avec des voix hystériques. Trop de questions. Peu de réponses. Trop de contraintes. Il ne pouvait pas exhumer le corps de Montaigne ; il ne pouvait pas questionner Lucie, sinon elle découvrirait qu'il la soupçonnait ; il ne pouvait pas interroger Nicolas parce qu'il était mourant. Anselm était fou. Thoresby... Que dire de Thoresby ? Le tranquille et serein Lord Chancelier d'Angleterre et Archevêque d'York. Il envoyait Owen enquêter sur la mort de son pupille et Owen se rendait compte que l'homme prétendait ignorer des faits qu'en réalité il connaissait. Pourquoi ? Thoresby doutait-il d'Owen ? Si oui, alors que faisait Owen dans cette affaire ? Il n'était pas absolument sûr de trouver les preuves qu'il recherchait en exhumant le corps de Montaigne, mais Thoresby lui avait refusé si brutalement cette possibilité.

De telles pensées ne le menaient nulle part. Il devait réfléchir à la manière dont il allait pouvoir obtenir des réponses. Il devait trouver quelqu'un qui connaissait le lien qui unissait lady D'Arby, Montaigne et Nicolas. Bess ne vivait pas depuis suffisamment de temps à York pour connaître de cette époque autre chose que des rumeurs.

Magda Digby. C'était faire un long détour, mais Owen soupçonnait la Femme de la Rivière d'ignorer bien peu de choses de ce qui se passait à York. Il appliqua un peu d'onguent sur son œil, mit son bandeau par-dessus, enfila ses bottes et sortit. Il avait le temps de lui parler et d'être de retour avant que Lucie n'ouvre l'échoppe.

Après sa nuit blanche, Lucie fut pressée d'envoyer Owen chercher sa tante Phillippa. Elle rangea les livres et dormit quelques heures, puis, peu après l'aube, elle se leva. Elle rompit son jeûne avec Tildy, tout en lui exposant quel serait son travail pour la journée. Le temps d'en terminer avec Tildy, Lucie pensait qu'Owen serait là. Mais il ne vint pas. Elle alla voir s'il ne travaillait pas près du tas de bois. Le fond de l'air était piquant et de gros nuages chargés de neige se faisaient menaçants au-dessus de sa tête. Sous la haie de houx, les crocus du printemps poussaient leurs têtes vertes à travers la neige qui fondait. Ces premiers signes de printemps la mirent en joie. Mais son irritation reprit vite le dessus quand elle ne trouva nulle part trace d'Owen dans le jardin. Maintenant qu'elle avait décidé de l'envoyer chercher sa tante, elle supportait mal un retard.

Elle décida de se rendre à la York Tavern pour y

chercher Owen. Elle demanda à Tildy de veiller sur Nicolas et de l'appeler s'il se réveillait.

Tom était en train de mesurer le contenu des barriques. Il releva la tête et sourit en la voyant entrer.

— Lucie Wilton. Bienvenue, Voisine. (Il remarqua son air agité.) C'est Nicolas ? Son état empire ?

Elle hocha la tête.

— Oui et je veux qu'Owen aille chercher ma tante Phillippa.

— Et vous pensiez le trouver ici ! Mais il n'y est pas. Il est sorti aux premières lueurs de l'aube.

La voix de Bess criait des ordres à l'étage.

— Avez-vous une idée de l'endroit où il a pu aller ? demanda Lucie.

Tom se gratta la barbe, puis secoua la tête.

— Il ne m'a rien dit. J'ai pensé qu'il allait chez vous. Montez et voyez si Bess sait quelque chose.

— Elle semble très occupée.

— Oh oui. Elle essaye de remettre la chambre d'Owen en ordre. Elle ne veut pas se reposer avant que toutes les traces de l'incendie aient disparu. Mais montez, cela lui fera plaisir de vous voir.

Bess était debout sur le seuil d'une petite chambre. Les mains sur les hanches, elle tapait du pied.

— Vraiment, Kit, je ne sais plus quoi faire de toi. Tu es toute en coude, ma pauvre fille. Près de toi, rien n'est en sécurité.

— Bess ?

Bess se retourna, le visage aussi rouge que ses cheveux qui tombaient de son bonnet en boucles serrées et humides. Ses manches relevées jusqu'aux coudes révélaient des avant-bras musclés.

— Oh, bonté divine, vous me surprenez en train d'apprendre à cette enfant l'art de frotter un plancher. Le croirez-vous, elle le fait depuis quatorze ans, sans avoir encore réussi à attraper le coup ?

En temps normal, Lucie aurait souri en écoutant la tirade de son amie mais, ce matin, elle était trop absorbée par ses propres affaires.

— Avez-vous vu Owen ?

— Il n'est pas chez vous ? Quand je l'ai vu partir si tôt, ce matin, j'ai pensé que vous lui aviez demandé de venir à l'aube.

Lucie se tourna vers l'échelle.

— La peste soit de cet homme !

Les mâchoires serrées, son manque d'humour et la frustration qui perçait dans sa dernière réplique, tous ces signes alertèrent Bess. Elle prit Lucie par le bras.

— Qu'avez-vous, chérie ? Nicolas est-il plus mal ?

Lucie acquiesça.

— Et vous avez besoin de quelqu'un pour surveiller l'échoppe pendant que vous le veillez ?

— Je veux envoyer Owen chercher ma tante Phillippa.

— Votre tante ? Pourquoi ? Je me demande quel bien elle vous a fait ? Je vais garder la boutique.

— Vous avez votre travail ici.

— Kit s'en chargera.

— J'ai besoin de ma tante. Il est temps qu'elle m'apporte son aide.

— Bien, sur ce point, je ne vous dirai pas que vous avez tort. Mais pourquoi envoyer Owen ? Envoyez John, mon palefrenier. C'est un bon lad ; il sait pousser sa monture. Il fera l'aller et le retour en moins de temps qu'il ne faut pour le dire.

— Je ne veux pas vous surcharger, Bess.

— Ce n'est pas une surcharge, ma chérie. Cela me fait plaisir de vous aider.

Lucie baissa les yeux sur ses mains.

— J'aimerais que vous le puissiez.

Bess croisa ses bras sur sa poitrine.

— C'est bien ce que je pensais. Ce qui vous tracasse, ce n'est pas seulement d'aller chercher votre tante. Redescendons. Vous allez tout raconter à votre Bess.

— Je ne peux pas rester, Bess, dit Lucie tout en suivant son amie dans la taverne.

— Alors, nous parlerons chez vous. C'est pareil pour moi.

— Non. Je ne veux pas parler chez moi.

Bess la conduisit dans la cuisine. En la faisant s'asseoir, elle palpa ses épaules osseuses.

— Vous ne mangez pas assez, Lucie. Et quand on mange mal, tout prend un aspect dramatique.

Elle remplit un gobelet de bière pour Lucie et un pour elle.

Lucie céda à la pression de Bess qui l'exhortait à se confier à elle. Elle ne savait pas par où commencer et, surtout, elle ne savait pas comment expliquer ses craintes au sujet de Nicolas. Mais il lui semblait déloyal de confesser, même à sa meilleure amie, qu'elle redoutait que son mari soit un assassin.

— Il faut que je parle à ma tante, Bess. J'ai besoin de savoir certaines choses, c'est tout.

— C'est tout, vraiment ?

Bess ôta son bonnet pour remettre de l'ordre dans ses boucles rousses. Elle enfonça dans sa crinière des épingles de corne avec une telle impatience que Lucie en tressaillit. Puis elle vérifia la solidité de son travail en secouant vigoureusement la tête et, satisfaite en constatant que rien ne bougeait, elle remit son bonnet. Ceci fait, elle se pencha vers Lucie par-dessus la table, les yeux fixés sur ceux de son amie.

— Pourquoi ne pas commencer par le commencement ?

Et Lucie, malgré elle, se mit à tout lui raconter : la découverte de Wulfstan, la conversation qu'elle avait surprise, les notes dans les livres.

— Ciel plein de pitié, murmura Bess quand Lucie se tut. Et vous avez porté tous ces soucis sur vos délicates épaules. Avez-vous pu parler avec Nicolas ?

Lucie se pressa les tempes d'un geste las.

— Comment aurais-je pu ? Il est si malade. Je n'allais pas le tracasser avec des questions qui réveillent des souvenirs douloureux.

Bess opina.

— Eh bien, au moins vous avez eu le temps de réfléchir ! Il y a chez vous quelqu'un à qui vous devriez confier ce que vous venez de me dire. Je suis sûre qu'il pourrait vous aider.

Lucie repoussa son gobelet et se leva.

— Vous me poussez de nouveau vers Owen. Vous ne savez donc penser qu'à ça, Bess ? Pourquoi irais-je me confier à mon apprenti ? C'est un étranger pour moi. Comment saurais-je si je peux lui faire confiance ?

— Vous le pouvez, chérie, je le sais. Je ne vous fais pas cette suggestion pour jouer les marieuses. Non, pas ce matin. Pas quand je vous vois si bouleversée.

— Je m'en occuperai moi-même.

— John va aller chercher votre tante.

— Non. J'enverrai Owen.

— Je vous en prie, chérie. C'est la sagesse d'envoyer John. Il connaît le chemin. Il sait à quels endroits les Highlanders tendent des guets-apens. Nous l'avons envoyé en divers endroits pour chercher du ravitaillement et il a toujours parfaitement rempli sa mission. Il est jeune et courageux. Pour lui, c'est un jeu.

Les arguments de Bess étaient frappés au coin du bon sens. Lucie s'inclina.

— Très bien. Alors, envoyez-le. Merci, Bess.

— Vous m'êtes aussi proche que mes propres enfants. Je ne pouvais pas faire moins.

Lucie étreignit son amie.

— Pardonnez mes sautes d'humeur.

— Vous avez de bonnes raisons d'être sur les nerfs. Vous ne m'avez pas offensée.

— Si vous voyez Owen Archer, envoyez-le à l'échoppe. Il est déjà très en retard.

Owen dut patienter pendant que Magda pansait un homme. Chaque minute qui passait le mettait un peu plus en retard pour aller à l'échoppe. Il en était irrité. Mais en partant maintenant, il aurait perdu tout ce temps pour rien et si Lucie devait être furieuse, au moins que ce soit pour quelque chose. Enfin, Magda renvoya l'homme et rejoignit Owen près du feu. Elle s'essuya les mains et hocha la tête avec satisfaction.

— Je n'ai pas perdu ma matinée en soignant Kirby. C'est un bon pêcheur. Le meilleur de toute la Ouse pour attraper les anguilles.

— Comment s'est-il blessé ?

L'homme avait une entaille à travers l'estomac.

— Les gens viennent voir Magda parce qu'ils

savent qu'elle ne parle pas. L'homme s'est coupé les boyaux. Contente-toi de ça.

Elle préleva une tranche d'une grosse miche de pain posée sur la table près d'elle, et y étala un fromage bien fait dont l'odeur souleva le cœur d'Owen.

— À toi, maintenant. Dis-moi ce que tu veux.

— Puis-je vous faire confiance pour être aussi discrète avec mes affaires que vous l'êtes avec les pêcheurs d'anguilles ?

— Ouais. Tu étais un ami de Potter. L'ami de Potter est l'ami de Magda, sauf pour un qu'il pensait être un ami et qui n'avait jamais rien été de semblable. Cet archidiacre. Cette corneille noire. C'est lui qui a tué le garçon de Magda.

— Vous en êtes sûre ?

Elle activa le feu.

— Magda a de nombreux amis. Il y avait des yeux près de la tour, cette nuit-là, ils ont vu la corneille pousser Potter. Il avait sombré dans le bol d'hydromel. Et la corneille en a profité.

— Pourquoi ?

— Tu demandes pourquoi. Pour protéger son amoureux. Le Nicolas aux yeux doux.

— Vous savez de quoi Potter soupçonnait Nicolas ?

— Oh oui. Et Potter s'était approché de tout près de la vérité.

Elle s'essuya les mains sur sa jupe, se coupa une autre tranche de pain et la recouvrit à nouveau de fromage.

— C'est un bon fromage. Tu as tort de faire la grimace.

Elle sourit.

— Quel était le lien entre Nicolas et Geoffrey Montaigne ? Pourquoi Nicolas l'aurait-il tué ?

— Le beau chevalier de la dame a tenté, une fois, de tuer Nicolas. Il a peut-être voulu essayer à nouveau, ou réveiller des discordes qui sommeillaient.

— J'ai besoin d'en savoir plus sur le sujet, Bonne dame Digby. Il faut que je sache si Anselm pourrait vouloir réduire au silence d'autres personnes.

Elle haussa les épaules.

— Magda, sir Robert D'Arby et Dame Phillippa. Peut-être même la fille, Lucie. N'est-elle pas mariée à Doux-yeux ? Phillippa a eu tort d'accepter ce mariage. Magda lui avait dit. Rien de bon ne pouvait en sortir.

— Pourquoi rien de bon ne pouvait en sortir ?

Magda le regarda droit dans les yeux.

— Tu fouilles profond, Œil-d'oiseau. Qu'est-ce qu'un archer vient faire dans une telle histoire ?

— Potter vous a dit mon rôle.

— Le puissant Thoresby veut tout savoir ?

— Il semblerait que la mort de Fitzwilliam découle de cette histoire. Il veut comprendre en quoi.

— Eh, le retour de Cain et Abel ? Mais la mort de Fitzwilliam ne peut être réparée.

— Ce n'est pas ce qu'il recherche. Son pupille était pour lui un poids. Mais il veut s'assurer que rien dans cette affaire ne peut le mettre, personnellement, en danger.

— Il n'a rien à craindre.

— Pourquoi le mariage était-il une erreur ?

— Tu connais l'histoire d'Anselm et de Nicolas ? L'Anselm, qui avait des visions, mit le joli et malingre Nicolas sous son aile et dans son lit.

— Anselm avait des visions ?

Magda rit.

— Ne peux-tu regarder derrière la corneille noire et voir le beau garçon en lui ? Il l'a séduit avec des histoires de Marie, la Mère de Dieu et de l'enfant Jésus. Anselm allait se lier d'amitié avec Jésus et prendre soin de lui. Intelligent, non ?

— L'abbé Gerard était au courant ?

— Un idiot. Il aurait acheté le bras pourri de Fitzwilliam.

— Que disiez-vous au sujet de Nicolas et Anselm ? Ils ont continué à être amants ?

Magda secoua la tête.

— Non. S'ils l'étaient restés, rien de tout cela ne serait arrivé. Non, ce n'était pas dans la nature de Nicolas. Mais il croyait aux visions de la corneille.

— Anselm a donc le pouvoir de l'influencer ?

— Magda a vu des gens avancer sur leurs genoux en sang, sur les lieux où les saints avaient eu leurs visions, Œil-d'oiseau. Sur certains, ces balivernes sont puissantes.

— Vous en avez parlé avec dame Phillippa ?

— Ouais. Cela a fait beaucoup de bien.

— Vous étiez amies ?

— Oh ouais. Magda l'a aidée à délivrer la fille Lucie. Amélie D'Arby avait été folle. Mais tu ne t'intéresses pas aux griefs des femmes. C'est assez de savoir que le garçon aux yeux doux était épris de lady D'Arby. Aussi, elle a fait appel à lui au lieu de Magda quand le bébé du chevalier blond a poussé en elle. Pauvre, pauvre idiot que Doux-yeux ? Magda n'aurait pas été aussi insensée. La femme s'est tuée avec son aide. Et Montaigne s'est retourné contre Nicolas Wilton. C'est aussi simple que cela.

Un avortement qui a mal tourné ? C'est ce qu'elle appelait quelque chose de simple.

— Parlez-moi des griefs d'Amélie D'Arby.

Magda haussa les épaules.

— Lord D'Arby rapporta à la maison une prise de guerre : une jeune fille française pour lui faire des enfants. Une année passa et elle n'était toujours pas enceinte. Lord D'Arby perdit patience. La servante idiote de la fille conduisit lady D'Arby à Magda. Elle devait à tout prix lui donner un fils ou il allait se débarrasser d'elle. Magda la crut sur parole. Elle lui a donné de la menthe pouliot et de la garance. Et une racine de mandragore à enterrer sous la fenêtre du seigneur. Ce n'est pas que les hommes avaient besoin d'être stimulés pour coucher avec Amélie D'Arby. C'était une beauté.

— Ça a marché ?

— Non. C'est pourquoi elle a fait appel à Doux-yeux. Elle pensait qu'il serait plus efficace.

— Elle n'est pas allée voir le père de Nicolas ?

— Si, mais il l'a envoyée prier à l'église. C'est pourquoi elle est allée chercher de l'aide auprès du garçon. La folle.

— Et elle a eu Lucie.

— Oh, ouais. C'était seulement une question de temps. L'enfant avait beaucoup souffert de la guerre. Elle avait besoin de temps pour oublier la tête de son frère au bout d'une pique.

» Mais l'accouchement l'a presque tuée. Nicolas pensait qu'elle serait prudente avec les potions. Mais la jeune femme était trop effrayée pour être sage. Magda l'avait compris. Mais Doux-yeux était jeune et amoureux.

Magda secoua la tête.

— Et il n'avait toujours pas compris quand, plus tard, elle est revenue le voir pour lui demander d'interrompre sa grossesse. Doux-yeux... (Magda montra son œil.) Tête douce.

Elle se tapota la tête. Elle eut un petit rire saccadé.

— Pourquoi n'a-t-elle pas voulu du second bébé ?

Magda haussa les épaules.

— Phillippa pourra te le dire.

— Vous ne lui avez jamais demandé ?

Magda renifla.

— Tous les jours, Magda a de la visite. Elle ne peut pas les suivre tous.

— Vous avez dit que Nicolas était épris de lady D'Arby. Vous voulez dire qu'il était amoureux de la mère de la femme qu'il a épousée ?

Magda sourit.

— Trop épicé pour ton goût, hein ?

— Pourquoi Potter n'a jamais sommé Nicolas Wilton de répondre de ces faits ?

— Potter n'en savait pas tant. C'était dangereux pour Potter d'en savoir trop. Magda avait promis à la corneille de ne jamais rien révéler.

— Quel pouvoir l'archidiacre exerce-t-il sur vous ?

Magda haussa les épaules et attisa de nouveau le feu.

— Magda ne doit pas se faire d'ennemis. Elle n'a aucune protection. La corneille pourrait brûler la maison de Magda et lui enlever son pouvoir de guérir. Ruiner Potter.

— Et néanmoins, vous me confiez tout cela.

— Quand la corneille a tué Digby, il a délié Magda de sa promesse. Il doit être puni. Tu le feras. Magda le sait.

Owen éprouva la désagréable impression d'être un hypocrite. Il n'avait aucune intention de faire justice. Si l'archevêque Thoresby décidait de punir Anselm, c'était son affaire. Mais il y avait de grandes chances pour que Thoresby ferme les yeux sur le crime de son archidiacre.

— Doux-yeux est un faible. Ce n'est pas le Diable. Il a eu tort d'empoisonner Montaigne. L'homme était mourant. Et tout ce gâchis parce qu'il n'a pas eu la chance d'avoir une mère qui lui apprenne à savoir attendre.

Owen ne pouvait pas ne pas poser la question qui le torturait.

— Est-il possible que Lucie Wilton ait mélangé le poison au remède pour venger la mort de sa mère ?

Magda fronça les sourcils.

— Comment cela ? C'est son mari qui a tué sa mère, pas Montaigne.

— Comment Lucie a-t-elle pu épouser Nicolas Wilton ?

— Il est certain que Phillippa n'a dit que très peu de chose à la fille. (Magda rit devant l'expression d'Owen.) Cette histoire te retourne. Mais c'est la femme qui a demandé de la mort à Doux-yeux. C'était sa propre volonté.

— Pensez-vous qu'il aime Lucie ? Je veux dire Nicolas.

Magda fixa si intensément Owen qu'il éprouva le besoin de s'agiter sur son siège.

Elle renifla.

— Autant qu'Œil-d'oiseau aime la fille. (Elle rit de nouveau devant ses efforts pour nier.) Tu es allé trop loin pour te cacher. Magda l'a vu. (Elle secoua la tête, ses yeux pénétrants étaient remplis de joie.) Mais oui, Nicolas l'aime assez bien.

Lorsque Owen quitta la maison de Magda, la matinée touchait à sa fin.

Quand Lucie revint de la taverne, elle fut furieuse d'apprendre qu'Owen n'était toujours pas arrivé mais elle ne dit rien et remercia Tildy d'avoir veillé son mari à sa place.

— Maître Nicolas ne s'est pas éveillé ?

— Je l'ai entendu accueillir l'archidiacre quand il est monté, mais...

À ces mots, Lucie se mit à trembler.

— L'archidiacre Anselm est là ?

— Oui, Dame.

— Ne lui as-tu pas dit que le maître dormait ?

Tildy opina.

— Je le lui ai dit mais il a voulu monter quand même. Vous ne m'aviez pas dit qu'il ne le devait pas.

Ses yeux étaient agrandis par la crainte d'avoir mal agi.

— C'est très bien, Tildy. Je ne t'avais rien dit pour l'archidiacre. Tu m'as été d'une grande aide. Maintenant, va reprendre ton travail.

Lucie grimpa l'escalier. La voix de Nicolas n'était qu'une plainte épouvantée.

— Nous sommes maudits, pleurait Nicolas. À cause de vous, nous sommes maudits.

C'était mauvais pour lui de s'exciter ainsi. Son état allait empirer. Avec ses visites, l'archidiacre allait finir par le tuer. Lucie ne pouvait laisser faire sans rien tenter ; qu'importait ce que Nicolas dirait. Elle ouvrit la porte. Anselm était agenouillé près du lit. Il étreignait les mains de Nicolas en lui murmurant quelque chose.

Deux taches rouges étaient apparues sur les joues livides de son mari. Ses cheveux étaient mouillés de sueur.

— Non, Nicolas, mon doux Nicolas. Vous ne devez pas dire de telles choses.

Anselm lui parlait comme on parle à un enfant agité.

Nicolas essaya de lui retirer ses mains mais Anselm ne lâcha pas sa prise.

— Vous m'avez tué, Anselm, murmura Nicolas.

— Comment pouvez-vous dire cela ? Je suis votre protecteur.

— Laissez-moi.

— Sortez d'ici, dit Lucie.

Anselm se tourna vers elle et la toisa.

— Laissez-moi seul, Femme.

Pas de nom. Juste « femme », prononcé comme un juron. Et cette manière écœurante dont il suppliait Nicolas ; une attitude de la malade. Elle pria que Dieu lui vienne en aide, mais le mépris qu'elle éprouvait pour l'archidiacre lui donnait de la force.

— Pourriez-vous me dire ce que vous faites dans ma maison, avec mon mari. Je me tue pour qu'il guérisse et vous venez anéantir tous mes efforts. Regardez l'effet que vous avez sur lui. Il vous le dit lui-même. Vous le tuez. Sortez d'ici !

Elle criait et tremblait de colère.

Anselm se leva. Sans couleur, sans chair, comme un corps desséché. Sa vue la rendait malade.

— C'est à cause de vous si Nicolas est dans cet état, siffla-t-il.

— Que voulez-vous dire ? Que savez-vous ?

— Anselm, je vous en prie, cria Nicolas. Partez.

Anselm se tourna vers Nicolas.

— C'est ce que vous voulez ? Vous voulez que je vous laisse seul avec elle ?

— Oui.

— Alors, vous êtes fou. Je vous abandonne à votre destin.

Anselm passa d'un air majestueux devant Lucie. Il s'arrêta sur le seuil de la porte et posa sur elle ses yeux creux.

— Je pars à sa demande. Pas à la vôtre.

Elle resta immobile et tremblante, jusqu'à ce qu'elle eût entendu la porte de l'échoppe se refermer. Alors, seulement, elle alla s'asseoir sur le lit, à côté de Nicolas qui gisait, les yeux clos, ses mains crispées sur les couvertures. Elle prit le bol d'eau parfumée et lui rafraîchit le visage et le cou ; elle desserra ses mains des couvertures et les essuya.

— Tu es trop bonne avec moi, murmura-t-il en ouvrant les yeux.

— Qu'est-ce que tout cela veut dire, Nicolas ? Tu ne peux pas me faire croire que tu accueilles l'archidiacre en ami. Tu m'as dit qu'il t'avait empoisonné la vie. Comment, Nicolas ? Qu'y a-t-il entre vous ?

Nicolas secoua la tête.

— Pardonne-moi.

— Pour quoi ? Qu'as-tu fait ?

Il ferma les yeux.

— Il te hait. Prends garde à Anselm.

— Pourquoi, Nicolas ? Si je dois me méfier d'Anselm, je veux savoir pourquoi.

Mais il se contenta de secouer la tête et il se détourna d'elle.

19

BESS INTERVIENT

Owen entra dans l'échoppe en se répétant l'excuse qu'il avait préparée. Mais Lucie ne lui laissa pas le temps de la réciter.

— Surveillez la boutique pendant que je m'absente. Si vous avez des doutes, laissez les choses de côté. Je m'en chargerai à mon retour. Les excuses attendront jusque-là.

Elle referma sur elle son manteau et sortit.

Elle avait toutes les raisons d'être irritée contre lui. Mais sa précipitation le surprit. Il passa la tête par la porte de la cuisine et demanda à Tildy si elle pouvait lui donner quelque chose de chaud à boire. Elle se releva d'un bond, tout sourire, heureuse de pouvoir rendre service.

— Vous ne devriez pas être aussi gentille avec moi, Tildy. Votre maîtresse est fâchée contre moi.

— Elle n'est pas elle-même, aujourd'hui, Messire. Elle est inquiète pour maître Wilton. (Elle secoua la tête en soupirant.) L'archidiacre Anselm est venu, voyez-vous, et il a beaucoup fatigué maître Wilton. Maîtresse Wilton a dû crier pour le faire partir.

— Elle a crié ?

Owen n'avait jamais entendu Lucie élever la voix.

— Je ne pouvais pas faire autrement que d'entendre, elle criait si fort. Tout le monde criait. Maître Wilton semblait si mal. Quelque chose ne va pas, Messire ?

— Savez-vous où est allée votre maîtresse ?

Elle secoua la tête.

— Mais j'espère qu'elle est allée se plaindre de l'archidiacre. Il n'a aucune raison de venir ici pour indisposer le maître.

— Elle est peut-être allée parler à Bess Merchet ?

Tildy haussa les épaules.

— Elle est déjà passée chez elle, ce matin, pour vous y chercher et elle y est restée un bon moment. C'est pendant ce temps que l'archidiacre est venu.

Anselm avait donc surveillé la boutique. Que cherchait-il ?

— Merci pour le potage, Tildy. À présent, reprenez votre travail. Je vais garder la boutique. À nous deux, nous allons faire en sorte que maîtresse Wilton ait une fin de journée sans histoire.

Où avait-elle pu se rendre en si grande hâte, après avoir ordonné à Anselm de sortir de chez elle ? Il imaginait sans peine l'état qui avait été le sien quand elle avait entendu Nicolas élever la voix avec Anselm.

Frère Wulfstan fut étonné d'apprendre que Lucie Wilton voulait le voir. Elle était assise dans le parloir de l'abbé Campian et tenait sur ses genoux un paquet plat. À son entrée, elle leva sur lui un pâle visage qui trahissait une nuit blanche.

— Vous vouliez me voir, Lucie ?

— J'essaye de découvrir la vérité, Frère Wulfstan,

dit-elle d'un voix lasse. C'est pourquoi je suis ici. (Elle défit le paquet. C'était un livre relié d'une couverture de cuir craquelée.) C'est un des registres de mon beau-père. J'ai découvert une inscription dont je voudrais comprendre le sens. C'est au sujet de Nicolas.

— Et vous pensez que je pourrais vous y aider ?

Mère miséricordieuse, faites que ce ne soit pas au sujet d'Anselm et de Nicolas.

— J'ai surpris, l'autre jour, une conversation qui m'a effrayée. Nicolas et l'archidiacre discutaient d'un sujet qui, je pense, avait trait à Geoffrey Montaigne, l'amant de ma mère. Savez-vous que cet homme était le pèlerin qui est mort ici ? (Elle lut la réponse dans ses yeux.) Pourquoi ne me l'avez-vous pas dit ?

— Je ne l'ai su que lorsque l'inquisiteur — Dieu ait son âme — est venu me poser des questions sur lui. Mon abbé m'a alors révélé qui il était.

— Il a agressé Nicolas. Et, d'après ce qui est inscrit dans le livre, je pense que cette bagarre a eu lieu la nuit où ma mère est morte. Savez-vous quelque chose ?

— Nicolas blessé par Montaigne ? Mais pourquoi ?

— C'est ce que je veux savoir.

Wulfstan fit un geste en direction du livre.

— Que dit-il exactement ?

Elle le lui tendit.

Il lut, s'interrogeant devant les initiales.

— D'Arby... Bien sûr, il doit s'agir de votre père.

— Oui. Et de l'archidiacre Anselm et de dame Phillippa, ma tante. Je veux savoir qui est « MD » Ou qui était ? Pouvez-vous m'aider ?

— « MD » a cautérisé... Ce pourrait-il être Magda Digby ? Le père de Nicolas faisait souvent appel à elle. C'est Nicolas qui a décidé de n'avoir aucun contact avec elle. D'après ce que j'ai entendu dire, c'est un chirurgien habile, bien qu'elle n'appartienne pas à la guilde. Qui voudrait la parrainer ? Les gens vont la voir quand ils veulent que leurs affaires restent secrètes. Qu'avez-vous, Lucie ?

— Je n'en sais rien. J'ai peur... (Elle secoua la tête et fit le geste de chasser une pensée.) Non. Je ne dirai rien avant d'en savoir plus. Pensez-vous que Magda Digby accepterait de venir me voir ? De me parler ?

— Vous ne pensez pas... Vous ne croyez pas que Nicolas avait l'intention d'empoisonner Montaigne ?

Le vieux moine avait essayé de refouler son soupçon. Car si Nicolas avait consciemment préparé le poison, cela signifiait qu'il s'était servi de Wulfstan de la manière la plus cruelle qui soit.

— Que savez-vous de l'amitié qui unissait ma mère et Nicolas ?

Wulfstan souleva les sourcils, d'un air étonné.

— Quel rapport cela a-t-il avec notre affaire ?

— Est-ce que Nicolas et Geoffrey étaient des amants rivaux ?

— Rivaux ? Oh, je... Oh, Lucie, qu'allez-vous chercher ?

Lucie avait repris le livre qu'elle enveloppait.

— Il faut que je parle à Magda Digby et à ma tante Phillippa. Il faut que je sache. Pouvez-vous envoyer quelqu'un chercher la Femme de la Rivière ?

— Non. C'est-à-dire, nous ne voulons pas avoir affaire à elle. Nous ne savons même pas si c'est une chrétienne.

— Mais son fils était inquisiteur.

Wulfstan haussa les épaules.

— Il ne partageait pas sa façon de vivre.

— Il faut que je lui parle.

Wulfstan s'assit et lui prit la main.

— Lucie, mon enfant, abandonnez. Nous ne pouvons plus rien changer au passé. La volonté de Dieu s'est accomplie. Croyez que tout ce qui est arrivé était voulu par Lui.

Les mains du vieux moine étaient moites d'angoisse. Lucie les serra dans les siennes, désolée de l'avoir entraîné dans toute cette histoire. Mais, au moins, elle avait identifié « MD ».

— Je serai prudente, lui promit-elle.

Bess s'assit dans la chambre nettoyée d'Owen. Elle luttait contre elle-même. La visite de Lucie, le matin, l'avait tant perturbée qu'elle avait envoyé le petit frère de Kit suivre son amie. Il lui avait raconté que l'archidiacre était sorti très en colère de l'échoppe et que Lucie s'était dirigée, en grande hâte, vers l'abbaye. Elle était maintenant de retour. Elle avait repris son travail à la boutique avec Owen et ils s'activaient pour rattraper leur retard car ils avaient ouvert tard. Mais combien de temps resterait-elle en place ? Elle fonçait, tête baissée, dans les ennuis. Que faire pour l'en empêcher ?

La faire suivre par un enfant était une protection bien faible. Si seulement Lucie comprenait qu'elle pouvait faire confiance à Owen. Il pourrait la protéger. Et il avait besoin de savoir ce que Lucie avait entendu. Il fallait qu'ils se parlent. Bess pouvait raconter à Owen ce que Lucie lui avait confié mais, en commettant cette indiscrétion, elle perdrait la confiance de Lucie. Ce qui serait peu judicieux.

Elle décida de réfléchir.

Lucie n'avait pas parlé à Owen depuis son retour de l'abbaye. Il avait essayé d'en savoir plus sur son altercation avec Anselm mais ils avaient été interrompus par un client. Lucie se demandait pourquoi Bess était convaincue qu'Owen était digne de confiance. Pourquoi en était-elle si sûre ?

Avec la tombée de la nuit, le calme revint dans l'échoppe. Owen raconta à Lucie ce que Tildy lui avait confié sur la visite de l'archidiacre.

— Tildy ne devrait pas parler à tort et à travers.

— Elle s'inquiétait pour vous. Moi aussi, je me suis inquiété.

— Pourquoi ?

— Parce qu'il aurait pu vous blesser.

Lucie regarda Owen avec plus d'attention.

— Vous pensez que l'archidiacre pourrait me blesser ? Pourquoi ?

Bravo, Owen. Tu as mis les pieds en plein dans le plat ! Il réfléchit très vite.

— Quand le ton monte, cela signifie que les interlocuteurs s'énervent et tout peut arriver.

Son sourire affecté refléta sa déception devant la faiblesse de sa réponse.

— Le jour où vous vous déciderez à dire la vérité, quel agréable changement ce sera.

Dieu lui vienne en aide. Il exprimait son inquiétude et, une fois de plus, elle faisait dévier le propos en règlement de comptes.

— Je ne vois pas ce que vous voulez dire.

— Oui, je m'en doute. Vous pouvez partir. Je fermerai la boutique.

Il se dirigea vers la porte, mais revint sur ses pas. Il voulait dissiper le malentendu.

— Dites-moi pourquoi, quoi que je fasse, je réussis toujours à vous mettre en colère contre moi.

— C'est sans importance.

— Pour moi, c'est très important, au contraire.

— Où étiez-vous, ce matin ?

— Je suis allé voir Jehannes pour des problèmes d'argent.

— Tom Merchet m'a dit que vous étiez sorti très tôt.

— Je ne pouvais pas dormir.

— Venez de bonne heure demain. J'ai envoyé chercher ma tante Phillippa. Je vais devoir lui préparer un coin pour dormir, aussi j'aurais besoin de vous dans l'échoppe.

— Vous avez fait appeler votre tante ?

— L'état de Nicolas empire chaque jour un peu plus. J'ai besoin d'elle.

— Qui avez-vous envoyé ?

— Le palefrenier de Bess. C'est elle qui me l'a proposé.

Owen aurait aimé y aller. Il voulait parler à dame Phillippa, mais seul à seule ; loin de Lucie.

— Pourquoi ne pas me l'avoir demandé ?

— J'ai besoin de vous ici, dit-elle, mais son intonation ne pouvait pas laisser croire à un compliment.

Owen se dirigea vers l'église abbatiale. Il voulait dire à Thoresby ce que Magda Digby lui avait confié sur la mort de Potter Digby. L'archevêque était assis à sa table, occupé à l'étude de cartes.

— Que voulez-vous ? demanda Thoresby.

— La dernière fois que nous avons parlé d'Anselm, vous avez suggéré qu'il avait tué Digby.

Thoresby inclina la tête.

— Je crois que c'est possible. L'inquisiteur a dîné avec mon archidiacre, la nuit de sa mort. Je sais qu'Anselm ne recherchait pas particulièrement la compagnie de Digby. Alors, pourquoi pas cette nuit-là ?

Une fois de plus, il taisait les faits et jouait avec Owen.

— Magda Digby a appris que quelqu'un avait vu l'archidiacre pousser son fils dans la rivière.

— Je suis désolé de l'apprendre. J'aurais aimé me tromper.

Thoresby abandonna ses cartes et s'approcha de la cheminée. Il resta debout, les mains tendues vers les flammes.

— Vous n'êtes pas venu jusqu'ici pour me dire seulement cela ?

— S'il a tué Digby, rien ne l'empêchera de tuer à nouveau. Maîtresse Wilton et frère Wulfstan sont peut-être en danger.

— C'est effectivement un problème.

Jehannes, qui était venu apporter un carafon de vin et des gobelets, se racla la gorge pour attirer l'attention. Thoresby se tourna vers lui.

— Vous avez une idée ?

— Il y a ce travail à Durham. C'est un problème financier que votre archidiacre serait tout à fait apte à régler. Il s'agit du legs de sir John Dalwylie.

— Durham ? Dalwylie ? (Thoresby fronça les sourcils, puis sourit.) Ah, Durham, oui. Excellent. (Il prit le gobelet que Jehannes lui tendait.) L'archidiacre Anselm partira pour Durham aux premières lueurs du jour. Les routes sont des fondrières, en cette saison. Deux jours, peut-être trois, pour y aller, autant pour en revenir ; une journée pour régler l'affaire. Il ne sera pas de retour avant au moins cinq jours. À moins, bien sûr, qu'il soit victime d'un accident.

Bess rejoignit Owen à sa table.

— C'est un honneur, si tôt dans la soirée, dit-il.

— Quelque chose me tracasse.

— Moi aussi.

— Ah, oui ? Et peut-on savoir ce qui vous préoccupe ? Où êtes-vous allé si tôt ce matin ?

— Je suis allé voir Magda Digby.

— Vous déterrez toujours les morts de l'abbaye ?

— C'est pourquoi je suis ici.

— Et en ce qui concerne Lucie Wilton ? Hein ? Quand vous aurez fini de creuser, vous la quitterez sans une explication ?

— Ce serait le mieux.

— Vous me décevez, Owen Archer.

— Que suis-je censé faire ?

— Il ne vous a jamais traversé l'esprit qu'elle avait le droit de savoir ce que vous êtes venu faire ?

— Il est préférable qu'elle n'en sache rien. Elle est entêtée. Elle voudrait à tout prix s'en mêler. Et elle pourrait s'attirer de gros ennuis. Je ne peux rien lui dire.

— Et vous pensez qu'elle pourra rester longtemps à l'abri ?

— Je veille sur elle.

— Ah, oui ? Alors, où étiez-vous, ce matin, quand Anselm est arrivé ? Hein ?

Owen ferma les yeux.

— J'étais justement en train de régler ce problème. Cela ne se reproduira plus.

— Et comment, je vous prie ?

— L'archidiacre va quitter York pendant quelque temps.

— Pendant quelque temps ; charmant ! Le temps pour vous de tout mettre sens dessus dessous et de vous en aller. Avez-vous déjà réfléchi au fait qu'elle restera ici lorsque vous, vous partirez ? Quand l'archidiacre reviendra-t-il ?

— Je ne pense pas qu'il reviendra.

Bess fixait son visage grave, pendant qu'il disait ces mots.

— Oh ? Alors, c'est bien.

— Owen se gratta la joue sous le bandeau.

— Elle prend si vite la mouche. Je ne sais jamais ce qui va déclencher sa colère.

— Vous vous disputez ?

— Toutes nos conversations tournent à la dispute.

— Elle a tellement de choses en tête. Beaucoup de problèmes et de responsabilités. Vous pourriez l'aider plus, vous savez.

— Comment ?

— Confiez-vous à elle, comme vous vous êtes confié à moi. Dites-lui ce que vous faites ici et ce que vous savez.

— Impossible.

— Préparez-la à votre départ futur.

— Il est mieux qu'elle ne sache rien.

— Parce que vous pensez qu'elle ne sait rien ?

Il se redressa.

— Que lui avez-vous dit ?

— Moi ? Rien. Mais elle a des yeux et des oreilles.

Il réfléchit un instant. Il la revoyait en haut de l'escalier.

— L'archidiacre et le maître Wilton. Elle écoutait leur conversation ?

Bess haussa les épaules.

— Quel mal y a-t-il à cela ?

— C'est dangereux, Bess.

Elle roula des yeux.

— Vous pensez que je l'ignore ?

— Qu'a-t-elle entendu, Bess ?

— Je ne peux pas vous le dire. Elle le saurait.

— Je ne le lui dirai pas.

Bess secoua la tête.

— Elle le saura. Confiez-vous à elle. Pour sa sécurité, Owen, il le faut.

— Je ne peux pas.

— Pour l'amour du Ciel, pourquoi ?

— Comment puis-je être sûr que je peux lui faire confiance ?

— Que pensez-vous qu'elle fera ? Qu'elle ira le dire à Nicolas ?

Il baissa le nez dans sa bière.

— C'est ridicule. Il faut que vous lui fassiez confiance. Et prouvez-lui qu'elle peut avoir confiance en vous. Si vous ne le faites pas, elle va s'exposer à de grands dangers. Elle a déjà commencé.

— C'est pourquoi elle fait venir sa tante Phillippa ?

— Et pour quelle autre raison ? Vous pensiez qu'elle avait soudain décidé de se reposer sur sa famille ?

— Peut-être. Nicolas est en train de mourir.

— Vous êtes un fou, Owen Archer. J'étais si inquiète pour elle, ce matin, que je l'ai fait suivre par le petit frère de Kit. Elle est allée à l'abbaye pour voir l'infirmier. Elle cherche à savoir ce qui s'est passé, la nuit où le pèlerin est mort. Elle fouille partout pour essayer de découvrir ce qui est arrivé. Potter Digby a fait de même et on l'a retrouvé dans l'Ouse. Pensez-vous qu'elle ait des chances de s'en sortir sans dommage ?

— Je vous l'ai dit. L'archidiacre va être éloigné.

— Ah, c'est donc lui qui a noyé Digby ?

— Je ne vous ai pas dit cela.

— Parlez-lui. C'est trop dangereux de la laisser dans l'ignorance.

— Alors, pourquoi ne l'avez-vous pas fait ?

Bess se redressa, indignée.

— Je vous avais juré que je ne parlerai pas, non ? Pour qui me prenez-vous ?

— Elle s'est rendue à l'abbaye, aujourd'hui ? Pourquoi ?

Bess se leva.

— J'ai fait ma part. À vous, maintenant.

Elle le quitta.

— Maudite femme ! murmura Owen.

Son œil le tirait et lui faisait mal. Il remonta dans sa chambre en emportant sa bière.

Lucie était assise à la table, près de la fenêtre qui donnait sur le jardin, les yeux fixés sur le registre. MD. C'était à cette femme qu'elle devait parler. Il fallait qu'elle trouve un moyen de voir Magda Digby. Mais il ne suffisait pas de trouver le temps d'y aller. Elle allait avoir besoin d'un guide. Une jeune femme s'était noyée, l'été dernier, en perdant l'équilibre, alors qu'elle passait le long du mur de l'abbaye. C'était probablement de cette manière que l'inquisiteur était tombé dans l'Ouse.

Son regard se porta sur Nicolas qui gisait dans son lit, le dos tourné vers elle. Sa respiration était trop irrégulière pour qu'il puisse être en train de dormir. Il lui avait sciemment tourné le dos lorsqu'elle avait essayé de lui parler de sa mère.

— Pourquoi, brusquement, ne doit-on même plus mentionner son nom, Nicolas ? Nous avons toujours parlé d'elle. Pour moi, c'était un grand réconfort de pouvoir parler d'elle avec toi.

— Je ne peux pas.

Et il lui avait tourné le dos.

Tout deviendrait tellement plus facile s'il acceptait de répondre à ses questions.

— Je sais que Geoffrey Montaigne t'a agressé, après la mort de ma mère.

Elle vit son dos se raidir, mais il ne se retourna pas, ni ne prononça un mot. Maudit soit-il.

Alors, Lucie était allée s'asseoir pour feuilleter le registre, tout d'abord furieuse contre Nicolas, puis effrayée par son comportement. Il avait tant changé. À cause de la maladie ? Non. Elle aurait dû le rendre plus tendre, au contraire, plus à même de se confier. Il avait le comportement d'un homme qui a quelque chose à cacher ; le comportement d'un homme coupable. Elle était de plus en plus convaincue que c'était lui qui avait empoisonné Geoffrey Montaigne. Mais pourquoi ? Il fallait qu'elle sache ce qu'il y avait entre eux.

La journée avait été longue. Mais même les soucis furent impuissants à la garder éveillée. Elle sommeillait sur le livre, lorsqu'un bruit se fit entendre contre le mur, derrière elle. Elle se redressa et écouta. De nouveau, un bruit. On aurait dit des pierres jetées contre le mur. Elle se leva et alla regarder dans la cour. Elle aperçut une silhouette noire, le visage masqué par un capuchon. Frère Wulfstan ? Lorsqu'il la vit, l'individu recula très vite dans le fond du jardin. Trop vite pour que ce soit le vieux moine. Lucie alluma une lampe à huile, descendit, prit son manteau et sortit. Une lueur vacillait dans l'obscurité épaisse qui régnait sur le jardin. De nouveau, la lueur. La serre de bouturages. Un feu. Son cœur se mit à tambouriner. Quelqu'un avait vu l'incendie et avait voulu la réveiller. Dieu en soit loué. Elle rapporta la lampe à la maison et prit à la place un seau. Vite, au puits. Elle tira le seau, remplit celui qu'elle portait et l'emporta jusqu'à la serre. Le feu avait pris à l'intérieur, dans le fond du bâtiment. Elle allait devoir pénétrer à l'intérieur pour l'éteindre. La porte était ouverte. La personne qui l'avait prévenue était sans doute déjà en train de lutter contre les flammes.

— Il y a quelqu'un ? demanda-t-elle devant la porte.

Elle regarda à l'intérieur, mais la fumée lui fit un écran trop épais pour qu'elle puisse discerner quoi que ce soit. Elle entra. Elle décida de vider son seau à l'extrême bout du bâtiment, puis de ressortir en courant le remplir à nouveau. Mais un bras surgit, soudain, de l'ombre qui lui arracha le seau des mains et le jeta dehors.

— Idiot ! cria Lucie.

Elle s'essuya les yeux et son regard buta sur le visage pâle comme la lune de l'archidiacre.

— C'était de l'eau pour le feu. Pour l'amour de Dieu...

Elle se précipita pour reprendre le seau.

Il l'empoigna.

— Brûle, démon femelle, succube, putain de Babylone. Brûle !

Il riait, puis il la poussa dans le brasier avant de sortir en courant de la serre, dont il referma la porte à clef.

Lucie hurla. Elle s'éloigna autant qu'elle le put du coin que dévoraient les flammes, mais le bord de sa robe prit feu. Elle l'éteignit avec la main.

Arrivé dans sa chambre, Owen ôta son bandeau et se passa un peu d'onguent. Il s'allongea sur son grabat, tout en sachant qu'il ne pourrait pas dormir. Peut-être ferait-il mieux d'aller marcher ? Il se leva et regarda par la fenêtre. Les étoiles scintillaient dans un ciel pur. C'était la première nuit claire qu'il voyait à York. Il fixa les étoiles en essayant de se rappeler les noms que Gaspare leur donnait. Gaspare. C'était une des rares personnes à qui il aurait aimé parler, en ce moment. Gaspare trouvait toujours une explication aux choses.

Un mouvement en contrebas attira l'attention d'Owen. Dans le jardin des Wilton, quelqu'un passait en courant devant la porte de la cuisine qui était ouverte. La pièce était éclairée par une lampe vacillante posée à même le sol. Qui était dans le jardin ? Tildy ? La silhouette courait en direction de la rue. Trop grande pour être Tildy. C'est alors qu'il vit la lueur. Dieu Tout-puissant !

— Le feu ! cria Owen en déboulant l'escalier et en se ruant dans la taverne.

Tom et quelques clients se précipitèrent à sa suite. Tom hurla à quelqu'un d'aller chercher des seaux supplémentaires dans l'écurie. Owen avait déjà extrait le premier seau du puits quand Tom arriva avec le sien. Ils s'attaquèrent à l'arrière de la serre.

Mais où était Lucie ? La lampe et la porte ouverte signifiaient qu'elle était sortie, sans doute pour combattre l'incendie. Owen arriva devant la porte de la serre. Un seau était renversé par terre. Il essaya d'ouvrir la porte, mais elle résista. Sans attendre, il l'enfonça d'un coup d'épaule et entra. Lucie se tenait à quelques pas de lui. Elle toussait faiblement. Il l'enleva dans ses bras et la ramena aussi vite qu'il le put à la maison.

Elle avait une main couverte d'ampoules, un coin de sa robe roussi et une coupure sur le côté du crâne qu'elle avait dû se faire en tombant. Bess surgit avec un carafon de brandy. Owen souleva doucement la tête de Lucie pendant que Bess lui faisait avaler un peu d'alcool. Sa gorge était desséchée. Elle se redressa en toussant et repoussa Bess, mais celle-ci l'obligea à boire à nouveau. Et cette fois, le liquide passa.

— Pas mal. Elle s'en tirera, dit Bess avec soulagement.

Elle aida Lucie à s'asseoir.

— Qui était-ce, Lucie ? demanda Owen. J'ai vu quelqu'un s'enfuir du jardin en courant. Avez-vous vu qui c'était ?

— Je pensais qu'il...

Une quinte de toux la secoua. Elle prit le gobelet de brandy que Bess lui tendait et but, cette fois, sans se faire prier.

— J'ai cru que quelqu'un avait vu l'incendie et était venu me prévenir. Il avait jeté des cailloux contre la maison. Je n'ai vu le feu qu'une fois dehors. Il était dans la serre. Il m'a jetée par terre et m'a injuriée.

— Qui ? demanda Owen.

— L'archidiacre.

Bess et Owen échangèrent un regard. Celui de Bess accusait clairement Owen de ne pas avoir protégé Lucie.

Un coup violent retentit à l'étage. Lucie reposa son gobelet.

— C'est Nicolas. Je vais monter.

— Non. J'y vais, dit Bess. Ensuite, j'irai voir où ils en sont avec la serre. Je crois que vous avez beaucoup à vous dire, tous les deux.

Lucie ne répondit rien. Elle se laissa tomber sur son siège et Owen put mesurer l'ampleur du choc qu'elle venait de recevoir. Bess hocha la tête et sortit. Lucie reprit son gobelet avec des mains tremblantes.

— Il a voulu me tuer, articula-t-elle avec difficulté.

Elle gardait la tête baissée et les yeux fixés sur le sol.

Owen était furieux contre lui. Magda lui avait dit que Lucie pouvait être en danger et elle venait d'échapper de justesse à la mort. Il aurait dû surveiller la maison. Il avait été plus occupé à la soupçonner — et il s'était trompé. Une erreur qui avait failli être fatale. Il n'avait pas fait vraiment d'effort pour la sauver.

— Tout ira bien, à présent. Anselm quittera la ville demain matin.

Lucie posa sur lui son regard.

— Comment le savez-vous... (Ses yeux s'agrandirent.) Seigneur Dieu !

Il leva la main jusqu'à son visage et découvrit qu'il avait oublié de mettre son bandeau. L'horreur ! Il se détourna aussitôt, prêt à s'enfuir.

— Non, dit-elle. Je vous en prie, pardonnez-moi. Je ne vous avais jamais vu sans votre bandeau.

— Je suis désolé de vous avoir effrayée.

— Non, vous ne m'avez pas effrayée. J'ai vu pire. (Il se gardait toujours de lui faire face.) S'il vous plaît, Owen, ne me tournez pas le dos. Nicolas s'en est chargé, cette nuit. Était-il au courant de ce que projetait l'archidiacre ?

Le désespoir qui perçait dans sa voix émut Owen. Il s'agenouilla devant elle et lui prit les mains.

— Je ne peux pas croire que maître Nicolas pourrait supporter l'idée même de vous blesser.

Elle caressa doucement sa paupière ridée, ses sourcils, sa balafre sous l'œil.

— Bess dit que je peux vous faire confiance. Et puis, à présent, vous m'avez sauvé la vie. (Elle regarda longuement son visage.) J'ai besoin de votre aide, Owen.

20

TOUTE LA VÉRITÉ

Un bruit retentit dans l'échoppe qui les fit tous les deux sursauter. Owen se leva et fit signe à Lucie de ne pas bouger. Sans bruit, il traversa la cuisine et fouilla du regard la boutique.

— Que faites-vous là ? demanda-t-il.

Son intonation marquait l'étonnement mais restait amicale. Lucie en fut soulagée, il n'aurait pas parlé ainsi à un intrus.

— Nicolas m'a demandé de donner à Lucie le collyre et le remède.

C'était la voix de Bess.

— Les voici.

Elle s'approcha en tenant bien haut les deux godets, comme si elle était fière de sa trouvaille. Elle les posa sur une table près de Lucie.

— À vous, maintenant, d'en faire bon usage.

— Avez-vous dit à Nicolas qui a allumé le feu ? demanda Lucie.

Bess se redressa, les mains sur les hanches, et lança à Lucie un regard agacé.

— Non, je ne lui ai rien dit. Si vous voulez qu'il soit au courant, c'est à vous de le lui dire. Tout ce qu'il sait, c'est qu'un incendie a pris dans la serre de bouturages, que vous étiez enfermée dedans et que c'est Owen qui vous a sauvée.

— Merci, Bess, dit Lucie d'une voix soulagée.

— Mais il n'est pas idiot. Il sait que vous étiez en haut et que les feux ne démarrent pas tout seuls. (Bess haussa les épaules.) Mais il ne s'est intéressé qu'à vous. Il a demandé comment vous alliez ; si vous étiez blessée.

— Comment va-t-il ?

— Il a voulu de cette tisane qu'il prend avant de dormir, pour l'aider à se reposer.

— Il a bien fait.

Lucie remarqua les rides qui entouraient la bouche de Bess et qui trahissaient toujours une inquiétude.

— Ça va aller, Bess ; aussi bien que vous l'avez dit à Nicolas. Voulez-vous boire quelque chose ?

— Non. Je dois partir. Les feux donnent la gorge sèche aux clients. Tom va être débordé. Allez-vous rester ici cette nuit, Owen, pour surveiller ?

— Oui, je vais rester.

Lucie nota que Bess et Owen avaient échangé une sorte de message muet.

— Vous paraissez bien familiers, tous les deux.

Bess rit.

— C'est normal quand on partage toutes les nuits une bouteille de brandy ou une chope de bière. Vous devriez essayer. À présent, adieu. Gardez-vous bien.

Owen resta sur le seuil de la porte et étouffa un rire en regardant Bess s'éloigner.

— Je crois qu'elle a fait des projets pour nous.

Lucie se raidit. Elle s'était presque confiée à lui en

oubliant la première impression qu'il lui avait faite : celle d'être un escroc.

— Je n'ai jamais dit que j'avais besoin de vous de *cette* manière.

Sa remarque eut pour effet de chasser net son sourire.

— Je n'ai pas dit que je partageais ses vues. C'est Bess qui fait des plans. Elle n'a jamais caché son penchant pour arranger les mariages.

Tout était pour lui sujet à plaisanteries. Lucie avait failli lui dire que son mari avait tué quelqu'un. Mais il aurait sans doute ri aussi.

— La situation vous amuse ?

Il l'avait tellement mise en colère qu'elle avait du mal à retenir ses larmes. Mais il le fallait, coûte que coûte. Il trouverait cela sûrement aussi très drôle.

— Qu'ai-je dit qui ait pu vous mettre dans une telle colère ? demanda-t-il en s'asseyant près d'elle.

La paupière rouge et plissée était levée vers elle. Elle remarqua que ses cils étaient aussi longs, aussi noirs et soyeux que ceux de son bon œil. Il avait dû être très beau. Et comme il devait souffrir de se voir ainsi, aujourd'hui.

— Peut-être suis-je trop prompte à m'offenser, cette nuit, dit-elle en se frottant les yeux.

Elle était déjà épuisée avant l'incendie.

— Nettoyez vos yeux. Notre conversation peut attendre.

— Je suis simplement fatiguée, Owen. Ces jours-ci, la fatigue ne me lâche plus. Parlons pendant qu'on ne nous dérange pas.

— Vos yeux sont très rouges. Vous avez sûrement

de la cendre dedans. Rincez-les. Nous parlerons ensuite.

Il l'exaspérait.

— Pourquoi ne faites-vous jamais ce que je vous dis ?

— Je m'inquiète pour vous.

Son angoisse se lisait sur son visage et s'entendait dans sa voix.

— Je vais bien, Owen, et n'ai nul besoin qu'on me brutalise pour que je prenne soin de moi.

— Brutaliser ? Je m'inquiète pour vous et vous appelez cela vous brutaliser ? C'est parce que je suis un soldat ? Pensez-vous que j'ai perdu tous sentiments humains parce que j'ai pris les armes pour mon roi ?

Lucie cacha son visage dans ses mains. Toute conversation était impossible entre eux.

— Et maintenant, voilà mon œuvre, hein ? (Owen soupira.) Ne pourrions-nous essayer de parler calmement ?

Lucie releva la tête.

Il posa sa main sur la sienne.

— Je veux vous aider, pas vous brutaliser. Dites-moi ce que je peux faire.

— Je ne veux pas vous ennuyer avec cela, Owen, mais j'ai peur. Ce qui est arrivé, cette nuit, n'est qu'une partie du mystère que je veux élucider avant de perdre tout ce que je possède. Car je risque de tout perdre : l'échoppe, la maison, le respect des autres... tout. Ce n'est pas très réconfortant à entendre, je sais.

— Je ne suis pas inquiet pour moi.

— Eh bien, vous devriez l'être. Un apprenti suit souvent ses maîtres dans leur chute.

— Pourquoi risquez-vous de tout perdre ?

— C'est une affaire compliquée. (Elle aurait voulu que ce soit plus simple à expliquer car elle était très fatiguée.) Tout a commencé le jour où Nicolas est tombé malade. Cet après-midi-là, frère Wulfstan est venu chercher un remède et, pendant qu'il parlait à Nicolas du patient, Nicolas s'est mis à avoir un comportement bizarre. Il a posé des questions qui n'avaient rien à voir avec la maladie du patient. Après, pendant qu'il travaillait à la boutique, il est devenu terriblement secret. Et il n'a pas changé depuis. La maladie n'est pas responsable de cet état. Je connais la différence entre la mélancolie et la réserve. Cette nuit-là, l'inquisiteur l'a ramené à la maison. Le lendemain, l'archidiacre est venu. Aucun des deux n'avait mis les pieds chez nous depuis notre mariage. Les seules explications que Nicolas a trouvé à me donner, c'est que l'inquisiteur était par hasard à l'abbaye et que l'archidiacre s'inquiète pour l'inquisiteur.

— C'est le fait que maître Nicolas soit devenu secret qui vous trouble ?

— J'aimerais qu'il n'y ait que cela. Nicolas a toujours été bon pour moi. Je lui dois beaucoup. Mais s'il a fait ce que je redoute... (Elle ne put prononcer les mots.) Le Nicolas que je connais n'aurais jamais pu commettre un tel acte.

— Que redoutez-vous, Lucie ?

Elle fixa son gobelet en essayant de trouver les mots.

— Je pense... (Elle prit une profonde inspiration.) Je crois que Nicolas a volontairement empoisonné Geoffrey Montaigne, le pèlerin qui est mort à St. Mary. Geoffrey, qui était l'amant de ma mère, a essayé de tuer Nicolas, il y a des années, quand ma mère est morte. J'ignore pourquoi. Pas plus que je ne sais pourquoi Nicolas a pris sa revanche, après toutes ces années. Mais il l'a fait. Vous êtes en apprentissage chez un assassin, Owen Archer.

— Vous dites qu'il est devenu secret, cependant il vous a confié ces faits.

— Non. Je les ai découverts en écoutant aux portes et en consultant les vieux livres de comptes de la boutique.

Owen la fixait, les sourcils froncés, comme s'il cherchait à lire sur son visage. Mais il ne semblait pas surpris.

— Vous ne semblez pas troublé par ce que je vous apprends.

Il secoua la tête.

Elle serra si fort le gobelet dans sa main brûlée que sa paume lui fit mal. Elle but une gorgée et reposa le gobelet.

— Dites quelque chose.

— Je sais que Nicolas a empoisonné Montaigne.

C'était la dernière chose qu'elle s'attendait à entendre. Owen savait ? S'il savait, alors, c'est qu'il était impliqué dans l'affaire. Mais comment aurait-il pu l'être puisqu'il était arrivé à York après la mort de Geoffrey ?

— Pourquoi ai-je toujours cette impression qu'à tout instant vous pouvez redevenir un parfait étranger ?

Owen ne répondit pas tout de suite. Il resta quelque temps à regarder le feu. À voir la tension de son corps et de son visage, il était évident qu'il luttait contre quelque chose.

— Est-ce si difficile pour vous de dire la vérité ?

— Vous pensez toujours le pire de moi. Eh bien, d'accord, je vais vous dire la vérité. Ce n'est pas la chose la plus sensée à faire, en ce moment. Mais vous avez besoin de mon aide et, à cause de mon silence, vous la refusez. Je vous promets de ne plus jamais vous mentir.

Elle se sentait un peu honteuse en l'écoutant.

— Je suis ici sous un faux prétexte, comme vous le soupçonniez depuis le début. Sa Grâce l'archevêque m'a envoyé à York pour enquêter sur la mort de son pupille, sir Oswald Fitzwilliam.

La coupe de ses vêtements, le coût de sa chambre individuelle à l'auberge, l'humilité avec laquelle il acceptait de passer du grade de capitaine d'archers à la situation d'apprenti, tout devenait clair.

— J'aurais de beaucoup préféré que ma première impression fût mauvaise.

Lucie se sentait terriblement seule.

Owen tendit la main pour prendre les siennes. Elle se déroba.

— Je ne connaissais rien de vous lorsque j'ai accepté de venir ici, dit-il. Sa Grâce savait que vous cherchiez quelqu'un. Il a écrit une lettre pour me recommander à Camden Thorpe.

— Pourquoi ? Pourquoi nous ?

— Vous aviez besoin d'un apprenti et je pouvais tenir ce rôle. Il fallait que j'aie une activité pour pouvoir rester ici sans faire naître des soupçons.

— Le maître de la guilde est-il au courant de votre supercherie ?

— Non. Il s'est fait un peu tirer l'oreille.

— Comment vous croire, à présent ?

— Vous avez ma parole que je vous dis la vérité.

— Et pourquoi votre parole aurait-elle de la valeur ?

Elle alla pour se resservir du brandy mais changea

brusquement d'avis. L'alcool lui embrouillerait un peu plus les pensées.

Owen semblait triste. Qu'est-ce qui pouvait bien l'affliger à ce point ?

— Comment pouviez-vous croire que je vous ferais confiance après avoir entendu ce que vous venez de me dire ?

— Je savais le risque que j'encourais en vous avouant la vérité, cette nuit. Je savais que vous pourriez ne plus jamais me faire confiance, une fois que vous sauriez pourquoi je suis venu ici. Mais vous devez me croire, Lucie. C'est dans votre intérêt. Je veux vous protéger.

— Contre qui ?

— Pour commencer, contre l'archidiacre Anselm.

Comment savoir ? Il paraissait sincère mais n'avait-elle pas tout simplement envie de croire en lui ? Si, bien sûr. Et ce désir embrouillait son jugement.

— Alors, vous avez fait un rapprochement entre la mort de Fitzwilliam et celle de Montaigne et c'est ainsi que vous avez découvert que mon mari avait empoisonné Geoffrey ?

— Oui. Digby m'a mis sur la voie, bien qu'au début je ne lui aie pas fait confiance. L'archevêque était convaincu que son pupille avait été assassiné par ses ennemis.

— Vous auriez dû me parler plus tôt. Pourquoi avoir attendu si longtemps ?

— Parce que... J'aurais dû vous le dire plus tôt. Je n'ai jamais voulu vous mentir.

— Pourquoi maintenant ?

Il hésitait. Lucie se prépara à recevoir une autre révélation désagréable.

— Jusqu'à cette nuit, je pensais que c'était vous qui aviez empoisonné Montaigne.

Elle éprouva la sensation de recevoir, de plein fouet, une bourrasque. C'était le genre de chose qu'Owen pouvait dire pour plaisanter. Mais il ne plaisantait pas. Il ne souriait même pas. Il paraissait gêné. Elle s'était sentie flattée qu'Owen respecte son travail ; qu'il s'inquiète pour elle. Et la vérité était que, pendant tout ce temps, il la soupçonnait d'être un assassin.

— Pourquoi l'aurais-je tué ? Et comment ? J'ignorais qui était le pèlerin.

— Si vous l'aviez su, qu'auriez-vous fait ?

— Je serais allée le voir. Il a été bon pour moi, Owen. Il a rendu ma mère heureuse.

Lucie luttait pour ne pas pleurer. Elle échoua et, furieuse d'être trahie par son propre corps, elle essuya ses larmes d'un geste brusque.

— C'est sir Robert que je devrais plutôt tuer. (C'était une chose à ne pas dire.) Ainsi, c'est à l'agression de l'archidiacre que je dois d'avoir été disculpée.

— Lucie, je vous en prie, Montaigne était l'amant de votre mère. Il a apporté la honte dans votre famille. Vous auriez pu, tout autant que Nicolas, vouloir l'empoisonner. À mon avis, vous aviez bien plus de raisons que lui.

Elle n'avait jamais réfléchi à ce que les autres pouvaient penser. Son raisonnement se tenait. Elle ne pouvait le nier. Soudain, elle prit peur.

— Je suis plus heureux que vous ne pouvez l'imaginer de vous savoir innocente, dit Owen d'une voix douce.

Lucie ne voulait pas le suivre dans cette voie.

— Et qu'avez-vous découvert ? Visiblement, vous

ne savez pas pourquoi Nicolas a empoisonné un homme qui était sur le point de mourir, sinon vous ne m'auriez pas soupçonnée jusqu'à maintenant.

Elle posa alors la question qui l'effrayait le plus.

— Nicolas et ma mère étaient-ils amants ?

Owen eut la courtoisie de paraître embarrassé.

— Amants ? Je ne le crois pas mais je ne peux rien affirmer. Je n'ai pas encore résolu tout le mystère.

— Dites-moi ce que vous savez.

— C'est une histoire déplaisante, Lucie.

— Je ne pense pas qu'un meurtre puisse jamais être noble.

— Magda Digby pense que Nicolas a agi ainsi pour empêcher Montaigne de parler, afin qu'à sa mort vous ne perdiez pas votre position auprès de la guilde. Le mobile, lui, au moins, est noble.

— L'empêcher de parler de quoi ?

— Nicolas a fait absorber à votre mère une préparation qui l'a tuée. Il lui a donné une trop forte dose.

Lucie sentit son estomac se retourner.

— Il lui a administré une dose mortelle ?

— Non. C'est elle qui en a pris trop.

— Il aurait dû le prévoir.

— C'est pourquoi je pense que, dans son esprit, Nicolas s'est racheté à travers vous.

— Dois-je trouver cette pensée réconfortante ?

— Non. Rien dans toute cette affaire n'est réconfortant.

Lucie avala une grande gorgée de brandy.

— Dites-moi le reste.

— J'aimerais pouvoir vous épargner, mais après ce qui s'est passé cette nuit, je pense qu'il faut que vous sachiez ce qu'il y a eu entre Nicolas et Anselm.

Lucie écouta calmement le récit des rapports que son mari entretenait avec Anselm, à l'école de l'abbaye.

— Le comportement d'Anselm devient compréhensible, dit-elle lorsqu'il se tut. Que savez-vous d'autre ?

Elle put voir dans l'unique œil d'Owen que le calme de sa réponse le rassurait. Il se détendit et lui parla des soupçons de Digby et des informations que lui avait données Magda Digby. L'aube était levée et ils étaient toujours en train de parler.

— *Deus juva me*, murmura-t-elle lorsqu'il lui eut tout dit. Ma vie est détruite.

Owen ne répondit pas.

— Ma mère...

Même si la Femme de la Rivière a raison de penser que Nicolas n'avait pas compris à quel point sa mère était faible, il restait néanmoins coupable.

— Mon mari, si plein d'affection pour moi, a donné à ma mère de quoi se tuer. Il n'aurait jamais dû devenir maître apothicaire. Comment a-t-il réussi à le cacher ?

Owen secoua la tête.

— Je l'ignore. Tante Phillippa vous éclairera peut-être.

— Tante Phillippa m'a poussée à épouser Nicolas. Elle m'y a encouragée.

Lucie se leva et alla ouvrir la porte du jardin pour laisser entrer la pâle lumière de l'aube.

— Dois-je voir en elle une amie ou une ennemie ? murmura Lucie en serrant ses bras autour d'elle. Elle devrait arriver aujourd'hui. Je vais aller lui préparer son lit.

— Vous devriez dormir un peu.

Lucie se retourna brusquement. Il était donc si aveugle.

— Dormir, là-haut, à côté de cet étranger, en pensant à tout ce que vous m'avez dit ? Je deviendrais folle. Je ne sais pas si je dois le haïr ou avoir pitié de lui.

— Je ferai tout mon possible pour découvrir tout ce que vous voulez savoir.

— Vous voulez dire, tout ce que l'archevêque veut savoir.

Owen se leva, s'approcha d'elle et lui prit les mains.

— Non. Tout ce que vous voulez savoir, Lucie.

Elle ne put s'empêcher de regarder son visage nu et vulnérable, sans son bandeau. La cicatrice avait rougi. Des ombres cernaient son bon œil. Il était aussi épuisé qu'elle.

— Pourrez-vous me pardonner, Lucie ? Pourrez-vous jamais m'accorder votre confiance ?

— Je ne sais pas. Aidez-moi à aller jusqu'au fond de cette maudite histoire, Owen. Alors, je verrai. Mais vous appartenez à Sa Grâce, n'est-ce pas ? Je vais devoir chercher un apprenti. Le travail m'empêchera de penser.

Elle quitta la pièce.

Arrivée à l'étage, elle fit un détour par la chambre de Nicolas ; la force de l'habitude.

Il ouvrit les yeux.

— Lucie ? Es-tu blessée ?

— À peine.

Elle s'était penchée sur lui pour voir s'il avait de la fièvre.

Il toucha son visage.

Elle recula.

— Lucie ?

Le meurtrier de sa mère. Un besoin de lui faire mal se leva en elle.

— Sais-tu que c'est Anselm qui a allumé le feu ? Il m'a traitée de démon femelle ; de succube ; de putain. Le feu m'était destiné, Nicolas. Je devais brûler dedans. Il aurait, alors, pu t'avoir pour toi tout seul.

— Il est fou. Que t'a-t-il dit ?

— Pourquoi dis-tu qu'il est fou ? C'est ton ami, Nicolas.

— Il l'a été, il y longtemps, Lucie.

— Vraiment ? Ces derniers temps, il a été plutôt bien accueilli. Surtout, depuis que tu as empoisonné Geoffrey.

— Non ! siffla Nicolas.

Lucie recula jusqu'au pied du lit. Ses mensonges la rendaient malade.

— Même maintenant, tu ne veux pas me dire la vérité.

— Ce n'est pas ce que tu crois.

— Tu l'as empoisonné, Nicolas. Tu t'es servi du don que Dieu t'a donné pour assassiner Geoffrey Montaigne. C'était un homme bon et doux. Il aimait ma mère. Toi, aussi, tu l'aimais ? Étais-tu jaloux de lui ?

— Lucie, je t'en prie. Elle était mon amie, rien de plus.

— Et tu l'as tuée ?

— Je ne l'ai pas... J'ai fait ce qu'elle m'a demandé.

— T'avait-elle demandé de tuer Geoffrey ?

— Ça, je l'ai fait pour toi.

— Pour moi ? Tu t'es damné pour moi ? Tu espères peut-être ma gratitude ? Mais je n'ai jamais voulu la mort de Geoffrey. Ce n'est pas lui qui a tué ma mère.

— Tu me condamnes ?

— Oui.

— Qui t'a raconté cela ?

— Tu aurais dû tout me dire, Nicolas. Tu aurais dû.

— Je... Si je suis coupable, c'est d'avoir manqué de jugement. J'étais si jeune. Mais j'ai voulu bâtir cela pour toi. L'échoppe. Tu seras maître apothicaire. Personne, jamais, ne pourra te l'enlever. Montaigne le pouvait. S'il avait parlé... Je t'en prie, Lucie.

Il refusait d'endosser la responsabilité de ses actes.

— Dors, Nicolas. J'ai besoin d'être seule.

— Je t'aime, Lucie. Tout ce que j'ai fait, c'est pour toi, mais je n'ai pas pu te le dire...

Pour elle. Il pensait réellement qu'il avait tué pour elle. Tout son corps tremblait en quittant la chambre.

Une porte plus loin, dans la petite pièce qui avait été la chambre d'enfant de Nicolas et qui aurait dû être celle de Martin, elle prépara un lit pour sa tante Phillippa, et un pour elle.

21

LA DONATION

Le clerc d'Anselm sauta sur ses pieds quand l'archidiacre entra pour vérifier un travail, avant d'aller dire sa messe.

— Sa Grâce, l'archevêque, désire vous voir.

— Sa Grâce ?

— Il a dit, tout de suite.

— Chez lui ou dans son cabinet ?

— Dans son cabinet.

Anselm pressa le pas. L'archevêque l'avait rarement convoqué, ces derniers jours. Il se demanda s'il avait été mis au courant de l'incendie. C'était peu probable ; l'unique témoin était mort. Si l'archevêque venait à l'apprendre, pourrait-il le désapprouver ? Après tout, n'étaient-ils pas les bergers du troupeau ? Il avait éliminé la louve qui menaçait un de leurs plus chers agneaux.

Jehannes l'introduisit dans le cabinet de l'archevêque.

John Thoresby ne se leva pas pour le saluer ; il se contenta de lui indiquer un siège, devant la table sur laquelle il examinait des documents.

— Votre Grâce, je suis très honoré de...

— Je ne vous ai pas appelé pour échanger avec vous des civilités. J'ai une mission pour vous.

C'était donc sans rapport avec l'incendie.

— Hors de la cité, Votre Grâce ?

— À Durham.

C'était un honneur que d'être chargé de mission par l'archevêque. Mais Durham. C'était impossible en ce moment. Il devait rester auprès de Nicolas quand celui-ci avait besoin de lui.

— Pardonnez-moi, Votre Grâce. Un très cher ami à moi est souffrant. En fait, je crains qu'il ne soit sur son lit de mort. Je détesterais devoir le quitter, en ce moment.

— Il s'agit de maître Wilton ?

La réponse surprit Anselm et le flatta. Que l'archevêque se soit donné la peine d'en apprendre autant sur lui...

— C'est mon plus vieil ami. Et il est si mal, à présent.

— Je suis au courant de cette amitié. Je comprends qu'il vous soit pénible d'être séparé de votre ami, en pareilles circonstances. Mais il n'est pas seul. Rassurez-vous, Wilton est entre de bonnes mains, et j'ai besoin de vous à Durham. Sir John Dalwylie a projeté de faire une donation importante à l'église abbatiale. Une somme considérable. Nous devons lui témoigner du respect et l'encourager, en lui offrant des dons de valeur équivalente. Je vous charge de cette mission, Archidiacre. C'est un honneur qui vous est fait. Allez-vous me faire regretter la confiance que je mets en vous ?

— Non, Votre Grâce. C'est un honneur et je vous

en suis infiniment reconnaissant. Mais cette mission ne pourrait-elle attendre ?

— Non. C'est impossible. Je veux que vous partiez, aujourd'hui. Dès que vos affaires seront prêtes.

— J'ai la messe à dire...

— Je me suis arrangé.

Anselm s'inclina. Il savait qu'il était inutile d'insister.

— Vous pouvez compter sur moi, Votre Grâce.

— Parfait. (Thoresby se leva.) Donnez vos instructions à votre clerc pour toute affaire qui pourrait se présenter dans les cinq ou six jours prochains. Jehannes vous fournira les détails sur votre travail et il vous remettra vos lettres d'introduction.

Lorsque Anselm quitta le cabinet de l'archevêque, Owen Archer, cet importun, était en grande conversation avec Jehannes. Ils parlaient trop bas pour qu'Anselm puisse saisir le sens de leurs propos. Et, dès qu'ils le virent, ils se turent.

— Archidiacre, dit Jehannes, asseyez-vous un instant, je vous prie, pendant que j'annonce le Capitaine Archer à Sa Grâce.

Jehannes disparut dans l'autre pièce.

Anselm sentait l'œil de ce maudit homme posé sur lui.

— Vous êtes dehors de bonne heure, Archer.

— J'ai passé une nuit blanche.

Anselm nota que l'homme avait une expression malveillante dans l'œil. Le Seigneur l'avait sans doute rendu à moitié aveugle pour le punir de cet air effronté.

— Trouble du sommeil ? Vous êtes souffrant ?

— Non.

Jehannes reparut.

— Sa Grâce va vous recevoir, tout de suite, Capitaine Archer.

Thoresby se leva quand Owen entra dans la pièce.

— Jehannes m'a mis au courant pour l'incendie.

— Votre archidiacre était impatient d'envoyer maîtresse Wilton dans l'autre monde, Votre Grâce. Si je ne m'étais pas trouvé, cette nuit-là, à ma fenêtre, et si je n'avais pas essayé d'ouvrir la porte de la serre, Anselm aurait réussi.

— Vous êtes certain que c'était lui ?

— Maîtresse Wilton en est sûre.

Thoresby hocha la tête, fouilla dans ses papiers, en choisit un, le parcourut, prit une plume et y apposa son parafe.

— Je viens de signer son arrêt de mort, Archer. Vous n'avez plus besoin de vous inquiéter de son retour.

— Quand part-il ?

— Sur-le-champ.

— Alors, il faut que je retourne à l'échoppe. Je veux m'assurer qu'il ne s'y arrêtera pas pour faire ses adieux.

— Il ne le fera pas, Archer.

— Je veux m'en assurer.

À l'instant où Lucie pénétra dans la chambre, elle sut que quelque chose n'allait pas ; quelque chose qui avait trait au corps inerte de son mari. Elle ouvrit les volets pour avoir plus de lumière ; la panique rendait ses gestes maladroits. De la salive sortait de la bouche de Nicolas. Sa respiration n'était plus qu'un souffle inégal.

— Nicolas, peux-tu m'entendre ?

Il ne répondit pas.

Elle prit son pouls. Il était faible et irrégulier.

— Jésus, par pitié !

Une autre attaque. Elle avait voulu lui faire de la peine. Mais pas ce genre de peine.

Lorsque Bess entra pour voir comment Lucie s'était remise de la frayeur de la nuit, elle fut étonnée de la trouver assise au pied du lit, les yeux fixés sur Nicolas.

— Que se passe-t-il, Lucie ?

— Nicolas a eu une autre attaque. Il est en train de mourir, Bess.

— Oh, mon enfant.

Bess s'assit près de Lucie et écarta ses cheveux de son visage.

— Ma chérie, cela fait déjà un certain temps qu'il se meurt. Il vaudrait mieux que vous acceptiez cette évidence et que vous pensiez un peu à vous. Nous ne pouvons plus rien pour lui. (Tout le corps de Lucie était glacé.) Pour l'amour de Dieu, mon enfant.

Bess jeta un châle sur les épaules de Lucie et l'entraîna vers la table.

— Je l'ai tué, Bess.

— Par pitié, expliquez-moi comment vous avez fait cela.

— Je lui ai dit que c'était l'archidiacre qui m'avait enfermée dans la serre. Je lui ai dit de quoi il m'avait traitée ; les mots qu'il avait prononcés. Je lui ai dit ce que je vous ai confié : mes soupçons.

Lucie releva la tête et regarda Bess. Ses yeux étaient rougis par le feu et la nuit sans sommeil.

— Je voulais lui faire mal ; c'est moi qui ai suscité cette attaque.

— Oh, oui, bien sûr. Et ce qui s'est passé, cette nuit-là, à l'abbaye, est-ce vous qui en êtes responsable ? C'est absurde. C'est ce qui pèse sur sa conscience qui tue Nicolas. Et vous n'y êtes pour rien. Comment va votre main ? Laissez-moi voir.

Lucie fit une légère grimace de douleur pendant que Bess ôtait le pansement.

— Vous devriez savoir qu'il vaut mieux le laisser sécher à l'air libre, comme ceci, Lucie. Pourquoi perdez-vous tout votre talent quand c'est vous qui êtes malade ?

Lucie avait l'esprit ailleurs.

— Vous savez qu'Owen n'était pas ce qu'il prétendait être ?

La première réaction de Bess fut de nier, mais elle pensa qu'il valait mieux opter pour la vérité.

— Je ne l'ai su que la nuit où sa chambre a pris feu. Il se devait de nous expliquer pourquoi on voulait le tuer.

— Le feu n'était pas un accident ?

— Pas plus que celui de la nuit dernière, mon enfant.

Bess n'avait jamais vu un regard aussi vide chez Lucie ; elle semblait anéantie.

— Avez-vous pu dormir un peu ?

Lucie secoua la tête.

— Avez-vous parlé avec Owen ?

— Oui. Je suppose que vous savez tout ce qui s'est dit.

— J'en doute. Mais c'est sans importance. Je n'ai aucune envie de vous faire revivre tout cela, même si c'est pour éclairer ma lanterne.

En bas, la cloche de l'échoppe tinta.

— Je dois descendre, dit Lucie d'un air fatigué et résigné.

Bess la serra contre elle.

— Je vais rester auprès de Nicolas, bien que je pense que cela ne sert plus à grand-chose.

Dame Phillippa arriva à midi. Ce n'était pas cette vieille femme voûtée, aux cheveux blancs à laquelle Owen s'était attendu. Dame Phillippa était grande, très droite. Elle marchait d'un pas vigoureux. Ses yeux étaient enfoncés et pétillaient d'intelligence. Elle portait une guimpe aussi blanche que neige ; une robe toute simple et un voile immaculé. Elle donna à Owen une ferme poignée de main, promena son regard tout autour de la cuisine et fronça les sourcils.

— C'est bien ce que je pensais. Lucie aurait dû m'appeler, il y a beau temps, au lieu d'essayer de tout porter sur ses épaules.

— Ce n'est pas pour cela que je t'ai fait venir, Tante, dit Lucie en franchissant le seuil de la porte.

Elle marqua un court instant d'hésitation, avant de traverser la pièce d'un pas vif pour aller serrer les mains de sa tante dans les siennes.

— C'est gentil à toi d'être venue, tante Phillippa.

Phillippa la serra dans ses bras, puis recula de quelques pas pour l'observer. Elle vit alors ses mains pansées et ses yeux rougis.

— Je vois qu'il n'y a pas que la maladie de ton mari.

— Laisse-moi te montrer où ranger tes affaires.

Phillippa suivit Lucie à l'étage. Dans la chambre, elle remarqua la deuxième paillasse.

— Je n'ai pas amené de servante.

— C'est pour moi. Je dormirai là, avec toi. L'état de Nicolas a beaucoup empiré depuis la nuit dernière.

— Il est mourant ?

Lucie acquiesça.

— C'est pour cette raison que tu m'as fait chercher ?

— En partie. Il faut que nous parlions, tante Phillippa.

Sa tante opina.

— Il règne ici un grand trouble. Je le sens dans l'air. Raconte-moi, Lucie.

— Cette nuit. Il faut que j'aille à la boutique.

Sa tante haussa les épaules.

— Je vais veiller Nicolas.

Elle ôta son manteau qu'elle accrocha à une patère.

— Ce serait gentil. Bess Merchet est en ce moment auprès de lui, mais je ne pense pas qu'elle puisse passer toute la journée à son chevet.

— Bess Merchet ?

— La propriétaire de la York Tavern. À côté.

— Elle travaille pour toi ?

— Non, tante Phillippa. C'est ma meilleure amie.

Les sourcils se soulevèrent légèrement.

— Par moments, ne trouves-tu pas cette existence un peu difficile ? Tu n'étais pas née pour cette vie.

— Je la trouve très difficile, en ce moment, tante Phillippa, mais cela n'a rien à voir avec ma position sociale. Nous parlerons de tout cela ce soir.

Lucie se dépêcha de regagner l'échoppe pour avoir le temps de finir ce qu'elle allait commencer.

L'incendie de la nuit dernière eut pour effet de faire venir plus de clients à l'échoppe. Ils espéraient y glaner des détails. Lucie et Owen travaillèrent jusqu'à ce que Phillippa les appelle pour le repas du soir.

Phillippa avait apporté avec elle un pâté de gibier en croûte, ainsi qu'une soupe d'orge et de légumes d'hiver délicieusement assaisonnée. Lucie et Owen mangèrent en silence.

Quand Owen repoussa son assiette vide, Lucie suggéra qu'ils aillent, tous les trois, s'asseoir près du feu, avec un gobelet de brandy.

— Et tante Phillippa va nous parler de Nicolas, de Geoffrey Montaigne et de ma mère.

Dame Phillippa eut un sursaut.

— Et pour quelle raison ?

— Je veux comprendre pourquoi Nicolas a empoisonné Geoffrey Montaigne à Noël.

Le regard de dame Phillippa passa de l'un à l'autre.

— Sainte Marie, Mère de Dieu, murmura-t-elle en se signant. Ce drame n'en finira-t-il donc jamais ?

Wulfstan jeta un coup d'œil en biais vers la porte ouverte. À cette distance, il lui était difficile de discerner les visages quand il avait travaillé de près pendant un long moment. Mais il reconnut le gracieux mouvement de main sur la porte.

— Frère Michaelo ? Un autre mal de tête, déjà ?

— Non, mon sauveur. Je voudrais partager quelque chose avec vous. En remerciement de tout ce que vous avez fait pour moi. Une liqueur pour laquelle ma famille est renommée en Normandie. Ma mère vient de m'en envoyer quelques gouttes, pas plus car elle craignait qu'elle ne soit une trop forte tentation pour le messager. Je ne vous offense pas en vous offrant de l'alcool ?

— Pas du tout, Michaelo. La liqueur aide à digérer, ce qui est une bénédiction, à mon âge. Je vous en prie, asseyez-vous.

Wulfstan alla chercher deux petits gobelets.

Les yeux noirs de Michaelo brillaient d'un feu que Wulfstan ne lui connaissait pas car le moine venait toujours lorsqu'il souffrait de migraine. Ils ressemblaient à deux mares éclairées par la lumière de la lune, au milieu de son visage pâle et émacié.

— J'ai grand plaisir à voir mes malades quand ils vont bien.

Michaelo sourit en remplissant les gobelets. Il versa deux fois plus de liqueur dans celui de Wulfstan. Mais, même ainsi, cela faisait très peu. Il leva son gobelet. Wulfstan fit de même.

— À Frère Wulfstan, dans les mains de qui réside le don de guérir de notre Seigneur.

Quel merveilleux jeune homme. Wulfstan rougit de plaisir et but quelques gorgées du breuvage. Un étrange mélange de senteurs embrouilla son palais.

— Oh, Dieu. C'est là du grand art. Mélanger tant d'herbes ! Les moines faisaient quelque chose de ce genre à Pridiam. Vingt-six herbes, je crois.

Les yeux de Michaelo brillaient.

— Je savais que vous l'apprécieriez ; quand on connaît aussi bien que vous les ingrédients...

Il porta le gobelet à ses lèvres.

Wulfstan faisait doucement claquer sa langue contre son palais pour essayer de discerner toutes les nuances. Combinaisons délicates. Et cependant, il sentait une fausse note dans l'harmonie générale. Quelque chose qui n'allait pas avec l'ensemble. La concoction de Pridiam était mieux équilibrée. Dommage que la famille de Michaelo ait ajouté trop de cette plante déplaisante. Un étrange goût, poudreux.

— Quelque chose ne vous plaît pas ?

Les yeux sombres de Michaelo se brouillaient devant Wulfstan.

— La tête me tourne.

Il s'affaissa contre le mur, une main sur son cœur qui battait à tout rompre. Lent et fort ; la tête qui tourne ; le goût poudreux.

— Trop de digitale.

Il secoua la tête. La pièce bascula.

Les cloches carillonnaient complies. Henry attendait frère Wulfstan dans le cloître. S'il y avait eu un malade à l'infirmerie, il aurait remplacé Wulfstan pour le service. Mais quand il n'y en avait pas, ils assistaient ensemble au service. Étrangement, les frères de la cuisine arrivaient avant Wulfstan, ce soir. L'infirmier s'était laissé distraire, sans doute. Peut-être ne se sentait-il pas bien ? Cela lui ressemblerait assez de n'en rien dire. Henry décida d'aller le chercher. Le stupide Michaelo, qui venait de la direction de l'infirmerie, passa près de lui comme une flèche.

Michaelo avait donc retardé Wulfstan avec une nouvelle migraine. Henry entra dans l'infirmerie pour voir s'il pouvait l'aider.

— Henry ?

Il entendit son nom ; un faible son, à peine audible.

Henry tourna la tête dans tous les sens. Mère miséricordieuse, Wulfstan était allongé sur un lit de camp, les mains serrées sur son cœur.

Henry s'agenouilla près de lui et posa la main sur son front. Une sueur froide.

— Qu'est-il arrivé ?

Wulfstan redressa la tête pour parler. Il suffoqua et se pencha sur le bord du lit pour vomir. Henry s'empressa d'aller chercher des serviettes et une bassine. Wulfstan resta étendu sur le lit pendant qu'Henry le nettoyait. Puis il l'aida à se redresser.

— Savez-vous ce que c'est ?

— De la digitale. Dans une boisson.

— Quelle boisson ?

— Mic...

Il ferma les yeux. Il se mit à frissonner, puis se plia en deux. L'odeur confirma la diarrhée.

Étourdissements, ralentissements, battements de cœur accélérés, vomissements et diarrhées. Empoisonnement à la digitale.

— Michaelo vous a donné quelque chose à boire ?

Wulfstan opina.

Il avait dû s'agir d'une forte dose.

— Où sont les gobelets ?

Wulfstan pointa un doigt tremblant en direction d'une petite table. Henry respira le gobelet. Il avait été lavé. Il chercha l'eau ; vit une tache humide près de la porte du jardin. Frère Wulfstan aurait été bien incapable de sortir pour rincer les gobelets et jeter l'eau dans le jardin. Et le paresseux frère Michaelo n'était pas si délicat.

À moins qu'il n'ait voulu effacer les traces.

Wulfstan se mit à suffoquer. Henry se précipita vers lui.

Dieu Tout-puissant, que pouvait-il faire ? Appeler à l'aide ne servirait à rien. Tous les frères étaient au service du soir. Wulfstan pourrait s'étouffer pendant qu'Henry l'abandonnerait pour aller chercher de l'aide.

Mais il fallait qu'il le lave. Il ne pouvait pas laisser ce pauvre homme gésir dans ses excréments.

Mais c'était laisser à Michaelo la possibilité de s'enfuir.

22

AMÉLIE D'ARBY

Dame Phillippa se tenait sur le pas de la porte. Elle regardait la pluie glacée tomber en fils argentés dans l'obscurité. L'air était différent de celui de Freythorpe. Ici, l'odeur épicée de la lande se mêlait à l'air humide de la rivière. Peut-être avait-elle eu tort de laisser Lucie venir ici. Pas seulement à cause de l'air. Non, c'était une contrainte mineure comparée avec ce que Lucie et son apprenti lui avaient appris.

Nicolas Wilton avait tué Geoffrey Montaigne. C'était difficile à croire. Phillippa n'aurait jamais imaginé Nicolas Wilton capable de faire du mal à qui que ce soit. C'est pour cette raison qu'elle lui avait pardonné la mort d'Amélie. Elle pensa à l'homme amaigri, là-haut, dans sa chambre de malade. Sa maladie était la clef qui devait tout expliquer. En fait, il s'était suicidé. C'était un brave homme qui avait été amené à commettre un crime et qui ne pouvait plus vivre avec ce souvenir. Phillippa ne voyait aucune autre explication digne de lui. Elle allait essayer de convaincre Lucie qu'elle avait raison. Lucie devait comprendre que si Nicolas avait réellement commis ce crime, il l'avait fait pour son salut ou pour sauver Lucie.

Phillippa revint vers Lucie et Owen qui étaient assis en silence et attendaient qu'elle les rejoigne. Lucie caressait son chat qui s'était niché dans son giron, comme s'il avait senti qu'elle avait besoin de réconfort. Par Marie et par tous les saints, avec son mari qui se mourait à l'étage, et son passé qui se révélait n'être qu'un tissu de mensonges et de semi-vérités, la pauvre enfant avait bien besoin d'être réconfortée. Et ce que Phillippa pouvait faire de mieux, à présent, pour la réconforter, c'était de tout lui raconter.

— Quand tu étais petite, tu avais un chat qui ressemblait à celui-ci. Tu l'avais appelé Melisende, du nom de la reine de Jérusalem.

— Celui-ci s'appelle aussi Melisende, dit Lucie. Il est aussi beau et aussi entêté que l'autre.

Phillippa était heureuse.

— Tu n'as donc pas gardé que des souvenirs malheureux. C'est bien.

— Mes souvenirs de Freythorpe, avant la mort de ma mère, sont restés très vivants, Tante.

Phillippa hocha la tête.

— Alors, peut-être que ce que je vais te confier aura son utilité. Je veux que tu fasses l'effort de comprendre Nicolas. Tu ne dois pas le condamner, Lucie. Ni condamner ta mère. Je vais t'apprendre ce que tu veux savoir.

Phillippa s'assit et se versa une bonne quantité de brandy. Elle en avala une grande gorgée avant de commencer.

— D'abord, il faut que tu comprennes Amélie. Elle n'avait que dix-sept ans. Elle avait été emmenée, loin de sa famille et de son pays, par un étranger. (Phillippa haussa les épaules.) C'est ainsi que les choses se passent. Les filles ne sont que des objets. Ensuite, ils se plaignent que nous pleurons trop souvent ! Comme si c'était sans raison. (Elle regarda Lucie.) J'avais juré que tu ne subirais pas ce sort. Tu dois me croire. Si j'ai autorisé ton mariage, c'est parce que tu étais consentante — tu semblais même le désirer — et parce qu'il t'offrait la chance de devenir indépendante.

Lucie ne répondit pas.

Phillippa soupira et reprit une gorgée de brandy.

— Amélie s'accrochait à moi. Elle semblait revivre quand je lui parlais le français de la cour. En dehors de Geoffrey Montaigne, un jeune écuyer de la compagnie de mon frère, et qui s'était montré très gentil avec elle — plus que gentil, comme j'ai pu le constater plus tard — elle n'avait personne à qui parler, personne à qui confier ses peurs. Je n'ai pas besoin de te préciser, Lucie, que ton père n'était d'aucun réconfort. C'est le remords, bien sûr, qui l'a poussé à passer toutes ces années dans le repentir. Elle n'aurait jamais dû venir ici, si loin de chez elle. Robert appelait Amélie sa prise de guerre. Peux-tu imaginer ce que cela représente ? (Phillippa se tourna vers Owen.) Pour vous, qui avez passé des années capitaine des archers de Lancastre, la chose doit paraître normale.

— Il est différent de sir Robert, dit Lucie d'une voix douce. Ne t'en prends pas à lui. (Elle se tourna vers Owen.) Ne blâmez pas tante Phillippa pour son manque de courtoisie. Les hommes lui ont apporté bien peu de joie.

Owen ravala la réplique qu'il avait préparée.

Dame Phillippa se contenta de hausser les épaules.

— Je cherche à vous faire comprendre à quel point Amélie — lady D'Arby — était malheureuse. Mon cher frère a été furieux lorsque, un an plus tard, son mariage ne lui avait toujours pas donné de descendance. Il laissa exploser sa colère aux yeux de tous. Pauvre Amélie. L'attitude de Robert ne fit qu'aggraver les choses. Son cycle menstruel s'était arrêté. C'était le résultat d'un trop-plein de malheur, de peur, de solitude, etc. J'ai dit à Robert que tout était de sa faute, que rien de bon ne pouvait sortir de la peur qu'il lui inspirait mais, bien entendu, il n'a pas voulu m'écouter. Son orgueil ne pouvait lui faire accepter d'être responsable. Les hommes sont si arrogants quand il s'agit de leur lignée. C'est Amélie qui était à blâmer ; pas lui. Il ne voulut pas démordre de cette idée et il finit par en convaincre la pauvre Amélie. Dès lors, elle ne pensa plus qu'à une seule chose : avoir un enfant, un bébé à aimer. Elle était mûre pour faire toutes sortes de bêtises. Ce fut à ce moment-là que sa servante la conduisit chez Magda Digby.

» Pauvre enfant. Elle avait tant espéré. Elle avait pris toute la potion mais ses règles ne revenaient toujours pas. Amélie me posa des questions sur les herbes de mon jardin. Je commençais à les lui montrer. Et je commis l'erreur de lui parler du jardin de Nicolas et de Nicolas. Je lui ai dit qu'ils étaient du même âge et que lui travaillait déjà dur pour apprendre son métier. Son jardin offrait une extraordinaire variété de plantes qui permettraient de préparer des remèdes classiques et exotiques. Je ne pensais pas que...

Phillippa secoua la tête.

— Tout ce que je vous dis là, c'est Nicolas qui me l'a confié. Il est venu me voir et m'a tout raconté, avant de demander ta main. Je pense qu'il voulait être refusé. Il cherchait à faire pénitence.

— Pour sa mort ? demanda Lucie.

Phillippa fit le geste d'éluder la question.

— Moi, je l'aimais bien. Après ce que je viens de vous dire, vous devez penser : « Quelle vieille folle, comment peut-elle continuer à l'aimer en sachant ce qu'il a fait ? » À quoi je répondrais : « Comment pourrais-je ne pas l'aimer ? » Il a agi avec les meilleurs...

— Tante Phillippa, je t'en prie, reviens aux faits, dit Lucie.

— Bien. (Phillippa se redressa.) Donc... (Elle chassa une poussière invisible sur sa robe.) Amélie vint ici et demanda à Nicolas à voir son jardin. Nicolas était un jeune homme charmant. Doux, pas fort. Mais il avait de magnifiques cheveux noirs et de superbes yeux bleus perçants. Comme l'étaient ceux d'Amélie, mais dans un genre différent. S'il y avait de l'angélisme chez Nicolas, c'était du tragique chez Amélie. Quelque chose dans ses yeux...

Phillippa s'arrêta pour réfléchir.

Owen jeta un coup d'œil en direction de Lucie et vit que ce souvenir mélancolique l'émouvait aussi.

Phillippa soupira et reprit.

— Vous savez, sans cette différence, ils auraient été comme frère et sœur. Mais la différence était frappante. Je les revois dans ce ravissant jardin, lui, penché sur les thyms grimpants pendant qu'il cochait les noms ; elle occupée à brosser les tumulus du bout des doigts, en poussant des exclamations et en rougissant tout le temps. Elle avait ce charme français qui désarme les hommes. Il était évident qu'il l'adorait.

Lucie rougit en entendant cette remarque et Owen se sentit mal à l'aise en voyant dans quelle direction s'orientait le récit. Cela semblait la conséquence la plus naturelle du monde, mais il redoutait la réaction de Lucie. Quel sentiment avait poussé Nicolas à épouser la fille de la femme qu'il avait adorée ?

— Au cours de cette première visite, Amélie demanda à Nicolas des boutures d'angelica, de menthe et de garance. Il lui demanda ce qu'elle voulait en faire. Elle lui répondit qu'elle voulait commencer son jardin pour montrer à Robert qu'elle était décidée à tenir son rôle de dame du manoir. Il lui suggéra alors des plantes plus jolies : lavande, santoline, pavot, serpolet. Non, non, elle insista pour avoir ce qu'elle avait demandé. Il argua que l'angelica archangelica était une plante tout en longueur, avec une grosse tête pleine de graines, et pas de fleur. Elle lui raconta qu'au monastère de San Martin, ils parsemaient les sols avec de l'angélique pour se protéger de la visite du Diable.

» Il se fit plus téméraire, voulant sans doute briller par son savoir.

» — Vous craignez que le Diable vous empêche d'avoir un enfant ?

» Elle rougit, mais elle le regarda avec cette admiration dont il avait espéré se voir récompenser. Elle crut, tout simplement, qu'il pouvait lire dans son esprit. Par la miséricorde divine, c'est sans doute sa servante qui lui avait mis une idée aussi folle en tête. (Phillippa regarda le feu.) Ou peut-être est-ce moi qui ai été la folle pour ne pas avoir vu qu'elle était en pleine confusion ?

Elle secoua la tête et regarda de nouveau Lucie.

— Nicolas lui expliqua fièrement comment il avait deviné. La menthe pouliot et la garance devaient faire revenir son cycle menstruel, au cas où ce n'était pas le Diable qui l'arrêtait. Il lui demanda pourquoi le Diable agirait ainsi avec elle. Amélie lui répondit qu'elle méritait d'être maudite car elle n'aimait pas son mari, ce qui était un grand péché.

» — Mais vous voulez avoir un enfant ?

» — Oh, mais c'est très important pour moi. Si je n'ai pas d'enfant, je ne suis plus rien. Si je le déçois, mon mari me rejettera.

» Le pauvre garçon, il était révolté. Il voulait la protéger, la sauver de sir Robert. Comment pouvait-il lui refuser ce qu'elle demandait ? Mais les plantes mettraient trop longtemps à pousser. Alors, Nicolas donna à Amélie les remèdes tout préparés. Il les subtilisa en sachant qu'il ne devrait pas le faire sans l'autorisation paternelle. Nicolas jura qu'il lui avait donné des instructions précises. Il m'a confié que les yeux d'Amélie brillaient quand il lui a remis les préparations et qu'il s'était senti fier et heureux. (Phillippa fit un signe en direction d'Owen.) Il vous suffit de regarder sa fille pour comprendre. Lucie est différente, mais elle a son maintien. Amélie serait toujours en vie si elle avait eu notre sang dans les veines.

— Personne dans votre famille n'est jamais mort en couches ? demanda Lucie.

Sa tante ferma les yeux, se retirant en elle-même.

— La mort de ta mère n'était pas nécessaire, dit-elle doucement. Ce n'était pas la volonté de Dieu.

— Vous avez fait une longue digression, dit Owen.

— C'était nécessaire pour que vous compreniez. Il faut que vous compreniez. Le jardin enchantait Amélie. Elle et Nicolas devinrent amis. Elle était si heureuse qu'au milieu de l'été elle se retrouva enceinte. (Phillippa releva les yeux et remarqua une gêne sur les deux visages qui lui faisaient face.) Je parle bien de l'enfant de sir Robert. Il ne s'est rien passé de ce genre entre Nicolas et Amélie.

— Mère miséricordieuse, murmura Lucie en se signant.

Owen détestait jouer les oreilles indiscrètes. Il n'était pas fait pour ce genre d'exercice. Ce dont il avait besoin, c'était d'un terrain concret ; une bataille. Le massacre des étrangers lui tournait moins sur l'estomac que ce travail de fouine. Très chère Lucie. À travers quoi allait-elle passer ? Et cette femme lente et dogmatique n'en finissait pas de faire traîner son récit.

— L'accouchement fut difficile. Magda Digby aida. Nous avons fait marcher Amélie toute la nuit. Elle souffrait tant que le siège à accoucher lui mettait la peau au supplice. Mais la joie illumina son visage quand elle fut enfin délivrée d'une magnifique petite fille. Magda avait dit que c'était une bonne chose qu'Amélie soit comblée avec toi, parce qu'elle doutait qu'elle puisse avoir un autre enfant après un accouchement aussi difficile. Je ne partageais pas cet avis.

» Mais sir Robert avait entendu la prédiction de Magda. Un père écoutera toujours un étranger avant sa propre sœur. (Phillippa dédaigna le regard critique que lui lança Owen. Elle avancerait à son propre rythme !) Quelques mois plus tard, mon frère partit pour Londres reprendre son service auprès de notre roi Edward. Mon frère, ce vieux fou... (Elle se pencha en avant et prit la main de Lucie.) Tu sais, j'avais peur que sir Robert ne te néglige. Une fille n'a d'importance dans une famille que parce qu'elle s'occupe des frères et sœurs qui viendront après elle, ou parce qu'elle permet de faire des alliances en se mariant. Mais Robert gagnait plus en étant au service du roi qu'en te mariant à une bonne famille. Et Magda avait dit qu'il n'y aurait pas d'autres enfants. Je jurai alors de veiller sur toi et de faire en sorte que tu aies une chance d'être heureuse.

— Maman aurait aussi sûrement veillé sur moi ?

Phillippa tapota la main de Lucie.

— Pour cela, il aurait fallu que ce ne soit pas elle-même une enfant.

Elle soupira.

Remarquant l'absence de Wulfstan et de son assistant au réfectoire, l'abbé Campian envoya Sebastian s'informer. Il n'était que trop dans les habitudes de Wulfstan de ne pas demander d'aide. Campian ne fut pas surpris de voir le novice Henry revenir à la place de Sebastian. Sans doute envoyé par Wulfstan pour présenter ses excuses. Comme d'habitude.

Mais Henry ne fit pas d'excuse. Il semblait affolé et il était hors d'haleine.

— Frère Wulfstan a été empoisonné. J'ai dû rester avec lui. Frère Michaelo. Vous devez le confronter. Il lui a donné une boisson qui contenait une forte dose de digitale.

Son vieil ami. Seigneur, pas son vieil ami.

— Où est Wulfstan ?

— À l'infirmerie. J'ai demandé à Sebastian de rester auprès de lui. Je lui ai dit de ne laisser entrer personne, en dehors de vous et de moi.

— Bien. Bien.

L'abbé griffonna quelque chose, alla jusqu'à la porte et appela son secrétaire, frère Anthony.

— Portez ceci à Jehannes, le secrétaire de l'archevêque. Il saura que faire. En partant, dites au concierge de guetter frère Michaelo. Il ne doit pas quitter l'abbaye.

Anthony partit sans un mot.

Melisende quitta le giron de Lucie pour aller voir ce qui bougeait dans un coin de la cuisine. Lucie en profita pour aller surveiller la soupe du lendemain qui mijotait sur le feu. Elle revint s'asseoir.

— Dans mon coffre de mariage, j'ai trouvé un herbier sur lequel est inscrit le nom de ma grand-mère maternelle. Je ne me rappelais pas ce livre ; ni que ma mère me l'avait donné.

Phillippa secoua la tête.

— Nicolas ne te l'avait jamais montré ? C'est bien de lui de ne pas avoir compris ce qu'il pourrait représenter pour toi. Amélie l'a offert à Nicolas quand celui-ci est devenu compagnon. Sa mère le lui avait donné. Il est merveilleusement illustré et relié en cuir doux. Elle le connaissait par cœur et pensait qu'il lui ferait plaisir.

— On a l'impression que ces deux-là se faisaient une vie plutôt agréable, remarqua Owen.

— Mais les problèmes commencèrent. Amélie changea. Elle semblait ne plus toucher terre ; ses yeux étincelaient. Elle passait des heures dans le labyrinthe, mais sans Nicolas. Ce fut Lucie, qui avait alors sept ans et qui était curieuse de tout, qui m'apprit que sa mère avait un ami ; un prince aux cheveux blonds.

Lucie fut horrifiée.

— Je l'ai trahie ?

Phillippa roula des yeux furieux.

— Pas le moins du monde. Tu me comprenais mieux que ta mère, c'est tout. Mon frère était un rustre.

Si cet homme pouvait apporter un tel bonheur à Amélie, je ne voyais aucun mal à cette liaison ; aucun mal. Et si cela vous choque, c'est tant pis.

» Alors, j'ai dit à Amélie que je souhaitais rencontrer le jeune homme. Et la rencontre eut lieu. Oh, Dieu, qu'il était beau. Blond, grand, élégant ; pas une critique à formuler. Il était venu la chercher. Il avait trouvé un protecteur à Milan et il voulait l'emmener avec lui. Personne n'aurait su qu'elle n'était pas sa femme.

» Milan. Le nom me fit sursauter. J'avais entendu dire que les soldats, qui étaient au service des nobles italiens, se livraient à des guerres sans fin. Dans ces conditions, un soldat ne peut pas emmener avec lui une femme et un enfant. J'en discutais avec eux. Mais ils avaient réponse à tout. Lucie serait mise dans un couvent. Après tout, sa mère avait bien été élevée dans un couvent.

» “Oui, mais en France, lui fis-je remarquer, dans un pays où les gens parlaient sa langue, partageaient ses coutumes. — Oh, mais ils parlent français. Tous les gens bien éduqués parlent le français.” Elle était si innocente. Je lui rappelais que l'Italie ne ressemble en rien au pays de Lucie. Ensoleillé et chaud. Les voix douces et chantantes. Un enfant est effrayé par un tel changement. Et puis, le fait d'être séparé de sa mère. Oh, Dieu, à quoi pensait-elle ? (Phillippa s'arrêta un instant pour se calmer.) Mais elle était décidée. Et quand Amélie avait décidé quelque chose, ni Dieu ni tous les anges du Paradis ne pouvaient lui faire changer d'avis. Ce fut sa perte.

Des larmes brillaient dans les yeux de Phillippa. Elle regarda Lucie, mais il était évident que c'était Amélie qu'elle voyait assise là, devant le feu.

Phillippa se ressaisit.

— Je m'égare. Comme vous pouvez l'imaginer, désormais Nicolas voyait peu Amélie. À la fin de l'été, Geoffrey partit pour organiser leur vie à Milan et Amélie, une fois de plus, rechercha la compagnie de Nicolas. Elle était jalouse du temps qu'il passait dans la boutique et dans son jardin. Son père avait ouvert sa bourse à Nicolas et l'avait encouragé à rechercher partout des graines de variétés exotiques. Le jeune homme était déchiré entre le désir de plaire à son père et celui de s'abandonner à Amélie. À son crédit, son travail l'emportait le plus souvent.

» Ma tâche fut difficile, cet hiver-là, et je dus faire appel à toute ma patience pour supporter Amélie. Elle arpentait le grand hall, en te criant dessus, pauvre enfant, pour la moindre bêtise ; elle mangeait du bout des dents et se plaignait de tout.

» Au printemps, Geoffrey revint. Il alla voir Nicolas et le remercia d'avoir été un ami pour Amélie. Il nous avait assuré, à Nicolas et moi, qu'il avait préparé une maison pour Amélie, mais Lucie serait tout de même mise, pendant quelque temps, dans un couvent. Oh, ma chérie, mon cœur se serrait pour toi. Un couvent italien. Geoffrey jura que les religieuses parlaient le français et qu'elles étaient très civilisées. Il me demanda, ainsi qu'à Nicolas, de continuer d'être un soutien pour Amélie, pendant quelque temps. Il voulait retourner dans sa famille dans le Lincolnshire pour faire ses adieux et mettre de l'ordre dans ses affaires. Le calme avant la tempête.

» L'humeur d'Amélie s'assombrit. Peu à peu, elle sombra dans la mélancolie avant que j'aie pu comprendre ce qui se passait. Elle devint secrète. J'ai appris par Nicolas qu'elle était venue le voir, un matin, plus tôt que d'ordinaire, seule et apeurée. Elle attendait un enfant et voulait qu'il l'aide. Il ne comprit pas. Elle avait espéré si longtemps ce résultat. Elle lui expliqua que Geoffrey ne l'emmènerait pas si elle était enceinte.

» Nicolas insista pour qu'elle ne prenne aucune mesure énergique. Elle pouvait cacher cette nouvelle pendant un certain temps. Mais nous étions en juillet et on pouvait déjà remarquer l'arrondi de son ventre. De plus, Geoffrey avait été retardé. Il ne pouvait pas partir avant la Saint-Michel. Deux mois. Elle disait que si elle était retombée si vite enceinte, c'est parce qu'elle était enfin heureuse. Alors, que cela se reproduirait, plus tard. Quand il n'y aurait plus aucun risque que sa vie en soit détruite. Elle supplia Nicolas de lui donner quelque chose pour faire passer l'enfant. Il eut peur. Il savait que c'était un péché mortel et que cela pouvait être dangereux pour elle. Elle avait eu un accouchement très difficile pour Lucie et elle était angoissée et à bout de nerfs. Elle était aussi très affaiblie. Dans un tel état, une médecine pouvait facilement se transformer en poison. Il refusa.

» Elle tomba à ses genoux, le supplia, pleura et menaça d'avaler de la rue de mon jardin. Elle tomba à genoux et pleura. Il était tout près de céder. Il lui demanda un peu de temps pour prier, avant de prendre sa décision.

» Il alla voir son vieil ami, Anselm, pour lui demander conseil. Anselm expliqua à Nicolas qu'Amélie pourrait obtenir ce qu'elle lui demande par quelqu'un d'autre, alors, puisqu'il avait de l'amitié pour elle, autant que ce soit lui. C'était le meilleur apothicaire de tout le Yorkshire. Il deviendrait, un jour, maître apothicaire. Il était le fils d'un maître.

Lucie comprenait les motivations d'Anselm.

— L'archidiacre espérait qu'il la tuerait. Il était jaloux d'elle. Et si Nicolas était coupable, il ferait tout pour oublier cette femme. Alors, Anselm aurait une autre chance.

Phillippa haussa les épaules.

— J'ignorais tout de leurs rapports. Je savais seulement que Nicolas respectait l'opinion d'Anselm et qu'il lui faisait confiance pour garder le secret. Puisque Anselm le poussait à donner à Amélie ce qu'elle demandait, Nicolas céda. Il prépara un mélange de rue, de genévrier, de tanaisie et d'armoise, avec un dosage assez faible pour s'assurer qu'il agirait progressivement, sans risque d'empoisonnement. Pour autant qu'un mortel puisse être sûr de ces choses. Il me confia ce qu'il lui avait donné et quel fut le dosage. Aucun des ingrédients ne pouvait garantir, à coup sûr, le résultat, mais il était rare que pris ensemble, ils n'y parviennent pas. Je trouvais la méthode intelligente, mais j'étais remplie d'appréhension. Je la surveillais, sans repos, vérifiant qu'elle prenait bien ses doses, matin et soir. Elle était prudente. Elle semblait avoir compris l'importance qu'il y avait à suivre ses instructions. Comme une folle, je relâchai ma surveillance.

» Septembre arriva et Geoffrey ne réapparaissait toujours pas. Amélie n'était pas bien portante. Elle faisait beaucoup de gestes en parlant, sursautait au moindre bruit ; ses yeux lui dévoraient le visage et étaient cernés, comme ils le sont chez quelqu'un qui ne dort pas.

» Je pensais que c'était les nouvelles de Calais qui

étaient responsables de son état. Robert écrivait que le roi Philippe avait enfin réuni une grande armée pour sauver le peuple de Calais ; puis, quelques jours plus tard, qu'il avait ordonné la retraite sans livrer bataille. Derrière les murs de la ville, une grande clameur s'était levée. Après une année de siège, les habitants savaient qu'ils étaient abandonnés à eux-mêmes. C'était une joie pour nous, mais pas pour Amélie. C'était toujours son peuple. »

— J'ai servi dans l'armée avec des hommes qui étaient à Calais, dit Owen. C'était une période terrible. Quand ils ont ouvert les portes, il n'y avait ni chiens, ni animaux, à l'exception de quelques chèvres et de quelques vaches. Tout le reste avait été tué pour remplir les estomacs vides. Il y avait eu tant de morts que la ville était silencieuse et vide.

Lucie s'essuya les yeux.

— Le couvent de maman a été attaqué par l'armée d'Edward. C'est pourquoi elle était à la maison quand sir Robert a ramené son père et lui a demandé une rançon. Une religieuse l'avait cachée dans le coffre à farine du garde-manger. Un soldat y fit entrer une de ses camarades de classe. Il la viola et lui coupa la gorge, juste devant maman. Elle ne pouvait ni crier, ni bouger, de peur de trahir sa présence. Elle ne pouvait que regarder.

— Elle a eu son compte de souffrances, c'est certain, dit Phillippa et la nouvelle que Calais était tombée entre les mains de l'armée du roi Edward la rendit hystérique. Mon frère avait envoyé un message pour dire que, dès que la ville tomberait, il rentrerait à Freythorpe. Mère miséricordieuse, et s'il arrivait avant Geoffrey ! Je ne cessais de demander à Amélie où elle en était avec l'enfant. Elle était si mince, que je doutais que sa chair puisse nourrir un enfant à naître. Elle me jura qu'il était toujours là. Je la sommais d'arrêter de prendre le remède, dès que possible. Chaque jour, elle s'affaiblissait un peu plus. Elle s'agitait comme un oiseau en cage et ses yeux étaient égarés.

» C'est alors que Robert rentra, plein de lui-même, il ne remarqua pas son état. Le roi Edward l'avait nommé aide du gouverneur de Calais. Ce qui signifiait qu'il allait devoir emmener Amélie avec lui. Je vis qu'il espérait que le fait de retourner en France la rendrait heureuse. Suffisamment heureuse pour lui donner le fils qu'il attendait. Et soudain, je compris à quel point il devait l'aimer. Il avait risqué la difficile traversée de la Manche et galopé pendant six jours pour venir la chercher, à seule fin de rentrer avec elle, dans un court délai. Ce n'était plus un jeune homme. Et il était hors de question qu'il ne retourne pas très vite en France. Le gouverneur avait besoin de lui plus que de quiconque.

» Et je l'ai aidée à le trahir. Sainte Marie. J'ai encouragé Amélie à être infidèle à mon propre frère qui l'aimait et qui était son mari légal. J'ai été emportée dans un rêve sentimental. C'est vrai, c'était un rustre ; il n'avait aucune grâce, aucune douceur. Il avait été élevé pour combattre et, plus tard, pour conduire les hommes à la bataille. Personne ne lui avait appris à être un mari. Mais il voulait essayer. Il voulait lui offrir ce qu'il pensait qu'elle désirait. Son pays, son peuple.

» Ensuite, tout s'est désintégré.

Phillippa essuya son front d'une main tremblante. Lucie serrait tant ses mains que ses articulations en devenaient blanches.

— Lorsqu'elle est descendue dîner, Amélie paraissait très malade. Je voulais qu'elle aille s'étendre mais elle a refusé, en disant que si elle venait célébrer le retour de Robert, il ne remarquerait rien. Il était si aveugle dans ce domaine. Il lui demanda pardon de l'avoir amenée dans le Yorkshire. Il lui dit qu'il n'avait pas compris à quel point ce serait difficile pour elle. Elle était assise, très droite. Elle mangeait peu et gardait les yeux baissés sur son assiette ou sur les mains de son mari. Sa guimpe était mouillée aux tempes ; son teint affreux. Gris. Robert mangeait et buvait de bon cœur. Il pensa que sa pâleur et que son tremblement de mains étaient son état naturel. Et que tout changerait avec le voyage à Calais.

» Soudain, elle a poussé un cri et a vacillé sur son siège, en se tenant l'estomac. Robert et moi, nous nous sommes précipités. Il l'a rattrapée au moment où elle allait tomber. Elle faisait une hémorragie. Lucie, ma chérie, tu t'es mise à crier, en voyant le sang maculer le bras de ton père et la robe de ta mère. Je t'ai immédiatement emportée dans la chambre de tes parents et j'ai demandé à la cuisinière de rester près de toi.

» Amélie avait pris une dose trop forte, en voulant se débarrasser de la preuve de son infidélité, avant que Robert ne comprenne. Une dose mortelle. Elle disait qu'elle ne sentait plus ses mains, ni ses pieds. Ils étaient comme de la glace. Elle était terrifiée. Je ne crois pas qu'elle ait voulu se tuer.

— Mais Nicolas l'avait avertie, dit Lucie. Et toi aussi.

— C'est l'arrogance de la jeunesse. Elle pensait qu'une personne faible pouvait être tuée, mais pas elle. Si elle avait voulu se tuer, elle aurait pris toute la dose pour être certaine de ne pas se rater. Mais elle en a laissé beaucoup.

» Elle est morte dans les bras de Robert. Il paraissait totalement perdu et effrayé. “Que s’est-il passé ici ?” m’a-t-il demandé ? Que pouvais-je faire ? Je lui ai dit la vérité.

» La trahison l’a foudroyé. Geoffrey avait été l’écuyer de Robert lorsqu’il avait amené Amélie à York. Il avait veillé sur elle pendant la traversée de la Manche. Robert comprit qu’il les avait réunis.

» Il m’a demandé de le laisser. Il ne voulait pas que je le voie pleurer. Je suis allée au jardin. C’est là que Geoffrey m’a trouvée. Il avait attendu Amélie pendant plusieurs heures dans le labyrinthe. Dieu, elle y était allée tant et tant de soirs guetter son retour... Excepté ce soir-là. Si seulement, elle s’y était rendue.

La voix de Phillippa se brisa. Elle fixait le feu.

Lucie ne desserrait pas ses mains.

— Quand la cuisinière a été endormie, dit Lucie, j’ai descendu l’échelle et j’ai trouvé sir Robert qui gémissait, en tenant maman dans ses bras. Ils étaient tous les deux couverts de sang. La jolie robe de maman était trempée. J’ai touché son visage. Il n’était plus comme d’habitude. Il était froid comme celui d’une statue ; pas comme le visage de maman. Ses mains aussi étaient froides. J’ai pensé que c’était parce qu’elles pendaient près du sol. J’ai essayé de les réchauffer. Sir Robert m’a chassée, comme un chien. Comme si je n’avais aucun droit d’être là. Il ne m’a pas dit qu’elle était morte. Il m’a simplement chassée. À cause du sang, je savais qu’elle était blessée. Je pensais qu’il l’avait poignardée. Je pensais qu’il avait découvert sa liaison avec Geoffrey et qu'il l'avait blessée pour qu'elle ne puisse plus le voir. Je le détestais.

— Mais je t'avais dit que Robert n'était pas responsable de sa mort, dit Phillippa.

— Tu m'avais dit que le bébé l'avait tuée. Sir Robert était son mari. J'ai donc pensé qu'il s'agissait de son mari. Même quand des bruits ont couru, au couvent, je n'ai pas voulu les croire. Pour moi, sir Robert détestait maman et il l'avait tuée avec son bébé.

Sa tante soupira.

— Geoffrey rendit Nicolas responsable du drame. Il le réveilla en pleine nuit, et le battit jusqu'à ce qu'il tombe sans connaissance. Alors, il le poignarda et le laissa pour mort. Paul Wilton trouva son fils étendu sur le sol de la boutique. Il ne voulait pas que l'affaire s'ébruite. Il est allé voir Magda Digby ; il savait qu'elle le soignerait sans poser de questions. Il avait demandé à l'archidiacre Anselm de lui administrer les derniers sacrements, sachant que lui aussi ne trahirait pas Nicolas. Entre Anselm et Magda, Paul apprit ce qui s'était passé.

» Lui et l'archidiacre nous ont rendu visite à Freythorpe. Ils nous ont demandé ce que nous avions l'intention de faire en ce qui concernait Nicolas — à cause du rôle qu'il avait joué dans la mort d'Amélie. Mon frère surprit tout le monde en se rendant responsable de tout ce qui était arrivé. Il avait déjà envoyé un messager au roi pour l'avertir qu'il démissionnait de son poste. Il avait décidé de partir en pèlerinage pour expier. C'était un homme brisé. Nicolas l'était aussi. Geoffrey avait disparu, croyant qu'il avait tué Nicolas. Amélie était morte. C'était trop horrible. Lorsque sir Robert m'a dit de mettre Lucie dans un couvent, j'ai pensé que c'était le mieux pour elle. Il était préférable pour elle de rester éloignée de cette maison maudite.

— Au nom du Ciel, pourquoi l'avez-vous laissé épouser Nicolas ? demanda Owen.

— Me serais-je mal expliquée ? Il a commis une erreur de jeunesse. Je ne pouvais pas le condamner pour le restant de ses jours.

— Mais pour Lucie, il était le souvenir vivant de ce drame.

— Non, dit Lucie. J'ignorais tout du rôle qu'il avait joué. Pour moi, il appartenait aux temps heureux, quand maman allait bien et quand j'étais aimée. Et il m'offrait un but dans ma vie.

Elle se leva et alla ouvrir la porte pour respirer l'air frais de la nuit. Phillippa et Owen la regardaient. Après un temps, Lucie referma sans bruit la porte et revint vers eux.

— Mais tu as eu tort de me tromper, tante Phillippa. Lui aussi a eu tort.

— Tu n'aurais jamais accepté ce mariage, si tu avais su.

— Il aurait peut-être mieux valu.

— Non. Il t'a assuré un avenir, ainsi que je l'espérais. Je voulais que jamais tu ne connaisses les peurs qui ont tourmenté ta mère. Te marier selon ton rang t'aurait condamnée à la même existence, avec cette peur de perdre le respect de ton mari si tu ne lui avais pas donné un héritier et un fils. Deux fils, pour faire bonne mesure. En redoutant qu'il ne commette, un jour, une trahison ou un crime qui t'aurait ruinée, bien que tu en sois innocente. En craignant qu'il ne meure trop jeune et te laisse dans la situation qui a été la mienne, sans maison, sans rang, en étant toujours l'obligée de quelqu'un. Vers qui te serais-tu tournée, pour obtenir de l'aide ? Robert parti, tu n'aurais plus eu de maison. Tu aurais été pupille de la cour. Sans argent, on se serait servi de toi et on t'aurait vendue au plus offrant. C'est ainsi que les choses se passent.

Phillippa se leva. Une faiblesse la fit chanceler ; elle se rattrapa aussitôt.

— J'ai vu dans Nicolas une chance inespérée.

Elle passa une main tremblante sur son front.

Lucie aida sa tante à se coucher. Comme elle allait partir, Phillippa ajouta :

— Tu sais, Lucie, Nicolas est un homme bon.

— C'est tout de même un meurtrier, tante Phillippa. Et à trois reprises.

23

OBSESSION

Les rênes étaient si humides, entre les doigts d'Anselm, qu'elles en paraissaient grasses. Mais cette sensation désagréable ne dura pas. La pluie et le froid engourdissaient ses extrémités, au fur et à mesure que la nuit s'avançait. À chacun de ses mouvements, son corps découvrait une sensation d'humidité froide. Il trembla. Il ne trouvait un peu de chaleur que lorsque ses jambes touchaient le corps en sueur de son cheval. Brandon, son compagnon, un robuste novice des pays frontière, marchait devant, d'un pas lourd, apparemment peu affecté d'être trempé jusqu'aux os.

Anselm offrit son inconfort comme pénitence pour son péché d'orgueil ; pour l'audace qui l'avait poussé à se substituer à Dieu en décidant qui devait vivre et qui devait mourir. Son archevêque avait besoin de lui. Thoresby était un homme trop important pour être soumis à ce voyage et Anselm n'avait pas l'intention de se plaindre.

En fait, son seigneur archevêque lui faisait un grand honneur en lui accordant sa confiance pour cette mission. Le bénéfice qu'il allait négocier à Durham rapporterait une belle somme à la cathédrale. La négociation devrait être menée avec grand soin. Sir John Dalwylie pouvait changer d'avis, et léguer son argent ailleurs. C'était le travail d'Anselm que de lui faire comprendre l'importance que revêtait la cathédrale, la foi et l'action de grâces qu'elle incarnait, et les indulgences qu'il gagnerait pour sa contribution.

Son compagnon l'attendrait dans un monastère des environs. On ne pouvait pas compter sur Brandon pour parler ou se taire à bon escient. Il représentait un danger dans une procédure aussi délicate.

Anselm était étonné que l'abbé Campian ait choisi Brandon pour l'accompagner, plutôt que Michaelo qui avait l'esprit subtil et qui parlait bien. Anselm avait demandé à l'emmener. En tant que second fils d'une vieille famille de propriétaires terriens, il lui aurait été fort utile. Ses manières aristocratiques l'auraient servi auprès de sir John. Campian lui avait répondu que Michaelo n'avait pas souhaité venir ; qu'il préférait rester à York, à cause de sa santé fragile.

Il était délicat. Comme Nicolas ; le très cher Nicolas. Que ne donnerait-il pas pour le voir redevenir ce qu'il était. Pour être près de lui, dans son jardin ; goûter ceci, écraser cela entre ses doigts, sentir les essences, regarder les couleurs. Un jardin, n'est-ce pas la munificence de Dieu en miniature ? Ne pouvait-on voir dans ce jardin la gloire de Sa création ? Nicolas était si plein d'amour pour la création de Dieu.

Le délicat, le sensitif, le sentimental Nicolas. Que serait-il devenu s'il était resté à St. Mary, protégé du monde ? Il aurait éclipsé ce gâteux de Wulfstan. Il aurait créé son beau jardin à l'intérieur des murs de l'abbaye, à l'abri des tentations de la putain française. Tout le mal avec lequel elle avait empoisonné la vie de Nicolas aurait trouvé une autre victime. Il n'aurait jamais rencontré Amélie D'Arby. Son enfant ne l'aurait jamais attiré dans son antre ; elle n'aurait jamais pu le séduire pour lui voler sa vie, sa beauté, sa grâce. Le pauvre Nicolas était maintenant alité dans cette minuscule chambre qui empestait, comme une mouche sucée jusqu'à la moelle et piégée dans la toile d'araignée pour y être dévorée. Succube, femelle perverse. Anselm était heureux de lui avoir offert, la nuit dernière, son passage pour l'éternité. Elle était maintenant en train de brûler dans le seul feu vraiment terrible : le feu éternel. La serre de bouturages n'était rien en comparaison.

Anselm. Qui murmurait son nom à son oreille ? Le doux souffle lui caressait le cou. Anselm se tourna pour voir son amour. Mais Nicolas n'était pas avec lui sur la lande. Ce n'était que le vent qui se jouait de lui. Anselm serra autour de son cou sa cape glacée et alourdie par la pluie. *Anselm. Anselm.* Un cri plaintif. Un cri qui lui faisait des reproches. *Pourquoi n'êtes-vous pas là ? Comment avez-vous pu m'abandonner au moment où j'avais le plus besoin de vous ?*

Nicolas se mourait. C'était l'explication de ce cri de fantôme. Il se mourait pendant qu'Anselm était au loin, sur la route de Durham. Anselm avait abandonné son amour. Il l'avait laissé seul et terrifié devant ce qui l'attendait. L'Enfer terrifiant. Nicolas était épouvanté à l'idée que Dieu ne puisse comprendre la raison de son acte ; cet acte qu'il avait été obligé de commettre ; que Dieu ne puisse lui pardonner un crime qu'Amélie D'Arby avait rendu nécessaire. Le doux Nicolas, tant aimé, avait peur parce que cette sorcière avait détruit sa paix intérieure avec des mots doux et des yeux baissés. Elle l'avait envoûté et contraint à pécher. Ce n'était pas la faute de Nicolas. Dieu le savait.

Il fallait qu'Anselm soit auprès de lui pour le lui rappeler. Il ne fallait pas que Nicolas meure dans la peur. Dans la terreur.

Brandon s'immobilisa soudain, et fit signe à Anselm de s'arrêter. Le blanc de ses yeux de lourdaud brillait dans la lumière de la lune.

— Des cavaliers derrière nous.

Anselm tendit l'oreille, mais il n'entendit que le vent.

— Mais non, vous...

Brandon siffla pour le faire taire.

Anselm ferma les yeux et écouta par-delà le vent. Et, cette fois, il entendit un martèlement de sabots qui était plus une vibration de la terre qu'un son véritable. Ce devait être un messager en provenance de York, qui galopait après eux pour leur dire que Nicolas était mourant et qu'il réclamait Anselm ; qu'il ne pouvait pas mourir sans Anselm auprès de lui ; qu'il n'accepterait l'absolution que de sa main.

— Venez. Au galop, cria Brandon.

— Non. C'est un messager qui vient nous dire de rentrer à York.

— Ce n'est pas un messager. Pas avec autant de chevaux. Ce sont sûrement des Highlanders. Notre seul espoir est de fuir, avant qu'ils ne nous aient repérés. Venez.

Brandon partit au grand galop.

Anselm secoua la tête. Jeune fou. Mais quand le cheval de Brandon eut disparu, Anselm comprit son erreur. Au bruit des sabots, il compta bien plus d'un cheval. Par ailleurs, l'archevêque jugeait la mission d'Anselm beaucoup plus importante que l'absolution de son vieil ami. Ce n'était pas le messager qui galopait derrière eux. Anselm éperonna son cheval. Mais Nicolas était mourant ; de cela, il était certain. Plus Anselm s'éloignait et plus il lui devenait impossible de se rendre au chevet de son ami.

Puis les Highlanders furent sur lui. Les sabots de leurs chevaux firent trembler le sol sous lui. Leurs armes brillaient dans l'obscurité. Leurs cris inhumains terrifièrent son cheval qui se mit à hennir et à ruer et, pour finir, à désarçonner Anselm qui reçut un coup de sabot ferré en plein front. Il sombra dans le noir.

Nicolas appuyait sur la tête d'Anselm. *Réveillez-vous. Réveillez-vous, Anselm.* Anselm essaya de repousser les mains de son ami. La douleur. Nicolas ne devait pas mesurer son intensité. Anselm luttait pour ouvrir les yeux, mais Nicolas appuyait sur ses paupières.

— Pourquoi ? murmura Anselm. Qu'ai-je fait pour que vous me torturiez ainsi ?

J'avais peur. Le Créateur vint me voir et j'étais effrayé. Je ne pouvais pas vous réveiller.

Anselm lutta plus fort pour ouvrir les yeux. C'était la nuit. Le vent murmurait à ses oreilles. La pluie rafraîchissait son front brûlant. Il se souvint.

Il monta sa main droite jusqu'à son front. Il put le faire mais ses doigts ne sentaient rien, bien que sa main l'élançât. Il toucha son front avec son autre main. Déchiré, écorché et gonflé. Il essaya de nouveau avec la main droite. Les doigts ne répondaient pas à ses ordres. Ils ne ressentaient rien. Il s'assit, sans tenir compte de la douleur qui lui brûlait l'estomac, et laissa l'obscurité humide tournoyer autour de lui. Quand le mouvement se fut arrêté, il se leva en vacillant sur ses jambes qui, elles, ne semblaient pas blessées. Il fit quelques pas, puis buta sur une masse molle et s'effondra. C'était son cheval, gluant de sang. Mort. Anselm s'agenouilla et eut un violent haut-le-corps.

Anselm.

Anselm avait oublié. Nicolas était mourant. Il devait le rejoindre. Mais sans cheval, que pouvait-il faire ? Il se mit en marche.

Lucie s'assit devant l'âtre de la cuisine, le chat Melisende sur son giron. Owen était à côté d'elle. Il se taisait. Et Lucie appréciait son silence.

Elle essayait de comprendre Nicolas. Il jurait qu'il l'aimait. Phillippa pensait que c'était vrai. Elle croyait que tout ce qu'il avait fait, il l'avait fait pour Lucie. Pour assurer son avenir. Pour faire en sorte qu'elle ne connaisse pas la peur qui avait tenaillé sa mère et qui avait fini par la tuer. Dame Phillippa pouvait comprendre cela. Elle avait vécu avec la même peur. Peur de perdre son rang ; peur de n'être plus rien ; peur de n'avoir plus de foyer.

C'était cette même peur qui avait poussé sa mère à se tuer. Si sir Robert avait découvert qu'elle allait avoir un enfant d'un autre homme, il l'aurait chassée.

L'aurait-il fait ? Lucie ne put répondre. Elle connaissait si peu son père. C'était étrange pour elle de penser à son père sans le haïr.

Mais si Nicolas n'était pas à blâmer, si sa mère ne l'était pas non plus, alors qui ? Il fallait bien qu'il y ait un responsable. Dieu n'aurait pas choisi cette fin pour sa mère. Quelqu'un avait enfreint la loi ; quelqu'un avait perturbé l'équilibre de la nature. Cette personne était seule responsable.

Lucie aurait eu une vie bien différente si sa mère avait vécu.

Et combien aussi différente aurait été sa vie sans Nicolas. Il avait été bon pour elle. Il lui avait permis d'être utile. Elle était respectée dans York pour son talent et non simplement pour son mariage. Mais tout était détruit, maintenant.

Lucie regarda Owen.

— Quand vous aurez tout raconté à l'archevêque, que fera-t-il ?

Melisende se réveilla en feulant. Il dressa les oreilles, creusa avec ses griffes de derrière, et bondit sur quelque chose qui volait au ras du sol.

Owen grattait sa cicatrice.

— Je l'ignore, Lucie. Je réfléchis pour trouver un moyen de ne rien lui dire.

— Vous ne devez pas composer avec la guilde, Owen. Vous devez le lui dire. C'est envers lui que vous devez être loyal.

Lucie monta retrouver Nicolas dans sa chambre.

Owen regarda Melisende jouer avec la souris qu'il avait coincée dans un coin. Il se sentait aussi démuni que le petit rongeur. Comment pouvait-il cacher à Thoresby ce qu'il savait ?

Anselm titubait le long du pâle ruban que dessinait la route, en répétant à Nicolas qu'il arrivait. La marche engourdissait la douleur qu'il ressentait au front. Mais c'était sa main qui lui faisait le plus mal. Il déchira un morceau de son manteau en lambeaux et enveloppa sa main du mieux qu'il put, avant de la glisser dans sa manche gauche. Il en éprouva un léger soulagement. Pas une seconde, il n'envisagea la possibilité de ne pas être de retour à York.

Lucie trouva Nicolas dans un état pitoyable. Il geignait et marmonnait des mots inintelligibles. Elle s'agenouilla près de lui et pria Dieu de soulager sa douleur ; de libérer Nicolas de sa souffrance. Elle s'imaginait qu'il pensait au Jugement ; au terrible moment où Dieu viendrait lui demander des comptes pour sa mère, pour Montaigne et Fitzwilliam.

Soudain, Nicolas poussa un cri et s'agrippa à sa main de toutes ses faibles forces. Lucie l'embrassa et lui murmura des mots de réconfort, en espérant qu'il les entendait. Un peu plus tard, ses paupières s'agitèrent. Il ouvrit les yeux.

— Je te pardonne, Nicolas, dit Lucie. Apaise-toi.

Il la regarda et murmura son nom. Puis, dans un violent frisson, il rendit l'âme.

Mort. Le cœur de Lucie cessa de battre ; son esprit se vida. Un froid engourdissant se répandit dans le bout de ses doigts pour gagner ses épaules. Elle serra ses bras autour d'elle. Nicolas était mort. Elle se leva et marcha jusqu'à la fenêtre. La fenêtre du jardin. Elle le revoyait devant ses parterres, avec son chapeau en lambeaux et son visage tout barbouillé. En été, des taches de rousseur lui recouvraient le nez et les joues.

— Non. Tais-toi. Il est parti.

Elle se mit à pleurer. Gentil Nicolas. Elle revint s'agenouiller près de lui. Elle l'avait aimé. Il avait été si bon pour elle ; un gentil mari, toujours attentif à son bien-être, à son bonheur. Ses pâles yeux bleus, qui l'avaient toujours suivie avec amour, ne regardaient, à présent, plus rien.

Elle hésita à les lui fermer. Elle savait qu'elle les voyait pour la dernière fois, ces étranges et superbes yeux. Les souvenirs remontaient à la surface pour l'entraîner dans les profondeurs bleues : sa mère et lui dans le jardin, ses premières visites au couvent, son humble et hésitante demande en mariage, sa patience pour lui apprendre son métier, sa joie rayonnante à la naissance de leur fils, ses larmes à la mort de Martin. Tout ce qu'ils avaient vécu et partagé, elle serait seule, désormais, pour s'en souvenir. Seule. Elle chercha les yeux familiers, mais son âme les avait désertés ; la petite flamme de la vie était soufflée. Elle lui ferma les yeux.

Elle allait descendre avertir Owen et envoyer Tildy chercher Bess. Il n'y aurait pas besoin d'un prêtre, Anselm lui avait déjà administré les derniers sacrements. Il ne restait plus qu'à préparer le corps et l'envelopper dans un linceul. Bess enverrait son palefrenier chercher le cercueil chez Cutter.

Lucie aurait voulu enterrer Nicolas dans son jardin — c'était là qu'il avait été le plus heureux — mais c'était impossible. Il devait être inhumé sur un sol consacré. Il fallait qu'elle se lève, à présent, qu'elle descende l'escalier et qu'elle règle tous ces détails. Mais elle traînait ; elle se sentait encore tout près de lui, même si son âme était partie et si ses yeux ne la voyaient plus. Elle savait qu'à la minute où elle quitterait le chevet de Nicolas, il serait alors vraiment mort.

Ce soir, elle avait éprouvé des sentiments mêlés. Elle s'était sentie trahie. Sa mère avait été empoisonnée par un homme en qui Lucie avait placé toute sa confiance, tout son espoir pour l'avenir. Le père de son unique enfant. Cette joie si brève, si vive et si pure. Nicolas avait agi en irresponsable et il avait conduit sa mère à la mort. Il avait cherché conseil auprès de son ancien amant, auprès de quelqu'un qui ne pouvait qu'éprouver de la jalousie devant les sentiments que Nicolas portait à Amélie D'Arby.

C'était l'archidiacre que Lucie devait haïr. Elle avait fustigé Nicolas mais c'était Anselm qu'elle devait haïr. Anselm.

Il devrait payer pour toute cette souffrance.

Owen jura en entendant tinter la cloche de l'échoppe. Il avait besoin de réfléchir. Mais il ne pouvait pas se dérober. À cette heure du soir, ce ne pouvait être qu'une urgence. Melisende, qui veillait sur sa prise, le regarda passer près de lui.

— Dieu soit avec vous.

C'était un jeune moine, les joues rouges et les yeux brillants d'excitation. Il était hors d'haleine.

— Il faut que je parle à maîtresse Wilton. Frère Sebastian, de l'abbaye.

— Nous avons un malade dans la maison. Maîtresse Wilton veille sur son mari.

Le jeune moine s'inclina.

— Mon abbé m'envoie vous prévenir que frère Wulfstan a été empoisonné.

Owen fut pris de court. Frère Wulfstan attaqué, alors qu'Anselm était parti ?

— Il est mort ?

— Le Seigneur l'a épargné. Mais il est malade. Et l'abbé craint que maîtresse Wilton ne soit, elle aussi, en danger. Il veut que vous emmeniez les Wilton à

Freythorpe Hadden. Ils seront en sécurité auprès de sir Robert et de ses domestiques.

— C'est un choix étrange. Il est plus facile de préparer une défense sur un terrain familier. Pourquoi Freythorpe Hadden ?

Frère Sebastian haussa les épaules.

— Je ne suis que le messager.

Souvent, ce genre de messager en savait plus que les protagonistes.

— Réfléchissons. Quel raisonnement a-t-il pu faire ?

— Il sent peut-être que York est dangereux. Les ennemis sont partout. C'est un de nos frères qui a essayé d'empoisonner l'infirmier. Frère Michaelo. Il agissait pour le compte de l'archidiacre. Mon abbé le soupçonne peut-être d'avoir d'autres agents.

Sebastian fronça les sourcils, craignant d'en avoir trop dit.

— Mais je ne suis que le messager.

— Où est l'archidiacre, en ce moment ?

— Sur la route de Durham.

— Si Anselm revient brusquement, demanda Lucie, sur le pas de la porte, et s'il nous trouve partis, ne pensera-t-il pas immédiatement à aller chez mon père ?

Frère Sebastian s'inclina pour la saluer.

— Dieu soit avec vous, Maîtresse Wilton. Mon abbé s'inquiète pour vous. Il dit qu'Owen Archer et les serviteurs de sir Robert pourraient mieux vous protéger à Freythorpe Hadden.

— Owen peut très bien me protéger ici. Mon mari vient tout juste de mourir. Je veux l'enterrer chez nous, au milieu des gens qu'il aimait.

— Nicolas est mort ? dit Owen en la regardant.

Lucie se raidit, comme si le moindre mot gentil pouvait briser ses défenses. La pâleur de son visage accentuait encore l'immensité de ses yeux.

— Remerciez l'abbé Campian pour ses conseils et pour l'intérêt qu'il me porte. Dites-lui que je me tiendrai sur mes gardes.

Elle s'excusa et disparut dans l'escalier.

Frère Sebastian posa sur Owen un regard contrarié.

— Mon abbé ne va pas apprécier.

Owen le regarda.

— Le frère Michaelo a-t-il dit que l'archidiacre voulait tuer maîtresse Wilton ?

— Je l'ignore.

— J'ai cru comprendre que l'archidiacre avait été envoyé à Durham. Il n'est sûrement pas parti tout seul ?

— Brandon, un novice, l'accompagnait.

— Et qui d'autre ?

— Juste Brandon.

— C'est tout ? Un novice ?

Sebastian semblait mal à l'aise.

— Brandon est costaud.

Owen rit, n'en croyant pas ses oreilles. Il était entouré de fous.

— Un homme costaud ne pèse rien devant les Highlanders.

Frère Sebastian eut un geste d'impuissance.

Owen lui tapota l'épaule.

— Je sais que vous n'y êtes pour rien. Je n'ai pas l'intention de vous créer des ennuis. Mais vous pouvez comprendre que je n'ai nulle envie d'argumenter avec maîtresse Wilton, la nuit où son mari est mort. Je crains que vous ne soyez obligé de rapporter à votre abbé ce qu'elle vous a dit.

Le messager parti, Owen grimpa l'escalier. Lucie était assise auprès de Nicolas ; elle le fixait d'un regard lointain.

— J'ai renvoyé frère Sebastian.

Lucie secoua la tête et se massa le front.

— Je n'enterrerai pas Nicolas à Freythorpe Hadden, dit-elle.

— Pourquoi ?

— Cet endroit ne nous a apporté, à tous les deux, que du malheur. Je voudrais l'inhumer dans son jardin. Mais certainement pas à Freythorpe. Sir Robert m'en a chassée. Il n'y a aucun amour là-bas, ni pour Nicolas, ni pour moi.

— Mais c'était chez vous.

Elle lui lança un étrange regard.

— Vous avez choisi de ne pas revenir sur les lieux de votre enfance. Vous avez sans doute raison.

Owen ne trouva rien à répondre.

— Que puis-je faire pour vous aider ?

— Il faut que tante Phillippa dorme. Demandez à Bess de venir m'aider à préparer Nicolas.

Owen lui prit la main.

— Votre tante n'est pas la seule à avoir besoin de sommeil.

— Je ne pourrais pas dormir.

— Lucie, pensez à ce que vous venez de traverser pendant ces deux dernières nuits. L'incendie. Maintenant, Nicolas.

— Je vais m'occuper de lui. Puis j'irai le veiller.

— Laissez quelqu'un d'autre le veiller.

— Non. Je le veillerai. Je l'ai tué. C'est moi qui le veillerai.

Le cœur d'Owen s'arrêta. Tué ? Étaient-ils revenus à la case de départ ? Était-ce finalement elle, l'assassin ? Avait-elle tué Nicolas avec un poison lent pour qu'il ne puisse jamais assez guérir pour pouvoir se souvenir et l'accuser ?

Lucie eut un petit rire froid et crispé.

— Vous êtes choqué d'apprendre que j'ai tué mon mari ?

— Je suis déconcerté. Comment l'avez-vous tué ?

Même en cet instant, où elle était épuisée par deux nuits sans sommeil et où elle vivait les premières minutes de son deuil, Lucie pouvait le regarder avec ses yeux si particuliers et lui faire sentir qu'elle lisait jusqu'au fond de son âme.

— Je ne l'ai pas empoisonné, si c'est ce que vous pensez.

Elle parlait sans colère. Elle semblait simplement à bout de fatigue.

— Je lui ai dit que son ami avait essayé de me tuer. Je l'ai accusé d'avoir tué ma mère. Et quand il m'a expliqué que c'était pour me protéger qu'il avait tué Montaigne, je me suis détournée de lui. J'ai quitté la chambre, alors que j'aurais dû rester auprès de lui.

D'un geste très doux, elle repoussa une mèche de cheveux grisonnants du front de Nicolas.

— Il était déjà mourant, Lucie.

Elle ne quittait pas son mari des yeux.

— J'ai eu tort de l'accuser. Tout ce qui est arrivé est la conséquence de cet amour contre nature que l'archidiacre porte à Nicolas. Un amour vil et étouffant.

C'est Anselm qui brûlera dans les feux de l'Enfer ; pas mon Nicolas.

— Vous penserez à tout cela, demain.

Lucie n'écoutait pas.

— Lorsque je suis venue, Nicolas gémissait dans son sommeil. J'ai essayé de le réconforter. Je lui ai dit que je lui pardonnais, mais j'ignore s'il m'a entendue.

— Je suis sûr que oui.

— Vous dites cela pour me calmer. Ensuite, vous pourrez me convaincre de l'emmener à Freythorpe.

— C'est faux, Lucie.

— Allez chercher Bess.

Voyant que rien ne pourrait l'apaiser, Owen s'exécuta.

24

CONFRONTATIONS

Une charrette s'approchait derrière Anselm en grinçant. C'était une charrette de fermier. Elle le doubla, puis s'arrêta. Le fermier se retourna ; il observa l'habit du prêtre et l'état physique dans lequel l'homme se trouvait, puis il ôta son bonnet graisseux.

— Les voleurs ne respectent donc même plus l'habit, à présent ? Avez-vous été attaqué, Père ? Vous avez perdu votre cheval ?

Anselm se traîna jusqu'à l'homme et s'appuya contre une roue.

— Nous sommes tombés dans une embuscade. Mon compagnon est mort. Il faut que j'aille tout de suite chez Wilton, l'apothicaire d'York. Il se trouve près de l'église abbatiale. Pouvez-vous m'y conduire ?

— Oui, je le peux. Je m'y rends pour le marché. Le Seigneur est bon de me permettre de venir en aide à l'un de ses prêtres. J'ai tant de péchés sur la conscience que j'ai bien besoin de toute Son indulgence.

Anselm se retrouva bientôt étendu parmi les paniers et les sacs, réconforté par ce signe de la grâce de Dieu.

Quand elles eurent fini de préparer le corps de Nicolas, Bess entraîna Lucie de force dans la cuisine. Elle posa un gobelet de brandy devant son amie.

— À la première heure, j'enverrai mon palefrenier chercher frère William.

C'était leur prêtre paroissial.

Lucie acquiesça, les yeux perdus dans le vague. Bess et Owen échangèrent un regard.

La cloche de l'échoppe retentit.

— Qui peut bien...

Bess se leva aussitôt et revint en courant, le visage tout rouge.

— Monseigneur l'Archevêque... annonça-t-elle, les rubans de son bonnet voletant au vent.

Thoresby entra dans la pièce, avant que Bess ait terminé sa phrase. Il fit le signe de la croix pour bénir la maison.

— Maîtresse Wilton, dit-il en prenant la main de Lucie, votre mari était respecté dans tout York. Nicolas Wilton était un excellent apothicaire. Il va nous manquer.

— Merci, Votre Grâce.

— Pardonnez-moi de m'introduire ainsi, chez vous, pendant votre deuil. Mais les circonstances m'y obligent. C'est très regrettable.

Il fit un signe en direction d'Owen, et regarda Bess.

Elle s'excusa et se retira pour aller veiller Nicolas.

Lucie avala une gorgée de brandy. Ses mains tremblaient.

— Je vous en prie, asseyez-vous, Votre Grâce, dit-elle d'une voix calme.

— Je ne vais pas rester longtemps. Je voulais simplement vous dire que j'avais tout organisé. Deux de mes hommes apporteront sous peu une charrette et un cercueil. À l'aube, moi et quatre de mes hommes, nous vous accompagnerons à Freythorpe Hadden.

— Il est inutile de vous inquiéter pour nous, Votre Grâce. Les Wilton ont servi vos desseins.

— Que voulez-vous dire ?

— Je sais qu'Owen travaille pour vous. Je suppose que je dois vous remercier de me permettre de profiter de ses services pendant quelque temps.

Il se tut un court instant.

— Maîtresse Wilton, ce n'est pas le moment de jouer les offensées. J'essaye d'empêcher mon archidiacre, ou ses hommes, de vous causer encore plus de tort.

Lucie se leva, rouge et tremblante de colère.

— Loin de moi l'idée de me montrer ingrate, Monseigneur, mais je ne peux accepter votre aide. Je n'ai pas l'intention d'inhumer mon mari à Freythorpe Hadden. Ce n'est pas chez lui.

Thoresby se leva.

— Je vois que j'ai choisi un bien mauvais moment. Pardonnez-moi, Maîtresse Wilton.

Il fit signe à Owen de le suivre dans la cuisine. Lucie jeta un regard noir à Owen lorsqu'il passa près d'elle.

Arrivé dans le jardin humide, Thoresby oublia son habituelle courtoisie.

— La peste soit de cette femme ! Pense-t-elle que nous nous amusons, Archer ? Ignore-t-elle à quel point sa situation est précaire ?

Il rabattit son capuchon.

— Je ne suis pas sûr de connaître les pensées de maîtresse Wilton, en ce moment, Votre Grâce. La nuit dernière, Anselm l'a enfermée dans une serre à laquelle il avait mis le feu. Cette nuit, elle perd son mari. À présent, vous lui proposez d'enterrer son mari là où elle s'y est toujours refusée. Et pour clore le tout, elle se demande encore si elle peut me faire confiance ; si elle peut compter sur moi. Vous ne devez pas la juger sur ses paroles, ni sur ses actes, cette nuit.

Owen sentait le regard de Thoresby posé sur lui.

— Je vois que maîtresse Wilton est plus qu'un employeur pour vous. Que sait-elle exactement ?

— Elle sait tout.

— Tout ? C'est-à-dire ?

— Que Montaigne tenait Nicolas pour responsable de la mort d'Amélie D'Arby, il y a des années ; que Montaigne était son amant ; qu'elle est morte en essayant de faire passer son enfant avec une trop forte dose d'une potion préparée par Nicolas ; que Montaigne a tenté de tuer Nicolas, la nuit de sa mort ; qu'il croyait avoir réussi ; que son retour menaçait Nicolas ; qu'il craignait que Montaigne ne découvre qu'il était toujours vivant et qu'il essaye à nouveau de le tuer ou de ruiner son nom, ce qui aurait détruit tout ce qu'il avait bâti pour Lucie ; et que, pour cette raison, Nicolas l'a empoisonné avec un remède qui fut plus tard administré à Fitzwilliam, sans savoir qu'il était mortel.

— J'aurais dû me douter qu'une femme était impliquée dans cette affaire. Elles font de nous des fous. (Thoresby se tut un instant.) Maîtresse Wilton a-t-elle participé au crime ?

— Non. Elle ne connaissait pas l'identité du pèlerin pour qui Nicolas préparait le remède. Et son mari étant tombé malade la nuit même où il a commis son acte, elle n'a pas été mise au courant du poison assez tôt pour pouvoir sauver Fitzwilliam.

Un sourire déplaisant éclaira le visage de Thoresby. Owen avait pris trop vite la défense de Lucie.

— Me le diriez-vous si elle était coupable ?

— C'est à vous que je dois obéissance en premier, Votre Grâce.

Thoresby eut un petit rire.

— Je n'en crois rien. Mais il est possible qu'elle soit innocente. Aussi, j'accepte votre explication. (Il secoua la tête.) Dans cette affaire, les desseins du Seigneur me déroutent. Fitzwilliam méritait une punition, mais pas des mains qui la lui ont donnée. À présent, mon archidiacre semble possédé par le Diable en personne. Il influence frère Michaelo. Qui d'autre ? Vous devez convaincre maîtresse Wilton d'accepter mon plan.

— Elle n'est pas facile à convaincre.

— Il est grand temps pour vous de découvrir comment vous y prendre avec elle.

Il laissa tomber ces mots sur un ton sec, qui n'appelait aucun commentaire. Thoresby partit en laissant derrière lui un silence glacial. Owen écouta son cheval trotter dans la nuit.

Bess releva la tête, tandis que Lucie s'effondrait sur un tabouret près de la porte.

— Dans quelle épreuve notre seigneur l'archevêque veut-il vous jeter si vite après votre deuil ?

Lucie ne répondit pas tout de suite. Bess remarqua les ombres sous ses yeux, ainsi que les plis qui marquaient sa bouche et qui étaient toujours signe de manque de sommeil et de soucis.

— Les hommes ne savent jamais quand ils doivent se tenir tranquilles.

Lucie soupira.

— Il peut y avoir du danger à rester ici. Ils veulent que je parte à l'aube. Il semble que l'archidiacre soit devenu fou. L'archevêque, lui, se montre plein de bonté. Il envoie des hommes et une charrette pour me conduire à Freythorpe Hadden. Et il viendra avec nous pour dire la messe de requiem.

— Voyager jusqu'à Freythorpe ? Dans votre état ? Sans avoir dormi ?

— Les Highlanders attaquent rarement si tôt le matin.

— Mais vous n'avez pris aucun repos, ma fille.

— Je me reposerai plus tard. Tante Phillippa y veillera.

— Oh oui, comme elle a veillé sur vous dans le passé. Je n'ai aucune confiance en elle dans ce domaine.

— Je pourrais prendre un gobelet de votre brandy pour supporter la route.

— Vous essayez de vous débarrasser de moi ?

— Il me réchauffera, Bess. Et vous me donnerez une des couvertures dont vous vous servez dans la charrette.

Mais Lucie ne regardait pas Bess. Ses yeux ne quittaient pas son mari, silencieux et déjà étranger dans son linceul.

Elle-même, deux fois veuve, Bess pouvait comprendre que Lucie ait besoin d'être seule, avant l'épreuve des funérailles.

— Bien, vous aurez de quoi vous réchauffer. Je vais aller chercher ce que vous me demandez si vous vous asseyez près de la fenêtre pour vous reposer un moment.

Lucie le lui promit.

Bess s'en alla. En passant devant la porte de l'échoppe, elle entendit Owen parler avec Tildy. Rassurée en sachant qu'ils pourraient tous les deux s'occuper de Lucie si elle avait besoin de quelque chose, elle se dépêcha de rentrer pour rassembler tout ce qui pourrait soulager Lucie de la fatigue du voyage.

Lucie s'aperçut que sa tête reposait sur le bras de Nicolas. Elle n'aurait jamais cru qu'elle pourrait s'endormir à côté du cadavre de son mari. Une telle fatigue l'effraya. Elle brouille les esprits et pousse à commettre des erreurs. Elle se leva, gagna la fenêtre et l'ouvrit en grand pour laisser l'air froid lui redonner des forces. Nicolas ne craignait plus les courants d'air. Le vent, qui lui piquait le visage, lui fit l'effet d'une gifle et la réveilla à une terrible réalité. Son mari venait de lui être enlevé. Ses yeux si doux étaient fermés à jamais.

Et déjà, autour d'elle, les hommes essayaient de lui ôter tout pouvoir. Ils lui disaient où elle devait enterrer son mari. De quel droit ? Ils expliquaient qu'ils agissaient ainsi pour la protéger. Mais en quoi sa sécurité pouvait-elle bien importer à l'Archevêque d'York et Lord Chancelier d'Angleterre ? La seule marque de courtoisie qu'elle pouvait espérer de lui était qu'il l'avertisse, voire qu'il lui suggère des moyens pour se protéger. Mais pas qu'il exige ; pas qu'il organise pour elle.

Thoresby et Campian se protégeaient, c'était clair. Elle savait des choses qu'ils auraient préféré garder secrètes. Elle pouvait parler. Et les habitants d'York ne seraient que trop heureux de l'entendre.

Mais elle n'avait rien à y gagner. Les gens se passionneraient pour l'histoire d'Anselm, de Nicolas et d'Amélie. Ils en feraient des gorges chaudes. Ils s'en raconteraient les épisodes, le soir, au coin du feu, pendant qu'au loin, plus d'une nuit glaciale en colporterait la rumeur. Mais pourquoi se trahirait-elle ? Elle n'avait rien à y gagner ; tout à y perdre. Toute cette histoire reposait sur une erreur de jugement qui rejaillirait sur elle. Un apothicaire qui commet de telles erreurs n'est pas digne de confiance.

Elle n'avait aucune raison de raconter son histoire. L'archevêque devrait le savoir. Elle décida d'aller lui parler, le lendemain. Aujourd'hui même. Tout devrait être réglé à l'aube ; une aube qu'elle ne verrait pas se lever, tant la pluie assombrissait le ciel.

Tandis qu'elle restait immobile à contempler la nuit sombre et humide, la porte s'ouvrit derrière elle. Pensant que c'était Bess qui se souciait pour elle, elle eut envie de sourire malgré ses peurs. Bess serait heureuse de voir qu'elle prenait l'air. À pas feutrés, quelqu'un s'approcha du lit. Un gémissement.

— J'arrive trop tard ? Oh Nicolas, tu es trop cruel. Pourquoi ne m'as-tu pas attendu ? Tu m'appelles et tu ne m'attends pas. J'ai traversé l'Enfer, cette nuit, pour venir te rejoindre.

Lucie se mit à trembler. C'était l'archidiacre, le responsable de tous ses malheurs. Owen avait dû aller dormir. Bess également. Lucie ne pouvait compter sur personne.

La respiration de l'homme était haletante et sifflante, comme celle d'un homme blessé ou très malade.

— Je t'ai entendu, Nicolas. Je t'ai entendu. Ils ont essayé de m'arrêter, mais je me suis échappé. Beau Nicolas. Ils ont fermé tes yeux. Ils ne veulent pas que je les voie, une dernière fois.

En retenant son souffle, par crainte de heurter quelque chose sur son passage, Lucie se dirigea à tâtons vers la petite table. Elle y chercha la lampe à alcool et alluma la mèche. Une flamme brillante apparut.

Anselm sursauta comme un homme pris en faute et se protégea les yeux d'une main déformée et gonflée. Il avait sorti Nicolas de son linceul et le pressait contre son giron. L'archidiacre était horrible à voir. Du sang coulait sur son front. Il exhalait une odeur de sang mêlé à une transpiration de fièvre. Une longue traînée rouge sombre maculait le linceul à hauteur de son giron. Il cessa de se protéger les yeux pour serrer plus fort le corps pâle et nu de Nicolas.

— Je vous ai fait brûler. Comment votre âme s'est-elle libérée ? Sortez d'ici, succube.

— C'est ici chez moi et c'est vous le monstre. Et Nicolas est mon mari.

Lucie s'approcha.

Anselm lui montra les dents en grognant comme un chat blessé, et serra encore plus fort Nicolas contre lui.

C'était une vision de cauchemar. Un mort ; l'autre fou de douleur et de chagrin et qui ressemblait plus à un cadavre que le mort lui-même. Le fou marmonnait quelque chose en latin. Il essaya de soulever la paupière droite de Nicolas avec ses doigts gonflés, puis il se pencha et l'embrassa sur la bouche.

— Au nom du Ciel, laissez-le tranquille.

Lucie tremblait de rage.

Anselm leva son regard vers elle.

— Le Ciel ? Que savez-vous du Ciel, succube ?

Il se mit à caresser les cheveux de Nicolas, son ventre, sa cuisse, sans quitter Lucie des yeux pour jouir de son malaise.

— Arrêtez ! cria-t-elle.

Elle essaya de se calmer pour réfléchir à ce qu'elle pourrait utiliser comme arme. Elle se souvint d'un couteau dont elle se servait pour les bandages. Il était sur la table, près du lit.

— J'ai le droit de faire mes adieux.

Anselm se pencha pour embrasser de nouveau Nicolas.

— Il m'aimait. Je le protégeais.

— Aimer ? (Lucie se glissa sur le côté.) Nicolas avait peur de vous. Il disait que vous étiez fou ; que vous étiez le Diable.

Anselm poussa un cri perçant et reposa Nicolas avec des bras tremblants.

Lucie saisit le couteau et le cacha derrière son dos, tout en reculant.

Anselm se redressa.

— Vous êtes la progéniture du Diable qui a empoisonné l'âme de Nicolas, cria-t-il. Nicolas m'aimait. C'était un amour pur et innocent. Et elle l'a détourné de moi. Amélie D'Arby, la putain française.

— C'est pourquoi vous avez amené l'innocent Nicolas à la tuer.

Anselm sourit.

— J'ai prié pour cela et c'est arrivé.

— Vous êtes un lâche. Vous avez poussé l'être que vous aimiez à commettre le crime à votre place. Ainsi, c'est Nicolas qui brûlera en Enfer. Pas vous.

— C'est elle qui brûlera en Enfer. Pas mon Nicolas. Elle a eu une mort horrible. Une hémorragie ; la vie qui s'échappait d'elle à flots. Dans la souffrance. Dans la peur. Et elle ne s'était pas confessée. Le saviez-vous ? Elle ne s'était pas confessée. Maintenant, elle brûle en Enfer, ma petite louve. Vous l'imaginez en Enfer ? Elle se tord dans le feu éternel.

Lucie le frappa au visage avec le couteau, mais elle manquait d'expérience. Au lieu d'atteindre l'œil, elle ne fit que lui entailler la joue.

Anselm cria et bondit pour lui arracher l'arme.

Lucie lui donna des coups de pied, mais sa robe longue était une gêne.

Il réussit à lui faire lâcher le couteau.

Elle empoigna alors une chaise et le frappa avec, au flanc. Il chancela mais revint aussitôt à la charge. Le sang coulait de son estomac, d'un côté de son visage et de son front. Elle n'arrivait pas à comprendre d'où il tirait sa force pour continuer à se battre.

Il réussit à la saisir au cou, de sa main valide, et serra de toutes ses forces. Lucie tenta de se dégager, mais sans succès. Il lui frappa la tête contre le mur. Le choc l'étourdit et ses genoux se dérobèrent sous elle. Anselm la releva pour la propulser de nouveau contre le mur. Cette fois, elle hurla et sentit ses genoux se dérober pour de bon. Il la réempoigna aussitôt pour la plaquer contre le mur ; sa main toujours agrippée à son cou.

Des pas résonnèrent dans l'escalier. *Mon Dieu, donnez-moi la force de le tuer. Pour ma mère. Pour mon mari*, priait Lucie. Elle enfonça ses ongles dans le crâne d'Anselm. Il lui assena un violent coup de tête dans le visage. Ses oreilles se mirent à siffler. Elle sentit sur ses lèvres l'odeur de sueur et de sang qu'il exhalait.

— Reculez-vous, dame Phillippa ! cria Owen, de l'autre côté de la porte. Écartez-vous du chemin.

Il enfonça la porte.

Anselm émit un sifflement et se cramponna à Lucie. Owen l'arracha aux mains de l'archidiacre. À peine libérée de son étreinte, elle rampa pour reprendre le couteau.

Hurlant de colère et de douleur, Anselm se précipita sur Owen qui l'esquiva, l'emprisonna dans ses bras puissants et l'envoya de toutes ses forces contre le mur. Anselm s'y écrasa avec un effroyable bruit d'os brisés, avant de s'effondrer sur le sol. Sa tête reposait sur son épaule en un angle impossible. Phillippa hurla.

Owen se précipita vers Lucie.

Elle était agenouillée près du corps brisé de l'archidiacre et brandissait son couteau.

— Vous l'avez tué ? (La voix était essoufflée, incrédule.) C'était à moi de le tuer. À moi.

Owen s'agenouilla près d'elle, lui prit le menton et, doucement, tourna vers lui son visage.

— Vous vous êtes bien battue, Lucie. À présent, il est mort. Il ne pourra plus jamais faire du mal à votre famille.

Elle tourna la tête pour regarder de nouveau Anselm.

— Il a dénudé Nicolas. Il l'a embrassé et...

— Descendons, dit doucement Owen.

— Il... (Lucie repoussa Owen pour se relever toute seule.) Il montrait les dents et essayait de mordre, comme un animal blessé. Je ne pouvais pas... Il n'avait plus rien d'humain. Et la façon dont il a étreint Nicolas. Je... (Elle fit un pas vers Nicolas. Son corps nu gisait sur le drap que le sang d'Anselm avait maculé. Elle mit sa main devant sa bouche.) La façon dont il l'étreignait... Il le caressait. Il m'injuriait. Je... Nicolas est mort en ayant peur de lui. Et ce monstre le serrait contre lui, alors que Nicolas ne pouvait plus se défendre.

Tout son corps tremblait.

— Lucie ?

Owen lui toucha le bras.

Elle s'écarta brutalement et se précipita vers le corps de son mari, les coudes serrés contre elle, le couteau tremblant dans ses mains.

— Mon Dieu, même dans la mort, il s'accrochait à lui. C'était un amour monstrueux, suffocant. C'était plus de la haine que de l'amour. Quel péché mon mari a-t-il commis pour avoir souffert aussi longtemps ? (Elle remonta sur lui le drap taché de sang.) Quel droit avait-il ? Quel droit ?

Et tout ce sang. La robe de sa mère avait été lourde de sang ; le bas de la jupe faisait comme une mare de sang sur les joncs, détrempée, si froide. Sa peau si douce et si froide.

Owen s'approcha d'elle.

— Venez. Allons dans la cuisine.

Lucie secoua la tête.

— Bess aura un drap propre. Elle aura un drap propre.

Une porte s'ouvrit en bas. Des pas traversèrent la cuisine, montèrent les escaliers. Des voix murmurèrent sur le palier.

Bess entra.

— Mère miséricordieuse, murmura-t-elle en voyant

le corps à moitié dénudé de Nicolas sur le drap taché de sang. Qu'est-il arrivé ?

Ses yeux fouillèrent la pièce, passèrent sur le visage couvert de sang de Lucie, sur la chemise tachée de sang d'Owen et s'arrêtèrent sur le corps de l'archidiacre.

— Sainte Marie, Mère de Dieu, murmura-t-elle en se penchant sur lui.

Mais elle se détourna très vite, en sentant la puanteur qu'exhalait le corps brisé.

— C'est votre œuvre ? dit-elle en fixant Owen, avec incrédulité.

— Il était déjà blessé.

Leurs voix parurent réveiller Lucie. Elle laissa tomber le couteau qui s'écrasa sur le sol avec un bruit sec.

— Lucie ? dit Bess.

Elle essuya par petits coups légers le sang qui maculait le visage de son amie.

— Le brandy et la couverture ne seront pas nécessaires, dit Lucie.

Bess regarda Owen.

— C'est le sang de l'archidiacre sur le linceul ? demanda-t-elle.

Owen acquiesça.

— Oui.

Bess resta silencieuse un moment.

— Les hommes de l'archevêque sont arrivés avec le cercueil. Phillippa m'aidera à envelopper Anselm dans ses immondices et à trouver un drap propre pour Nicolas.

Elle hocha la tête, s'apprêta à partir et se retourna.

— Vous devrez vous charger, tous les deux, des hommes de l'archevêque.

Lucie se mit à trembler sans pouvoir se contrôler. Owen lui prit les mains. Elles étaient glacées. Il les tint serrées dans les siennes.

— Je ne sais pas quoi faire.

Lucie fixait ses mains dans les siennes, les yeux agrandis, avec cette expression hagarde qu'Owen avait si souvent vue chez ses hommes quand ils s'étaient trop longtemps colletés à la mort, sur les champs de bataille. Après avoir trop longtemps glissé dans le sang et les entrailles de leurs camarades et de leurs ennemis, subitement, ils craquaient. Leur esprit et leur cœur ne pouvaient plus en supporter davantage.

— Je ne sais pas quoi faire, murmura Lucie.

— Pour le moment, descendons, dit Owen.

Il la prit par la main.

Les hommes de l'archevêque se levèrent. Owen leur fit signe de se rasseoir.

— Maîtresse Wilton a besoin de brandy. Et j'en prendrais volontiers une goutte, moi aussi.

25

RÉPERCUSSIONS

Wulfstan entendit le bruit d'une paire de bottes, accompagnée d'une paire de sandales, résonner sur la pierre de la chapelle. Elles s'arrêtèrent sur le seuil, puis s'avancèrent. Un cliquetis de chaînes d'or. Wulfstan fit taire ses sens pour retourner à sa méditation sur la croix dont son propre corps, prostré sur la pierre, face à l'autel, bras écartés, reproduisait la forme. La croix ; l'agonie du Christ ; le salut de l'humanité. Le salut. Par cet acte d'amour, l'homme pouvait espérer le salut, quelle que soit la gravité de ses péchés.

Il lutta pour rester concentré sur la croix, mais la discipline n'avait jamais été son fort. Il se sentait flotter au gré de ses pensées. Son attention, qui n'était jamais totalement fixée sur un point, l'entraînait dans son courant. C'était un sentiment agréable auquel il se sentait incapable de résister. Mais il essayait, pourtant. Il éprouvait un vague sentiment de culpabilité ; il savait qu'il avait fait quelque chose d'impardonnable, bien qu'en cet instant il fût incapable de dire de quoi il s'agissait. Lorsqu'il essayait de se rappeler, une peur violente lui faisait aussitôt abandonner son effort.

— Frère Wulfstan, vous m'entendez ?

C'était une voix calme, mais inconnue. Profonde, vibrante. Wulfstan aima cette voix. Mais il ne répondit pas. Parler briserait la bulle dans laquelle il flottait. Pourquoi ne pouvaient-ils le laisser tranquille ?

— Wulfstan, l'archevêque est ici. Il veut vous parler.

La voix de l'abbé. Que la tension rendait plus aiguë. Une voix désagréable. Wulfstan préférait l'autre.

— Il voudrait vous parler de Lucie Wilton.

Des yeux bleus. Une peau douce. Un sourire. Lucie Wilton. Wulfstan trembla. La bulle dans laquelle il flottait chuta brutalement, puis se redressa.

Lucie Wilton réveillait en lui un très désagréable souvenir. Il ne voulait pas penser à elle.

— Wulfstan ?

Pourquoi ne partaient-ils pas ?

— Nicolas Wilton est mort, Wulfstan. Nous savons qu'il a empoisonné votre ami Montaigne. Savez-vous si Lucie a participé à ce meurtre ?

Montaigne. Le noble pèlerin. Les ténèbres. Mère miséricordieuse, c'était cela. C'était cet acte horrible pour lequel il ne serait pas pardonné. Quel que soit le nombre de ses pénitences. Sa faute. Il aurait dû savoir. C'était son devoir de savoir. Il avait tué un ami. Cet ami n'avait pas pu compter sur lui. Arrogance. Et cette chère Lucie Wilton. Pouvait-elle avoir participé ? Ou avoir su et ne pas l'avoir prévenu ? Pouvait-elle avoir froidement détourné les yeux pendant que son ami était empoisonné ?

— Non !

La bulle éclata. Son cœur se mit à battre comme un fou. Il s'agrippa aux pierres pour essayer de se relever. Des bras puissants vinrent à son aide. Wulfstan ouvrit les yeux et trébucha, aveuglé par les flammes vacillantes des bougies de l'autel. Les bras solides le soutinrent.

— Venez vous asseoir sur ce banc.

C'était l'archevêque qui lui parlait de cette voix agréable et qui l'aidait si gentiment. Thoresby souriait. La chaîne du Lord Chancelier brillait sur sa poitrine. Il était parfumé de riches huiles.

— J'ai besoin de connaître le caractère de cette femme, Frère Wulfstan. Il faut que vous me parliez d'elle.

Michaelo sentait parfois ce même parfum. Épicé, musqué et fleuri, tout à la fois. Un jeune homme futile. Mais inoffensif, avait pensé Wulfstan, jusqu'à ce que Michaelo tente de l'empoisonner. Il avait bien failli réussir.

— Pourquoi moi ? Pourquoi a-t-il voulu me tuer ? demanda Wulfstan à voix haute.

— Wulfstan... (L'abbé Campian envahit son champ de vision.) Vous vous égarez. (Il se tourna vers Thoresby.) Il n'a pas entièrement récupéré. Mais il a demandé qu'on l'autorise à venir à la chapelle pour faire pénitence.

— Pénitence ? Pour quel péché, Frère Wulfstan ?

Wulfstan baissa la tête.

— J'aurais dû reconnaître la nature de la préparation. J'aurais dû reconnaître les symptômes de l'empoisonnement par aconit. Votre pupille ne serait pas mort. Ni Geoffrey.

Il pleura.

Dame Phillippa et Bess avaient convaincu Lucie et Owen de venir dormir à l'auberge. Elles se chargeaient de préparer Nicolas et de le veiller. Un des hommes de l'archevêque surveillait l'auberge, un autre l'échoppe. Deux autres étaient allés informer Thoresby de la mort de l'archidiacre.

Owen regarda Lucie avant d'entrer dans sa propre chambre. Elle était debout, devant la fenêtre, les bras serrés autour d'elle, comme si elle s'arrimait pour la prochaine bourrasque.

— Il faut essayer de dormir.

— Dès que je ferme les yeux, je vois Nicolas dans les bras d'Anselm. (Sa voix était pleine de larmes.) Je ne peux pas le supporter.

Owen hésita un moment, doutant que sa proposition soit bien accueillie. Mais il ne pouvait pas la laisser ainsi.

— Venez. Couchez-vous. Je vous parlerai jusqu'à ce que vous vous endormiez.

Elle se laissa conduire jusqu'au lit.

— Racontez-moi comment vous avez rencontré l'archevêque.

— Non. Cela vous empêcherait de dormir.

À la place, il lui parla de ses archers, en les nommant chacun et en les décrivant. Lucie sombra vite dans le sommeil.

Owen s'assoupit sur une chaise, à côté d'elle.

Lucie se réveilla au chant du coq et elle se sentit perdue.

— Où suis-je ?

Owen se réveilla d'un bond.

— Quel est cet endroit ? répéta-t-elle.

— La meilleure chambre de la York Tavern. Nous sommes venus ici la nuit dernière.

— L'archidiacre, murmura Lucie en touchant sa tête avec précaution.

Des marques étaient apparues sur son visage et sa gorge, révélant à Owen qu'elle s'était battue plus brutalement qu'il ne l'avait pensé.

La vue de ces contusions remplit Owen d'une rage que la mort d'Anselm ne calmait pas. Il allait devoir la dominer.

— Ne bougez pas.

Il pressa un linge froid et humide sur la tête de Lucie.

— Vous vous êtes battue courageusement.

Lucie avait les yeux perdus dans le vague.

— Je voulais le tuer, dit-elle. Je vous en ai voulu de l'avoir fait à ma place.

— C'est fini, maintenant.

— Que vais-je faire ?

— Faire ?

— J'ai tout perdu. Mon mari, l'échoppe. Tout.

— J'ai dit à l'archevêque que vous étiez innocente.

— Ça ne servira à rien.

— Je ferai tout ce que je peux.

Lucie repoussa le linge et s'assit avec difficulté.

— Vous allez continuer de travailler pour l'archevêque ?

— Il se peut que je termine dans son donjon de l'Old Baile.

— Pourquoi ? Vous êtes venu pour me défendre. Pourquoi vous enfermerait-on dans son donjon pour cela ?

— Il ne voulait pas qu'Anselm soit tué dans la cité. Il voulait que ce soit sans témoin.

Et il se posait déjà des questions sur la loyauté d'Owen.

— Alors, vous auriez laissé Anselm me tuer ?

— Bien sûr que non. Tout le problème est de savoir si Sa Grâce me croira.

Owen trempa de nouveau le linge dans l'eau froide et le reposa sur son front.

— J'ai vu le coup de couteau sur le visage d'Anselm. Vous avez eu du cran.

— Malgré moi. Je voulais le rendre aveugle, puis le frapper au cœur. Vous voyez comme j'ai réussi. Je ne m'étais encore jamais battue avec un couteau. Ce n'était pas... Son crâne...

Elle fut secouée par un spasme.

Il lui soutint la tête au-dessus d'une cuvette pendant qu'elle vomissait.

John Thoresby ôta sa chaîne de Chancelier, ainsi que son manteau. Le sang ne part pas facilement sur la fourrure. Après quoi, il se pencha pour examiner son archidiacre. Le cou avait été brisé net. Archer était rapide et efficace. L'archevêque aimait cela. Mais il était contrarié, aussi. Il avait souhaité cette fin, c'est vrai. Mais pas dans York. Pas si près de l'église abbatiale ; ou alors, il aurait fallu que cela ait eu lieu là où il avait juridiction et toute liberté d'action. Il ne craignait pas que les gens concernés se mettent à parler. Mais au cœur de la cité, il pouvait se trouver quelqu'un qui, n'arrivant pas à dormir, ait vu arriver l'archidiacre, ou ait été témoin de l'agitation. Pour qui Owen avait-il tué Anselm ? Pour son seigneur ou pour la jolie veuve ?

Thoresby savait comment s'y prendre avec la veuve.

Wulfstan lui avait dit qu'elle espérait devenir bientôt maître apothicaire. Il lui avait confié que c'était son souhait le plus cher. Nicolas aussi l'avait voulu pour elle. C'était parfait pour Thoresby. Il appréciait l'intelligence de maîtresse Wilton. Elle aurait fait une bonne abbesse. Il accepterait qu'elle devienne maître en échange de son silence sur toute cette affaire. Il ne doutait pas qu'elle accepterait de collaborer.

Mais Archer. Que faire de lui ? Il était au courant de tout et il n'avait aucune loyauté. Il n'y avait aucun moyen de faire pression sur lui pour le réduire au silence. À moins qu'il se serve de la veuve. Si Archer avait tué Anselm pour la veuve, il avait peut-être là un moyen de le tenir. Thoresby décida d'aller le voir.

Les messes de requiem furent courtes et silencieuses, mais non sans gêne. Anselm et Nicolas furent tous deux inhumés en sol consacré. Pour l'apothicaire, Thoresby bénit un coin du jardin des Wilton. C'était bien peu de chose, mais sa veuve lui en fut reconnaissante et c'est ce que Thoresby voulait.

Pendant l'inhumation, Thoresby observa Owen. Si l'homme était amoureux de la veuve, il devait exulter. Maintenant, elle était libre. Naturellement, une discrète période de deuil devrait être observée. Mais Archer se tenait debout, immobile, une lueur sombre dans l'œil, près de Lucie Wilton, mais jamais suffisamment près pour pouvoir la toucher, comme s'il était à mille lieues de penser à cette possible récompense terrestre.

Après la cérémonie, Thoresby entraîna Owen un peu à l'écart.

— Pourquoi cet air sombre ?

Archer lui jeta un étrange regard.

— Tout va de travers. York a fait d'Anselm un martyr. Ils disent qu'il est tombé dans une embuscade alors qu'il retournait à la cité pour administrer les derniers sacrements à un ami. Que Dieu a vu sa loyauté et qu'Il l'a maintenu en vie pour lui permettre d'aider son ami à gagner le Ciel.

— Ce n'est pas si loin de la vérité, Archer.

— Les gens devraient connaître toute la vérité. Il faudrait qu'ils sachent ce qu'Anselm a fait.

Thoresby baissa les yeux sur sa bague, gêné par la lueur fanatique qui brillait dans les yeux de l'homme.

— C'est moi qui ai répandu cette histoire de la noble mort d'Anselm, dit rapidement Thoresby. Si je devais rectifier la vérité et avouer aux gens que mon archidiacre a assassiné Digby, qu'il a tenté de vous tuer, ainsi que maîtresse Wilton, j'aurais alors un beau scandale sur les bras. Les gens ne donnent pas d'argent aux églises qui sont liées à des scandales. Et le roi veut que York soit une grande église abbatiale, parce que son fils William of Hatfield — qui est mort encore bébé, trop bon sans doute pour vivre — y est enterré. Edward aime cette image. La chapelle Hatfield dans l'église doit être digne du petit ange. Intouchée par le scandale. C'est pourquoi, voyez-vous, la poétique histoire des deux amis d'enfance est la seule qu'ils doivent jamais entendre.

— C'est un mensonge.

— Vous êtes un imbécile, Archer. À qui cela fera-t-il du mal ?

— Êtes-vous un homme de Dieu ? Ne devez-vous pas nous conduire sur le chemin de la droiture ? Nous montrer comment choisir entre le bien et le mal ?

Thoresby mordit sa lèvre pour ne pas sourire. Comment Archer pouvait-il être resté aussi naïf après toutes ces années passées au service du vieux duc ?

— Je suis l'Archevêque d'York et le Lord Chancelier d'Angleterre. Je dois juger du bien et du mal à la lumière de l'intérêt commun.

Owen marchait nerveusement devant lui.

— Vous avez envoyé votre archidiacre à Durham en espérant qu'il tomberait dans une embuscade.

— Pas en espérant. Je vous ai dit que j'avais signé son arrêt de mort. Que pensez-vous que cela signifiait ? Les hommes en embuscade étaient mes soldats.

— Et Brandon ?

— Il fallait que j'envoie quelqu'un de l'abbaye et Anselm aurait eu des soupçons. Le jeune Brandon était au courant du plan. Il est parti au galop mais c'était inutile. Mes hommes avaient l'ordre de ne pas le toucher.

— Il faisait sombre sur les dunes, Votre Grâce. Comment pouvaient-ils être assurés de ne pas se tromper d'homme ?

— Le garçon est plein de ressources. Il aurait trouvé un moyen de révéler son identité.

— Et si les Highlanders les avaient rencontrés en premier ?

— C'était à la grâce de Dieu. Mais Brandon est un jeune homme costaud des frontières. Il sait se défendre.

— Contre les Highlanders ? Que savez-vous du combat en solitaire, vous qui vous faites dorloter depuis votre naissance ? C'est la même chose au combat. Vous êtes assis dans votre jolie tente. Vous dressez des plans, puis vous nous disposez tout autour du champ de bataille pour reproduire les tactiques que vous avez lues dans les livres. Vous trouvez cela excitant. Un défi. Vous prenez des paris. Merveilleux tacticien que ce Thoresby. Il n'a perdu que cinquante hommes.

— Comme soldat, vous auriez apprécié un tel homme.

— Pourquoi avoir envoyé ce novice ? Et pas Michaelo ?

— Je n'avais pas confiance en Michaelo. Il aurait pu vouloir sauver Anselm.

— Vous êtes trop calculateur.

Thoresby étouffa un petit rire.

— J'aime votre morale outragée, Archer. Je veux que vous restiez à mon service. Je saurais utiliser un homme tel que vous.

— Pourquoi voudriez-vous de moi ? J'ai fait un terrible gâchis.

— Comment cela ? Vous avez résolu l'énigme de la mort de Fitzwilliam. Je suis heureux que sa mort ait été accidentelle. J'ai moins l'impression d'avoir échoué avec lui, sachant qu'il n'était pas encore trop noir pour que Dieu l'ait abattu.

— Je ne comprends pas.

— Vous ignorez encore la marche du monde, Archer. Sur un champ de bataille, les camps sont nettement définis. Mais dans la vie, ils ne le sont pas, voyez-vous. Sur le champ de bataille, vous ne voyez pas la partie qui se joue derrière les lignes. L'ennemi d'aujourd'hui est l'allié de demain, parfois sur un simple banc de terre, le long d'une rivière. Aujourd'hui, vous êtes derrière les lignes et vous voyez une vérité plus trouble. Les choses ne sont pas aussi simples que vous le pensez. Vous venez de perdre votre innocence.

— Je crois que c'est mon âme que j'ai perdue. Un jour, vous m'avez donné à choisir entre vous et Gaunt. Je vous ai choisi parce que je croyais que vous étiez un homme d'honneur.

Archer semblait dégoûté de lui-même.

— Dînez avec moi, ce soir, nous parlerons.

Thoresby retrouva Owen, à l'heure fixée, dans le hall. Il regardait d'un air sombre les soldats qui déambulaient autour d'une barrique de bière, en échangeant joyeusement des histoires.

— Vous pourriez reprendre cette vie ? Cela vous tenterait ?

Owen secoua la tête.

— Les raisons qui m'ont poussé à la quitter sont toujours les mêmes. Avec un seul œil, je suis moins fiable. Je dois travailler seul. Je ne mets ainsi en danger que ma vie.

— Bien. Alors, vous pourriez travailler pour ma maison.

— Je préférerais trouver un travail plus honnête.

— Honnête. Ah, qu'avez-vous en tête ?

— Qu'adviendra-t-il de l'échoppe des Wilton ?

Thoresby pencha la tête de côté.

— Vous seriez intéressé ? Mais vous n'êtes qu'un apprenti.

— Je voudrais poursuivre mon apprentissage avec maîtresse Wilton.

Thoresby souleva un sourcil.

— Je n'ai pas encore décidé si elle conservera l'échoppe.

— Ce serait insensé de la lui retirer. Elle fera un meilleur apothicaire que son mari.

— De là votre intérêt pour poursuivre votre apprentissage auprès d'elle, dit Thoresby avec un sourire plein d'ironie.

Owen fixa Thoresby avec une expression farouche.

— Vous pensez que je veux simplement coucher avec elle. Mais c'est la vie que je veux mener. C'est un travail honnête.

— C'est pour elle, que vous avez tué mon archidiacre, n'est-ce pas ? Pas pour moi ?

— À ce moment-là, je ne me souciais guère de savoir pour qui je le tuais. Je ne pouvais pas le laisser la tuer.

Thoresby repensa aux funérailles. Il n'y avait eu aucune marque d'affection entre eux.

— Avez-vous parlé de vos projets avec elle ?

— Non.

— Si elle refuse de vous garder ?

— Alors, je chercherai un emploi similaire.

— Je vois. De toute manière, je vous perds. Dommage. J'ai aimé que vous détestiez ce travail. C'est ce qui garde un homme honnête.

— Quand prendrez-vous votre décision pour l'échoppe ?

— Bientôt.

— J'ai l'intention de passer quelques jours à St. Mary.

— Travail honnête et prière. Je me demande si vos anciens camarades vous reconnaîtraient ?

— Déjà, bien avant que vous inventiez cette histoire que j'avais perdu le goût de la vie de soldat... (Owen secoua la tête.) Je ne comprends pas. Mais je ne peux pas me pardonner la mort de Digby.

Thoresby posa sa main sur l'épaule d'Owen.

— Nous ne pouvons jamais prédire les morts que nous trouvons difficiles à supporter. Venez. Allons manger.

26

LE PARDON

Bess était assise sur le banc, dans la chambre d'Owen. Elle le regardait rassembler les affaires qu'il emportait à St. Mary.

— C'est ce qu'il y a de mieux à faire après ce qui est arrivé : prier et méditer. Vous avez une tête bien faite sur ces larges épaules, Owen Archer !

Il lui avait tout confié, jusqu'à ses espoirs pour l'avenir.

— Et quand vous reviendrez, Lucie sera prête à penser à vous différemment.

— Je n'en espère pas tant aussi vite, Bess. Mais vous êtes une bonne amie de le dire.

Owen posa son paquet à côté de Bess, la fit se lever et la serra longuement dans ses bras.

— Ça, par exemple ! (Bess recula d'un pas, tout en émoi.) Si mon amie Lucie ne rêve pas d'être serrée comme cela, c'est qu'elle n'est pas aussi éveillée qu'elle le paraît.

— Veillez sur elle, Bess.

Owen prit son balluchon.

— La chambre vous attendra, dit Bess en le regardant s'éloigner.

Mais Lucie en fera-t-elle autant ? Bess en doutait. La jeune femme avait un caractère affirmé et une volonté inflexible. Bess était incapable de prédire comment elle réagirait au plan d'Owen.

Lucie se leva pour resservir l'archevêque en vin chaud et épicé. Il lui fit signe de n'en rien faire.

— Je ne peux pas rester. Êtes-vous satisfaite des termes ?

Elle examina le papier avec un soin particulier, mais il se demanda dans quelle mesure ce n'était pas une attitude. Son visage pâle et tiré trahissait sa douleur et l'épreuve qu'elle traversait. La blancheur de sa guimpe faisait ressortir ses contusions. Trop peu de temps s'était écoulé depuis la mort de son mari et son affrontement avec Anselm pour parler avec elle de son avenir. Et c'était précisément pour cette raison qu'il avait choisi de venir dès le lendemain des funérailles. Il ne voulait pas lui laisser le temps d'y réfléchir. Il lui donnerait ce qu'elle désirait à la condition qu'elle fasse le serment de garder le silence. C'était ce qu'il exigeait d'elle en échange.

— J'en suis satisfaite. Que dit Thorpe, le maître de la guilde ?

— Il avait décidé de vous laisser l'échoppe. Il ignorait que son plan aurait été contrecarré si vous aviez refusé de coopérer.

Lucie observa Thoresby avec tant d'attention, qu'il en éprouva de la gêne.

— Je pense que j'ai raison de vous faire confiance, dit-elle. J'espère que je ne le regretterai pas.

— Tant que vous respecterez votre part du contrat, tout ira bien.

— Et en ce qui concerne Owen Archer ?

— Sa collaboration avec l'Église l'a déçu. Il veut trouver un travail honnête.

— Le laisserez-vous libre d'agir à sa guise ?

— Cela dépend. Il ne vous a pas parlé ?

Elle secoua la tête.

— Nous en discuterons lorsqu'il reviendra de l'abbaye.

— Ah, oui. Il est allé prier.

Thoresby se leva. Lucie l'imita.

— Votre Grâce, son œil. Pourrait-il redevenir capitaine d'archers avec un seul œil ?

C'était une étrange question à lui poser.

— Sans aucun doute. Un archer ferme un œil pour tirer. La vue n'est pas la même, mais le vieux duc disait qu'Archer avait presque récupéré son ancienne précision de tir.

— Pourquoi a-t-il quitté cette vie ?

— Il n'a plus confiance en lui.

— C'est ce qu'il prétend. Mais qu'en pensez-vous, Votre Grâce ?

Thoresby sourit. Il aimait bien cette femme.

— Je le crois. Et je pense qu'il n'est plus fait pour le métier de tuer. Il a perdu son œil parce qu'il a sauvé la vie à quelqu'un qui n'a pas trouvé qu'un tel cadeau méritait reconnaissance. Archer est un pur. Était. Je crois qu'il a beaucoup appris à mon service.

— Il m'a sauvé la vie.

— Il est heureux qu'Archer ait conservé les réflexes du soldat, s'il n'en a pas gardé l'âme. Dieu vous garde, Maîtresse Wilton.

— Il ne sera pas puni pour la mort de l'archidiacre ?

Une deuxième étrange question.

— Je ne suis pas devenu Archevêque d'York et Lord Chancelier d'Angleterre en agissant comme un fou, Maîtresse Wilton.

Le soir tomba. Lucie resta assise un long moment. Melisende entra laper un peu d'eau, avant d'aller faire un petit somme dans le giron de Lucie. Tildy déposa de la nourriture devant Lucie, puis elle alla ranimer le feu. Bess jeta un coup d'œil dans la pièce et décida de laisser Lucie tranquille. Le chat se leva pour aller se livrer à ses bacchanales nocturnes. Lorsque le froid finit par l'enkyloser, Lucie se leva pour aller se coucher. Seule, dans son lit, elle enfouit la tête dans son oreiller et pleura.

Owen s'agita sur son lit de camp et tendit l'oreille. Il entendit encore les cloches et sentit leurs vibrations résonner à travers tout son corps. Maudites cloches.

Un timide coup fut frappé à sa porte.

— Pèlerin Archer. C'est l'heure de l'office de la nuit.

Owen s'assit dans son lit, comprenant alors pourquoi les cloches avaient sonné si fort. Il était à St. Mary. Il attrapa son bandeau, le mit et ouvrit la porte de sa cellule.

Un novice s'inclina devant lui.

— Suivez-moi.

Les cloches s'arrêtèrent. Dans le silence qui suivit leur écho, il entendit le murmure de dizaines de paires de sandales qui claquaient contre les dalles des couloirs faiblement éclairés. L'assemblée, vêtue de robes noires, entra à la file dans la chapelle illuminée par les flammes des cierges, et se répandit dans les rangs, sans un mot, sans presque échanger un regard. Le novice conduisit Owen à sa place. Il regarda ses compagnons autour de lui. La plupart avaient la tête baissée sous leur capuchon ; personne ne semblait éprouver le moindre ressentiment, ni ne s'essayait à jouer des coudes pour obtenir une meilleure place. Tous ces hommes étaient animés par la même humilité et la même obéissance silencieuse. Owen se sentit envahi par un grand sentiment de paix. Il comprenait l'appel de la vie monacale. Lorsqu'ils entonnèrent le premier chant de l'office, il se sentit tout joyeux.

Jusqu'à ce que son œil se pose sur frère Wulfstan. Le gentil Wulfstan. Depuis qu'il avait failli être empoisonné, les yeux du vieil infirmier gardaient une expression lointaine, comme si ses pensées étaient fixées sur sa vie future. Owen se demanda pendant combien de temps le poison de Michaelo allait rester dans le corps de Wulfstan et si le novice Henry avait pensé à saigner le vieux moine.

Son sentiment de plénitude l'avait déserté.

Après avoir rompu son jeûne, le lendemain matin, Owen gagna l'infirmerie pour parler avec Henry. Mais il trouva Wulfstan seul, à sa table de travail, en train de verser des gouttes de diverses huiles essentielles dans la préparation d'un onguent. À chaque fois qu'une goutte d'huile entrait en contact avec la pâte, elle dégageait son intense parfum. Owen comprit alors pourquoi le vieux moine se tenait près de la fenêtre entrouverte.

— Pouvons-nous parler ? demanda Owen.

Il ne savait pas s'ils devaient suivre, ici, la règle de saint Benoît.

Wulfstan fit signe à Owen de s'asseoir près de lui.

— L'infirmerie est nécessairement une exception et — comme notre Seigneur ne le sait que trop — au fil des années, j'ai de moins en moins bien observé la règle du silence.

Ce matin, les yeux du vieux moine étaient clairs.

— Vous paraissez beaucoup mieux, dit Owen.

Wulfstan réfléchit un instant, puis opina.

— Une sale affaire. Qui aurait pu croire que Michaelo pourrait commettre un tel acte ? (Il eut un petit rire.) J'ai trouvé tout à fait miraculeux qu'il en ait eu l'énergie.

Owen fut surpris de l'entendre rire.

— Vous lui avez pardonné ?

Wulfstan haussa les épaules.

— Il s'est confessé et il a fait pénitence. (Il compta une autre goutte en louchant.) Si dans son cœur il se repent avec sincérité, le Seigneur lui pardonnera. Je ne peux pas faire moins que Lui.

— Et Nicolas Wilton ? Lui pardonnez-vous ?

Wulfstan soupira. Il s'essuya les mains et vint s'asseoir à côté d'Owen.

— C'est plus difficile. Il s'est servi de moi pour empoisonner mon ami. L'abbé Campian m'a expliqué qu'il avait agi ainsi parce qu'il avait peur de Montaigne. Mais je suis certain que c'était inutile. Geoffrey était venu faire sa paix avec Dieu. Il n'aurait pas attaqué les Wilton et risqué de mettre son âme en péril.

Wulfstan essuya les larmes qui perlaient à ses yeux.

— Je suis désolé que vous ayez eu autant de peine.

Le moine soignant étudia attentivement le visage d'Owen.

— Je vous crois. Au début, je ne vous aimais pas.

— Je sais.

— Vous en saviez trop pour un étranger. Et vous posiez trop de questions. (Le vieux moine secoua la tête.) Pauvre Lucie. L'histoire va-t-elle se répandre ? Va-t-elle perdre tout ce que Nicolas voulait lui donner ?

— L'archevêque n'a aucun désir de faire éclater un scandale qui impliquerait son dernier archidiacre. Mais j'ignore s'il laissera maîtresse Wilton conserver son échoppe.

— Vous n'approuvez pas le silence de l'archevêque ?

— Je suis content pour maîtresse Wilton. Et pour vous. Mais les gens sont trompés au sujet d'Anselm.

Wulfstan haussa les épaules.

— C'était une âme plongée dans les ténèbres. Comme nous le sommes tous, plus ou moins. Qu'il repose en paix.

Owen resta silencieux.

— Qu'allez-vous faire, à présent ? demanda Wulfstan.

— J'aimerais demeurer apprenti chez maîtresse Wilton.

Wulfstan soupira.

— Je vois.

Owen allait attendre son heure, laisser opérer son charme et épouser Lucie. Et qui pourrait l'en blâmer.

Deux semaines après les funérailles, tôt le matin, Lucie fut réveillée par une senteur fraîche qui lui évoqua le printemps. Elle sourit quand, en se tournant vers la fenêtre du jardin, elle vit les branches de coing qu'elle avait apportées, deux jours plus tôt. La chaleur de la pièce avait fait éclore les fleurs. Un bon présage pour saluer le premier jour où elle se réveillait seule dans son lit. Elle avait redouté cette épreuve. Elle l'avait sans cesse repoussée en allant dormir, avec sa tante Phillippa, dans une chambre plus petite pendant qu'on aérait celle-ci et qu'on en effaçait toutes les traces de maladie et de mort.

Phillippa était repartie la veille avec mauvaise conscience.

— Je ne devrais pas te quitter si tôt. Tu n'as même pas essayé de dormir, une seule fois, dans la chambre où il est mort. Certaines personnes sont terrorisées. Bien que, Dieu seul le sait, beaucoup d'autres âmes aient dû quitter leur corps ici, avant Nicolas et Anselm. C'est le fait de le savoir qui rend la chose éprouvante. Le fait d'avoir vu Nicolas dans son linceul.

— Je t'en prie, tante Phillippa. (Son incessant bavardage portait sur les nerfs de Lucie.) Tu étais là quand j'avais le plus besoin de toi. Je sais que tu te fais du souci pour sir Robert et pour Freythorpe. Tu es restée quinze longs jours absente.

Phillippa soupira.

— Tu parais avoir repris la situation en main.

Elle regarda tout autour de la cuisine, l'air satisfait.

Lucie sourit. C'était Phillippa et Tildy qui avaient nettoyé en grand toute la maison. Pas elle.

— Je suis sûre que Tildy saura garder cette pièce propre maintenant que tu lui as montré comment faire.

Phillippa redressa un banc.

— C'est une bonne fille. Ton maître de la guilde s'est bien conduit avec toi.

— L'archevêque également.

— C'était dans son intérêt de garder le silence sur toute cette affaire. À ta place, je ne perdrais pas mon temps à lui témoigner trop de gratitude, mon enfant.

— Parleras-tu à sir Robert de Nicolas et de Geoffrey ?

— Je prie pour qu'on m'éclaire sur ce sujet. J'ai peur que cela ne pousse Robert à entreprendre un autre pèlerinage. Mais je pense qu'il doit être tenu au courant. Qui sait ? Le fait de voir le cercle se refermer va peut-être le renvoyer de nouveau dans le monde. Il pourrait même avoir envie de renouer avec sa fille.

Lucie y avait songé, ce matin, et elle avait été incapable de dire ce qu'elle ressentait à cette perspective. Elle avait banni sir Robert de ses pensées depuis quinze années. Et avant, il avait été pour elle plus un ogre qu'un père.

Mais à s'imaginer sir Robert et tante Phillippa en train de parler d'elle à Freythorpe Hadden, elle se sentait un peu moins seule.

Jamais elle n'avait connu une telle solitude. Enfant, elle avait dormi avec sa mère ou avec sa tante. Au couvent, elle avait partagé sa chambre avec d'autres filles. Puis elle était entrée dans le lit de Nicolas. Et soudain, elle se retrouvait seule. Et seule pour toujours.

Tristes pensées. Tante Phillippa était peut-être repartie trop tôt. Mais Owen revenait aujourd'hui de St. Mary.

Owen. La perspective de son retour lui mettait du baume au cœur. C'était bête. Car elle ne pouvait pas espérer qu'il continuerait à jouer les apprentis chez elle. Quelque pèlerin à l'abbaye lui avait peut-être déjà offert un travail. Et qui sait, s'il prendrait la peine de s'arrêter pour lui dire au revoir.

C'était des pensées plus tristes encore. Même la vue du coing en fleur ne la réconfortait plus. Lucie attrapa Melisende qui dormait paisiblement au pied du lit, et le serra dans ses bras. Le chat ouvrit un œil, cherchant pour quelles raisons elle l'avait dérangé. En voyant le visage inondé de larmes de sa maîtresse penché sur lui, il lécha ses larmes avec sa langue rugueuse.

— Je croyais que si je conservais l'échoppe, je serais pleinement heureuse, murmura Lucie le visage enfoui dans la chaude fourrure de Melisende, mais je n'avais aucune idée de ce qu'était la solitude.

Elle reposa le chat et quitta le lit.

— Le meilleur antidote pour cette sorte d'abattement, c'est de travailler dur.

Elle venait de recharger le feu et allait s'attabler pour prendre son petit déjeuner, quand Owen entra avec une charge de bois.

Le cœur de Lucie se mit à battre plus vite.

— Je ne vous attendais pas si tôt.

Elle se détourna de lui pour lui masquer le soulagement qui transparaissait sur son visage.

— Je suis sûr qu'il y a beaucoup à faire.

— Je me suis organisée.

Il rangea les bûches près de l'âtre pendant qu'elle préparait le porridge.

Ils mangèrent un moment en silence. Lucie réfléchissait à la manière dont elle allait pouvoir demander à Owen quels étaient ses projets et pourquoi il était là.

C'est Owen qui, le premier, brisa le silence.

— Jehannes va être le nouvel archidiacre d'York.

— Et c'est bien ?

— Oui, je crois que c'est un excellent choix.

Lucie hocha la tête, en regardant son bol.

— Et Michaelo remplacera Jehannes, dit Owen.

— Ça me paraît être une idée très judicieuse.

— Je partage votre avis. L'archevêque dit que

Michaelo a compris que le Ciel lui donnait une seconde chance et que cela fera de lui un serviteur loyal.

Le ton d'Owen laissait nettement deviner qu'il prenait l'archevêque pour un idiot.

Lucie sembla étonnée.

— Vous n'aimez pas l'archevêque ?

— Non. (Owen paraissait furieux.) C'est la famille de Michaelo qui l'a fait nommer.

Lucie n'avait pas du tout envie qu'on lui sape, en ce moment, la confiance qu'elle portait à l'archevêque. Aussi changea-t-elle de sujet.

— Avez-vous passé tout votre temps à l'abbaye en bavardages ? Ne deviez-vous pas décider de votre avenir ?

Owen parut sur ses gardes.

— L'archevêque vous a parlé ?

— Oui. J'ai obtenu la garde de l'échoppe en échange de mon silence. Et vous ? Vous a-t-il parlé ?

— Il ne vous a rien dit d'autre ?

— Qu'aurait-il dû me dire ?

— Quelque chose à mon sujet.

— Il m'a dit que vous cherchiez un travail honnête.

— C'est tout ?

— Oui, Owen. À quoi pensez-vous ?

— Je veux rester ici, comme apprenti.

Les yeux de Lucie s'arrondirent, puis un large sourire éclaira son visage.

— Vous plaisantez ?

— Non.

— Je ne peux pas croire que vous vous contenteriez de si peu.

— Moi, je le peux.

— Vous fuyez la vie ?

— Mon ancienne vie, oui.

— L'action vous manquera très vite.

— Alors, j'irai au jardin et je me donnerai une bonne suée : le bois à couper, les trous à creuser, les arbres à déplacer.

Lucie se mit à rire.

Owen était déçu. Il avait été fou d'espérer. Il aurait dû se douter qu'elle refuserait.

— Vous me voyez toujours comme un soldat. Vous m'avez condamné pour toujours à cette vie.

— Je suis désolée.

— Les gens changent, mais vous ne voulez pas le croire. Où seriez-vous si Nicolas avait décidé que vous ne seriez heureuse qu'en tant que dame du manoir ? Auriez-vous aimé passer le reste de votre vie dans un couvent ?

Lucie rougit.

— Un autre homme aurait pu demander ma main.

Et voilà, il l'avait insultée ! Seigneur Jésus, il ne ferait donc jamais que des bévues.

— Là n'est pas le propos. Je vous ai dit, à plusieurs reprises, que j'en avais terminé avec ma vie de soldat. Pourquoi refusez-vous de me croire ?

— Pourquoi vous croirais-je ? Vous vous êtes introduit dans ma maison sur un mensonge. Vous avez espionné tout autour de moi et vous m'avez menti sur vos activités. Aujourd'hui, vous dites que vous voulez être mon apprenti, mais comment puis-je savoir si vous n'êtes pas toujours au service de l'archevêque ? Pour garder un œil sur moi, peut-être ? Au cas où la veuve Wilton serait une empoisonneuse, qui sait ?

Elle criait, à présent. Sa voix claquait comme une

cravache. Elle cherchait à le blesser, comme il l'avait blessée.

Owen se leva.

— Je n'ai jamais voulu vous mentir.

— Mais vous l'avez fait !

— Je vous ai aussi sauvé la vie.

Lucie se mordit la lèvre.

— J'ai été un idiot d'essayer de vous convaincre de me faire confiance. Vous m'avez rejeté dès l'instant où vous m'avez vu.

Il se dirigea vers la porte.

— Je vous en prie, asseyez-vous, Owen. Nous n'allons pas nous quereller à chaque fois que nous nous parlons.

Il se retourna.

— C'est peut-être le signe que mon apprentissage chez vous est une mauvaise idée.

— Que pense l'archevêque de cette idée ?

Owen comprit qu'elle cherchait à gagner du temps. Elle ne voulait pas qu'il s'en aille. Très bien. Il allait voir sur quoi cela déboucherait. Il revint à la table.

— Je lui ai parlé de mon projet. Il n'a fait aucune objection.

— Il ne m'en a rien dit.

— Je pensais qu'il le ferait.

Lucie ôta les assiettes, essuya la table, puis revint s'asseoir en face d'Owen.

— Tante Phillippa est partie hier. Je vais avoir besoin d'aide. Du moins, jusqu'à ce que le maître de la guilde me trouve un autre apprenti.

— Faites-moi faire un essai.

Elle soupira.

— J'y suis obligée, non ? J'ai signé un contrat. Le maître de la guilde en a été témoin.

— En vous mentant, j'ai perdu tous mes droits à faire valoir le contrat.

— Vous m'avez beaucoup plus aidée qu'un apprenti ordinaire.

Et il demeura son apprenti tout au long du printemps. Au début, Lucie continuait de se demander pourquoi il restait chez elle, et elle se répondait que l'archevêque l'avait sans doute placé là pour la surveiller. Mais Owen travaillait toute la journée, sans lever le nez de sa tâche. Il l'accompagnait à la messe le dimanche et, selon les dires de Bess, il ne fréquentait aucun compagnon de boisson suspect à la taverne. À moins de prendre sur ses heures de sommeil, Owen n'avait pas le temps de travailler pour quelqu'un d'autre. Alors, Lucie finit par se détendre. Elle lui laissa prendre plus d'initiatives dans le travail et accepta ses suggestions lorsqu'elle les jugeait bonnes. Il arriva même qu'un soir — était-ce à l'occasion de l'anniversaire de Nicolas ? — Lucie eut envie d'avoir de la compagnie et elle lui demanda de rester avec elle, après le dîner, et de chanter pour elle. Comme par le passé, sa voix la troubla et la réconforta. Elle prit conscience qu'elle avait fini par aimer son sourire tordu, sa façon de bouger la tête comme le font les oiseaux, pour embrasser avec son unique œil tout un paysage, et même les manières dont ils se querellaient quand elle s'entêtait. Elle aimait rester avec lui, le soir, devant la cheminée.

Mais, de tout cela, elle ne souffla mot à Bess.

Le jongleur continuait de hanter les rêves d'Owen. L'homme au regard fou sortait de l'ombre en rampant. Sa maîtresse s'approchait derrière lui. Owen lui saisissait le bras, encore et encore, alors qu'elle allait le frapper à l'œil, et il lui arrachait l'arme de la main. À l'aube, ses camarades le congratulaient devant le cadavre. Et lui était indemne. Il était capitaine des archers. De l'autre côté de la Manche, sa femme l'attendait, couchée dans leur lit, rêvant de lui et de son retour. Il la voyait très nettement, avec sa peau blanche et ses cheveux soyeux qui tombaient en cascade sur ses seins nus.

Owen se réveilla en sueur, comme cela lui était déjà arrivé plusieurs fois ce printemps. Il sortit alors de la York Tavern et il marcha. Il marcha vite. Il marcha pour brûler toute la tendresse qui émanait de son rêve ; toute la joie qui l'avait couvert de sueur ; il marcha pour les chasser de sa tête. Il fallait qu'il cesse de rêver de Lucie Wilton comme de sa femme. Elle n'avait montré aucune inclination de ce genre. Mais cette nuit, il n'arriva pas à chasser le sentiment de tendresse qui l'avait envahi et il rentra à Davygate, tout aussi troublé. Il ouvrit la barrière près de l'échoppe et gagna le jardin. Il y avait une fosse à compost à creuser. Il ôta sa chemise et se mit au travail, sous la lumière de la lune.

Lucie se réveilla au bruit de la barrière, terrifiée. Il était trop tard pour que ce soit Bess ou Owen. L'intrus passa sous sa fenêtre, puis ce fut à nouveau le silence. Elle retint son souffle. C'est alors qu'elle entendit des coups de pelle réguliers, tout au fond du jardin. Elle jeta son châle sur ses épaules, et saisit le bâton de marche qu'Owen avait taillé pour Nicolas.

La lune pleine éclairait le jardin. Lucie marcha dans les zones d'ombre pour surprendre l'intrus. Mais ce n'était pas un intrus. C'était pire, peut-être. C'était Owen, nu jusqu'à la taille, le dos et les bras luisants de sueur. Sous l'effort, les muscles de son dos ondoyaient comme des vagues. Un jour, Geoffrey lui avait dit que les archers devaient être très forts pour pouvoir projeter la flèche jusqu'à la cible. Elle se souvint de la sensation qu'elle avait éprouvée quand Owen l'avait prise dans ses bras. Il était tellement différent de Nicolas. Elle se demanda si ses muscles étaient chauds au toucher lorsqu'il travaillait ainsi. *Dieu me pardonne de telles pensées*. Elle aurait dû rentrer mais elle n'arrivait pas à détacher son regard d'Owen. La lune les rendait tous les deux fous. Lui, pour creuser un trou, en plein milieu de la nuit ; elle, pour le regarder faire. Elle se mit à trembler bien qu'elle eût anormalement chaud.

Owen sentit un regard posé sur lui. Il se retourna et la vit. Seigneur, il s'imposait cet exercice pour la chasser de ses pensées, et elle se tenait là, devant lui, dans sa chemise, avec ses cheveux qui tombaient sur ses minces épaules.

— Vous ne devriez pas sortir vêtue ainsi.

— J'ai cru que vous étiez un intrus.

— Raison de plus.

— Que faites-vous ?

Elle s'approcha. Il sentait la sueur et la terre.

Owen planta la pelle dans le tas de terre et prit appui dessus pour s'extirper du trou. Il se tint sur le bord le plus éloigné d'elle.

— Je n'arrivais pas à dormir.

— Vous avez des problèmes ?

Il pensa à lui faire un mensonge innocent, mais il

était inutile de simuler avec elle. Elle n'avait visiblement aucune idée des sentiments qu'elle lui inspirait pour se montrer à lui dans cette tenue.

— Lucie, notre arrangement ne va pas marcher. J'étais fou de penser que je pourrais travailler si près de vous et ne pas vous désirer.

Il s'essuya avec sa chemise.

— Vous avez rêvé de moi ?

— Oui ? Quel vaurien, hein ?

S'il adoptait une attitude désinvolte, elle ne remarquerait peut-être pas comme il tremblait en dépit de la chaleur.

Lucie fit le tour de la fosse pour le rejoindre. Elle vint si près qu'il pouvait voir le reflet de la lune dans ses yeux, et sentir la chaleur de son corps.

— Vous tremblez, murmura-t-elle.

Elle ouvrit son châle et l'attira contre elle. Elle s'enveloppa avec lui dans le tissu et se pressa contre sa poitrine. Comme c'était bon de toucher de nouveau une peau humaine. Quand il la prit dans ses bras, elle sentit sa chaleur et la vie monter en lui. Elle l'embrassa.

— Savez-vous ce que vous êtes en train de faire, Lucie ?

— J'ai rêvé de vous, une fois. J'en ai été effrayée.

— Pourquoi ?

— Je l'ignore. Je n'ai jamais rêvé de cette manière de Nicolas.

Leurs corps se cherchaient.

Il la serra contre lui, enivré par son parfum.

— Je ne peux plus lutter, Lucie.

Elle ne le pouvait pas non plus. Mais le devait-elle, après tout ? Elle songea à s'enfuir mais la chambre vide et le lit froid n'avaient rien d'attirant. Lui était chaud et vivant, et il la désirait.

— Embrassez-moi.

Ils se laissèrent tomber dans l'herbe, leurs deux corps emmêlés, et ils firent l'amour. Lucie, avec une passion qu'elle n'avait jamais ressentie pour Nicolas. Owen, avec une tendresse qu'il n'avait encore jamais éprouvée.

Ils s'éveillèrent, glacés par la rosée.

— Je vous aime, Lucie, murmura Owen en l'embrassant.

Elle se souleva sur un bras et le regarda.

— Avez-vous réellement cru que j'aurais pu empoisonner Geoffrey pour venger l'honneur de ma famille ?

— Pourquoi soulever maintenant cette question ?

— Je veux savoir.

— Vous êtes forte et orgueilleuse. J'ai pensé que c'était possible.

Elle était très belle avec ses cheveux mouillés, collés sur son visage.

— Et vous êtes convaincu, à présent, que je suis innocente ?

Il sourit.

— Innocente sur ce point, oui. Mais vous êtes toujours forte et orgueilleuse. Je ne peux pas dire de quoi vous seriez capable.

— Les soldats préfèrent avoir des femmes douces et obéissantes.

— Alors, c'est une chance que je ne sois plus soldat.

Elle repoussa une mèche de cheveux collée sur son front et lui caressa doucement la joue.

— Je crois que je pourrai vous aimer, Owen.

Pourrai. Mère miséricordieuse !

— Ne pourriez-vous mentir, juste pour une fois, et me dire que vous m'aimez ?

Lucie le fixa avec ce maudit regard froid.

— Ce ne serait pas une bonne manière de commencer.

Sans chercher à argumenter, il la prit dans ses bras et l'étreignit. Elle se pressa contre lui. Et il songea qu'il n'avait peut-être pas été si fou de sauver le jongleur. En le rendant à demi aveugle, Dieu le conduisait peut-être jusqu'à Lucie.

— Nous allons nous marier, dit Lucie au petit déjeuner. Et vous resterez mon apprenti.

— Alors, vous vous décidez à m'aimer ?

Elle sourit.

— Je pense que j'y arriverai.

— Je vais devoir travailler pour vous convaincre que la vie est plus douce quand je suis là.

Ses yeux s'adoucirent.

— Vous avez fait un bon début.

Elle se pencha pour caresser Melisende.

Quand Lucie se redressa, Owen lui saisit la main à travers la table.

— Je veux dire que j'ai l'intention de vous rendre très amoureuse de moi.

— Je pense que vous y parviendrez, Owen Archer.

Bess les trouva dans l'échoppe, en train de travailler côte à côte. Quelque chose dans leur façon de se comporter lui révéla ce qui s'était passé entre eux. Elle se hâta de rentrer à la taverne et prit le pichet de brandy de l'archevêque.

— En quel honneur ? demanda Tom, car il n'était que midi.

— Lucie et Owen. Ce sera comme je te l'avais prédit.

— Alors, tu avais raison, Bess. Le bandeau n'y a rien fait.

— Cet œil n'a jamais été son problème, Tom. Je ne comprends vraiment pas ce qui a pu te faire croire ça.

NOTE DE L'AUTEUR

Sous Edward III (1327-1377), l'Angleterre était un pays dangereux et passionnant. Le changement était dans l'air, aussi capital que la voix des Communes qui se faisait entendre plus fort au Parlement et aussi frivole que les progrès qu'avait faits la mode. Fils fier et ambitieux d'un roi déposé et d'une reine impitoyable et ambitieuse, Edward déclencha une guerre entre son pays et la France qui se poursuivit de façon intermittente de 1337 à 1453, au début dans la volonté de sauver le dernier morceau de l'empire Plantagenêt sur le continent, la Gascogne, mais plus tard parce qu'il s'était proclamé « roi d'Angleterre et de France ». Ses appels constants au Parlement pour qu'il lève de nouveaux impôts, afin de financer la guerre, fit gronder les Communes ; les richesses rapportées par le butin conduisirent à la frivolité de la mode.

C'est au cours de cette guerre que le personnage principal, Owen Archer, perdit un œil en défendant des nobles français qui avaient été faits prisonniers pour être échangés contre de fortes rançons. En tant que capitaine des archers d'Henry, duc de Lancastre, Owen avait été au service d'un héros de l'époque et était devenu un expert dans l'arme qui avait offert aux

Anglais leurs retentissantes victoires à Crécy et à Poitiers : l'arc gallois. Quitter sa vie de soldat fut plus douloureux pour Owen Archer que de perdre son œil gauche. L'arc long était l'arme du jour. Il était heureux pour Edward III que son grand-père Edward Ier ait abandonné l'arbalète pour l'arme plus simple et plus mortelle qu'était l'arc gallois. Un bon archer tirait dix à douze flèches dans le temps qu'il fallait à un tireur d'arbalète pour lancer deux carreaux. En dépit de la longue portée de l'arbalète, au milieu du XIVe siècle ; les arcs longs de plus de 1,80 mètre en if, en érable ou en chêne, étaient capables de percer une cotte de mailles et avaient une portée de plus de 250 mètres, bien qu'au-dessus de 150 mètres elles soient moins efficaces.

Edward III utilisait à la fois la cavalerie et les archers ; les archers obscurcissaient littéralement le ciel de leurs flèches, permettant ainsi aux cavaliers de se ruer pour prendre le dessus dans la mêlée. La combinaison était mortelle. Les archers avaient si bien démontré le rôle crucial qu'ils jouaient dans la bataille qu'en 1363, Edward ordonna qu'un entraînement régulier des archers ait lieu, à la place des jeux de balle, les dimanches et jours fériés.

Cette longue guerre se déroula sur le sol français, en particulier dans le Nord. Dans le livre, la mère de Lucie, Amélie D'Arby, est la fille d'un noble normand dont les terres avaient été tant dévastées par les armées qu'il ne put rassembler l'argent de sa rançon. À la place, il offrit à sir Robert D'Arby sa fille à marier. Elle fut menée dans le Yorkshire alors qu'elle était encore sous le choc de l'horreur qu'avait représentée la vie dans la zone des combats. Elle avait vu la tête de son frère fichée au bout d'une pique, elle avait assisté au viol et à l'assassinat, par un soldat anglais, d'une amie d'école, et elle se retrouvait mariée à un ennemi et emmenée vers un pays où les Normands français étaient remplacés par des Anglais. De nos jours, Normandie et Yorkshire ne semblent pas si différents ; mais à l'époque, il fallait traverser des zones périlleuses pour se rendre de l'un à l'autre et leurs cultures n'étaient pas mêlées par les reportages des médias. Sans la guerre et ses conséquences, il n'y aurait eu ni Amélie, ni récit.

La sécurité était loin de régner en Angleterre. Edward était par ailleurs engagé dans des guerres intermittentes avec les Écossais, alors alliés aux Français, qui contribuaient souvent à distraire Edward de l'édification de son empire. Le Yorkshire n'était pas hors de portée des escarmouches avec les Écossais. Edward déplaça le gouvernement à York en 1327, et en 1333-1338 pour l'avoir sous la main, tandis qu'il s'occupait des frontières. Il épousa Phillippa de Hainaut à la cathédrale d'York. C'est au XIVe siècle, et sous la menace de l'Écosse, que les murs de la cité d'York furent réparés et achevés en pierre. De nos jours, le centre de la ville est encore dans l'enceinte, mais la ville elle-même s'est étendue au-delà. Au XIVe siècle, c'étaient les malheureux qui vivaient hors les murs. La forêt de Galtres, au nord, était un repaire de voleurs, on y trouvait des bandes nomades de hors-la-loi, dont les Highlanders, sur les routes. Dans les préparatifs de défense, la pratique était courante au Moyen Âge de brûler les « cités-vermine » et autres groupements de cabanes qui poussaient au-delà des murs de la cité. C'est la raison pour laquelle, en dépit de l'accroissement de la population, les dimensions physiques d'une ville restaient les mêmes, ce qui entraînait, au-delà de leurs limites, l'entassement et l'absence de mesures d'hygiène. Des incendies périodiques inévitables faisaient de la place pour les bâtiments neufs, souvent les maisons en pierre des riches marchands.

Au XIVe siècle, York, sur la rivière Ouse qui avait des marées (disparues aujourd'hui à cause d'un barrage), à mi-chemin entre Edimbourg et Londres, était considérée comme la capitale politique et financière du Nord. Sous les Romains, c'était déjà une ville importante, Eboracum, où était cantonnée une légion ; les Vikings l'appelèrent Jorkvik et s'y installèrent ; et Guillaume le Conquérant l'incendia presque entièrement pour convaincre les rebelles du Nord qu'il était vraiment le roi. Il y éleva deux châteaux forts pour défendre la rivière, York Castle sur la rive est et l'Old Baile sur la rive ouest.

En tant que carrefour, York devint un important marché et un centre de commerce. Deux rivières se rejoignent au sud de l'enceinte, l'Ouse et la Foss. L'Ouse Bridge, avec ses salles du conseil, la prison, la chapelle St. William et la maison-dieu (l'hôpital pour les indigents), les latrines publiques et des bâtiments de toutes tailles, était le seul pont entre l'Ouse et la mer assez large pour que les charrettes puissent passer. En remontant la rivière, une chaîne était tendue entre Lendal Tower et ce qui est aujourd'hui North Street Tower pour empêcher le mouvement des navires avant l'acquittement d'un péage. Au XIVe siècle, les quais d'York étaient animés par le commerce de la laine que finançait la guerre d'Edward.

York était aussi un centre ecclésiastique important.

Il ne faut jamais sous-estimer le pouvoir de l'Église au XIVe siècle. Uniquement à York, on comptait dix maisons religieuses, quarante-sept églises, seize chapelles et la cathédrale. York était le siège de l'archevêque d'York, l'homme qui arrivait à la deuxième place dans la hiérarchie de l'Église d'Angleterre. L'Angleterre était divisée en deux provinces métropolitaines, Canterbury et York, elles-mêmes divisées en diocèses (vingt et un environ). Les archevêques d'York et de Canterbury siégeaient à la Chambre des Lords, qu'on appelait à l'époque le Grand Conseil. L'abbé du monastère bénédictin de St. Mary d'York siégeait aussi au Grand Conseil. Quand l'abbé Campian et l'archevêque Thoresby débattent des recherches d'Owen devant une cruche de vin, ce sont deux hommes puissants qui sont en train de sauvegarder leurs intérêts considérables.

En fait, ils étaient les seigneurs de leurs propres *liberties* à York. Quoique la cité ait un maire et deux conseils, les zones de la ville appelées *liberties* jouissaient d'une loi différente. York Castle était une de ces zones de franchise. L'abbé Campian était le seigneur de la *liberty* de St. Mary, et l'archevêque Thoresby celui de la *liberty* de St. Peter, ou église abbatiale d'York. Une *liberty* représentait une immunité de l'administration royale parce que les « fonctionnaires » des *liberties*, et non ceux du roi, exécutaient les ordres royaux. Chaque *liberty* disposait de sa propre juridiction pour juger les crimes commis sur son territoire et possédait son propre tribunal, sa prison, son gibet. Par conséquent, les morts de l'abbaye eurent lieu dans la juridiction de l'abbé Campian, et l'enquête de Thoresby était abusive.

Mais l'archevêque John Thoresby était beaucoup plus puissant que l'abbé Campian parce qu'il était à la fois archevêque d'York et Lord Chancelier d'Angleterre, l'un des « hauts fonctionnaires » de l'État. Cette double carrière n'avait rien d'inhabituel. En fait, les archevêques et les évêques avaient un rôle politique actif, et comptaient sur leurs archidiacres pour remplir la plupart de leurs devoirs à leur place. York était divisée en cinq archidiaconats : York, East Riding, Cleveland, Richmond, et Nottingham.

Écrire un roman policier historique demande à l'auteur de porter trois chapeaux : romancier, historien et auteur de roman policier. Le romancier se charge de la forme, crée les personnages et élabore un monde pour eux, usant librement de son imagination. Mais l'historien gémit sur les anachronismes, souffre sur les chronologies, et corrige les descriptions selon les études archéologiques, depuis les plans de la cité jusqu'à la taille des gens. L'auteur de roman policier refuse que les descriptions historiques superflues brouillent les indices ; il doit reporter quelques-unes des révélations du romancier pour maintenir le suspense, et meurt d'envie de faire bouger les choses en temps et en lieu pour servir l'intrigue.

J'ai choisi de ne pas m'arrêter sur les conditions de saleté et l'hygiène déplorable du XIVe siècle, sur l'étroitesse des rues toujours obscures à cause des étages supérieurs en saillie des maisons. Owen remarque que l'air empeste comme à Calais et à Londres quand il entre pour la première fois dans la cité, et il se demande quelles raisons pourraient bien pousser quelqu'un à venir vivre là. Mais les autres personnages sont des habitants d'York et ils ne remarquent pas davantage les conditions ambiantes que nous le faisons dans nos propres villes. Pour les habitants d'une ville, la saleté très discutée de la cité médiévale est comme notre pollution moderne, elle fait partie de la vie urbaine.

J'ai choisi York comme base pour ma série de personnages à cause de ses multiples visages à cette époque. Je fais d'Owen un étranger parce que les meilleurs détectives ont toujours été à l'extérieur de la société dans laquelle ils enquêtent, ne faisant jamais tout à fait partie de cette communauté ; ses expériences passées et ses relations lui permettent aussi une plus grande souplesse. Un archer gallois qui monte si haut dans la maison du duc de Lancastre se doit d'être intelligent et plein de ressources. Et, naturellement, physiquement fort.

J'ai suivi des motifs similaires d'isolement et de souplesse en créant la situation de Lucie Wilton. Je la voulais aussi indépendante que pouvait l'être une femme au Moyen Âge ; je la voulais forte aussi, différente des femmes de la cour et des camps qu'Owen avait connues jusqu'alors, l'obligeant ainsi à faire appel au souvenir de sa propre mère pour savoir comment lui plaire.

C'est une femme ambitieuse, et qui ressemble à Elizabeth Ire ; elle apprend dans l'enfance qu'une femme doit savoir ne compter que sur elle-même. Malheureusement, les apothicaires ne devinrent pas membres réguliers d'une guilde à York avant le XVe siècle, quand ils firent leur apparition sur la liste de la Guilde des Marchands. Les guildes se développèrent différemment selon les villes. À Paris, les apothicaires étaient membres de la Guilde des Brasseurs. Et dans le Paris du XVe siècle, Lucie aurait pu reprendre sans problème l'échoppe de son mari. Aussi, la romancière a utilisé les règlements des guildes parisiennes à York, mais l'historien s'est assuré que c'étaient des règlements historiquement exacts. L'auteur de roman policier a placé Lucie en dehors de la hiérarchie, fille d'un seigneur mais épouse d'un maître apothicaire, une femme au passé agité, et que l'habileté et l'ambition transforment facilement en suspect.

La plupart de mes personnages sont fictifs, mais le vieux duc Henry de Lancastre était réellement un héros militaire qui mourut en 1361. John of Gaunt, troisième fils du roi Edward III, devint duc de Lancastre à la mort d'Henry. John Thoresby *était* à la fois Lord Chancelier d'Angleterre et Archevêque d'York, encore qu'il se soit démis de sa charge de Lord Chancelier en 1363. Il repoussa sa démission dans le but d'expérimenter ce qu'est un homme d'État-homme d'Église, association commune dans l'Angleterre médiévale. Dans ce livre, il est encore à l'aise dans ce double rôle, mais plus tard, il trouvera cette situation intolérable. L'archidiacre Anselm est ma propre création. Ce personnage obsédé était nécessaire à l'histoire.

En ce qui concerne les Digby, Chaucer met en scène un inquisiteur sordide, peu sympathique, dans les *Contes de Canterbury*. Quel genre d'individu choisit une carrière de fouineur ? Owen voit une similitude déplaisante entre son travail et celui de Potter Digby. Mais Digby considéra la charge comme un moyen de sortir de la cité-vermine, dont les masures sont rassemblées sur la rive nord toujours inondée, au pied des murs de l'abbaye. L'Ouse déborde encore après les tempêtes de l'hiver sur les dunes. En décembre de l'année dernière, je m'éveillai un matin pour découvrir que la rue qui longe la rivière, sous ma maison, était devenue un lac glacé. Dans la nuit, la rivière avait monté de plusieurs mètres ; au matin, comme l'aube pointait, froide et ensoleillée, le lac gela. Quand la rivière descendit, une boue glacée sillonnée d'ornières s'y substitua. Petit à petit, elle fondit et se transforma en boue. Qu'est-ce que cela devait être au XIVe siècle, avec des maisons en boue et en bois ?

Magda Digby, la mère de Potter, vit dans son propre monde. Un vieux bateau viking, rescapé du passé d'York, couronne sa maison. Son langage est le vieux parler. Magda est une pure création de la romancière et, pour elle, sans doute, son personnage le plus réel. Comme dans la juxtaposition de l'Angleterre païenne et chrétienne dans *Beowulf*, Magda résume le passé et le présent. Elle est hors du temps, comme la cité d'York, qui est à la fois romaine, viking, médiévale, victorienne, et une ville touristique du XXe siècle. Et c'est là que se déroule l'intrigue.

DANS LA MÊME COLLECTION

1. UN REQUIEM POUR MOZART
de Bernard Bastable
2. L'APOTHICAIRE DE LONDRES
de Deryn Lake
3. BLEU SANG
de Viviane Moore
4. JANE AUSTEN ET LE RÉVÉREND
de Stephanie Barron
5. LA PHOTO DU BOURREAU
de Peter Lovesey
6. UN SI JOLI VILLAGE
de Kay Mitchell
7. EN DES LIEUX DÉSOLÉS
de Kay Mitchell
8. UNE ÉTRANGE AMBITION
de Kay Mitchell
9. NOIR ROMAN
de Viviane Moore
10. LE SEPTIÈME SACREMENT
de James Bradberry
11. LA SOURCE NOIRE
de Miriam Grace Monfredo
12. MAUX D'ESPRIT
de Peter Lovesey

13. TROP DE NOTES, MR MOZART
de Bernard Bastable
14. LA SONATE INTERDITE
de Taiping Shangdi
15. L'APOTHICAIRE ET « L'OPÉRA DES GUEUX »
de Deryn Lake
16. LE MOBILE
de Dominic D. West
17. ROUGE SOMBRE
de Viviane Moore
18. LA MÉLANCOLIE DES RUINES
de James Bradberry
19. L'AIGLE D'OR
de Miriam Grace Monfredo
20. À JETER AUX CHIENS
de Kay Mitchell
21. LA NOYÉE DU PALAIS D'ÉTÉ
de Taiping Shangdi
22. ABRACADAVRA
de Peter Lovesey
23. UN DOIGT DE PORTO
Tony Aspler
24. LES ÉTRANGES DOSSIERS DE FREMONT JONES
de Dianne Day
25. LA DOMINANTE
de Dominic D. West
26. LA CROISADE DE FALCONER
de Ian Morson
27. LE PRISONNIER DE L'OCÉAN
de Taiping Shangdi
28. BLANC CHEMIN
de Viviane Moore

29. L'ŒIL DE DIDEROT
de Hubert Prolongeau
30. L'AGENT DE PHARAON
de Lynda S. Robinson
31. AUX INNOCENTS, LA COLÈRE
de Kay Mitchell
32. JANE AUSTEN À SCARGRAVE MANOR
de Stephanie Barron
33. L'INCENDIE DE SAN FRANCISCO
de Dianne Day
34. LE PUITS DE LA MORTE
de Taiping Shangdi
35. LA PARTITION
de Dominic D. West
36. LES LOUPS DE LA TERREUR
de Béatrice Nicodème
37. JAUNE SABLE
de Viviane Moore
38. LA PLACE D'ANUBIS
de Lynda S. Robinson
39. LES DIEUX OUTRAGÉS
de Olivier Seigneur
40. LES CAVES DU DUCE
de Tony Aspler
41. LE SINGE EMPOISONNÉ
de Taiping Shangdi
42. L'APOTHICAIRE ET LA TAVERNE DU DIABLE
de Deryn Lake
43. LE CAUCHEMAR DE D'ALEMBERT
de Hubert Prolongeau
44. LE JUGEMENT DE FALCONER
de Ian Morson

45. LA MAÎTRESSE DE L'ARCHITECTE
de James Bradberry
46. LA COLLINE ÉCARLATE
de Anne Beddingfeld
47. LES SOIERIES DE L'EFFROI
de Taiping Shangdi
48. L'IMPAIR
de Dominic D. West
49. VERT-DE-GRIS
de Viviane Moore
50. LE RETOUR D'AKHENATON
de Lynda S. Robinson
51. LE VESTIBULE DU CRIME
de Olivier Seigneur
52. LES COCHONS D'ARGENT
de Lindsey Davis
53. LA MORT DU LOUP BLANC
de Béatrice Nicodème
54. L'APOTHICAIRE ET L'ESPION FRANÇAIS
de Deryn Lake
55. LES PIERRES DE LA DOULEUR
de Taiping Shangdi
56. UN PSAUME POUR FALCONER
de Ian Morson
57. LES SEPT CAVALIERS
de P. F. Chisholm
58. LA VIERGE DE BRUGES
de Patrick Weber
59. LA GARDIENNE DU PHARE
de Dianne Day
60. UNE VEUVE ROMAINE
de Lindsey Davis

61. LA LICORNE ASSASSINÉE
de Olivier Seigneur
62. LA NIÈCE DE RAMEAU
de Hubert Prolongeau
63. DES OMBRES SUR ALEXANDRIE
de Patrick Weber
64. LE CHRYSANTHÈME DE LONGÉVITÉ
de Taiping Shangdi
65. LE DIEU DE FALCONER
de Ian Morson
66. LA RANÇON
de Dominic D. West
67. LE MASQUE DE L'ATELLANE
de Marie Visconti
68. VOYAGE EN GERMANIE
de Lindsey Davis
69. LES CHEMINS DE LUNE
de A.-P. Duchâteau
70. L'ÉTOILE DU NORD
de Miriam Grace Monfredo
71. LE PRINCE DES HITTITES
de Lynda S. Robinson
72. LE FANTÔME DE L'EMPEREUR
de Diane Day
73. LA DENT DU CHEVAL MARIN
de Taiping Shangdi
74. LE CHEVAL D'OCTOBRE
de Marie Visconti
75. LE CHACAL ROUGE
de Béatrice Nicodème
76. À L'OMBRE DES CONSPIRATEURS
de Lindsey Davis

Imprimé en France sur Presse Offset par

BRODARD & TAUPIN

GROUPE CPI

La Flèche (Sarthe), le 17-11-2000
Dépôt édit. : 7127-12/2000
N° Impr. : 5046
ISBN : 2-7024-9705-5
ISSN : 1281-458X
Édition 01

52/7206/7